Jean d'Ormesson
de l'Académie française

Voyez comme on danse

Gallimard

Jean d'Ormesson, de l'Académie française, ancien élève de l'École normale supérieure, agrégé de philosophie, a écrit des ouvrages où la fiction se mêle souvent à l'autobiographie : *Du côté de chez Jean, Au revoir et merci, Le vagabond qui passe sous une ombrelle trouée* ; une biographie de Chateaubriand : *Mon dernier rêve sera pour vous* ; en deux volumes : *Une autre histoire de la littérature française* ; et des romans : *La Gloire de l'Empire, Au plaisir de Dieu* (qui a inspiré un film en six épisodes, l'un des succès les plus mémorables de la télévision), *Dieu sa vie, son œuvre, Histoire du juif errant, La Douane de mer, Presque rien sur presque tout, Casimir mène la grande vie, Le rapport Gabriel* et *Voyez comme on danse*.

Pour Marie-Sarah

Ce qui les faisait vivre, c'était l'amour
de la vie.

GUSTAVE FLAUBERT

Longtemps, je l'avais détesté : nous avions aimé la même femme. Et il était mon ami. Les choses, toujours si simples, sont souvent compliquées. Nous nous étions promenés ensemble, en riant, sur mer et sur la terre. Il me suffisait de penser à lui pour voir des ports pleins de bateaux, des rizières en terrasses et des champs de lavande. Il était grand, très calme, toujours égal d'humeur, implacable et sûr de lui. Il ne croyait à rien, il se moquait de tout. Il avait un don assez rare : c'était d'enchanter la vie. Hommes, femmes, enfants, animaux familiers, fonctionnaires des douanes ou des télécommunications, professeurs de métaphysique et vendeuses de supermarché, tous ceux qui l'avaient rencontré ne fût-ce qu'une fois ne l'oubliaient jamais. Les femmes surtout l'adoraient. Mais il savait aussi séduire les hommes. Il passait : un soleil intérieur se mettait à briller. Et maintenant, il était plongé dans les froides ténèbres et il allait descendre pour toujours sous cette terre qu'il avait parcourue. La vie, qu'il rendait si gaie, est une affaire assez sombre.

À la porte du cimetière, je suis tombé sur Gérard. Il parlait déjà aux photographes. Gérard est un ami. Nous ne nous aimons pas beaucoup, tous les deux. Et je crois que Romain ne l'aimait pas non plus.

— Pauvre Romain! me dit-il.

— Pauvres de nous, lui dis-je. Il va falloir se passer de lui, et ce ne sera pas facile tous les jours.

Romain n'avait pas voulu d'un enterrement religieux. Il n'aurait eu pourtant que l'embarras du choix. Sa mère était une Juive allemande et les rabbins, comme les curés, comme les pasteurs, et peut-être les imams, auraient été trop heureux de le récupérer. À la suite d'aventures, dont il ne parlait jamais, dans les sables du désert et du Moyen-Orient, puis dans le ciel de Russie avec ceux de Normandie-Niémen, il était compagnon de la Libération et il dissimulait sous sa manche au lieu de les coudre dessus quelque chose comme des galons de commandant ou peut-être de colonel. Avec un peu de chance, on aurait pu lui monter un de ces ballets à grand spectacle dont les Invalides ont la recette.

Je rêvai quelques instants à cette cérémonie solennelle qui sortait tout armée de mon imagination et qui ne prendrait jamais place dans la réalité à la mémoire de Romain. Il m'était arrivé d'assister aux Invalides aux obsèques d'un autre Romain dont les masques et les pièges m'avaient longtemps fasciné et dont les livres m'avaient tant plu qu'il était devenu pour moi comme un ami lointain qu'on va saluer quand il s'en va : Romain Gary. Je me souvenais de tous les festons, de tous les falbalas combinés avec art pour nous monter le bourrichon : les deux tables en oblique à l'entrée de l'église avec les feuilles bordées de noir où les assistants inscrivaient leur nom et leur adresse ; les employés des pompes funèbres — et la formule «pompes funèbres» était pour une fois justifiée — en serviteurs de Charon qui connaissaient leur monde et qui installaient aux premiers rangs, en face de la famille, derrière une pancarte étonnante où étaient inscrits les mots : *Hautes Autorités*, des ministres et des écrivains ; les grandes orgues, les homélies, l'émotion des uns et la distraction des autres qui lisaient, pour s'occuper, sur les grandes plaques de marbre apposées çà ou là, les étapes foudroyantes de quelques militaires de la Révolution et de l'Empire dont les visages donnés en exemple aux générations à venir étaient représentés en médaillon : sous-lieutenants à seize ans, colonels à dix-neuf, généraux à vingt ans et la gloire ou la mort à vingt-cinq ; la sortie silencieuse de la foule dans la cour ; l'apparition du cercueil porté sur les épaules d'une demi-douzaine de soldats de la Légion étrangère dont le pas lent et cadencé résonnait entre les ailes closes du bâtiment élevé par Libéral Bruant et par Hardouin-Mansart sur les ordres du Roi-Soleil et où dormait l'Empereur ; les discours un peu trop longs qui valaient ce qu'ils valaient, mais on n'en était plus à cela près ni à chipoter sur le style ; les drapeaux qui s'inclinaient, la sonnerie aux morts et *La Marseillaise* qui éclataient au moment où personne ne s'y attendait plus pour faire passer un frisson sur l'échine du public et même des esprits forts les moins sensibles à ce genre de momerie et qui éprouvaient soudain un peu de mal à se défendre contre l'invasion de l'émotion et des bons sentiments surgis d'un passé évanoui et de ses images d'Épinal.

Rien de tout cela pour Romain. Il aimait trop le plaisir pour se laisser aller aux honneurs. Même posthumes, il s'y dérobait comme à une gêne, comme à une atteinte à sa liberté. Il avait interdit à son enterrement la moindre manifestation d'hystérie collective, de chagrin mêlé de larmes, d'émotion ou de regret. À plus forte raison les flonflons de la fête funèbre.

Parce qu'il vivait dans le présent, il se refusait à toute spéculation sur l'avenir après la mort et à tout rappel inutile du passé. La vie était faite, à ses yeux, pour être consommée sur-le-champ et sur place. La vie était un produit à dégustation immédiate et qui ne tolérait aucune tentative de conservation artificielle. Ce n'était pas la peine de l'emballer, de la couvrir de nœuds pour faire joli, de l'exhiber derrière soi ni de pousser de grands cris. Ce qui était fini était fini et on n'en parlait plus.

Les amours qui s'effilochent exaspéraient Romain. Il ne lui serait pas venu à l'idée d'aimer une femme qui ne l'aimait pas ou qui ne l'aimait plus. Tout ce qui ralentissait l'existence, tout ce qui s'attachait au passé ou regardait trop loin vers l'avenir lui paraissait insupportable. Il fallait aller vite et ne jamais regarder en arrière. Il s'étonnait un peu de me voir prendre du temps pour écrire des romans.

— Tu t'en donnes un mal, me disait-il, pour raconter des histoires qui sont toujours moins réussies que la réalité ! Est-ce pour faire parler de toi ? Ou ne peux-tu pas faire autrement ?

— Euh…, répondais-je. C'est comme la peinture… ou la musique… On essaie de… On voudrait…

— Ou t'imagines-tu, ce qui serait pire, qu'il y aura encore des gens pour te lire dans cinquante ans ? Ça te fera une belle jambe quand tu seras mort.

Le rêve de Romain était d'effacer derrière lui toutes les traces de son passage. Il ne voulait rien laisser traîner de son séjour dans ce monde dont il avait tout aimé et qui l'avait traité mieux que personne. Il poussait assez loin ce détachement encore à venir après tant d'attachements.

Le soir, sous une tente, sur un pont de bateau autour d'un bull shot — c'était, je crois, un mélange

16

de vodka et de consommé de bœuf avec quelques gouttes de sauce anglaise ou d'angustura — ou d'un whisky sour — le plus souvent du bourbon avec du sucre et du citron, ou parfois de l'orange —, sur une altana de Venise qui dominait les toits de tuiles, il nous arrivait de parler de la vie, de la mort et du destin des hommes. Les étoiles fourmillaient dans le ciel. Nous les regardions en silence. Je lui demandais à quoi il croyait. Je savais déjà la réponse : il ne croyait à rien.

— Quoi ! lui disais-je. À rien ?

— Mais si ! me disait-il. Au soleil. À l'eau. À la neige sur les montagnes. Aux couleurs de ce monde. À l'amitié. Et peut-être même à l'amour.

— À un plan de l'univers ?

— À quoi ? me disait-il.

— À un dessein de l'histoire. À un sens des choses derrière les choses. À un mystère caché de l'autre côté des apparences.

— À une Providence ? Sûrement pas. Je ne crois à aucun Dieu. Et s'il y en avait un, ce serait à ses partisans d'en apporter la preuve.

— Et après la mort ?

— Après la mort, tu le sais bien, tout le monde le sait, mais on ne veut pas se l'avouer parce qu'on a peur tout simplement, après la mort, il n'y a rien. Nous mourons comme les arbres rongés par le temps qui passe ou frappés par la foudre, comme ces oiseaux de mer dont nous ramassions de temps en temps, tu te rappelles ? sur une plage de Corse ou de Grèce, les corps inanimés, et nous périssons tout entiers.

— Alors, quand tu mourras, il n'y aura pas de prêtre, pas de chants, pas d'espérance, pas de prières ?...

— Des prières ? Pour quoi faire ? Non, bien sûr, je ne veux rien.

— Ton nom sur une dalle, c'est tout ?

Il hésitait un instant.

— Mon nom ?...

Je le voyais réfléchir.

— Mon nom sur une dalle ? Je crois que c'est déjà beaucoup... C'est trop. C'est très inutile... À quoi bon ?... Non, non, je ne veux rien du tout. Pas de prières. Pas de pensée. Dans le genre, tu sais...

— Oui, lui dis-je, dans le genre Porto-Riche : « Je laisserai un nom dans l'histoire du cœur. » Ou dans le genre : « Il naquit au XIXe. Il mourut au XXe. Il vécut au XVIIIe. » Ou encore La Rouërie, et il faut reconnaître que c'était assez bien : « Le mal qui l'emporta fut sa fidélité. »

— Voilà. Quelle horreur ! Surtout, pas de discours. J'ai toujours détesté les discours. Pas de pensée. Pas de dates. Même pas de nom. On me jettera dans un trou, et c'en sera fait de moi.

— Eh bien, lui dis-je, ce ne sera pas gai.

Ce n'était pas gai. Nous pleurions tous. On pleure toujours les morts quand ils nous quittent parce que nous ne les verrons plus ici-bas — même si nous gardons au cœur comme un espoir obscur de les retrouver plus tard et ailleurs. Romain, c'était pire. Nous étions assez nombreux à l'avoir beaucoup aimé et il ne nous laissait pas la moindre chance de jamais le revoir ni ici ni ailleurs, sous quelque forme que ce fût. Il avait tenu une place immense dans la vie de beaucoup d'entre nous et il disparaissait pour toujours, sans nous tendre la moindre perche où raccrocher nos rêves. Il était là, dans une caisse de bois qui allait descendre dans un trou, et chacun d'entre nous, à tour de rôle, c'était la moindre des choses, c'était le service minimum, et c'était très sinistre et très triste, irait jeter une rose sur ce qui restait de lui.

J'étais arrivé au cimetière avec beaucoup d'avance. À part les photographes qui étaient déjà à pied d'œuvre et qui s'agglutinaient autour de Gérard comme les docteurs de la Loi autour d'un Enfant Jésus affolé par les images, il y avait encore peu de monde et je marchais presque seul dans les grandes avenues bordées d'arbres et de tombes. C'était un matin maussade de mars où tombaient quelques gouttes. Le printemps pourtant commençait déjà, au loin, au prix de signes imperceptibles et d'efforts opiniâtres, à percer sous les nuages qui roulaient, là-haut, entre des coins de ciel bleu. Sauf que Romain était mort et que nous allions l'enterrer, c'était une journée comme les autres.

On aurait pu en parler de beaucoup de façons différentes. On pouvait indiquer la température, le degré d'humidité, l'état du sol et de l'air. On pouvait retracer, dans un style académique, l'histoire du cimetière, sa fondation, les personnages illustres qui y dormaient de leur dernier sommeil après avoir traversé l'existence avec plus ou moins d'éclat. On pouvait décrire du dehors, dans un genre plus moderne, les arbres, les tombes, les bâtiments du culte et de l'administration. On pouvait aussi, à la façon d'un Dieu malin et curieux qui lirait dans les consciences, entrer, comme tant d'autres qui ne doutaient de rien, dans les cœurs et les têtes et essayer d'imaginer les pensées obscures des rares passants qui, ouvriers, flâneurs ou parents de défunts, circulaient dans les allées. Le monde est fini — et il est inépuisable. Il s'impose à nous — et on peut tout en dire. Tout. Presque n'importe quoi. Et personne ne s'en prive.

Les choses, ce jour-là, s'organisaient autour de

Romain. Il était, pour quelques heures, au cœur même de ma vie. Elle tournait autour de lui. C'était son jour et sa fête en larmes. Parce que nous étions amis et qu'il venait de partir pour jamais.

L'immense univers se réduisait à son souvenir. Depuis quarante-huit heures, depuis la nouvelle de sa mort qui m'avait foudroyé, je n'avais parlé que de lui, on pouvait presque dire que je n'avais pensé qu'à lui. La mort, comme l'amour, fait disparaître tout le reste. Il y avait lui et moi. Et les liens innombrables qui nous unissaient l'un à l'autre.

Je pensais à lui. Des images me revenaient. Je le revoyais à Venise, à Bali, au monastère Sainte-Catherine, dans le Sinaï, où nous étions allés ensemble. C'étaient de jolis souvenirs. De temps en temps, déjà, son visage s'effaçait : je ne parvenais plus à me le représenter. Il m'échappait. Il se dissolvait. Une espèce de panique s'emparait de moi. Je me demandais si j'allais bientôt être incapable de le faire revivre même en souvenir. C'est à ce moment-là que j'aperçus au loin, en train de marcher vers moi, les mains dans les poches de son vaste pardessus, la silhouette familière de Victor Laszlo.

Le manteau noir qui l'enveloppait était orné d'un col de fourrure. Il portait des gants, des bottillons de daim qui montaient assez haut et, comme toujours, son fameux nœud papillon à pois qui jouait le rôle d'un drapeau pour des milliers d'étudiants qui ne juraient que par lui. Ses yeux brillaient derrière ses lunettes et, sous ses cheveux blancs, il avait l'air, dans le décor sinistre du cimetière, de s'amuser à la folie.

Victor Laszlo était un curieux homme. Il était hongrois d'origine et il enseignait à l'École pratique des hautes études. Qu'enseignait-il ? C'était difficile

20

à dire. Victor Laszlo était linguiste. Il parlait une bonne vingtaine de langues et il avait commencé, à Paris et à Princeton, par donner des cours sur les langues tibétaines. Sous l'influence de Jacques Lacan dont il avait été le patient, puis l'élève à l'École normale et qui soutenait que l'inconscient est structuré comme un langage, il avait glissé à la psychanalyse et de là à presque tout. Il se disait mythologue et il étudiait, avec des mots savants, les structures cachées et les valeurs souterraines des civilisations. Il était surtout merveilleusement intelligent et ses cours aux Hautes Études attiraient, comme Bergson jadis ou Foucault au Collège de France, une foule bigarrée d'étudiants, de clochards en quête d'un peu de chaleur, de fonctionnaires ambitieux et de femmes du monde qui avaient eu des malheurs et que la religion ne suffisait plus à consoler. À la fureur des romancières et des auteurs de polars, son livre *Terreur et Langage*, dont Queneau assurait que les soixante premières pages avaient été rendues incompréhensibles par un mastic malencontreux, était resté huit mois dans la liste des succès de *L'Express*. Blondin prétendait que l'ouvrage n'était pas fait pour être lu, mais plutôt pour être là.

J'avais suivi moi-même, avec un mélange irritant d'agacement et d'admiration, quelques-uns de ses cours et j'avais fini par me lier sous réserve avec lui. Je l'avais rencontré un soir dans une maison familière, du côté du Panthéon, où se retrouvait régulièrement un petit groupe d'amis venus d'horizons différents et à qui il arrivait d'accueillir des invités extérieurs. C'était vers la fin du règne du général de Gaulle. Laszlo avait dit pis que pendre du président de la République qu'il avait imité avec beaucoup de talent et il avait fait rire à ses dépens, avec cruauté, presque avec violence, peut-être avec une sorte de haine, tout le public des habitués, parmi lesquels, outre le maître de maison et moi-même, Romain, Gérard et quelques autres. Le Général inaugurait le lendemain une exposition d'antiquités égyptiennes au musée du Louvre. J'étais venu avec Romain et contemplais d'un peu loin la foule des courtisans qui s'efforçait de prendre d'assaut le chef de l'État lorsque, à ma stupeur, j'aperçus mon Victor qui, à force de jouer des coudes, avait réussi à se planter devant le Général. Et je l'entendis débiter à haute et intelligible voix une profession de foi en bonne et due forme que personne ne lui demandait et qui se terminait par ces mots :

— Soyez sûr, monsieur le président de la République, que vous n'avez pas de partisan plus fidèle ni plus dévoué que moi.

Il y a un passage de *L'Éducation sentimentale* de Flaubert qui m'a toujours enchanté. Frédéric Moreau, le héros, a un ami du nom de Sénécal. Un jour, sur une barricade si je me souviens bien, ou peut-être lors du sac des Tuileries, Frédéric Moreau, après l'avoir longtemps perdu de vue, se retrouve nez à nez avec Sénécal, mais du côté où il ne l'attendait pas. La première fois que je les ai lus et chaque fois que je me les répète, les mots de Flaubert m'ont fait battre le cœur : «Et Frédéric, béant, reconnut Sénécal.» C'est avec des sentiments du même ordre que j'observais Victor dans son numéro d'allégeance à sa victime de la veille.

Laszlo m'aperçut en train de le regarder avec stupéfaction. Il se tourna vers moi sans la moindre gêne apparente et me jeta en riant :

— Ah! ah! vous venez de me voir dans un de mes

exercices de diablerie. Qu'en dites-vous? Amusant, n'est-ce pas? Et plutôt réussi.

Il en fallait beaucoup pour l'ébranler si peu que ce fût dans la foi aveugle qu'il avait en lui-même.

— Vous venez pour Romain? lui dis-je.

— Pour qui ou pour quoi voulez-vous que je vienne? me répondit-il. Vous figurez-vous, par hasard, que je me promène parmi les tombes à la recherche d'inspiration funèbre et des fantômes du passé?

— Je ne savais pas que vous étiez liés.

— L'étions-nous? me dit-il. Je n'en suis pas très sûr. Mais j'étais ami de son père.

Nous marchions maintenant côte à côte.

— Romain était un homme de plaisir, reprit-il. Et de désir. C'est ce qui m'intéresse en lui. Le désir est la clé de tout. Vous savez, les valeurs, les idéologies, la morale, les convictions... Je crois à l'histoire. C'est le désir qui fait l'histoire. Séduction, ambition, sainteté, désespoir... : il prend tous les visages. Il ne cesse jamais de se contredire. Il mène à tout, et même à rien. C'est la seule racine commune que j'aie trouvée à ces actions des hommes qui partent dans tous les sens. Ils font la guerre : c'est le désir. Ils dorment : le désir. Ils ne font rien du tout : le désir. Ils se tuent : le désir. Ils chantent : le désir, toujours le désir.

Et, dans l'allée du cimetière où nous étions heureusement encore seuls tous les deux, Victor Laszlo se mit à chanter. L'air de Leporello, je crois, tout au début de *Don Juan* :

> *Notte e giorno faticar*
> *Per chi nulla sa gradir;*
> *Pioggia e vento sopportar,*
> *Mangiare male e mal dormir!*

Voglio far il gentiluomo,
E non voglio piu servir...

Il levait les bras, imitait les chanteurs, se moquait de lui-même, esquissait des pas de danse. On eût dit, surgi des tombes, qu'un orchestre invisible l'accompagnait en silence. C'était le neveu de Rameau ressuscité dans un cimetière, sous un ciel du mois de mars, vers la fin du xxe siècle. Je le regardais les yeux ronds et je ne pouvais m'empêcher d'admirer tant de liberté de pensée et de mouvement et ce sens du comique plus ou moins volontaire.

— Si je devais choisir quelqu'un pour incarner les années qui viennent de s'écouler, je n'irais pas chercher un penseur, un chef de guerre, un artiste, un sportif, je prendrais Romain. Parce qu'il était le plus libre d'entre nous et que son désir a reflété mieux que tout autre le monde où nous avons vécu. Savez-vous qu'il a fait la guerre de bout en bout avec un mélange de nonchalance et presque d'héroïsme ?

Je murmurai que cette rumeur était parvenue jusqu'à moi.

— Les belles guerres, moi, vous savez ce que j'en pense : je m'en fiche un peu. Ce n'est pas ma tasse de thé. Mais ce qu'il y a d'important, hein ! Vous savez bien ce qu'il y a d'important ?...

Je dus avouer, à ma courte honte, que je n'avais aucune idée de ce qui était important.

— Ce qui est important aujourd'hui, c'est ce qui n'était pas important hier. C'est quoi, hein ?... C'est quoi ?...

Il me prenait par le bras en marchant et il le serrait si fort que j'eus soudain le sentiment d'être soumis à un interrogatoire de police mené par un inquisiteur au bord de l'hystérie et que la prochaine étape, pour me faire avouer un secret que je ne connaissais pas, serait très proche de la torture.

— Il y a des gens pour prétendre que vous êtes intelligent, mais vous n'en fournissez pas les preuves aux enterrements de vos amis. Ce qui n'était pas important hier parce que tout se passait en dehors sous les espèces du destin et qui est si important aujourd'hui parce que tout se passe en dedans sous la forme de l'engagement, mais c'est l'histoire, voyons ! Vous savez ce que c'est, l'histoire ?

— Vous devriez me l'apprendre, murmurai-je. C'est votre domaine, je crois ?

— Ah ! voilà le plus beau ! éclata-t-il. C'est aussi le vôtre. Ou ce devrait l'être. Vous écrivez des romans, m'a-t-on dit ? Qu'est-ce que vous racontez, dans vos romans ?

Expliquer vers la fin de l'hiver dans une allée de cimetière à un professeur de linguistique aux Hautes Études ce que je racontais dans mes romans me parut au-dessus de mes forces.

— Si vous parlez d'autre chose que de l'histoire, j'aime mieux vous le dire tout de suite : vous perdez votre peine. Vous devez parler de l'histoire. Et pourquoi devez-vous parler de l'histoire ? Parce que, moi, je ne sais pas ce que c'est. Comme le temps pour saint Augustin : «Qu'est-ce donc que le temps ? Si personne ne me le demande, je sais bien ce que c'est ; mais si quelqu'un me le demande, et que je veuille l'expliquer, je ne sais plus ce que c'est.» C'est aux romanciers de parler de l'histoire, parce que les historiens, à force de se demander ce qu'est l'histoire et d'essayer de l'expliquer, finissent par ne plus savoir de quoi ils parlent.

La tête me tournait un peu.

— Peut-être parce qu'il ne s'interrogeait jamais

sur elle, votre ami Romain donnait une assez bonne idée de l'histoire de notre temps. Savez-vous que son père était hitlérien ?

Je tombais des nues. L'idée me venait tout à coup que Romain ne m'avait jamais parlé de son père. Ce silence ne suffisait pourtant pas à en faire un hitlérien.

— Hitlérien ? m'écriai-je.

— Il a même fait la guerre d'Espagne. Et pas du côté de Malraux, d'Hemingway ou d'Orwell. Rappelez-moi donc les titres de vos romans ?

— Heu…, murmurai-je, accablé par ce coup du sort.

— Y parliez-vous de Staline et de Hitler ?

— Eh bien…, lui dis-je, ça m'est arrivé… Oui, je crois bien me souvenir que, dans plusieurs de mes livres, j'ai parlé de Staline et j'ai parlé de Hitler…

— Il ne fallait pas parler d'autre chose. Tout le reste est assez inutile, surtout dans un roman. Ce n'est plus, dans ce siècle, l'ombre de son ange gardien qui accompagne chacun de nous : ce sont les ombres jumelles et ennemies de Staline et de Hitler. Les histoires d'amour, d'ambition, de succès et d'échecs, qui ont fait la fortune des romans du XIXᵉ, n'ont plus la moindre importance. Et même l'argent et Dieu, qui sont de fameux ressorts, ont beaucoup perdu de leur force et de leur influence. Ce que ne peuvent pas expliquer les historiens et que doivent rendre les romanciers à coups de petits détails vrais sur les cafés, sur l'opéra, sur les voyages, sur le temps qu'il fait et sur ce qui se raconte, c'est que l'existence quotidienne de trois générations successives, avant même Staline et Hitler, du temps de Lénine ou de la République de Weimar, et encore bien après eux, jusqu'à nous, aujourd'hui, et peut-être au-delà de nous, a été dominée par Hitler et Staline, par leur haine mutuelle, par leur complicité, par leur alliance passagère et par leur lutte à mort.

— Peut-être pourrait-on aussi, loin de Staline et de Hitler, bredouillai-je dans un souffle, croire à la liberté, au progrès, à la démocratie?

— Vous voulez rire? s'écria-t-il. Essayez donc d'écrire un bon roman sur le progrès de la démocratie et des idées libérales! Tout le monde se moquera de vous et l'ennui submergera vos lecteurs. En littérature, la démocratie vaut le bonheur et les bons sentiments: une catastrophe. Ce qui donnera ses vraies couleurs, des couleurs assez vives, des couleurs noires et rouges, au temps que nous avons vécu, ce sont les flammes de l'enfer déchaînées par le communisme et le national-socialisme. Voilà ce qui compte! À la bonne heure! Enfin un peu de piment dans les potages insipides de la bourgeoisie conservatrice et du radical-socialisme! Comme nous nous serions ennuyés sans Hitler et Staline! Avec sa mère juive et son père nazi, Romain était bien placé pour tomber, un peu au hasard, d'un côté ou de l'autre. Il ne croyait à rien, vous le savez bien. Il aurait fait un bon SS, vous ne croyez pas?

— Mais non, dis-je d'une voix aussi ferme que possible, non, je ne le crois pas.

— Les événements vous donnent raison, puisqu'il n'a pas été un SS et qu'il a servi dans Normandie-Niémen aux côtés des Soviétiques, dont il détestait les idées, le régime et le mode de vie.

— Sans doute détestait-il plus encore les idées et le régime des nazis?

— C'est bien possible, grommela-t-il. Mais vous savez comment et pourquoi il est parti pour l'Angleterre, le 21 ou 22 juin 40?

Non, je ne le savais pas. Et c'était un peu vexant:

jamais Romain ne m'avait soufflé mot de ce choix dont il était permis de penser qu'il était décisif.

— Il a tiré au sort. Il y avait une dame dans le coup et il était ivre mort. Il avait dix-sept ans. À dix-sept ans, vous savez, la conscience historique... On n'est pas sérieux quand on a dix-sept ans... Il avait un père armateur et fasciste qui l'emmenait en avion à partir de dix ans et l'avait fait piloter à quinze, les étudiants, à cette époque, étaient plutôt à droite et, comme tous les garçons de son âge, il lisait Drieu et Montherlant : *Gilles*, *Aux fontaines du désir*, *La Petite Infante de Castille* et surtout *Service inutile* et la « Lettre d'un père à son fils ». Vous avez lu la « Lettre d'un père à son fils » ?

— Heu..., lui dis-je, il me semble que oui.

— « Il vous semble » !... Ah ! bon... Eh bien, *Service inutile*, ce n'était pas mal du tout. Un peu soufflé, peut-être... Un peu grandiloquent : « Nous sommes les chevaliers du néant... Je n'ai que l'idée que je me fais de moi pour me soutenir sur les mers du néant. » Vous vous rappelez tout ça ; et les attaques de Montherlant contre la « morale de midinette ».

Oui, oui, je me rappelais, mais vaguement.

— Romain avait grandi là-dedans. Dans Gide aussi, évidemment... *Les Nourritures terrestres*... *L'Immoraliste*... Je crois me souvenir que Romain aimait beaucoup *Paludes*. Vous ne le connaissiez pas, en ce temps-là, vous n'étiez pas encore né...

— Mais si ! lui dis-je. J'étais né...

— Moi, j'étais un ami de son père qui était un fameux réactionnaire. Pas de ces libéraux mollassons d'aujourd'hui qui ont peur de leur ombre et qui ne jurent que par le marché. Le marché !... Vous voudriez mourir pour le marché, vous ? Il était nourri de Maurras et de Léon Daudet, il s'y connaissait en avions plutôt mieux que Malraux, il s'était battu à Valence et sur le front des Asturies du côté de Franco et il avait chanté le chant des phalangistes :

Cara al sol con la camisa nueva
Que bordaste de rojo ayer...

Il se remettait à chanter dans le cimetière désert et, s'immobilisant tout à coup et levant le bras droit, il faisait le salut fasciste devant les tombes ahuries.

— Ça, on pouvait se faire tuer pour des mots comme ceux-là... Ah ! la la ! ce sont de jolis souvenirs, hein

— De jolis souvenirs ! m'écriai-je.

— Allons ! Ne jouez pas, je vous prie, à la jeune fille effarouchée. Nous sommes entre nous, mon vieux. Et si Romain était encore là, il se moquerait de vous. Quand j'étais jeune, il n'y avait que deux choses amusantes et assez proches l'une de l'autre pour se haïr à mort — et pour se comprendre à demi-mot : le fascisme et le communisme. Ils se sont compris d'ailleurs autant qu'ils se sont haïs, et il n'y a eu que les imbéciles pour pousser des cris d'orfraie à la signature du pacte germano-soviétique. Je vais vous dire un secret : dans le temps de ma jeunesse, quand j'étais si lié avec le père de Romain — mais tombeau, hein ! tombeau ! —, j'hésitais encore entre Staline et Hitler.

— Ah ! Vous hésitiez ? lui dis-je.

— C'était une époque épatante. Et pas seulement parce que j'étais jeune. C'était l'époque où de Gaulle dédiait ses livres à Pétain et où Drieu et Malraux étaient amis intimes. L'histoire qu'on étudie après coup est toujours assez loin de ce qu'était, en son temps, l'histoire en train de se faire. C'est la distinction qu'indiquent très bien les Allemands entre l'*Historie* des professeurs et la *Geschichte* des vivants. Vous n'ignorez tout de même pas que Drieu la Rochelle était le parrain d'un des fils de Malraux et que Malraux a tout fait, à la Libération, pour essayer de sauver Drieu?

Non, c'était une chance, je ne l'ignorais pas.

— Romain était amoureux d'une femme qui avait quinze ans de plus que lui: elle était la femme du préfet de police de Marseille. C'était plutôt elle, d'ailleurs, qui s'était prise de passion pour Romain. Elle était drôlement bien et elle n'avait pas froid aux yeux. Et lui avait un ami... tenez! vous savez qui c'était? Vous connaissez sûrement son nom: c'est le grand chancelier de la Légion d'honneur, le général Dieulefit. Ils étaient au lycée de Marseille, tous les deux, et ils étaient inséparables. L'hiver, ils faisaient du ski ensemble, et l'été, du bateau, dans les calanques de Cassis. Dès qu'ils avaient trois heures devant eux, ils partaient pour Istres rôder autour des avions.

«Le soir dont je vous parle, André m'a vingt fois raconté cette histoire, ils...

— André?... demandai-je.

— André? Mais secouez-vous un peu, mon vieux: c'était le père de Romain, le mari de la juive allemande, le partisan de Franco, l'armateur de Marseille, le cinglé d'aviation. Ce soir-là, dans un bistrot du port, il y avait Romain, Hélène et Simon Dieulefit. Simon bouillait: il voulait préparer Saint-Cyr et il rêvait d'aller se battre. Déjà le nom et la voix d'un général à titre temporaire qui s'appelait Charles de Gaulle et qui avait eu le culot de désobéir et de s'envoler vers Londres commençaient vaguement à agiter les esprits. Simon Dieulefit n'avait qu'une idée en tête, c'était de le rejoindre. Vous pensez bien qu'Hélène, qui avait les yeux verts et des jambes interminables qui commençaient aux épaules pour descendre jusqu'à terre, ne pensait à rien d'autre qu'à retenir son Romain. C'était son petit garçon, et le petit garçon était déjà un homme.

« Romain s'était saoulé à mort et, ne sachant plus quoi faire entre Hélène et Simon qui le poussaient à hue et à dia, il décida tout à coup de tirer à pile ou face son départ pour l'Angleterre. Hélène, les larmes aux yeux et le cœur en compote, elle était fin saoule elle aussi, fut priée de jeter en l'air une de ses pièces de cent sous. Ils se précipitèrent à terre tous les trois pour regarder leur destin : c'était face.

« Le matin, à cinq heures, Simon et Romain s'embarquaient sur un rafiot qui partait pour Alger. Vous connaissez la fin de l'histoire.

— La fin de l'histoire… ? murmurai-je. Quelle fin de l'histoire ?

— Non, mais quel crétin ! souffla-t-il à voix basse et comme si j'étais absent. Il ne sait vraiment rien de rien. Je croyais que c'était votre ami ? Au beau milieu de la Méditerranée, Romain et Simon s'emparèrent du bateau à la façon d'Humphrey Bogart dans *To Have and Have Not* que nous appelons *Le Port de l'angoisse*… ou, peut-être, non…, attendez !…, c'était peut-être plutôt dans *Key Largo*… et le contraignirent par la force à se diriger sur Gibraltar. De Gibraltar…

Les gens commençaient à arriver. De petits groupes se formaient dans l'auguste malaise inséparable des obsèques et des visites royales. Je me demandais ce que Romain, qui craignait l'ennui plus que le danger, aurait bien pu penser de son propre enterrement. Il aurait fui, j'imagine. Il aimait trop la vie. Il aurait emballé l'une ou l'autre des jeunes femmes qui étaient en train de pleurer sur sa disparition et il serait parti avec elle. Il menait les choses tambour battant et il me faisait souvent penser à un héros de roman qu'aurait joué Cary Grant aux côtés, peut-être, de Katharine Hepburn. Je n'avais ni son culot ni son indifférence. Je me tournai vers Victor :

— Allons-y ! soupirai-je.

Il me donna congé avec une tape sur l'épaule et j'allai baiser la main de Margault Van Gulip. Elle me serra contre son cœur parce qu'elle aussi aimait Romain.

Il n'y avait rien de commun entre Victor Laszlo et Margault Van Gulip. Ils appartenaient à deux mondes différents et ils auraient très bien pu ne jamais se rencontrer. Leur seul lien était Romain. Et puis moi, du même coup. Margault, la reine Margault comme l'appelaient ses amis, se déplaçait rarement seule. Elle était toujours entourée d'admirateurs ou de bouffons qui étaient chargés de la protéger, de la distraire, de la faire rire et qu'elle nourrissait en échange. Au cimetière, ce jour-là, elle était flanquée de deux frères qui avaient beaucoup traîné, aux beaux jours de leur jeunesse, entre le Traveller's et les planches de Deauville ou de Monte-Carlo. L'un passait pour l'amant d'une de ces reines en exil qui faisaient rêver le jeune Proust, l'autre était soupçonné d'être interdit de casino pour avoir triché au jeu : on les avait baptisés Bourg-la-Reine et Choisy-le-Roi. Et la Grande Banlieue quand ils se promenaient ensemble.

Comme Victor Laszlo, Margault Van Gulip était une légende vivante. Sa beauté sombre et éclatante avait défrayé la chronique des Années folles de l'entre-deux-guerres. Pour rester dans le domaine de la seule littérature où elle avait joué un rôle qui était loin d'être négligeable, D'Annunzio déjà âgé, Aragon entre

Nancy Cunard et Elsa Triolet, Paul Morand au temps où il était diplomate avaient successivement ou simultanément succombé à ses charmes. Elle apparaît à plusieurs reprises, sous des visages très différents qui ajoutent à son mystère, dans des correspondances enflammées. Ses amies, ou elle-même, répandaient volontiers le bruit que la liaison officielle de Malraux avec Louise de Vilmorin ne faisait que dissimuler la passion que l'auteur de *La Condition humaine* et de *L'Espoir* aurait, très tôt, nourrie pour elle. Sous le titre *Une femme singulière*, Jules Romains lui avait consacré un roman transparent et un peu oublié, qui avait soulevé à l'époque des remous dans un petit milieu parisien, mais qui l'avait laissée de marbre. Elle flottait, souveraine adulée et cruelle, dans un rêve de souvenirs.

L'origine des grands mythes baigne toujours dans la brume. Les uns soutenaient qu'elle était née dans un bordel du Proche-Orient, les autres qu'elle était la fille d'un rabbin très pieux de Tunis ou de Tripoli. De temps en temps, elle laissait échapper, avec une feinte négligence, des images flamboyantes qui pouvaient renvoyer aussi bien à une enfance misérable qu'à des décors des *Mille et Une Nuits*. Très vite — *Dans l'Orient désert quel devint mon ennui...* —, elle s'était échappée avec une curiosité et une énergie sans limites vers de nouveaux destins. Elle s'était unie trois ou quatre fois à des maris dont les noms étaient moins célèbres que ceux de ses amants, mais dont la fortune était autrement considérable. Elle avait habité Rome, Londres, Venise, New York, Paris où sa maison du quai d'Anjou était devenue le rendez-vous de la mode, du théâtre, du journalisme et de la diplomatie. Elle affectait de ne pas garder le moindre souvenir de quelques-uns de ceux qui l'avaient approchée de très près, et beaucoup de ceux qui ne la connaissaient pas se vantaient d'appartenir au cercle restreint de ses intimes.

— Mon Dieu! me dit-elle, comme nous avons aimé Romain, vous et moi!

Que pouvais-je répondre?

— Vous souvenez-vous de Patmos? me demanda-t-elle avec un sourire où elle réussit à faire entrer — et les succès innombrables de la caricature ravagée par les ans que je tenais sous mes yeux et qui me tenait dans ses bras me revinrent aussitôt à l'esprit et au cœur — tout le bonheur du monde et toute sa désolation.

Si je me souvenais de Patmos! J'avais vingt ans, ou un peu moins, un soleil de feu dévorait le ciel grec, le passé revenait en trombe m'emporter dans les plis de ses voiles enchantés et le cimetière, d'un seul coup, s'effondra dans un présent transformé en néant.

Je connaissais la Grèce: j'avais lu quelques pages d'Homère, d'Eschyle et de Sophocle, de Platon, de Thucydide. J'avais un faible pour Alcibiade et ses défauts si brillants. Je me rappelais Socrate en train de tremper ses doigts de pied dans la fraîcheur de l'Ilissos. Et la formule de Platon serinée par Alain à ses élèves de la khâgne d'Henri-IV: «σὺν ὅλῃ τῇ ψυχῇ εἰς τὴν ἀλήθειαν ἰτέον» — «il faut aller à la vérité de toute son âme». Je savais par cœur la scène si belle de *L'Iliade* où Hector, le fils du roi Priam, en train de partir combattre les Grecs qui assiègent sa ville de Troie, fait ses adieux à Andromaque et où le panache en crins de cheval qui oscille au sommet du casque paternel effraie Astyanax, âgé de quelques années ou peut-être de quelques mois. Aussitôt, l'illustre Hector ôte ce casque terrifiant, le dépose sur le sol, prend son fils contre lui, le couvre de baisers et le remet enfin dans les bras d'Andromaque qui « le reçoit, dit Homère, sur son sein parfumé, avec un rire en pleurs » :

« ὣς εἰπὼν ἀλόχοιο φίλης ἐν χερσὶν ἔθηκε
παιδ' ἑόν· ἡ δ'ἄρα μιν κηώδεϊ δέξατο κόλπῳ
δακρυόεν γελάσασα. »

Le rire en pleurs d'Andromaque me transportait de bonheur. J'y voyais une des racines de ce monde romanesque qui, depuis déjà plusieurs siècles, double notre monde réel. Au terme d'une lente croissance, le roman se dégage peu à peu des héros et des dieux qui l'avaient tenu, enfant, dans le monde hellénique, sur les fonts baptismaux, il se tourne vers les hommes, vers leurs passions dévorantes et souvent contradictoires et il atteint enfin à sa maturité chez les barbares d'Occident, avec Rabelais et Cervantès : il naît chez Homère dans l'oxymoron de génie qui fait revivre sous nos yeux la mère d'Astyanax.

La Grèce, depuis longtemps, me faisait signe à travers les livres qui avaient beaucoup — et peut-être un peu trop — occupé ma jeunesse. La tête tournée par des aventures dans leur version imprimée, je ne m'étais jamais rendu sur les lieux où vivaient tant de héros qui valaient bien Swann, Gilles, Aurélien, mon amie Nane, Pandora ou Laura, le cavalier de *La Semaine sainte*, le héros malheureux du *Soleil se lève aussi* ou le bon Rick de *Casablanca* qui avait le cœur si tendre et les traits d'Humphrey Bogart : Antigone, Diotime, Achille, le subtil Ulysse, Périclès, ce voyou d'Alcibiade qui plaisait si fort à Socrate et toute cette ribambelle de philosophes qui me tourneboulaient. Quand l'occasion se présenta de partir pour la mer Égée et le Dodécanèse, je la saisis par les cheveux. Seigneur ! que la vie était belle quand j'avais dix-neuf ans ! Ou peut-être, plutôt, comme mes dix-neuf ans, à l'époque si pénibles, me paraissaient charmants quand je les revoyais, au loin, dépouillés de toute angoisse et de toute amertume, parés de toutes les vertus du souvenir et du passé, sous la lumière d'origine répandue d'un seul mot — le mot radieux de Patmos — dans le cimetière évanoui où reposait Romain par le sourire en larmes de Margault Van Gulip !

J'avais dix-neuf ans. Je venais d'être reçu à un de ces concours terrifiants et inénarrables où se recrute, selon les uns, l'élite de la nation et qui servent, selon les autres, à perpétuer en douceur la domination de la bourgeoisie. J'avais lu beaucoup de livres, je ne savais rien de la vie. Je nourrissais, dans un cœur enflammé de lectures, de grandes et vagues espérances où se mêlait en secret un peu d'appréhension devant un avenir inconnu.

Je ne sais plus qui, rue d'Ulm, eut une idée de génie. Peut-être le secrétaire général, qui s'appelait Jean Baillou ? Peut-être Louis Althusser, philosophe amical et marxiste qui occupait les fonctions de « caïman » et qui servait de lien entre les élèves et l'administration avant d'entrer dans les ténèbres qui allaient le mener, la vie est une machine à créer des bonheurs et à créer de la souffrance, à étrangler sa femme Hélène ? Peut-être, tout simplement, le directeur de l'École lui-même — et je ne sais même plus si c'était encore Pauphilet, spécialiste du Moyen Âge et d'*Aucassin et Nicolette*, ou déjà Hyppolite, agent de Hegel en France, traducteur éminent de la *Phénoménologie de l'esprit*, ou peut-être même Flacelière, victime en son temps d'un canular des normaliens sans cœur qui, non contents d'envoyer, en son nom et à son insu, une lettre de candidature à l'Académie française, avaient poussé la perfidie jusqu'à démentir son démenti dans les colonnes du *Monde* ? L'idée de génie consistait à organiser, à bas prix, à la fin du mois de juillet ou au début du mois d'août, pour quelques jeunes gens ivres d'idées et de formes, un voyage culturel et archéologique en Grèce.

L'idée n'était pas neuve. Quelques années plus tôt, une croisière restée célèbre dans les annales conjointes de l'hellénisme et de la rue d'Ulm avait déjà emmené en Grèce un groupe de normaliens où brillaient les noms, alors confidentiels, mais destinés plus tard à la célébrité, de Jacqueline de Romilly et de Roger Caillois. Caillois, encore très mince et séduisant dans son rôle de beau ténébreux avant de s'arrondir sous les espèces d'un Bouddha bon vivant, et déjà démoniaque avant de partir pour l'Argentine en compagnie de l'irrésistible Victoria Ocampo qui venait de se séparer de Drieu la Rochelle, avait frappé les esprits en négligeant Apollon au profit de Dionysos et en soulignant à plaisir tout ce que le ciel lumineux de l'Hellade dissimulait de souterrain, d'inquiétant et d'obscur. Nous partîmes joyeux sur les traces de nos anciens.

La mer, malgré le meltem qui soufflait assez fort, fut un enchantement. La terre était couverte de statues et de temples. Nous montions à l'Acropole, nous traînions dans les Propylées, dans le Parthénon, dans l'Érechthéion flanqué de son portique soutenu par les Corés appelées aussi Caryatides et dans le temple d'Athéna Niké ou de la Victoire aptère. Les temples, les statues, la colline des dieux avec ses moindres détails, nous les reconnaissions aussitôt parce qu'avant même de les voir nous en savions déjà presque tout. Nous allions dîner à Vouliagmeni sous les tonnelles de la taverne Léonidas. Nous embarquions à Pacha Limani, qui est un des ports du Pirée. Nous visitions Salamine, Égine, le cap Sounion, où nous cherchions avec fièvre, et d'ailleurs sans succès, la signature de Byron sur une des colonnes du temple de Poséidon, et Délos dont les *kouroi* et les lions nous montaient à la tête. Nous descendions vers Santorin avec des rêves d'Atlantide. Nous passions enivrés par le Dodécanèse. Le soleil nous brûlait, nous louions des bicyclettes ou des motobécanes pour nous promener dans les îles à travers les champs de lavande et nous nagions dans la mer des héros et des dieux.

Dans les dernières années de sa vie, saint Jean, le disciple bien-aimé, celui qui avait pleuré au pied de la croix aux côtés de la Vierge Marie et qui avait recueilli le corps pantelant du Christ supplicié, se retira à Patmos pour écrire l'Apocalypse. Patmos était la dernière île que nous devions visiter avant un long retour de nuit, sans escale, vers Athènes. Plusieurs îles grecques sont plates ; celle de Patmos est escarpée et le village de Chora, qui joue le rôle de capitale, est dominé par un monastère, Haghios Yoannis Theologos, dont la bibliothèque est célèbre. Nous débarquâmes comme tout le monde dans le petit port de Scala — beaucoup de ports grecs qui ont subi l'influence de Venise ou de Gênes portent le nom de Scala —, aux portes de Chora, et, comme tout le monde encore, nous nous préparâmes lentement à monter vers le monastère. Il faisait très chaud. Nous décidâmes de nous baigner avant d'attaquer l'ascension qui s'annonçait assez rude.

Nous venions à peine de nous jeter à l'eau qu'un surprenant véhicule apparut sur la plage presque déserte. C'était une petite voiture blanche et ouverte comme on en voit sur les golfs ou au cinéma, dans les grands jardins plantés de palmiers des hôtels exotiques. Elle était surmontée d'une espèce de dais chargé de protéger du soleil le conducteur et les passagers. De la voiture, qui tenait du robot à explorer la Lune, du bibelot de salon et de la papamobile, descendirent une dame brune avec des lunettes noires, vêtue d'une longue robe claire et très ample sous un grand chapeau de paille, et une jeune fille blonde en short et débardeur. Elles tirèrent de l'arrière de la voiture un grand panier d'osier qu'elles déposèrent sur le sable et dont elles se mirent à sortir, à la façon de sylphides prestidigitatrices et marines, des tomates, des œufs durs, un peu de jambon, des melons et deux bouteilles de vin. Il y avait parmi nous un spécialiste des présocratiques, un linguiste plutôt pointu qui ne jurait que par Hjelmslev, par Benveniste, par Chomsky, un historien des gnostiques et des Bogomiles, une philologue classique qui s'intéressait aux travaux de Ventris et Chadwick et au linéaire B. Nous regardions, les yeux ronds. Sous le soleil de *L'Odyssée*, c'était l'irruption du roman anglais dans un cours du Collège de France. C'était Mme Solario au quartier Latin.

Nous étions muets de saisissement. Il était presque impossible, dans la crique écrasée de soleil, de nous éviter les uns les autres. Ce fut Mme Solario qui ouvrit le feu avec simplicité.

— Je m'appelle Meg Ephtimiou.

Après s'être présentée, elle nous distribua des fruits et des biscuits un peu durs. La jeune fille était allemande, avec un peu de sang russe qui lui relevait les pommettes et s'appelait Élisabeth.

— Elle joue du violon, dit Mme Solario.

Nous passâmes ensemble, étendus sur le sable, devisant et dormant, nous jetant dans l'eau de temps à autre, deux heures délicieuses et un peu raides. Quand les deux dames se levèrent pour regagner leur maison, elles nous proposèrent de venir avec elles. Il était exclu, de toute façon, de monter tous ensemble dans la papamobile. Nous nous scindâmes en deux groupes. Les uns, les plus nombreux, abandonnèrent à leur sort Mme Solario et la violoniste ; trois autres — et j'en étais — décidèrent d'accepter l'invitation. La philologue classique s'installa en voiture avec les dames. Le Quémenec et moi, avec l'aide d'Élisabeth, nous dénichâmes deux ânes chargés de nous hisser jusqu'à Haghios Yoannis Theologos. La maison de Mme Solario s'élevait derrière le monastère.

Le jour commençait à courir vers sa fin. Le soleil allait mettre longtemps à tomber en ces jours interminables de l'été. Il avait déjà dépassé la sauvagerie écrasante de midi. Une espèce de douceur se mettait dans les choses. Élisabeth, qui était arrivée bien avant nous dans sa voiture d'opérette, revenait à pied en arrière pour nous montrer le chemin. La maison de Mme Solario était une vieille et grande bâtisse aux murs épais qui avait dû servir jadis de demeure aux serviteurs du monastère. Maintenant, se succédaient, à des étages différents, trois terrasses envahies de fleurs rouges dont je répétais le nom avec enivrement : «bougainvillées, bougainvillées...» Et, à travers les bougainvillées, de chacune des terrasses se découvrait la mer. La philologue classique laissa échapper un léger sifflement.

— Bien entendu, s'écria Meg Ephtimiou, vous restez avec nous pour dîner et dormir. Vous pouvez même vous installer pour quelques jours. Je dois me rendre à Paris la semaine prochaine : ce serait une jolie idée de voyager tous ensemble.

Demeurer, même quelques heures, dans le palais enchanté de Mme Solario posait des problèmes difficiles. Les normaliens en goguette hellénique repartaient tous, en principe, le soir même en bateau pour Athènes. Des sentiments contradictoires s'agitaient dans nos cœurs fragiles d'intellectuels en herbe. La philologue classique fut la première à craquer : elle décida de rejoindre le groupe qui visitait le monastère. Le Quémenec et moi n'hésitâmes pas beaucoup. Nous chargeâmes la disciple de Chadwick et Ventris d'annoncer notre défection au reste de la troupe : nous regagnerions Paris par nos propres moyens.

Le dîner sur la terrasse supérieure, aux chandelles, sous les étoiles, fut une espèce de rêve. Le vent était tombé. Il y avait des mèzés, des feuilles de vigne farcies, des souvlakis, des kephtés et du vin résiné. Il y avait surtout les amis de Mme Solario. Et, parmi eux, un grand type brun, vêtu de blanc, l'air d'un Inca, peut-être, ou d'un guerrier de légende surgi d'un bas-relief, un peu trop sûr de lui, qui parlait assez fort, et pour qui je ressentis aussitôt un mélange d'attirance et de méfiance spontanées. Il s'appelait Romain. C'est sur la terrasse de la maison de Meg Ephtimiou à Patmos que je le vis pour la première fois.

On me prenait par le bras. Je tournais la tête. Margault Van Gulip était déjà la proie d'un essaim de courtisans dont elle était le modèle et la patronne. J'apercevais le sourire, toujours un peu figé, d'un visage familier.

— Ah ! c'est toi ! murmurai-je. C'est rudement bien d'être venu. D'où arrives-tu ?

— De Toscane, me dit-il. Je serais venu sur la tête.

Une bouffée de tendresse m'envahit. Je le pris par les épaules et je le regardai. Il y avait longtemps que je ne l'avais plus vu. Mais, répandus par les journaux et la télévision, ses traits étaient si célèbres qu'on avait le sentiment de l'avoir quitté la veille.

— Et ta femme ? demandai-je.

— Tu vas sûrement la voir. Elle doit me rejoindre ici.

— Tu travailles, j'imagine ?

— Toujours un peu, me dit-il.

— Un roman ?

— Si on veut. Une espèce de grosse machine. J'ai beaucoup de mal.

Je me mis à rire.

— Je ne m'inquiète pas pour toi, lui dis-je.

Il soupira bruyamment.

Il n'avait pas beaucoup écrit. Mais chacun de ses livres avait fait du bruit et connu le succès. À l'École, déjà, où, en bon disciple de Raymond Ruyer, il s'intéressait aux gnostiques, il était réputé à la fois pour sa paresse et pour sa vivacité. Les marxistes, les trotskistes, les psychanalystes, les élèves de Lacan ou de Jean-Toussaint Desanti le traitaient avec un peu de condescendance. Quand, dans les années soixante, il avait obtenu le Goncourt pour son premier livre, *Adieu la vie, adieu l'amour*, qui avait tiré à six cent mille exemplaires avant d'être traduit en onze langues, ç'avait été une surprise. Sauf pour moi qui savais de quoi était capable son apparente nonchalance.

— Je t'ai vu parler à Laszlo, me dit-il. Je ne le connais pas. J'ai des choses à lui dire et à lui demander. J'aimerais bien que tu me présentes.

— Où est-il passé ? demandai-je en regardant autour de moi.

42

Je l'aperçus tout à coup. Il était en train de parler à Margault Van Gulip, toujours serrée de près par la Grande Banlieue. Malgré cette présence encombrante, les deux légendes vivantes paraissaient enchantées l'une de l'autre.

— Viens, murmurai-je.

Et, le traînant derrière moi, je m'avançai vers Laszlo.

— Pardonnez-moi de vous interrompre, dis-je à la reine Margault, mais je voudrais vous présenter, à Victor Laszlo et à vous, l'auteur d'*Adieu la vie, adieu l'amour*.

— Ah! c'est vous, le nouveau gnostique, dit Laszlo avec un mélange d'insolence et d'intérêt pour le nouveau venu. Je vous trouve plutôt mieux qu'à la télévision. Qu'est-ce qu'il ne faut pas faire, de nos jours, quand on prétend écrire!

— Ne m'en parlez pas, répondit Le Quémenec. Vous êtes orfèvre en la matière.

Je regardai ma montre. Il y avait encore trois bons quarts d'heure avant l'apparition du convoi devant les grilles du cimetière. Les gens continuaient d'arriver. Je les reconnaissais presque tous : ils avaient été liés d'une façon ou d'une autre à la vie de Romain et à la mienne. Personne n'est jamais seul. Robinson n'existe pas : derrière le naufragé solitaire se profilent déjà Vendredi qui l'accompagne, Daniel De Foe qui en parle, et d'innombrables lecteurs. Le plus déshérité des clochards a eu un père et une mère et il a des voisins. L'existence des hommes est faite d'abord de rapports, de liens, de rencontres. Romain, de proche en proche, par personnes interposées, était lié au monde entier. Dans l'espace. Dans le temps. Il était comme un caillou qui vient de tomber dans le lac : voilà que les ondes, peu à peu, s'étendent jusqu'au rivage.

Le dîner sur la terrasse, j'en revoyais chaque détail. Un effet de l'âge, j'imagine. Ce que j'ai fait l'année dernière ou il y a quatre ou cinq ans, j'ai de plus en plus de mal à m'en souvenir. Mais les nuits et les jours de Patmos, j'y ai repensé si souvent depuis quelque cinquante ans — mon Dieu! un demi-siècle déjà!... — qu'ils se sont gravés dans ma mémoire. Je revois le ciel qui brillait dans la nuit, la forme des constellations que nous regardions en silence, les bougainvillées dans l'ombre, les tuniques d'Élisabeth et de Mme Solario. Et j'entends la voix de Romain.

Je vais jusqu'à me souvenir des places que nous occupions après le dîner, à moitié allongés, la tête tournée vers les étoiles, dans les fauteuils d'osier ou sur les coussins répandus au hasard, avec une feinte négligence. Dans les romans que j'avais lus à l'École ou en khâgne figuraient des lectrices, des précepteurs, des dames de compagnie, des confesseurs qui passaient dans les larmes et dans des discours édifiants le plus clair de leur temps. Gouvernantes et abbés avaient été remplacés par une race nouvelle et hilare, appelée à un bel avenir, accourue d'outre-mer, qui parlait plutôt l'anglais que le français utilisé quotidiennement à la cour de Berlin, de Vienne ou de Saint-Pétersbourg: les hommes de loi et d'affaires. Étaient assis parmi nous un banquier et un avocat, en charge évidemment des intérêts de notre hôtesse et dont Meg Ephtimiou semblait incapable de se passer. J'ai oublié le nom du banquier. Peut-être Lepic ou Lapicque. Il avait occupé des postes assez importants chez Lazard Frères ou à la banque Stern avant d'être frappé par un mal qui appartient autant à notre époque que le cancer ou le sida: une dépression sévère qu'il n'avait pas soignée et qui l'avait jeté brutalement hors des chemins dorés qu'il

44

parcourait jusqu'alors. Bien des années après notre rencontre à Patmos, au hasard d'une tournée de conférences organisée par l'Alliance française, Le Quémenec l'avait retrouvé, très vieilli, avec une barbe hirsute, vêtu à la diable, dans un coin perdu du Proche-Orient, à Sidon, à Alep ou à Tyr. L'avocat s'appelait Igor Föros. Il a fait fortune, comme chacun sait. Peut-être, au départ, avec les honoraires et les fonds de la famille Ephtimiou. Année après année, en Europe et hors d'Europe, il est devenu une puissance capable de faire vaciller d'un seul coup de Bourse la valeur du yen ou de notre bonne vieille livre sterling. On voit sa bouille dans tous les journaux de finance ou de mode sous la rubrique *people*. Peut-être pour se faire pardonner ses succès et ses richesses, il a créé une fondation, universellement réputée, qui s'intéresse surtout au football et à la peinture abstraite. Aux dernières nouvelles, il s'est converti au bouddhisme et il règne sur le Net.

Sauf erreur ou omission, pour parler comme les banquiers — et il n'est pas impossible que l'imagination soit venue donner à la mémoire un coup de pouce et de main —, les hôtes de Meg Ephtimiou, le soir de mon arrivée dont je me souviens comme d'hier, étaient rangés dans l'ordre suivant sur la terrasse de la maison de Patmos :

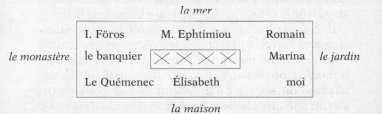

la mer

I. Föros	M. Ephtimiou	Romain
le banquier	✕✕✕✕	Marina
Le Quémenec	Élisabeth	moi

le monastère   *le jardin*

la maison

45

Drôle, vive, tenant déjà une place considérable en dépit de ses jeunes années, Marina était la fille, âgée de cinq ans, de Meg Ephtimiou. Nous avions dîné vers dix heures ou dix heures et demie du soir et Meg était arrivée sur la terrasse, dans une robe éblouissante de simplicité, ses cheveux tirés en arrière, avec sa fille dans les bras. En passant à table, et ce fut une des premières phrases que j'entendis de sa bouche, Romain m'avait glissé :

— D'ordinaire, dans les îles que j'ai beaucoup fréquentées, j'ai toujours vu dîner à neuf heures ou neuf heures et quart. Mais, qu'est-ce que vous voulez, la présence d'une enfant de cinq ans nous oblige tout naturellement à retarder un peu l'heure des repas.

La petite était ravissante et, visiblement, elle était fascinée par Romain. Elle s'asseyait sur ses genoux, elle jouait avec ses cheveux qu'il portait assez longs et ils riaient tous les deux. Il aurait fallu être aveugle, et je l'étais en partie, abruti par les livres et par les études, pour ne pas voir que toutes les femmes présentes dans la maison étaient folles de Romain. Son charme s'exerçait d'ailleurs aussi sur les hommes. J'observais Le Quéménec, d'ordinaire railleur et plutôt sceptique, sur le point de succomber : il était séduit par Romain qui ne rappelait que de très loin les moralistes et les archéologues qui constituaient, aux alentours du Panthéon, notre pain quotidien.

Il y avait quelqu'un d'autre dont l'ombre silencieuse et discrète passait, de temps en temps, sous la lune. C'était un musulman, coiffé d'un fez rouge, qui répondait au nom de Béchir. Il était depuis longtemps au service de Meg Ephtimiou et il nous apportait du café, des boissons glacées, des cigarettes. De tous ceux qui étaient rassemblés, Dieu sait pourquoi, en ce soir de la préhistoire et qui allaient jouer un si grand rôle dans ma vie, c'était Béchir qui, par ses souvenirs égrenés comme à regret et par ses récits entrecoupés de réticences, m'entraînerait le plus loin.

Un peu à l'écart des groupes qui se constituaient par hasard ou par affinités dans le souvenir de Romain, il était en train de parler à Gérard. Difficile de rêver plus différents que ces deux-là. Béchir, qui avait vieilli, lui aussi, et qui ressemblait maintenant, dans un costume gris de bonne coupe, à une espèce de Dalio ou d'Omar Sharif au rabais, jouait souvent à l'extra chez les uns ou chez les autres à qui il était toujours prêt à rendre service. Il servait à table, il réparait le chauffage ou la télévision, il repeignait les cuisines, il conduisait, sur un coup de téléphone, les anxieux à Orly ou à Charles-de-Gaulle. Je l'avais retrouvé plus d'une fois dans les cadres les plus imprévus à l'occasion des dîners parisiens du dimanche soir. Et surtout chez Romain. Il était l'ami de tout le monde. Je l'avais même vu, un jour d'hiver, chez la reine Margault, remplacer au pied levé dans une partie de bridge un quatrième défaillant. Je me demandai un instant ce que Gérard et lui pouvaient bien se raconter.

Grand, mince, la physionomie vive et ouverte, Gérard était encore beau. De nous tous, c'était lui, peut-être, que l'âge avait le moins atteint. Il était charmant. Je l'avais connu assez tard, à l'époque où il écrivait, dans *L'Express* d'abord, au *Journal du Dimanche* ensuite, ses chroniques sur l'air du temps. Il avait tout pour lui, et même du talent. Ce qui l'avait perdu, c'était un goût effréné pour la publicité.

Il était partout. Dans les dîners. À la radio. À la télévision. En tête de tous les cortèges qui défilaient dans les rues. Dans toutes les fêtes du livre où il signait sans se lasser le recueil de chroniques qui l'avait maintenu plusieurs semaines en tête de liste des meilleures ventes : *Sans tambour ni trompette*. Je crois qu'il avait toujours peur de manquer quelque chose. Il courait derrière une mode, des célébrités, une rumeur qui étaient déjà dépassées. Ou peut-être fuyait-il, au contraire, en avant ? Il se jetait, tête baissée, dans l'inutilité. On l'avait vu dans des émissions où il poussait la chansonnette et faisait les pieds au mur. Un soir d'été, au bord d'une piscine, il s'était fait interviewer par une sirène glissée dans une queue de poisson en carton-pâte qui avait réussi à lui faire enlever tous ses vêtements à l'exception d'un caleçon, malheureusement violet.

— Rien n'est jamais très grave, lui avait dit Romain. Mais tu ne devrais pas porter des dessous violets.

— Et pourquoi pas ? s'était écrié Gérard, montant sur ses grands chevaux. Pourquoi ne porterais-je pas des caleçons violets ?

Romain l'avait regardé avec beaucoup de calme et avait répondu :

— Parce que la télévision est en couleurs.

Le caleçon violet et le mot de Romain avaient couru Paris et *Le Canard enchaîné* s'en était fait l'écho. Les relations s'étaient détériorées entre Gérard et Romain. Gérard était venu me voir.

— Tout le monde m'en veut. J'en ai assez. Donne-moi un conseil. Que faut-il faire ? Répondre ? Me battre en duel ? Flanquer une baffe à Romain ?

— Mais non ! lui avais-je dit. Ce qu'il faut, c'est disparaître.

— Disparaître ?

— Disparaître. Tu t'en vas. Tu te tais. Personne n'entend plus parler de toi. Plus de caleçons. Plus de chansons. Et, dans deux ans, tu verras, tout le monde te regrettera et, quand tu reparaîtras, on t'accueillera comme le Messie.

J'entendais les idées se bousculer dans sa tête. Elles faisaient un bruit de crécelle.

— Deux ans! Mais c'est impossible!

Depuis beaucoup plus de deux ans, Gérard annonçait une grande œuvre à laquelle il prétendait travailler avec acharnement. Il écrivait de petites choses qui avaient un peu de succès dans le sillage de *Sans tambour ni trompette* et qu'il traitait volontiers de citoyennes et festives. Je ne sais pas si c'étaient ses ennemis ou lui-même qui répandaient le bruit qu'il allait s'enfermer régulièrement quelques jours au Trianon Palace, à Versailles, pour se consacrer au monument. Rien n'était jamais sorti.

Il était malheureux, j'imagine. Il vivait, comme nous tous, dans un monde d'idées et de rêves qui doublait le monde réel. Et il s'en tirait assez mal. Très bien aux yeux du monde : un sondage dans *Paris-Match* sur les personnages qui représentaient le mieux la culture française d'aujourd'hui l'avait même placé en deuxième position, avant plusieurs grands savants, juste après un ministre. Très mal, je crois, à ses propres yeux, parce qu'il était très intelligent et qu'il se jugeait lui-même avec lucidité — et peut-être avec plus de sévérité encore que ses amis désolés.

Le tête-à-tête était étonnant entre Béchir et Gérard. C'était le premier degré contre le deuxième ou le troisième, c'était nature contre culture. Béchir ne savait presque rien du monde minuscule et raffiné où évoluait Gérard. Il avait longtemps vécu dans une atmosphère de Moyen Âge où les chiens, les chevaux, les arbres, des sentiments simples et rudes comptaient plus que les livres autres que le Coran. Il était plus petit que Gérard, mais une telle impression de force émanait de son corps râblé que l'autre — et peut-être tout autre — paraissait frêle auprès de lui. Ils parlaient de Romain, j'imagine. Le dialogue entre eux s'établissait autour de Romain mort comme il s'était établi entre Béchir et moi autour de Romain vivant.

Il faut bien dire que Marina était une petite fille irrésistible. Elle faisait ce qu'elle voulait de sa mère, et même des autres. Commencé si tard, le dîner s'était étiré sur plus d'une heure. Il était onze heures et demie passées quand l'idée vint à Meg Ephtimiou qu'il était grand temps de coucher sa fille. Marina n'avait pas la moindre envie de se retrouver seule dans son lit. Une algarade s'ensuivit. Meg haussa la voix. Alors la petite, qui était lovée contre Romain, se dressa sur ses pieds et lança à sa mère :

— Est-ce que c'est comme ça qu'on parle à une toute petite fille ?

Plus encore qu'à Meg ou à Élisabeth que je laissais à Romain et à Le Quémenec, je parlai beaucoup à Marina pendant les journées inondées de soleil de mon séjour à Patmos. Elle préférait Romain, bien sûr, mais elle mettait sa main dans la mienne et nous allions nous promener derrière le monastère ou sur les plages de l'île. Il y avait en ce temps-là dans les îles grecques, et surtout dans le Dodécanèse, beaucoup moins de monde qu'aujourd'hui. Peut-être parce que j'étais jeune, peut-être parce que la Grèce dont j'avais tant rêvé était toute neuve pour moi, peut-être parce que Marina était la première petite fille que je trouvais sur mon chemin, je garde un souvenir lumineux de mes promenades sur l'île avec une enfant de cinq ans qui me changeait de l'*Éthique à Nicomaque* et de la *Phénoménologie de l'esprit*. Elle parlait sans discontinuer, sautait d'une idée à l'autre, s'arrêtait à chaque pas pour regarder un papillon ou pour ramasser un caillou qu'elle m'apportait, un peu raide, avec solennité. Je lui racontais en échange les histoires d'Ariane ou de Phèdre, de la Belle Hélène, d'Ulysse, de Didon et d'Énée en m'arrangeant toujours pour qu'elles ne durent pas trop longtemps et que la fin soit heureuse. Malgré Racine et Euripide, Phèdre trouvait le bonheur entre Thésée et Hippolyte et, plus proche d'Offenbach que d'Homère, la Belle Hélène réussissait, par ses larmes et son charme, à mettre fin sans trop de casse à la guerre de Troie. Les tragédies les plus atroces s'achevaient par de grands goûters sur la plage où tout le monde s'embrassait. Marina était très contente. Elle répétait à Meg les mythes fondateurs et sanglants que je lui avais racontés à ma façon et elle lui déclarait qu'elle aimerait bien passer le reste de son existence avec Romain et moi — et, bien sûr, avec sa mère.

— Vous l'avez conquise, me disait Meg.

— C'est plutôt elle qui m'a conquis, répondais-je. Elle me mène par le bout du nez.

La veille de mon départ, au bord de la mer où elle ramassait des coquillages, Marina fut renversée et roulée par une vague un peu plus forte que les autres. Elle se releva aussitôt. Sa robe d'été était trempée, l'eau coulait de ses cheveux sur son visage plein de sable. Elle revint parmi nous, se tenant très droite, les bras contre le corps, et, Ophélie sauvée des eaux, mi-tragique, mi-comique, se moquant un peu d'elle et déclamant un peu, elle s'écria avec une violence dominée :

— Mais qu'est-ce que je vais devenir ?

Ce qu'elle allait devenir... Ce que nous allions tous devenir... Nous allions tous mourir, comme Romain, qui était le plus vivant d'entre nous. Mais avant d'aller à la mort, et c'était pire, nous allions tous passer par la vie.

J'y entrais à peine, dans la vie. D'autres autour de moi avaient déjà emprunté ses chemins tourmentés. Meg Ephtimiou repoussait de jour en jour son départ pour la France. Je ne m'en plaignais pas. Je n'avais rien à faire en France, rien à faire à Paris, rien à faire rue d'Ulm, à l'École, à la Sorbonne. Je flottais hors du temps. Avec Meg, avec Romain, avec Marina, je me laissais bercer par une paresse enchantée où le soleil et la mer jouaient un rôle décisif. J'aimais la mer. J'aimais le soleil. Je les avais très peu connus. Les livres, les études, les grands auteurs, les doctrines et les idées, les salles obscures du soir en compagnie de Lubitsch, d'Ava Gardner, de Gary Cooper avaient dévoré ma jeunesse. Les îles grecques m'éblouissaient avec leurs maisons blanches, leurs ânes, leurs échappées soudaines sur la mer des dieux. Je finis par passer à l'ombre du monastère de Patmos une bonne quinzaine de jours ou peut-être près de trois semaines. C'étaient les plus belles heures de ma vie. Je faisais provision de bonheur.

Nous nagions. Nous pêchions des oursins. Nous nous promenions dans l'île. Nous nous retrouvions le soir sur la terrasse où, en français, en grec, en anglais, nous chantions sous la lune, parmi les bougainvillées qui surgissaient de l'ombre, des chansons de marins :

> *Chantons pour passer le temps*
> *Les amours plaisantes d'une jeune fille*
> *Qui prit l'habit d'un matelot*
> *Et vint s'engager à bord du vaisseau...*

ou :

> *My father was a Spanish captain*
> *Went to sea a month ago...*

ou des complaintes mélancoliques qui nous mettaient
au bord des larmes :

> *When I was a bachelor*
> *I lived all alone...*

ou :

> *Compagnons de misère*
> *Allez dire à ma mère*
> *Qu'elle ne me verra plus*
> *Je suis un enfant...*
> *Vous m'entendez !*
> *Qu'elle ne me verra plus*
> *Je suis un enfant perdu*

Un soir, pendant le dîner, il fut question d'îles
lointaines dont je connaissais à peine le nom et qui
me faisaient rêver : Kalymnos, Symi, Castellorizo...
Symi ! Castellorizo ! Plus tard, beaucoup plus tard,
j'allais me rendre dans ces îles qui devaient jouer un
rôle immense dans ma vie. Elles étaient assez loin
de Patmos. Castellorizo, surtout, était au bout du
monde. C'est la plus méridionale des îles grecques.
Elle élève ses rochers roses et ses maisons de toutes
les couleurs, disposées en arc de cercle, en face du
petit port turc de Kas qui me paraissait alors inaccessible et relever plutôt de la légende que de la réalité. Kalymnos, en revanche, était à une distance
raisonnable. Romain commençait peut-être à s'en-

nuyer un peu : il ne cachait pas son envie de connaître ces terres inconnues et d'aller acheter les éponges qui font l'orgueil de l'île. Après des discussions interminables que nous faisions traîner pour le plaisir, nous décidâmes qu'une expédition serait lancée sur Kalymnos.

Nous embarquâmes de bon matin, Meg et sa fille, Romain, Béchir et moi, sur le voilier de la maison — était-ce un ketch ou un yawl ? — qui marchait surtout au moteur. Nous mîmes les voiles ce jour-là pour profiter d'un joli vent. Nous laissâmes Leros à bâbord et, au bout de quelques heures d'une navigation délicieuse et très gaie, avec Meg rayonnante, avec Romain dans le rôle, qu'il tenait à merveille car il savait tout faire, de commandant de bord, nous arrivâmes à Kalymnos.

Les maisons du port, cette année-là, étaient toutes peintes en vert. Chaque année, ou peut-être tous les deux ou trois ans, une autre couleur était adoptée par la communauté et la petite ville changeait d'aspect : elle devenait bleue, elle devenait jaune, elle devenait rouge ou blanche. Elle était verte pour nous. L'hôtel Acropolis, en ces temps-là, était le seul hôtel de l'île et il disposait de sept chambres. Quatre d'entre elles étaient déjà occupées par des Anglais et des Allemands dont nous avions aperçu les bateaux au passage. Nous nous répartîmes les trois autres pour une nuit. Meg et sa fille s'installèrent dans la plus belle et Romain dans une autre. Béchir et moi, nous partageâmes la troisième.

Les éponges étaient là. Nous en achetâmes des sacs entiers pour plusieurs années. Je me suis longtemps lavé, dans une espèce de bonheur minuscule et renouvelé, avec les éponges de Kalymnos. L'eau coulait sur mon visage avec une foule de souvenirs.

Quand la dernière a été réduite à l'état de charpie, les années déjà avaient passé sur moi. Avec leurs espérances et avec leurs chagrins.

Marina était enchantée. Elle n'avait pas le mal de mer. Elle aimait le bateau. Les maisons vertes l'amusaient. Elle courait parmi les éponges et je la vois encore se rouler dans leurs vagues solides et douces. Nous nageâmes, nous nous promenâmes, nous rîmes à Kalymnos comme nous le faisions à Patmos. Nous dînâmes à l'Acropolis avec une pensée pour Élisabeth, Le Quémenec et les hommes d'affaires abandonnés à Patmos. Et, pour une fois, Marina épuisée par le vent de la mer, nous nous couchâmes de bonne heure.

Dans la chambre de l'hôtel, peinte à la chaux et minuscule, étendus sur nos lits, ne trouvant pas le sommeil, nous nous mîmes à parler, Béchir et moi. Pressé par mes questions, il me disait à voix basse, hésitante et un peu hachée, ce qu'avait été sa vie. J'étais cloué sur place. Le monde entier, un autre monde, déboulait dans le premier. La nuit, sur la terrasse de Patmos, nous regardions la lune et les étoiles. Les astres que nous voyions étaient situés à des distances très différentes les unes des autres et la lumière qu'ils nous envoyaient mettait, selon les cas, quelques secondes, ou quelques minutes, ou quelques années, ou plusieurs centaines de milliers d'années pour parvenir jusqu'à nous. Ce que me racontait Béchir venait aussi de très loin et m'emportait très loin.

Il était né, croyait-il, du côté du Caucase, ou peut-être un peu plus bas, et, franchement, il ne savait pas de qui.

— Pas de père, pas de mère, lui dis-je en riant et

pour le consoler : un rêve pour beaucoup. Les parents gênent toujours. On ne pense qu'à les balancer.

— Facile à dire quand on en a, me répondit-il. Je n'avais personne. Personne pour s'occuper de moi, personne pour m'apprendre quoi que ce soit, et personne pour m'aimer. Pendant des années, je me suis débrouillé tout seul. Je suivais les uns, je suivais les autres. Je me suis retrouvé à six ans au Liban où j'ai appris le français grâce aux bonnes sœurs qui m'avaient recueilli et que j'ai fuies assez vite — ou qui m'ont mis à la porte. J'avais de mauvaises manières. Je survivais. Je faisais ce qu'il fallait pour ne pas mourir. Ce n'était pas gai tous les jours. Quand je suis tombé sur Mlle Meg — elle n'était pas beaucoup plus vieille que Marina aujourd'hui... ah! si, un peu plus, tout de même... —, c'était comme un paradis qui s'ouvrait devant moi.

— Ah! dis-je avec l'espoir d'en savoir un peu plus sur Mme Solario, la famille de Mme Ephtimiou...

— Enfin, sa famille... C'était elle, quoi! Elle a été très bonne pour moi. Je ne l'ai plus quittée. Elle avait quinze ou seize ans quand je l'ai connue. J'en avais à peu près autant. Elle était déjà très belle. La vie, je t'assure, n'était pas aussi facile pour elle que pour Marina maintenant. Je l'ai aidée comme j'ai pu pour la remercier de ce qu'elle avait fait pour moi.

— Elle avait fait beaucoup?...

— Beaucoup? Elle m'a sauvé, oui! Je ne serais pas ici avec toi, je crois que je ne serais nulle part si je ne l'avais pas rencontrée. Elle ne s'appelait pas Ephtimiou, en ce temps-là, elle ne possédait pas grand-chose : elle a tout partagé avec moi.

— Ah bon! lui dis-je. Quelle chance pour toi! Et toi, pour elle?..

Nous étions dans le noir, maintenant, chacun sur notre lit. Je me disais que nous tournions autour de la question capitale : les origines des êtres et des choses.

— J'aurais tout fait pour elle, me dit-il.

— Tout ? lui dis-je.

— Tout, murmura-t-il. D'ailleurs, je l'ai fait.

Il y eut un silence.

— Si nous dormions ? lui dis-je.

Je crois bien que je rêvai de Meg et de Béchir dans un décor des *Mille et Une Nuits* revu par Fellini. Il ronflait, l'âme en paix. Au matin, le soleil et la mer assiégeaient Kalymnos. Le soir, nous étions de retour à Patmos.

Je ne faisais rien. Je ne lisais pas. J'avais emporté des livres que je n'ouvrais jamais. J'avais beaucoup travaillé pendant quatre ou cinq ans. Maintenant, j'apprenais à vivre. C'était une tâche à plein temps. Il me semblait — avais-je tort ? peut-être ma paresse s'inventait-elle des alibis ? — que Meg Ephtimiou et sa fille de cinq ans m'apportaient plus que Platon et Spinoza et la *Critique de la raison pure* et Heidegger réunis. Quand je ne me promenais pas avec Marina sur la plage et les chemins de l'île, je tournais autour de Béchir. Il était calme et taciturne. Il ne me recherchait pas et il ne me fuyait pas. Il m'intriguait. J'allais à la pêche avec lui. Il se taisait beaucoup. Sous le soleil qui tapait fort dès le matin, je faisais avec lui l'apprentissage de quelque chose de très rond que j'avais longtemps ignoré : c'était le silence.

La rumeur des voix commençait à monter. Les gens parlaient à voix basse, mais leur nombre augmentait. Les allées vides entre les tombes se peuplaient peu à peu de voitures d'où descendaient des amis et quelques inconnus. Les groupes se faisaient plus denses. De temps en temps, un rire éclatait, vite étouffé par la gêne. Je m'interrogeais sur la part de la tristesse et des convenances chez ceux qui se rassemblaient dans le souvenir de Romain.

Il y avait le carré des fidèles, qui n'était pas encore au complet. Et, autour d'eux, tous ceux dont l'existence, un jour ou l'autre, avait croisé celle de Romain. Il y avait des absences surprenantes, et des présences qui ne l'étaient pas moins. Je croyais tout connaître de la vie de Romain : elle me débordait de partout. Le monde est plus grand que tout ce qu'on peut en dire.

Je sentais bien qu'il y avait des trous dans les confidences de Béchir — ou plutôt que ses confidences n'étaient qu'un tissu de trous. Impossible de me rappeler si c'est déjà à Patmos ou au contraire plus tard que j'appris — de la bouche d'un autre ? ou de la sienne ? — des choses obscures qui contrastaient avec la blancheur des maisons grecques sous le soleil de l'été. Ce n'est pas par hasard, j'imagine, que mes souvenirs, si précis quand il s'agissait de Marina ou des bougainvillées de la terrasse, se brouillaient tout à coup : comme Béchir lui-même, j'aurais voulu, sans doute, les laisser tomber dans l'oubli.

À l'époque, à peu près, où Romain, vous souvenez-vous ? quittait Marseille pour Gibraltar en compagnie de Simon Dieulefit, Béchir débarquait sur la Canebière. Un homme, en ce temps-là — il y en avait déjà eu, il y en aurait beaucoup d'autres —, était tombé dans la vie de Meg. Il était français. Pour quelques mois au moins, Meg le suivait aveuglément. Elle était venue le rejoindre accompagnée de Béchir. Et voilà qu'il partait pour l'Amérique sans s'encombrer de bagages ni de familiers. Elle partit seule avec lui.

Abandonné, perdu, Béchir, qui avait souvent rêvé de la France au Liban et en Afrique du Nord, arrivait dans un pays en train de s'effondrer au moment où beaucoup s'en allaient, et d'abord ceux ou plutôt celle à qui il s'était attaché. Dans la pagaille générale, il s'installait en France aussi clandestinement que les autres en sortaient. Il parlait assez bien un français passe-partout qui tenait alors la place qu'occupe l'anglais aujourd'hui. Il traîna plus d'un an dans une extrême solitude, sans existence légale, dérobant de quoi vivre, barbotant dans le marché noir, passant plusieurs fois, dans un sens ou dans l'autre, une ligne de démarcation qui ne représentait pour lui qu'une espèce de grand jeu dont il était facile, distrayant et plutôt honorable de transgresser les règles.

Les Français, qui s'étaient jetés dans les bras du Maréchal en juin 40 — que pouvaient-ils faire d'autre ? —, étaient, dans leur immense majorité, à la fois pétainistes et hostiles aux Allemands. Un béret sur la tête, des boursouflures dans le cœur, ils chantaient :

Maréchal ! nous voilà !
Tu nous as redonné l'espérance...

et s'occupaient d'abord de se nourrir, de se chauffer et de survivre au cœur d'un des pires désastres que le pays eût jamais connus. L'opposition organisée aux troupes d'occupation était encore dans les limbes en 1940 et au début de 1941. Quelques mois plus tard, Béchir aurait pu, tout naturellement, passer à la Résistance. J'imaginais un parcours qui, avec l'énergie et le courage que je lui connaissais, l'aurait mené assez haut dans l'estime générale et dans les rouages mystérieux de l'ascension sociale. Je le voyais, impavide et fidèle, aux côtés de Moulin, de Cavaillès, de Brossolette, échappant aux Allemands, repéré par de Lattre, remarqué par Malraux, quelques pas derrière de Gaulle et Bidault sur les Champs-Élysées en 1944. En été 41, un autre chemin s'offrait. Il le prit.

Je ne sais pas comment ni par qui Béchir entra en relation avec la L.V.F. On peut toujours rêver. Paris, presque vide, fantomatique et sans âme, d'une beauté à couper le souffle, est écrasé de chaleur. Les mains dans les poches, étranger au décor, peu affecté par des événements qui ne le concernent guère, sinon par l'absence de Meg à qui il ne cesse de penser, Béchir descend lentement la rue Royale. Quand il débouche sur la Concorde, entre le vieil hôtcl, à sa droite, d'où Chateaubriand était parti pour l'Orient et le ministère de la Marine, à sa gauche, occupé par les Allemands, il s'arrête quelques instants pour contempler le spectacle. La place, immense et déserte, est hérissée de pancartes blanches qui indiquent, en allemand, à l'usage des troupes d'occupation, des directions et des bâtiments : *Kommandantur*, *Lazaret*, et portent des sigles innombrables qui sont pour lui du chinois. À beaucoup de fenêtres, sur plusieurs toits, flotte le drapeau rouge frappé de la croix gammée. Même lui qui ne sait rien du Paris d'avant-guerre ni de la vie ardente qui s'agitait ici quelques mois à peine plus tôt devine l'étendue d'un désastre qui a quelque chose de mythique. Il tourne à gauche vers les Tuileries. Il recule de quelques pas pour mieux jouir de ce qu'il voit. Il murmure à mi-voix : «Paris!... Paris!...» Et un choc le jette à terre.

De la voiture qui arrivait à fond de train de la rue de Rivoli jaillit une ombre blême, avec un nez en bec d'aigle, aussitôt suivie d'un secrétaire ou d'un garde du corps. L'ombre au nez en bec d'aigle se penche vers Béchir, étendu sur la chaussée. Il est encore sous le coup. La tête lui tourne un peu. On le porte dans la voiture.

À peine est-il assis que les idées lui reviennent. Il se sent parfaitement bien. La voiture roule lentement vers les berges de la Seine. L'ombre le regarde d'un air inquiet.

— Ça va? lui dit-elle.

— Ça va très bien, dit Béchir.

— Vous voulez que je vous ramène quelque part?

— Mais non! Laissez-moi là.

— Vous êtes sûr que...

— Tout va bien. Ce n'est rien du tout. Je ne faisais pas attention.

— C'est moi qui allais trop vite. Je vous l'avais dit, Gaston...

Gaston baisse la tête. C'est le chauffeur. Il ne répond pas. Béchir ne pense plus à rien d'autre qu'à sortir de cette voiture où il commence à étouffer.

— Ici! Là, c'est parfait...

Alors l'ombre tend à Béchir un carton de papier qui est une carte de visite. Béchir lit, très vite, un nom gravé en relief qui ne lui dit rien du tout, suivi de plusieurs lignes, en caractères plus petits, qu'il ne comprend pas davantage:

> FERNAND DE BRINON
> Ambassadeur
> Délégué général du gouvernement français
> dans les territoires occupés

Ou alors, la nuit, entre Clichy et Pigalle. Ou du côté de Montparnasse. Un groupe qui sort d'une brasserie. Une brève bagarre. Béchir, qui passe dans la rue, nez en l'air, ne peut s'empêcher de se mêler de l'affaire. Il fait le coup de poing au hasard. Il désarme un gringalet en train de pointer un couteau contre un type un peu fort. Quand les choses se calment, quand quelques silhouettes se sont évanouies dans l'ombre, le type un peu fort serre la main de Béchir et lui dit :

— Viens me voir quand tu veux. Je ferai ce que je pourrai. Je m'appelle Jacques Doriot.

Roman. C'est du roman. Bien sûr : c'est du roman. Je ne sais pas tout de Béchir — ni d'ailleurs de personne. Je comble les lacunes. Je reconstitue des carrières. Ce qui n'est pas du roman, c'est la Légion des volontaires français contre le bolchevisme. Il y a des affiches sur les murs. Peut-être, un beau matin de solitude et de chagrin, suffisent-elles, à la longue, à emporter le morceau. Après un meeting au Vél' d'Hiv', le 18 juillet 1941, où est lancée la L.V.F., après la revue, un mois plus tard, le 27 août, dans une caserne de Versailles, des premiers légionnaires, au cours de laquelle Paul Colette, un ouvrier ajusteur de Caen, tire sur Déat et sur Laval — qui a été arrêté et écarté du pouvoir par Pétain avant d'y revenir bientôt —, Béchir se retrouve en Allemagne. Sous l'uniforme allemand. Avec un petit écusson pour indiquer qu'il est français. Et le plus curieux, dans ce drame universel, c'est qu'il n'est pas français. À la conquête de la planète, le national-socialisme fait flèche de tout bois. Il y a des Italiens, des Roumains, des Français, des Hongrois, des Ukrainiens, des musulmans, des gens des pays Baltes et des gens venus d'Asie. La guerre brasse les nations, arrache les hommes à leurs foyers, déplace les populations. Les Allemands, bien entendu, tiennent tout d'une main de fer. Ils sont le peuple élu. L'histoire leur appartient. Mais, surtout à partir du moment où le vent va se mettre à tourner, ils ont besoin autour d'eux de mercenaires venus de partout.

Béchir, assez vite, se met à bredouiller quelques mots d'allemand. Il est vif, énergique, intelligent. Recommandé d'en haut, il est plutôt bien noté. Il passe par la Pologne et par la Moldavie. Quand il est envoyé sur le front russe, la foudroyante avance allemande est déjà stoppée par la masse inépuisable de l'Armée rouge, revenue de sa stupeur première et soutenue par toutes les ressources de l'industrie américaine.

La fin de l'automne 42 se passe encore assez bien. La guerre, dans la plaine russe, n'est plus la promenade de santé entreprise avec bonne humeur en Pologne et en France. C'est la guerre, quoi ! Avec ses alternances, avec ses aléas. L'unité de Béchir est engagée à plusieurs reprises, ramenée en arrière, expédiée enfin en première ligne du côté de Stalingrad. L'enfer se met à flamber.

C'est un enfer de glace. L'hiver est tombé d'un seul coup. Le froid est l'allié des Russes. Les Allemands, qui croyaient, comme à l'Ouest en 40, à une offensive éclair, sont démunis de tout. La fameuse préparation germanique est prise de court par le deuxième hiver de guerre russe. Le gros de la troupe ne sait pas encore que le conflit a déjà basculé. Avec l'entrée en guerre de l'Amérique, avec la mobilisation industrielle déclenchée par l'attaque japonaise, avec le débarquement en Afrique du Nord, un an à peine après le désastre de Pearl Harbor, les dés se mettent à rouler dans l'autre sens. Les puissants, les malins, ceux qui savent ont déjà compris et beaucoup passent d'un camp à l'autre. Pris dans un piège formidable, dans une nasse dont il ne sait rien et qui le dépasse de partout, Béchir ne se bat pas vraiment pour un Grand Reich qu'il ignore et dont il se moque. Il combat, parce qu'il le faut, un ennemi implacable, dénoncé à longueur de journée par une propagande qui ne cesse jamais. Il lutte surtout contre la neige et le froid.

Quelques gouttes, mais trois fois rien, tombent du ciel changeant. Il se tourne vers moi. Je le serre dans mes bras.

— Ah!... M. Romain!... me dit-il.

J'écarte les bras, sans un mot. J'aime beaucoup Béchir. Il ne prononce pas volontiers des paroles inutiles. Je m'efforce de faire comme lui.

— Que deviens-tu ? lui dis-je.

— J'ai amené M. Schweitzer, me dit-il.

En dépit de son nom, André Schweitzer est un pied-noir. Il me suffit de l'évoquer, de le voir, de l'entendre pour que l'Algérie, l'Alsace, le second Empire, l'O.A.S. et le général de Gaulle dans sa version progressiste et toujours libératrice se bousculent à sa suite. Dans ce cimetière où ne se pressent en principe que des amis de Romain, il y a beaucoup de personnes pour qui je nourris, à défaut d'un mépris dont il faut être économe, une estime mitigée. J'éprouve quelque chose comme du respect pour les Schweitzer en bloc.

Les Schweitzer sont d'abord une famille. Une famille avec une histoire. Il y a des histoires de famille répugnantes. Elles ne manquent pas. Elles constituent le tableau de fond classique de pas mal de romans. Avec des viols, des incestes, des secrets lourds à porter, des façades d'honneur qui s'effritent sous le crime et l'argent, des notaires véreux, des séductrices vénéneuses et des femmes de haute vertu qui se changent en empoisonneuses. On alignerait sans trop de peine, comme tant d'autres, des volumes de feuilletons sur ce thème. L'histoire de la famille Schweitzer est franchement honorable. Et plutôt romantique sous ses dehors austères.

L'affaire remonte assez loin. Les Schweitzer sont des brasseurs alsaciens qui font fortune sous Louis-Philippe. Ils écoutent Guizot qui recommande à ses contemporains de s'enrichir par le travail. Ils développent leurs activités. Ils créent une chaîne de brasseries et s'étendent à la quincaillerie. Ils fondent de grands magasins. Ils lorgnent vers le textile. Un pied dans la bière et un pied dans la fringue, ils deviennent quelque chose comme une puissance régionale.

Ils sont protestants. Et sévères. Ce n'est pas le genre Morny. Ni *Le Nabab*. Ni *Nana*. Le cynisme ne règne pas. Ils ne font pas la fête. Ce n'est pas l'ambiance cotillon. Ils appliquent leurs principes à eux-mêmes avant de les appliquer aux autres. Ils ne renvoient pas volontiers ceux qui travaillent pour eux. Si vous ne craignez pas l'anachronisme, vous pourriez soutenir qu'ils ne licencient pas. On ne meurt pas sur la paille dans les affaires Schweitzer. Un Schweitzer devient maire de Colmar vers 1865.

Quand la guerre éclate en 1870, la famille ne cache pas son attachement à la France. Les Prussiens arrivent. Le Schweitzer maire de Colmar est fusillé. À la fin de 1871 ou au début de 1872, les Schweitzer quittent l'Alsace. Ils abandonnent à leur destin tous ceux qui étaient liés à eux, mais leur propre sort est à peine plus enviable : ils sont ruinés à blanc.

Ils partent pour Paris. Échec. Pour la Normandie, pour l'Auvergne : on leur fait plutôt grise mine.

Alors, ils s'embarquent pour l'Algérie et ils recommencent de zéro dans la plaine de la Mitidja. Il faut imaginer, vers les débuts de la Troisième République, la découverte de l'Afrique du Nord par une famille ruinée de brasseurs alsaciens. Les Schweitzer se font accepter par des Arabes et des Kabyles qu'ils paient, qu'ils soignent, qu'ils éduquent et qu'ils font travailler. Ils travaillent eux-mêmes comme des fous. En moins de deux ans, ils s'enracinent. Ils étaient alsaciens. Ils veulent rester français. Ils deviennent algériens. C'est notre western à nous. C'est l'épopée des pieds-noirs.

— J'aime beaucoup tous les Schweitzer, dis-je à Béchir. Et surtout celui-là. Comment va-t-il?

— Assez bien, je crois. Il était très ému. Il avait les larmes aux yeux en parlant de M. Romain.

— Ils ont fait la guerre ensemble, en Syrie, avant le départ de Romain pour la Russie.

— Ah! dit Béchir.

La neige qui avait vaincu la Grande Armée tombait sur la Wehrmacht.

À peu près à la même époque, sous le second Empire triomphant, bercé par les airs de *La Belle Hélène* et de *La Vie parisienne*, le baron Thénier est sénateur à vie. Les Thénier, c'est une autre paire de manches. Un Thénier vote la mort du roi à la Convention nationale. Son frère est nommé représentant en mission lors du siège de Toulon. Il se lie avec Bonaparte. Les deux frères participent, avec Sieyès, à la rédaction de la Constitution de l'an VIII, puis, sans Sieyès, à la préparation de l'Acte constitutionnel et du sénatus-consulte de l'an X, qui ouvrent la voie à l'Empire. L'un est envoyé par l'Empereur auprès du roi de Suède, Charles XIII, celui qui adopte Bernadotte; l'autre siège au Conseil d'État. À la Restauration, ils se rallient l'un et l'autre à Louis XVIII et ils portent, avec un bel ensemble, la Légion d'honneur avec la fleur de lys. Ils deviennent pairs de France, l'un après l'autre, et, à eux deux, ils inspirent à Claudel le personnage peu reluisant de Turelure dans *L'Otage*. Le baron Thénier du second Empire est le fils de l'un et le neveu de l'autre.

Ami de Morny, d'Haussmann, d'Offenbach, ce baron Thénier-là était un gai luron. Il avait épousé une jeune fille d'une grande beauté qui appartenait à une vieille famille bretonne, catholique, royaliste et ruinée. Iphigénie chrétienne, elle était allée à l'autel comme à un sacrifice. Elle avait donné un fils mort en bas âge, puis une fille à son mari et elle le détestait. Lui courait le guilledou avec la bande à Morny.

Fils naturel de la reine Hortense et de Flahaut — fils sans doute lui-même de Talleyrand —, Morny était le demi-frère de Napoléon III. Cynique, brillant, séduisant, immoral, arbitre des élégances, c'était l'Alcibiade du second Empire, c'était un libertin du XVIIIᵉ égaré dans le XIXᵉ, c'était un personnage de Diderot ou de Beaumarchais revu par Offenbach et plongé dans les intrigues et les combinaisons de ce monde industriel en train de naître qu'allait dépeindre Zola. Il avait poussé au coup d'État et aidé plus que personne l'empereur à prendre le pouvoir. Il était partout à la fois et son activité s'étendait à tous les domaines. Il se produisait avec un succès constant sur trois scènes différentes : la scène politique, la scène mondaine, la scène financière. Il avait été ministre de l'Intérieur après le coup d'État, président du Corps législatif, ambassadeur auprès du tsar, membre du conseil privé. Il s'était enrichi, aux côtés de Benjamin Delessert, dans la fabrication du sucre à partir de la betterave. Il avait joué un rôle décisif dans le développement des chemins de fer français. Il avait fondé Deauville, appelé à un bel avenir. Il s'intéressait aux courses de chevaux. De son ambassade à Saint-Pétersbourg il avait ramené une jeune femme ravissante qui appartenait à la haute noblesse russe et dont on murmurait qu'elle était fille du tsar : la princesse Sophie Troubetzkoy. Elle avait dix-huit ans.

La baronne Thénier s'était liée avec la duchesse de Morny, née Troubetzkoy. On l'aperçoit derrière la duchesse dans un tableau célèbre de Winterhalter. Elles appartenaient l'une et l'autre à un monde évanoui, tourné vers le passé et qui regardait d'un peu haut ce qui était en train de surgir et les triomphes de leurs époux dans les domaines public et privé. Elles souffraient l'une et l'autre de la vie qui leur était imposée. La baronne prononça un jour un mot qui fut prêté à la duchesse avant de courir tout Paris : « Mon mari m'a tellement trompée que je ne suis même pas sûre que mes enfants soient de moi. »

— Où est-il ? demandai-je.

— Il doit être par là, me dit Béchir en regardant autour de lui. Je l'ai quitté à l'instant.

Et j'aperçus en effet, non loin de moi, dans une foule de plus en plus dense, André Schweitzer en train de s'entretenir avec Victor Laszlo. J'allai vers eux.

— Nous parlions de vous, me dit Schweitzer.

— Et moi de vous, lui dis-je.

— Nous nous demandions, dit Laszlo, pourquoi vous écriviez.

La formule était à peine aimable. Il me regardait par-dessus ses lunettes, l'air enchanté de son coup. Je m'efforçai, sans trop de peine, de ne pas laisser paraître le moindre signe de surprise, d'émotion ou de dépit : souvent, moi-même, je m'interroge là-dessus.

— Ce n'est pas un reproche, dit André Schweitzer avec sa bienveillance coutumière, ni une critique. J'aime bien vos livres. Ils m'amusent. C'est plutôt une question. Oui, pourquoi écrivez-vous ? Et pourquoi écrit-on ? Par distraction, comme disait Paul Valéry ? Ou pour devenir riche et célèbre, comme le prétendait, avec un peu de provocation, Pierre Drieu la Rochelle ?

— Vous connaissez, répondis-je, la formule si belle de Borges : Je n'écris ni pour moi ni pour ce mythe moderne, la foule. J'écris pour mes amis et pour adoucir le cours du temps.

— Bien sûr que nous la connaissons, glapit Victor Laszlo. Nous la connaissons même si bien qu'elle peut à peine passer pour une réponse. Elle nous laisse sur notre faim.

— Je me souviens que Romain me posait la même question que vous. Il s'étonnait du temps que je perdais à écrire au lieu de profiter de la vie qui passe si vite et de m'en amuser. «Tu ferais mieux de faire des choses, me disait-il, plutôt que de ne rien faire du tout et de rêvasser, ton crayon à la main. Les aventures, mieux vaut les vivre que les raconter.» Il aimait beaucoup, vous vous souvenez ? la peinture et la musique. Je lui disais : «Pourquoi peint-on ? Pourquoi chante-t-on ? Pourquoi fait-on de la musique ?»

— Vous arrive-t-il, me demanda André, de penser à la postérité ?

Victor Laszlo laissa échapper un hennissement.

— Bah !..., répondis-je, la postérité... Pourquoi ferais-je quelque chose pour la postérité ? Qu'a-t-elle donc fait pour moi ?

— Pirouettes, grommela Laszlo. Pirouettes, perlouètes, cacahouètes.

— D'accord, lui dis-je, d'accord. Mais la postérité, franchement, je m'en tape. Je ne détesterais pas, je l'avoue, que, vingt ans après ma mort, ou peut-être, ne lésinons pas, peut-être trente ou quarante, dans une bibliothèque, s'il en existe encore, un garçon ou une fille tombe sur l'un de mes livres, l'ouvre avec curiosité et le parcoure avec plaisir…

— C'est ça, reprit André, qui vous ferait écrire ?

— Pas vraiment, répondis-je. Je crois, pour tout dire, qu'on écrit par chagrin et aussi pour le plaisir. Oui…, ce serait plutôt ça : indissolublement, le chagrin et le plaisir. Beaucoup de formes de chagrin. Beaucoup de formes de plaisir. Un pied bot, un malaise, une difficulté d'être ou la mort de Romain, par exemple. Ou un spectacle, une émotion, toute la beauté du monde. Et même, je ne sais pas, l'envie de vous dépeindre, vous, de raconter votre histoire et de fournir — mais à qui ? — comme une trace, si mince soit-elle, de votre passage sur cette terre.

— Peut-être aussi, siffla Laszlo, le plaisir assez vif d'embêter les copains ?

— Ah ! Pourquoi pas ? lui dis-je. C'est une jolie idée. Mais ce motif-là, je vous en laisse la responsabilité.

Béchir revenait parmi nous.

— Monsieur…, demanda-t-il à André…

Une quinte de toux l'interrompit.

— Monsieur, répéta-t-il, souhaitez-vous que je vous ramène après la cérémonie ou rentrerez-vous par vos propres moyens ? Mme Van Gulip voudrait que…

— Merci, Béchir, répondit André Schweitzer, je crois que je me débrouillerai. Mais vous toussez ?

— Ce n'est rien, dit Béchir en riant. Je suis encore solide.

70

Solide, il l'était. Un peu avant Noël, sa compagnie avait été mise à la disposition d'un général dont le nom lui était inconnu et qui s'appelait Friedrich Paulus. C'était du côté d'une ville où les combats étaient rudes et dont la seule évocation répandait la frayeur chez les plus aguerris : Stalingrad.

Le froid et l'intendance étaient pires que jamais. Béchir, qui venait d'un pays chaud, souffrait plus que les Alsaciens, les Flamands, les montagnards des Alpes ou du Massif central de l'hiver soviétique. Il enveloppait ses pieds dans des étoffes qui lui servaient de chaussettes, il s'emmitouflait dans des capotes arrachées aux mourants. Il avait appris à pisser sous abri : une nuit, il s'était levé pour un besoin naturel et l'urine, à son horreur, avait gelé sur place en une mince colonne transparente et jaunâtre. Les attentes, surtout, étaient insupportables. La chaleur de l'action reprenait son sens propre. On pensait moins au froid quand on risquait sa vie. Le moral des troupes, comme on dit, n'était ni haut ni bas : les hommes étaient retournés à un état sauvage où il ne s'agissait que de survivre. Dans la neige et les obus qui tombaient à qui mieux mieux, la nuit, écrasé d'une fatigue qui luttait contre le froid, il rêvait à Meg dont le visage s'effaçait. Il ne savait plus où la situer, dans quel décor l'imaginer : les plages du Liban, les longues avenues d'Alexandrie, les immeubles cossus du Caire étaient balayés, sous la tempête, par la vision abstraite d'une Amérique de légende. Enfoncé dans la neige qui pénétrait dans les bottes, dans les yeux, dans la bouche, sous la peau, il rêvait de palmiers.

La guerre était mécanique, aérienne, à longue distance. Les bombes pleuvaient de partout. Et, tout à coup, elle se rapprochait et se changeait en corps à corps. Il s'était battu à la baïonnette et au couteau contre des ombres surgies de nulle part. Sa vie tenait à un fil. Il était un pion parmi des millions d'autres, manœuvrés de très loin par des états-majors virtuels et il se battait sur place à la façon primitive des voyous de faubourg.

La vie était devenue une chose absurde et dégoûtante sur laquelle il n'était pas question de s'interroger si peu que ce fût. Il n'y avait qu'un seul but, un seul impératif : sauver sa peau, tuer les autres au lieu de se faire tuer, tâcher de vivre jusqu'au soir.

Il lui arrivait de se souvenir des bonnes sœurs qui lui enseignaient la morale. Ah! ah! C'était d'un comique achevé. Un soir, lors d'une attaque, il avait entendu une balle lui siffler à l'oreille. Il s'était jeté en avant. L'obscurité tombait. Il s'était retrouvé dans un trou d'obus recouvert par la neige aux prises avec un Kalmouk ou un Tatar dont il voyait les yeux bridés. La fureur s'était emparée de lui. Il l'avait poignardé en riant aux éclats sous l'image très distincte de sœur Thérèse de l'Enfant Jésus qui lui serinait le catéchisme.

Il avait vu agoniser près de lui son ami Étienne, de Montrouge, un ancien communiste qui avait suivi Doriot, son ami José, de Barcelone, un anarchiste du P.O.U.M. qui avait pris Staline en grippe, son ami Günther, de Garmisch-Partenkirchen, nazi de la première heure. L'un avait un œil arraché qui tenait encore au visage par quelques filaments sanglants, les intestins de l'autre lui sortaient du ventre et il les comprimait comme il pouvait de ses mains rongées par le gel. Ceux qui mouraient sur le coup étaient de drôles de veinards.

La peur le rendait fou. La haine le tenait debout. Deux jours après la mort assez lente de José, il était tombé, avec une dizaine de camarades, sur une patrouille soviétique retranchée dans une ferme. On avait échangé des coups de feu. Les autres, de l'autre côté, étaient terrorisés comme eux-mêmes. Béchir et les siens avaient réussi à incendier la ferme. C'était une bonne affaire. Une demi-douzaine de Soviétiques, les bras en l'air, semblables à des fantômes dans leur tenue de camouflage blanche, étaient sortis, hagards, blessés, les cheveux roussis et couverts de cendres, du bâtiment en flammes.

Un cri jaillit :

— Fusillons ces ordures !

L'ombre de sœur Thérèse de l'Enfant Jésus fit son apparition.

— Bien sûr que non ! cria Béchir. Ce sont des prisonniers. Nous allons les ramener avec nous.

La nuit tombait. La neige aussi. Béchir et ses camarades avaient du mal à avancer. Plusieurs d'entre eux étaient blessés, eux aussi. Il fallait les porter. Un des Russes, du coup, réussit à s'échapper. On tira sur lui. Il s'écroula. Était-ce une ruse ? Il neigeait trop fort, il faisait trop froid pour courir après lui. Mort ou vivant, touché ou non, on le laissa sur place. Il se révéla bientôt impossible de regagner les lignes en s'occupant des blessés et en surveillant les prisonniers.

— Fusillons-les ! cria quelqu'un à nouveau.

— J'ai une autre idée, dit Béchir.

Ils s'étaient arrêtés sous un bouquet d'arbres hachés par la mitraille avec l'intention de prendre un peu de repos. Ils avaient allumé un feu et ils faisaient fondre de la neige dans des gourdes pour préparer un café chaud. Dès que les récipients étaient retirés des flammes, l'eau se remettait à geler. Les Russes, hébétés, tentaient en vain, comme ils pou-

vaient, sous les bourrades et les coups, de s'approcher du feu.

— Déshabillez-les, dit Béchir.

Il y eut un flottement chez les prisonniers, qui ne
comprenaient pas. Une vague inquiétude, la stupeur,
la terreur apparurent sur leur visage et dans leur attitude. Sous la menace des fusils, on leur enleva leurs
capotes, leurs bonnets de fourrure, leurs gants. Il y
avait des épaisseurs et des épaisseurs de coton et de
laine. Tout leur fut arraché sans trop de ménage-
ments. Il fallut les jeter à terre pour leur retirer
leurs bottes et leurs pantalons. Ils se retrouvèrent
étendus sur la neige en caleçon long et en chemise.
Les yeux leur sortaient de la tête.

— Et alors? dit Béchir.

Les chemises et les caleçons furent déchirés brutalement.

— Debout! cria Béchir.

Des mitraillettes braquées sur eux, des couteaux
entre les côtes, les Russes se mirent debout, pieds
nus sur le sol gelé, les bras serrés contre la poitrine,
dansant sur la neige comme sur des braises ardentes.
Ils hurlaient de souffrance, ils se mettaient à genoux,
ils imploraient pitié. Les autres leur envoyaient des
boules de neige en riant. Sœur Thérèse de l'Enfant
Jésus brillait par son absence.

Le feu jetait ses dernières flammes dans la nuit
déjà close et s'éteignait peu à peu. Le ciel s'était
éclairci. Il ne neigeait plus. Il devait faire quelque
chose comme – 35 ou – 38, peut-être – 40 degrés. Ils
cessaient déjà de trembler. Le sang semblait se retirer de leurs corps qui devenaient blancs et rigides.
Ils tombaient, l'un après l'autre, ils se couchaient
sur le sol. Peut-être ne souffraient-ils même plus.
Peut-être s'endormaient-ils lentement. Alors, Béchir

et les siens prirent les bidons de neige fondue qu'ils avaient disposés sur les flammes et où l'eau déjà se remettait à geler. Et ils arrosèrent les corps nus et déjà immobiles d'un mélange d'eau glacée et de neige fondue en train de geler à nouveau. Très vite, sous la neige où ils étaient tombés, les corps formèrent des blocs de glace. Quand, soutenant leurs blessés, les hommes de Béchir, ayant repris leur marche, regardèrent vers l'arrière, ils ne distinguèrent plus dans l'ombre, à la place de ces corps qui avaient été vivants, que de minces monticules couverts d'un grésil blanc.

— Je n'en doute pas, dit André Schweitzer. Je sais bien que vous êtes solide. Mais vous devriez tout de même vous soigner. Tenez, prenez donc ça.

Et, arrachant une page de son agenda, il gribouilla quelques mots de son écriture illisible de médecin fils de médecin et les tendit à Béchir.

— Merci, monsieur Schweitzer, dit Béchir en empochant le papier. C'est très gentil de votre part.

La fille de la baronne Thénier était aussi belle que sa mère. Quand elle commença à sortir dans le monde, vers la fin du second Empire — il lui arriva même plus d'une fois de danser aux Tuileries avec le prince impérial qui devait trouver la mort, quelques années plus tard, sous les lances des Zoulous —, la baronne fut assez fière de produire en public une aussi jolie chose. Elle la menait elle-même aux bals de la cour et d'ailleurs, elle ne la quittait pas d'une semelle, et la mère et la fille s'entendaient à merveille.

Elles se rendaient ensemble chez Worth, qui venait d'ouvrir sa maison à Paris, à deux pas de la place Vendôme. Elles choisissaient ensemble, sur des mannequins vivants qui, au scandale de beaucoup, présentaient ses créations, les robes de dentelle, de mousseline ou de gaze blanche, garnies de volants, bordées d'un filet de velours, que, sans la moindre fleur, sans le moindre ruban, le poignet peut-être orné d'un mince bracelet de perles blanches, porterait la jeune fille sur de grandes crinolines aplaties sur le devant, développées en long par-derrière, avec des tuniques de velours bleues ou roses, dégagées très bas sur une gorge que couvrirait, grâce à Dieu, une délicate *modestie*. Elles allaient ensemble dans des demeures misérables visiter les malades et les pauvres. Elles allaient ensemble aux spectacles où pouvaient se montrer des femmes honnêtes à une époque où la salle et la scène commençaient à être envahies également par une vulgarité qui les épouvantait.

Au bout de quelques mois de ce régime, les difficultés apparurent. Quelque distendues que fussent les relations entre le mari et la femme, la situation du baron exigeait une présence, sinon constante — elle aurait beaucoup gêné le baron —, du moins très fréquente de la baronne. Elle ne parvenait plus à se partager entre ses devoirs d'épouse et de mère.

— Mon ami, dit-elle un soir à son mari, je crois qu'il faudrait chercher une personne de bonne famille, et surtout de bonne éducation et de bonnes manières, peut-être anglaise ou espagnole, ou peut-être russe, pourquoi pas? pour accompagner Hélène dans le monde où elle doit se montrer. Je ne peux ni la laisser y aller seule, bien entendu, ni trouver le temps nécessaire pour la suivre partout. Je ne vois pas d'autre solution à un problème qui me tourmente depuis quelque temps.

— Ma chère amie, lui dit le baron qui pensait à autre chose, dans ce domaine-là comme dans les autres ce que vous ferez sera bien.

Il lui baisa la main et, ayant demandé sa voiture que menait un cocher du nom de Joseph qui était son âme damnée et que détestait la baronne, il sortit comme d'habitude.

Mme de Longemin, qui avait perdu son mari très jeune à la suite d'une chute de cheval deux ou trois ans plus tôt, n'était ni russe ni espagnole : elle appartenait à une famille ruinée et très convenable des Ardennes. Elle était blonde, mince et longue, d'une allure très réservée, avec un visage très calme et un peu froid. Hélène Thénier se lia aussitôt avec elle et elles devinrent vite inséparables. Mme Thénier était très satisfaite de ces dispositions et le baron lui-même, qui négligeait souvent sa femme et sa maison, daigna venir à plusieurs reprises prendre une tasse de thé avec sa fille et l'amie de sa fille.

Comment les choses se passèrent et comment le bruit s'en répandit, personne ne s'en souvenait plus. Ce qui est sûr, c'est que la rumeur d'une liaison entre Mme de Longemin et le baron finit par parvenir jusqu'aux oreilles de la baronne Thénier.

La baronne avait subi beaucoup d'avanies de la part de son mari et, par amour pour sa fille, elle avait tout supporté. L'imprévisible liaison du baron avec la dame de compagnie d'Hélène la frappa comme une gifle. Après avoir longuement hésité, elle s'ouvrit, avec délicatesse, de ses sentiments à sa fille, qui semblait d'ailleurs s'être éloignée, depuis quelque temps, de Mme de Longemin. La mère apprit avec stupeur que sa fille savait déjà tout depuis longtemps. Et que, n'osant pas en parler à sa mère, elle était indignée de la conduite d'un père qu'elle jugeait avec sévérité.

Mme Thénier était une femme très douce et soumise à son époux. Son égalité d'humeur dissimulait un caractère d'une force insoupçonnée et assez redoutable, qu'elle devait peut-être à des ancêtres qui s'étaient beaucoup battus. Une révolution se fit en elle contre un homme dont elle avait accepté la compagnie mais qu'elle n'estimait pas, qu'elle n'avait jamais aimé et qui l'avait trahie une fois de trop et trop près de ce qu'elle adorait d'une passion maternelle décuplée par le chagrin. Avec l'accord de sa fille, elle prit en quelques heures une résolution extrême. Elle vendit ses bijoux qui étaient très beaux et de très grande valeur, elle laissa une lettre au baron, elle quitta son hôtel du faubourg Saint-Germain sans esprit de retour, elle partit, je ne sais plus, pour Le Havre ou pour Nantes où elles s'embarquèrent toutes les deux sur un voilier qu'elle avait acheté dans la nuit avec son équipage.

— Alors, me dit Gérard en riant, il paraît que tu écris par chagrin et pour le plaisir ?

— Qui t'a dit ça ? demandai-je.

— C'est Laszlo, me dit-il. Il le répète à qui veut l'entendre.

— Tant mieux si je l'amuse. N'est-ce pas mieux d'écrire par chagrin et pour le plaisir que par goût du pouvoir et pour l'ennui du lecteur ?

— Fais tout de même gaffe, me dit-il. Tu sais bien qu'aujourd'hui la gaieté, le plaisir, le bonheur sont mal vus. Tu devrais gémir un peu plus. Est-ce que tu t'occupes des abîmes ? Non ? Occupe-toi des abîmes. Le grand écrivain est plutôt accablé. Et même souvent accablant.

— Je m'en fiche pas mal, lui dis-je. Et le grand écrivain peut aller se faire foutre.

— Comme tu y vas ! me dit-il.

— Longtemps, les grands écrivains n'ont pas boudé la gaieté. Rabelais ne pense qu'à rire. Le manchot de Lépante ne fait rien que de se moquer. Molière est

78

triste et très gai. J'imagine qu'Horace, au bistrot, ne devait pas être de mauvaise compagnie. Rien n'est plus amusant que *Candide* ou les *Lettres persanes*. Malgré *Les Martyrs* et sa sacrée guerre d'Espagne, Chateaubriand, d'après Joubert et beaucoup d'autres, était bon garçon. Et le rire de Flaubert éclate dans sa correspondance.

— Le Quémenec n'est pas gai.

— Est-ce un grand écrivain ? Et puis le chagrin est là pour rendre à la gaieté un peu de cette élévation et de cette dignité dont il lui arrive de manquer.

— Le chagrin ? Quel chagrin ?

— Le chagrin, lui dis-je.

Il me regarda un peu de côté, en inclinant la tête comme il le faisait souvent pour réfléchir ou pour poser une question.

— Tu penses encore à Marina ?

Il exagérait, comme toujours. Il en faisait trop. Je ne lui demandais rien. Il voulait paraître informé de ce qui ne le regardait pas.

— Tiens ! lui dis-je. La voilà.

Marina arrivait. Je la guettais. Elle était grande, un peu myope, les épaules larges, vaguement absente. Sa fille de seize ou dix-sept ans à ses côtés, elle était toujours belle. Je m'avançai vers elle. Elle se jeta dans mes bras.

— Bonjour, ma chérie, lui dis-je.

— Oh ! Jean, me dit-elle, quelle tristesse !

Et elle se mit à pleurer à chaudes larmes dans mes bras qui la serraient contre moi. Les sanglots la secouaient. Je faisais de mon mieux pour les étouffer, je séchais ses larmes avec un grand mouchoir que j'avais tiré de ma poche et je lui caressais les cheveux.

— Il... il était... il était merveilleux ! me murmura-t-elle à grand-peine, en se reprenant à trois fois, le nez dans mon épaule.

— Merveilleux, lui dis-je.

— La vie… avec lui… avec lui…

— Oui, lui dis-je.

— Elle était belle, me dit-elle.

C'était exactement ce que je pensais.

La situation était embrouillée — il y avait… voyons… il y avait une vingtaine d'années… ou peut-être un peu plus?… ou peut-être un peu moins?… — quand Romain me proposa de partir seul avec lui pour la Méditerranée orientale sur un voilier qu'il venait de louer à un ami italien, antiquaire de son état. J'avais navigué plusieurs fois avec l'antiquaire, mais jamais sur ce bateau qui était mince et élégant et qui s'appelait l'*Aphrodite*. J'avais drôlement envie d'accepter l'invitation de Romain — et, en même temps, j'hésitais. Pour différentes raisons, que je pourrais énumérer en me donnant un peu de peine, je l'aimais moins que jamais. Il parlait très fort, il était trop sûr de lui, je ne partageais pas ses idées, il préférait le bourbon au whisky, les Cohiba aux Hoyo et aux Monte Cristo, et toutes les femmes lui tombaient dans les bras. Y compris celles, hélas! auxquelles je tenais le plus.

Je crois, à vrai dire — descendons aux abîmes —, que ce dernier motif l'emportait sur les autres. Je me contorsionnais, je me faisais prier, j'allais jusqu'à inventer des problèmes de conscience. Il m'arrive de me demander si je n'étais pas vaguement ridicule.

— Allez! viens! me disait-il. Nous serons seuls tous les deux.

Ma parole! me disais-je, il me parle comme à une fille. Et, comme une fille, je cédai. Et je le remerciai. J'étais alors loin de Paris, en Amérique peut-être, ou en Inde, je ne sais plus.

— D'accord, lui télégraphiai-je. Je viens. Merci.

À partir de là, ce furent quinze jours d'enchantement entre Grèce et Turquie. Nous ne passions pas notre temps à terre, nous ne faisions pas de courses, comme avec les filles, nous n'allions pas voir les tapis, les bracelets, les paniers en osier, les souliers pour la plage, nous ne visitions pas de ruines : nous restions en haute mer. Nous ne touchions les ports que pour faire de l'essence et de l'eau, pour acheter le poisson et les fruits que des barques de pêcheurs ne nous avaient pas apportés. Nous ne parlions pas beaucoup. Et jamais de nos amours. Nous lisions un peu. Nous écoutions de la musique. Nous ne faisions rien. Nous pêchions. Nous nagions. Nous dormions sur le pont. Nous regardions le soleil se coucher et la lune se lever. Marina avait raison : la grâce habitait Romain. Il rendait la vie merveilleuse.

— Bonjour, Isabelle.

J'embrassai la fille de Marina. Je l'avais vue naître, cette enfant-là. Je n'étais pas loin de la considérer comme à moi.

— Bonjour, oncle Jean, me dit-elle. Maman est très secouée.

— Nous le sommes tous, lui dis-je.

— Je crois qu'elle l'aimait beaucoup.

— Moi aussi, lui dis-je. Nous l'aimions tous beaucoup.

— Elle pleure depuis deux jours.

— Il détestait les larmes, lui dis-je. Pleurer est très malsain. Et à peine convenable. Tu vas bien ?

— Pas trop mal, me dit-elle.

Ses yeux très pâles brillaient.

— Tu te maries ? Tu es fiancée ?

81

Elle se mit à rire.

— Pas si vite, oncle Jean! Vous êtes bien pressé! Pas si vite! Pas si vite! Laissez-moi vivre encore un peu.

Et dans le cimetière plein de larmes où nous attendions Romain sur le point d'arriver — et ensuite plus jamais il n'arriverait quelque part —, le rire d'Isabelle était comme une promesse de bonheur.

Pendant près de trois ans, elles firent le tour du monde. À Bombay, à Goa, à Hong-Kong, à Panama, on avait fini par connaître le bateau des deux dames. Il fallait, à l'époque, moins de papiers qu'aujourd'hui. Les ports étaient presque déserts. On ne payait pas en dollars, mais en livres sterling ou en or. Elles essuyèrent des tempêtes. Elles eurent des crises de découragement. Mais Hélène était jeune: la vie d'aventures l'amusait. Et sa mère avait tant souffert de l'existence qui lui était imposée à Paris qu'elle respirait à pleins poumons l'air un peu rude de la liberté. On les vit à San Francisco, à Tahiti, en Afrique du Sud, à Mascate qui leur plut beaucoup et où elles restèrent quelque temps, accueillies par le sultan avec somptuosité. Elles étaient toujours seules, toutes les deux, accompagnées le plus souvent, à distance respectueuse, de deux marins qui les suivaient de loin et les protégeaient de tout désagrément.

Elles avaient fini par se lier avec le capitaine qui était un Maltais de toute confiance, avec une barbe blanche de prophète. Il était secondé par trois ou quatre marins de fondation, attachés depuis longtemps au navire. Le reste de l'équipage était volant et se renouvelait sans cesse. Il y avait eu de bonnes surprises et de mauvaises. On était tombé sur des voleurs, des maniaques, des tire-au-flanc, des incapables. Il n'y avait jamais eu de drame. On avait trouvé à Hong-Kong un cuisinier chinois qui, à force d'ailerons de requin et de riz cantonais, avait réussi à s'élever à la hauteur d'une institution. À San Francisco était montée à bord une Hollandaise aventureuse qui avait eu des malheurs et qui servait, pas si mal, de chambrière à ces dames.

En deux ans, la baronne avait beaucoup changé. Elle était devenue une forte femme, aux gestes plus brusques, au teint hâlé. Les thés dans les vieux hôtels du Marais ou dans les demeures à la mode du faubourg Saint-Germain, les fêtes aux Tuileries, les promenades sous des ombrelles dans des voitures traînées par plusieurs chevaux, les laquais derrière soi en habit à la française, lui paraissaient appartenir à un monde englouti dont elle finissait par se demander s'il avait jamais existé : il était plus invraisemblable que les grandes plages de sable noir ou les temples de l'Inde avec leurs roues de pierre et leurs sculptures érotiques.

Brunie aussi par le vent, le soleil et la mer, Hélène, telle qu'elle se dépeint elle-même avec naïveté dans un journal intime que j'ai eu entre les mains, la taille très mince, les yeux clairs dans un visage plein, une fossette dans la joue, les cheveux tirés en deux tresses, était l'enchantement et l'angoisse de sa mère. La fille était très heureuse de la vie qu'elle menait ; la mère se reprochait de l'avoir entraînée dans une aventure sans issue : la fortune de mer fournit peu de maris. Elles avaient, le soir, de longues conversations qui roulaient sur l'avenir.

— Ma vie est finie, disait la baronne. La tienne commence. Tu ne peux pas passer ta jeunesse à courir les océans.

Hélène éclatait de rire. Sa mère se tordait les mains, des bals de cour dans la tête.

Je regardais Marina. Elle se pendait à mon bras.

— Ta mère est là, lui dis-je. Elle parle avec Béchir.

— Ne me quitte pas, me disait-elle. Je ne veux pas que tu me quittes.

Elle mettait sa main dans la mienne. Elle se serrait contre moi. Nous débarquions de l'avion. Nous montions dans le bateau. Nous étions debout à l'arrière. Le vent soufflait assez fort. J'avais sa main dans la mienne. Et nous riions au soleil.

Un beau jour, la baronne et sa fille arrivèrent à Alger. Elles aimèrent le port, la ville blanche, l'accueil amical de quelques Français qu'elles avaient connus à Paris. Elles décidèrent de souffler un peu et de visiter le pays.

On se mit en quatre pour elles. Déjeuners, dîners, promenades, excursions, autorités civiles et religieuses et pique-niques improvisés dans des paysages surprenants avec jeunes gens aux petits soins. Des événements terribles, dont elles ne savaient presque rien, s'étaient produits en France. Il y avait eu la guerre, la défaite, la Commune de Paris. L'Empire était tombé. La République avait été proclamée avec Thiers et Mac-Mahon. Elles écoutaient pendant des heures les récits d'une histoire pleine de fureur et de bruit qui s'était déroulée à leur insu. D'abord parti pour Londres, le baron Thénier végétait à Bruxelles.

On faisait fête partout aux deux dames qui avaient navigué sur tant de mers. Elles furent reçues chez le général qui commandait la garnison d'Alger et, à la stupeur, et parfois l'indignation, de beaucoup de colons, dans des palais arabes ou kabyles. Plusieurs bals attendrissants, qui rappelaient peut-être, bizarrement, les danses avec colonel, Apaches au loin, clair de lune, émois de jeunes filles des vieux westerns américains, furent organisés en leur honneur.

Un des plus réussis fut donné dans une grande maison non loin d'Alger où venaient de s'installer des colons qui arrivaient d'Alsace. Les colons étaient les Schweitzer. Leur fils, un grand gaillard vigoureux qui travaillait la terre, tomba, au premier coup d'œil, éperdument amoureux de la belle Hélène Thénier descendue de son voilier.

Depuis Siva et Parvati, depuis Cadmos et Harmonie, depuis Adam et Ève, l'histoire, jusqu'à nos jours, est faite d'abord d'unions, le plus souvent traversées. Intimidé par ces dames qui lui paraissaient à la fois si convenables et si hardies, le père Schweitzer mit ses gants blancs pour demander à la baronne la main de la jeune fille. Paul était un paysan rhénan qui vivait avec les Arabes. Hélène était une fleur de salon changée en aventurière. Hélène était catholique. Paul était protestant. On s'arrangea comme on put. La baronne était trop heureuse du sort fait à sa fille dont l'avenir l'inquiétait. L'archevêque d'Alger, Mgr Lavigerie, qui n'était pas encore cardinal, accepta de bénir les jeunes mariés, un peu à la sauvette, dans une cérémonie intime au fond de la cathédrale. Tout le monde semblait très content. La vie avance à coups d'enfants qui ne sortent des parents que pour les effacer. Un gros bébé arriva. C'était le grand-père d'André Schweitzer qui saluait Margault Van Gulip.

— Chéri, me disait Marina, surtout ne me quitte pas.

Et elle se serrait contre moi.

J'ai toujours aimé les arrivées dans des villes inconnues. Nous nous tenions debout à l'arrière. Elle se serrait contre moi, elle mettait sa main dans la mienne. Le mince bateau de teck et d'acajou verni passait entre les faisceaux de pieux, enfoncés trois par trois et cerclés d'une bande de fer, qui délimitent les chenaux navigables dans les eaux basses de la lagune. On les appelle *bricole* ou *ducs-d'Albe*. Et sur chaque bricola était posée une mouette.

Le vent faisait voler ses cheveux. Elle riait dans le soleil. Elle pencha sa tête sur mon épaule et devint grave tout à coup.

— Je n'oublierai jamais, me dit-elle.

— Je ne te quitte pas, lui dis-je.

Elle souriait sous ses larmes.

Venise éclatait devant nous. Nous laissions au loin Torcello, Burano, Saint-François-du-Désert. Nous laissions Murano à notre gauche, sa basilique romane dédiée à la Vierge et à saint Donat, la toile de Bellini dans l'église Saint-Pierre, à l'ombre de sa haute tour. Et nous laissions derrière nous Romain et Margault et une foule d'histoires et de liens qui se nouaient en énigmes pour mieux nous faire souffrir. Nous longions le cimetière dans l'île de San Michele, avec ses tombes de danseurs russes, de vieilles dames américaines, de colonels anglais. Les églises de Venise se découpaient sur le ciel. À droite, le campanile de la Madonna dell'Orto. À gauche, le campanile de San Francesco della Vigna. Au milieu, les deux blocs massifs de l'église des Gesuiti et de San Giovanni e Paolo. Derrière, dominant le tout, se déplaçant sous nos yeux au gré de la marche du canot, le campanile de Saint-Marc.

Soudain, par une sorte d'enchantement, nous entrions dans Venise comme dans un décor lointain enfin à portée de main, comme dans un navire de haut bord autour duquel nous tournions avant de l'attaquer. Nous parcourions des canaux qui donnaient dans d'autres canaux d'où surgissaient des gondoles. Nous levions les yeux vers les palais aux beaux balcons et aux fenêtres sculptées. Nous passions sous des ponts qui nous faisaient baisser la tête. Nous jouions le rôle convenu que nous étions venus chercher dans la ville immobile et rouge qui vivait de souvenirs et qui en fabriquait, et nous nous embrassions.

Nous débouchions dans le Grand Canal en face de Cà Pesaro. Marina poussait un cri. C'était la première fois qu'elle et moi mettions les pieds à Venise. Nous n'en connaissions rien. Nous découvrions tout. La beauté nous tombait dessus et elle nous suffoquait. Le marin qui conduisait le bateau nous indiquait avec négligence des palais, des églises, des monuments dont nous ignorions jusqu'au nom : Cà d'Oro à gauche, la Pescheria à droite, le Fondaco dei Tedeschi à gauche, le Rialto au-dessus de nous, le palais Grassi à gauche, Cà Rezzonico à droite, le pont de bois de l'Académie, et puis, très vite, en rafale, dans un décor soudain agrandi jusqu'au sublime par la main d'un géant, la Salute, la Douane de mer avec la statue de la Fortune sur le dos de ses deux atlantes et tout le bassin de Saint-Marc : la Zecca, la Marciana, le Campanile, la Piazzetta et le palais des Doges auxquels répondaient comme en écho, de l'autre côté du bassin, l'île, l'église, le campanile et le couvent de San Giorgio Maggiore. J'allais revenir vingt fois à Venise, trente fois, cinquante fois. Je finirais par connaître, sans Marina, hélas ! le moindre rio terà, le moindre sotoportego, la moindre salizzada, le moindre campiello ou campazzo de la ville de marbre et d'eau qui allait apparaître plus d'une fois dans mes livres. La première fois, comme toujours, serait toujours la seule.

— Je pense à tant de choses, me disait Marina en

marchant à mes côtés et s'appuyant sur moi. Et toi, à quoi penses-tu ?

— Je pensais à Venise, répondais-je.

— Oncle Jean, me disait Isabelle, Romain m'avait toujours promis de me montrer l'Italie. Maintenant qu'il n'est plus là, m'emmènerez-vous à sa place ?

— Laisse Jean un peu tranquille, ma chérie, disait Marina. Est-ce le moment de l'ennuyer avec tes questions ?

— Elle ne m'ennuie pas, disais-je. Tu ne m'ennuies pas, ma chérie. Je crois que, depuis trois générations, le don de me réduire en esclavage est héréditaire dans ta famille.

Marina me regarda et me sourit à travers ses larmes.

Le seul souvenir de Romain était encore capable de provoquer en moi quelque chose qui ressemblait à de la fureur. Même en ce moment où nous attendions d'un instant à l'autre l'entrée dans le cimetière de son convoi funèbre, des relents de rancune luttaient contre ma tristesse. Longtemps, j'avais cru que les sentiments étaient univoques et tranchés à la façon des corps simples ou des couleurs fondamentales : on aimait, on n'aimait plus, on détestait, on regrettait, on espérait, on préférait. J'avais appris qu'ils étaient ambigus et contradictoires et qu'il était possible de regretter ses bourreaux, de craindre ce qu'on espérait, d'aimer encore ceux qu'on n'aimait plus, de préférer ce qu'on détestait.

La foule commençait à se presser autour de moi. Je m'étais demandé en arrivant si nous serions nombreux et combien d'amis connus et inconnus prendraient la peine de se déranger et de venir jusqu'au cimetière. La réponse était là : beaucoup avaient pour Romain les mêmes sentiments que moi. Au cours de sa vie, qui n'avait pas été courte, il avait rencontré pas mal de monde. Il n'était pas seulement charmant. Il avait une carrière d'expert bien remplie et sa collection d'objets primitifs venus de Chine et d'Inde lui avait valu une assez large réputation. Il y avait là toute une faune, que je ne connaissais guère, de marchands et d'amateurs avec qui il avait noué des relations professionnelles. Il y avait aussi, de moins en moins nombreux à mesure que passaient les années, des compagnons de la Libération et des anciens de Normandie-Niémen, venus rendre hommage à l'un de leurs pairs. Il y avait des sportifs avec qui il jouait au tennis ou au golf, avec qui il allait skier à Chamonix, à Zermatt, à Cortina d'Ampezzo. Il y avait pas mal de mélomanes et d'amateurs d'opéra qui partageaient avec lui un amour ardent de la musique, de Mozart, bien sûr, de Haendel, de Schubert, mais surtout de Bach, qu'il avait découvert un peu tard et qu'il n'avait plus quitté.

Tout cela faisait des strates successives, des constellations mouvantes, aux contours flous, qui se croisaient et se mêlaient sans jamais se confondre. Tous étaient reliés à Romain par des liens invisibles et n'étaient pas toujours liés entre eux. Ici ou là, belles, rêveuses, mystérieuses et muettes, plusieurs femmes que je ne connaissais pas venaient s'ajouter à la foule de toutes celles que je ne connaissais que trop. Elles ouvraient comme des fenêtres sur un monde inconnu.

Le ciel se dégageait. Il ne pleuvait plus. On attendait. Le monde était absurde, tout à coup. Sous les visages d'André Schweitzer, de Béchir, de Marina et de sa fille, de Victor Laszlo, de Margault Van Gulip, que j'avais connue sous d'autres noms, de Le Quémenec ou de Gérard, répartis autour de moi en groupes labiles et fluctuants, je voyais dans l'espace ce qui avait défilé dans le temps.

Une sorte de vertige me prenait. Des personnes me serraient la main que je ne reconnaissais pas. Elles me rappelaient des souvenirs que j'avais oubliés, elles me racontaient des choses que je ne comprenais pas. J'aperçus soudain devant moi avec un vrai soulagement Albin et Lisbeth Zwinguely. J'allai les embrasser et une bouffée d'air frais m'emporta vers en haut.

Albin et Lisbeth étaient de braves gens qui habitaient un joli chalet de bois du côté de Guarda, entre Zernez et Scuol, au cœur de l'Engadine, dans les Grisons. Romain avait été le premier à se lier avec eux. Venant de Milan ou de Saint-Moritz, il se rendait par la route au festival de Salzbourg. Au cœur d'un paysage de rêve, à la suite de quelques secousses et d'un mince panache de fumée, sa voiture s'arrêta. Le téléphone portable n'était pas encore inventé. Après avoir marché, dans une solitude qui aurait été bienvenue dans d'autres circonstances, quelques kilomètres dans un sens et quelques kilomètres dans l'autre, il ne mit pas longtemps à comprendre que les garages ne se succédaient pas dans les Grisons avec la même fréquence qu'entre Genève et Lausanne. Il s'était installé pour lire au fond de la voiture quand une voix le héla. Albin Zwinguely, qui passait par là par hasard, ne se contenta pas de remorquer la voiture jusque chez lui et de farfouiller dans le moteur : comme il se faisait déjà un peu tard, il invita Romain à dîner et à coucher dans une chambre minuscule où le lit couvert d'une couette occupait toute la place et d'où la vue était très belle sur des prairies et sur la montagne. Romain passa une soirée et une nuit délicieuses, à la fois les plus

gaies et les plus silencieuses qu'il eût jamais connues.
Il revint au printemps, il revint en été, il revint en
hiver. Et, vers la fin des années cinquante, il nous
entraîna avec lui, André Schweitzer et moi, loin des
rumeurs de la guerre froide, des événements d'Algérie, de l'expédition de Suez et du naufrage au large
de New York de l'*Andrea Doria*.

Ce sont des souvenirs de paix, de bonheur, d'amitié. Nous avons été très heureux chez les Zwinguely.
Au printemps et en été, Albin nous emmenait avec
lui, tôt le matin, dans des promenades qui duraient
jusqu'au soir et dont nous rentrions épuisés et ravis,
des montagnes plein les yeux et des fleurs au chapeau. L'hiver, nous skiions avec lui sur des pentes
vierges où la foule ne se pressait pas. Quand la folie
des grandeurs nous montait à la tête, nous allions
passer la journée à Davos où nous retrouvions, sans
enthousiasme, des connaissances, des salons de thé
et les embouteillages.

À une demi-heure de sa maison, il y avait un
endroit, à la corne d'un bois, à la fin d'un sentier,
sur une éminence assez abrupte d'un côté, en pente
douce de l'autre, qui était cher à Albin. On y jouis-
sait d'une vue où le calme se mêlait à la grandeur.
Nous ne manquions jamais, à chaque séjour, d'y
passer quelques instants : comme tout ce qui touche
à une culture ou à la civilisation, l'amitié repose
d'abord sur des rites.

Il y a quelques années à peine, nous étions
retournés, tous les trois, en une sorte de pèlerinage
du souvenir et de l'amitié, chez les Zwinguely. Après
le dîner — viande des Grisons, salade, omelette aux
pommes de terre, emmental ou gruyère, jus de
pomme, vin du Valais —, Albin, la pipe au bec, les
bras croisés sur le dossier de sa chaise enfourchée à

l'envers, leva l'index de sa main droite et nous dit d'un ton mystérieux et malin :

— Demain, j'aurai une surprise pour vous.

Le lendemain, il nous mena selon la coutume au lieu magique et sacré. Rien n'avait changé, mais, là où Albin avait l'habitude de se tenir pour regarder le paysage, un banc avait été installé. Et sur le dossier du banc était fixée une plaque de cuivre avec une inscription :

ALBIN'S BÄNKLI
zu seinem 65sten

Le banc était une idée des gens du pays, des voisins des Zwinguely : ils le lui avaient offert, en face de son spectacle préféré, en guise de cadeau d'anniversaire pour ses soixante-cinq ans. Nous nous sommes assis sur le banc, tous les quatre, et nous nous sommes tus longtemps. Au bout de plusieurs minutes que ne troublaient que le vent et le chant des oiseaux, André Schweitzer a dit :

— *Nous sommes restés un long moment dans un extrême silence.*

C'était d'un type du nom de Basho, précisa-t-il, un poète japonais de la seconde moitié du XVIIe, auteur de *La Sente étroite du Bout-du-Monde*, à l'occasion d'une visite au temple de Kashino.

Et je lui ai répondu :

— *Assieds-toi en silence. Ne fais rien.*

Le printemps vient. L'herbe pousse toute seule.

Ça, c'était d'un autre poète, japonais lui aussi, qui s'appelait, je crois, Zenni Kushu.

— Autant qu'il est possible à des hommes d'être heureux, murmura André, nous le sommes.

— Dis-le très vite, grommela Romain.

— Je vais vous raconter, annonça André, une histoire de bonheur.

— C'est le moment ou jamais, lui dis-je.

Et sur le petit banc d'Albin, adossé à la forêt, la montagne devant lui, serré entre Romain et moi, en hommage à Albin à qui nous devions ces instants, André Schweitzer, tout en jouant avec une branche morte qu'il avait ramassée, nous raconta son histoire.

— Vous savez peut-être, je crois que je vous ai déjà parlé de ces temps reculés, que mon grand-père était le fils de Paul Schweitzer et d'une jeune fille qui s'appelait Hélène Thénier.

— Oui, lui dis-je, nous le savons.

— André Schweitzer — il portait le même prénom que moi — a eu un fils à son tour : c'était mon père. Mon père, qui était médecin comme moi, a suivi une vieille tradition de famille : il a épousé une jeune fille dont les parents avaient été ruinés à blanc quelques années avant le jeudi noir de Wall Street. Ils habitaient, dans le Lot, entre Dordogne et Aveyron, du côté de Saint-Cirq-Lapopie...

— C'était le village d'André Breton, dit Romain.

— Il n'y habitait pas encore, dit André. Mais ils étaient liés avec lui. C'est grâce à eux que Breton est venu pour la première fois à Saint-Cirq-Lapopie. J'ai encore chez moi un poème d'André Breton adressé à ma mère.

— Tiens ! dit Romain. J'aimerais bien le voir.

— Ça t'en bouche un coin, dit André. À une dizaine de kilomètres de Saint-Cirq-Lapopie, ils habitaient une grande et vieille maison à laquelle ils étaient très attachés et où ma mère avait passé son enfance.

93

Quand il fallut la vendre, ce fut un drame antique, une espèce de *nô* à la sauce d'Occident. Les larmes coulèrent à flots. La mère, la grand-mère, l'arrière-grand-mère de ma mère étaient nées dans cette maison. Et elles y étaient mortes. Quitter la maison, c'était trahir, se renier, piétiner tout ce qu'on avait reçu en dépôt et qu'on n'était plus capable de transmettre... Vous avez connu ça, je crois... vous en avez même parlé dans...

— Oui, oui, dis-je très vite. Beaucoup de gens ont connu ça...

— La fin de la vieille demeure avait plongé ma mère, qui était encore toute jeune, dans une mélancolie dont elle avait du mal à sortir. Elle avait dû se séparer d'une dame très digne, Mme Loiseau, dont le nom chante encore dans ma mémoire et qui s'occupait de tout dans la maison, mais surtout de ma mère. Pour faire bonne mesure, on avait vendu l'âne sur le dos duquel elle se promenait enfant. Les grandes vacances étaient terminées, les petites filles modèles s'enfonçaient dans le passé. Il fallut mon père pour faire revenir un sourire sur les lèvres de ma mère. C'est une vraie chance pour moi : ils s'aimaient beaucoup, tous les deux.

« La cérémonie se déroula à Alger dans la cathédrale où, quelque cinquante ans plus tôt, le mariage de mes arrière-grands-parents avait été béni par Mgr Lavigerie. La robe de la mariée, le trousseau, le banquet, les fleurs, la famille, la dot jouaient encore, du temps de mes parents, un rôle considérable. J'imagine que les plus jeunes d'entre nous ignorent aujourd'hui jusqu'au sens du mot "trousseau". La tâche de mes parents eux-mêmes était déjà simplifiée : tout le côté protestant de mon père mettait un peu sous le boisseau les falbalas catholiques ; et l'absence totale de dot du côté de ma mère réglait d'avance beaucoup de problèmes. Restait tout de même un rite auquel il n'était pas question de couper : c'était le voyage de noces.

« Où irait-on ? En Inde, à Hong-Kong, à Manille, à Bali, sur les traces de la grand-mère ? Au Mexique ? Au Brésil ? Sur les lacs bavarois, dans le souvenir de Louis II, à la recherche du baroque ? Sur les lacs italiens ? Ma mère n'avait d'yeux que pour mon père. Elle avait perdu sa maison : les paysages ne l'intéressaient plus. Quand mon père lui proposa l'Andalousie, la mosquée de Cordoue, l'Alhambra de Grenade, la Giralda de Séville, elle acquiesça avec douceur. Elle s'en fichait. L'amour lui tenait lieu de tout. Mon père décida d'embarquer pour Marseille d'où la suite du voyage se ferait en voiture.

« Les jeunes mariés, comme on disait, débarquèrent à Marseille en fin d'après-midi. Ils montèrent à Notre-Dame-de-la-Garde, ils se promenèrent sur la Canebière, ils allèrent dîner dans l'hôtel le plus célèbre de la ville, le Noailles, qui n'existe plus aujourd'hui et où une chambre leur avait été réservée. Ma mère était épuisée. Elle tenait à peine debout, elle titubait de fatigue. Lorsque, vers la fin du dîner, mon père lui annonça que la chambre ne lui plaisait pas et qu'il avait télégraphié à une auberge en pleine campagne, qu'il connaissait et qui n'était pas trop loin, un peu au-delà d'Aix-en-Provence, pour en retenir une meilleure, elle crut qu'elle allait s'évanouir.

« Mon père la prit dans ses bras, la consola, lui expliqua avec douceur que la voiture était déjà là, qu'elle était très spacieuse et très confortable et qu'elle y dormirait beaucoup mieux que dans une chambre bruyante et peu agréable. Le voyage serait bref et elle se réveillerait dans un cadre délicieux où régnaient le silence et la paix. Ma mère était amoureuse et déjà soumise à son mari. Elle approuvait tout ce qu'il faisait.

«— Je suis très fatiguée, lui dit-elle. Mais si tu penses que c'est mieux...

«— Fais-moi confiance, lui dit-il : je suis sûr que ce sera mieux. Tu vas prendre une tisane avec quelque chose pour dormir et tu ne t'apercevras même pas de la route.

«Ma mère but la tisane, s'installa dans la voiture et s'endormit presque aussitôt dans les bras de son mari. Le voyage, qui devait être court, lui sembla long. De temps en temps, elle sortait de sa demi-inconscience, elle se réveillait de son sommeil, elle ouvrait un œil, elle s'agitait un peu.

«— Dors, ma chérie, lui disait mon père. Dors.

«Elle se rendormait. Elle rêva de travaux gigantesques, de traversées du désert, d'ascensions dans la montagne. Quand elle se réveilla pour de bon, le soleil était déjà très haut dans un ciel qu'elle apercevait sous un angle familier. Elle se dressa dans son lit. Elle crut qu'elle devenait folle. Le moindre détail autour d'elle lui disait quelque chose d'un passé évanoui. Elle vit un âne par la fenêtre. Elle dévala comme en songe un escalier dont toutes les marches s'offraient d'elles-mêmes à ses pieds, elle eut à peine le temps de deviner, devant une fenêtre, la silhouette de Mme Loiseau et elle tomba en larmes dans les bras de son mari qui avait racheté en secret la maison de ses parents.

— Triomphe de la sensiblerie bourgeoise ! s'écria Romain en se levant du banc et en applaudissant. La bourgeoisie excelle dans deux registres opposés : le larmoyant et le désinvolte. Elle pleure et elle ricane, elle s'attendrit et elle se moque. Les ingrédients du larmoyant bourgeois — que représentent très bien un Sedaine dans la littérature et un Greuze dans la peinture, l'un et l'autre à la veille de la Révolution française qui marque la victoire et le début du règne de la bourgeoisie — sont le malheur, l'ordre des choses, la bonne conscience et l'argent. L'histoire de ton père illustre joliment ces quatre thèmes.

Quelqu'un — Béchir peut-être ou la Grande Banlieue — lui ayant indiqué la présence de Marina, Margault Van Gulip s'avançait vers nous. Elle se déplaçait dans la foule avec l'allure d'un grand navire, fier de fendre les flots. Les gens s'écartaient devant elle, soit parce qu'ils la reconnaissaient, soit parce qu'elle leur en imposait. Elle impressionnait par sa présence, sa façon de se tenir malgré son âge, le sentiment qu'elle avait elle-même de sa place et de son rôle dans un monde à ses ordres. Il restait de sa beauté, qui avait été très grande et dont ne subsistait presque rien, une sorte d'ombre portée, d'aura intemporelle et magique dont les racines s'enfonçaient dans un passé très lointain et qui suffisait, par un miracle de tous les instants, à frapper d'admiration et presque de terreur tous ceux qui l'approchaient.

— Marina! ma chérie! s'écria-t-elle d'assez loin.

J'étais toujours entouré d'Albin et Lisbeth d'un côté, de Marina et sa fille de l'autre. Marina s'accrochait à moi. Elle se pendait à mon bras. Elle me serrait la main. J'étais son rempart contre le malheur, sa bouée de sauvetage, son recours. Elle me prenait à témoin d'un chagrin qui redoublait le mien et qui luttait pourtant contre lui : il le redoublait parce que la souffrance de Marina était une souffrance pour moi ; et il luttait contre lui parce que l'attachement de Marina au souvenir de Romain réveillait en moi, au fond même de ma peine, tous les sentiments mêlés qu'il avait pu m'inspirer et l'antipathie que j'avais long-temps éprouvée pour son image de vainqueur profes-sionnel. Plutôt pour moi que pour la reine Margault, plutôt pour elle-même que pour moi, j'entendis Marina murmurer à voix basse :

— Mais qu'est-ce que nous allons devenir ?

Mais qu'est-ce que nous allons devenir… La dou-leur et le souvenir me frappèrent en même temps. Ce dernier jour dans l'île… Nous partions le lende-main. Le banquier et Föros nous avaient déjà quit-tés successivement pour New York et pour Londres où se traitaient les affaires, où les banques, bien sûr, mais aussi les musées, le théâtre, la musique, les enchères, et bientôt les livres et les maisons de cou-ture vivaient d'une vie ardente et faisaient tout leur possible pour l'emporter sur Paris. Nous restions seuls, tous les six : Meg et sa fille, Romain, Élisa-beth, Le Quémenec et moi.

Un peu de mélancolie se mêlait au bonheur de l'été en train de décliner. La veille de notre départ, un peu après la vague qui avait roulé Marina sur le sable et trempé sa robe d'été, Meg m'avait emmené faire en sa compagnie un dernier tour dans l'île. Nous avions longé le monastère Haghios Yoannis Theolo-gos, nous avions marché trois quarts d'heure parmi les oliviers. La mer, au loin, apparaissait et dispa-raissait tour à tour au gré des accidents du chemin. Nous nous arrêtions souvent. Nous marchions, nous nous arrêtions, nous regardions la mer et les rivages de l'île, nous échangions quelques mots. Je la remer-ciais de son accueil, elle m'interrogeait sur ma vie et elle me parlait de la sienne. J'avais dix-neuf ans, elle en avait trente ou trente-cinq, ou peut-être même quarante : je n'en avais pas la moindre idée. Elle était la beauté même et, à la différence de son compagnon de promenade, elle avait déjà beaucoup vécu. Elle en était à son deuxième ou troisième mari, un armateur grec évidemment, dont les pétroliers ne naviguaient pas dans la catégorie des Niarchos, des Onassis, des Livanos, des Goulandris, mais qui offrait le double avantage d'une fortune qui ne prêtait pas à rire et de séjours répétés en Irak, en Arabie Saoudite et aux États-Unis. Malgré ma naïveté qui touchait à la sottise, je compris assez vite que ce mari-là ne comptait pas beaucoup et que les deux premiers, mieux valait ne pas en parler.

— Je me suis mariée très tôt, sur un coup de tête, surtout pour fuir ma famille…

— Avec l'aide de Béchir, peut-être…, dis-je en souriant, effrayé de mon audace.

— Tiens! tiens! Voyez-vous ça… vous en savez des choses… Ou vous croyez en savoir. Et comment, je vous prie, vous sont venues ces idées?…

La panique me prit. Je m'étais mis dans de beaux draps. Trahir Béchir qui m'avait fait confiance me faisait horreur. Je m'en tirai comme je pus.

— Béchir m'a intrigué…, bredouillai-je. C'est un homme intéressant… Je me suis demandé quel rôle il avait bien pu jouer auprès de vous. J'ai imaginé des choses… Pardonnez-moi si j'ai été indiscret…

Ce n'était pas si grave. Elle se fichait pas mal de ce que je pouvais bien penser. Elle se mit à rire. J'aimais son rire.

— Vous êtes charmant, me dit-elle.

C'était la première fois qu'une femme me disait que j'étais charmant. La première fois, d'ailleurs, qu'une femme me disait quoi que ce fût. J'étais plus familier de l'oxymoron ou de l'aoriste, de l'impératif catégorique et du schématisme transcendantal que des rapports effrayants entre les hommes et les femmes.

J'avais connu des femmes, des étudiantes comme moi, une serveuse de bar à Chamonix où je faisais du ski, une ouvreuse de cinéma rue des Feuillantines, mais très peu et très vite. Voilà qu'une femme me parlait, sur un îlot sacré, au bord de la mer grecque, et qu'elle me trouvait charmant. Et quelle femme ! Déesse dans le soleil, Meg Ephtimiou était une brune aux yeux bleus, aux longues jambes, à la fois d'une élégance et d'une simplicité à tomber à genoux devant elle. C'est ce que je fis aussitôt : je tombai à genoux devant elle, la mer en fond de tableau.

— Mais que se passe-t-il ? me dit Meg en riant. Que faites-vous ? Relevez-vous !

Je pris ses jambes entre mes bras.

— Je baise vos genoux, lui dis-je, comme les suppliants dans les tragédies grecques.

Elle se pencha vers moi. Elle me caressa les cheveux, que je portais longs et raides, avec une mèche sur les yeux.

— C'est très joli, me dit-elle.

Et elle se laissa tomber, à son tour, à genoux en face de moi.

Nous restâmes ainsi quelques instants, immobiles, en silence, à genoux en face l'un de l'autre. Et puis, je la pris par les épaules et je posai un baiser sur le front.

— Voyez ma délicatesse, lui dis-je. Je baise vos genoux et votre front. Je saute ce qui ne m'appartient pas.

C'était un truc que j'avais lu quelque part : une formule de Dumas, je crois, dans une lettre à Ida Ferrier, ou peut-être à une autre.

Elle me regarda sans rire, presque avec gravité et elle me caressa le visage avec un mélange de douceur et de rapidité.

— Que voulez-vous? me dit-elle.

— Vous embrasser, lui dis-je très vite en me sentant rougir.

— Eh bien, me dit-elle, immobile, sans un geste, eh bien, embrassez-moi.

Je me penchai vers elle, je la serrai contre moi et je baisai ses lèvres.

— J'aime Romain, me dit-elle.

Margault Van Gulip embrassait Marina, un peu raide, qui avait lâché mon bras. Elle l'avait rejointe et elle la serrait contre elle.

— Marina, ma chérie! Quelle horrible journée! D'où arrives-tu? Comment te sens-tu?

— J'arrive de New York. Je me sens triste, mais bien. Et vous?

— Si vieille, tout à coup! Si vieille... Et aussi triste que toi. Nous aimions tant Romain!

— Oui, dit Marina.

Elle se tut tout à coup. Elle resta silencieuse plusieurs secondes, l'air buté.

— Oui, reprit-elle avec effort, nous l'aimions.

Elle s'était à nouveau emparée de mon bras. Elle me serrait la main si fort que je sentais ses ongles dans ma paume.

Tout le monde aimait Romain. Et moi aussi, j'aimais Romain. C'était la fête à Romain. Il était mort: tout le monde l'aimait. C'est la règle: on aime les morts. Ils ne vous font plus de mal. Ils ne vous font plus d'ombre. Et, pour compliquer encore un peu les choses, même quand il était vivant, j'avais aimé Romain que j'ai tant détesté.

Maintenant, il était franchement en retard. Je regardai ma montre. Il aurait dû être là depuis plusieurs minutes. La foule, dans le cimetière, donnait des signes de flottement. Elle était nombreuse, désor-

101

mais. Et elle se mettait à caqueter. Les gens parlaient de leurs affaires, se donnaient des rendez-vous, se racontaient des histoires et les films qu'ils avaient vus. La vie se défendait comme elle pouvait contre la mort. Je fis signe à Béchir qui passait.

— Tu ne peux pas appeler le fourgon ? lui demandai-je.

— Bien sûr que si. J'ai mon portable et son numéro.

— Appelle-le. Et dis-moi où il est.

L'hiver de Stalingrad n'avait été pour Béchir que l'antichambre de l'horreur. Il avait échappé par miracle, avec quelques autres, à l'encerclement par les Soviétiques des trois cent mille hommes du général Paulus, nommé maréchal par Hitler au plus fort de l'action. Sur le seul théâtre de Stalingrad, où assiégés devenus assiégeants et assiégeants devenus assiégés s'étaient battus rue par rue et maison par maison, les Allemands, en quelques semaines, avaient laissé cent cinquante mille morts sur le terrain et les Russes avaient fait quelque chose comme cent mille prisonniers dont vingt-quatre généraux et le maréchal lui-même. C'était une vision d'enfer où le sang, la neige, les obus, les grenades, les lance-flammes et les bombardements aériens se mêlaient aux cris des blessés auxquels, de part et d'autre, il était presque impossible de venir en aide et à la férocité des combattants qui se battaient pour leur peau. En janvier 43, un peu plus d'un an après l'entrée en guerre des États-Unis, deux mois après le débarquement américain en Afrique du Nord, six mois avant le débarquement allié en Sicile, la bataille de Stalingrad marque probablement le tournant de la guerre. Béchir était pris dans la tourmente. Il était un des pions innombrables et minuscules de la formidable partie qui se jouait entre les princes d'un monde devenu fou par la faute de quelques-uns — et plutôt, en vérité, d'un seul — qui avaient déclenché la machine infernale. La machine tournait maintenant toute seule et elle broyait sur son passage des millions de victimes.

Béchir était passé sous les ordres lointains d'un autre maréchal qui portait un de ces noms sonores qu'avaient illustrés, à la tête de l'Oberkommando de la Wehrmacht, après les Moltke, les Falkenhayn, les Hindenburg, un Bock, un Kluge, un Kleist, un Brauchitsch, un Rundstedt : il s'appelait Erich Lewinski von Manstein. Manstein n'était pas loin d'avoir le génie militaire d'un Rommel. Les hommes autour de Béchir murmuraient que c'était lui qui avait conçu le plan d'opérations contre la France en 1940. C'était lui qui s'était emparé de la Crimée un an avant Stalingrad. Et c'était lui, maintenant, pour rejeter l'ennemi à l'est du Donetz, qui fonçait vers Kharkov, pris par Rundstedt en octobre 41 et repris par les Russes en février 43. En mars 43, deux mois après Stalingrad, Béchir, pour la seconde fois, entrait à Kharkov.

Que pouvait bien penser, s'il avait le temps de penser, un homme comme Béchir dans le petit printemps russe de 1943 ? Il était alors à mi-chemin d'un itinéraire de cauchemar qui avait commencé dans l'enthousiasme au solstice de juin 41 avec l'opération Barbarossa et qui allait s'achever à Berlin, boue, sang, flammes, désespoir et décombres, dans les premiers jours blêmes de mai 1945. Comprenait-il à quelle cause il avait lié son destin ? Savait-il déjà, obscurément, ce qu'étaient en train de deviner dans les pays vaincus de l'Europe occidentale, en France, en Belgique, aux Pays-Bas, en Italie, dans les pays

103

scandinaves, les malins et les puissants, sur le point de changer d'épaule leur fusil patriotique et de retourner leur veste? Les territoires étaient occupés, et les gens, sur ces territoires, étaient occupés à prendre le vent de l'histoire et à rejoindre la poignée de ceux que leurs convictions avaient jetés, au plus fort de la nuit, dans un combat sans espoir. Lui, dans les plaines d'Ukraine balayées par la mitraille, n'avait guère le loisir de peser les chances et les enjeux. Il se battait depuis deux ans. Les yeux bandés, le cœur vide, il allait encore se battre pendant deux ans.

Quatre mois après sa deuxième entrée dans Kharkov, les blindés russes l'emportaient sur les blindés de Manstein qui luttait désormais contre des forces deux fois supérieures aux siennes, perçaient le front allemand à Koursk, au nord de Kharkov, et s'emparaient d'Orel. La bataille de Koursk marquait l'échec décisif de l'opération Citadelle imaginée par Manstein pour renverser le cours des événements. Deux mois plus tard, Kharkov était évacué par les Allemands et changeait de mains pour la quatrième et dernière fois en deux ans de combats. Smolensk, Kiev, Odessa, Sébastopol tombaient successivement. Les Russes avançaient sur le Dniepr, puis sur le Dniestr. Ils lançaient des offensives en Russie Blanche et vers les pays Baltes. Ils attaquaient, puis franchissaient les frontières polonaise et roumaine. La grande débâcle commençait.

Je le voyais à quelques mètres de moi, en train de téléphoner au fourgon qui transportait les restes de Romain, ancien de Normandie-Niémen, compagnon de la Libération, héros de l'Union soviétique. Où avait-il bien pu passer les nuits de Noël 41, de Noël 42, de Noël 43, de Noël 44? Je parvenais tant bien que mal à reconstituer son trajet. Noël 41, la guerre éclair était déjà terminée. La bataille de Moscou avait marqué son échec. Noël 42, c'était le drame de Paulus et l'enfer de Stalingrad. Noël 43, il devait être quelque part entre Kiev et Varsovie ou entre Kiev et Bucarest. Il y a beaucoup de zones d'ombre chez ceux qui nous sont le plus proches. J'ignorais presque tout des années américaines de Meg Ephtimiou ou de Margault Van Gulip. J'étais très loin de tout connaître des amours de Romain : au-delà de ce qui nous séparait, nous étions comme deux frères, mais jamais, au grand jamais, nous n'avions échangé de confidences sur les femmes de notre vie — qui nous étaient parfois communes. De Béchir aussi, j'ignorais beaucoup de choses. J'étais déjà étonné d'en savoir tant sur lui, grâce à ce que les autres m'avaient raconté à son propos, grâce surtout, tout simplement, à ce qu'il m'avait raconté lui-même, non seulement à Patmos, mais tout au long des années.

Il téléphonait, son portable à l'oreille. Marina était collée à moi, sa main toujours dans la mienne. Isabelle parlait à sa grand-mère. André Schweitzer faisait les cent pas en compagnie de Victor Laszlo et de Le Quémenec. La Grande Banlieue se répandait à droite et à gauche en sourires et en frétillements. La foule attendait Romain en train de venir vers nous.

— Ils arrivent, me dit Béchir. La circulation était très difficile. Ils sont à dix minutes d'ici, et peut-être maintenant à cinq.

La circulation était très difficile aussi sur les routes de l'Europe orientale et de la Poméranie à la fin de 1944 et au début de 1945. Le chemin qu'il avait fait dans un sens deux ou trois ans plus tôt, Béchir le refaisait dans l'autre. Le recul de la Wehrmacht n'était pas l'écroulement, en 1939-1940, des troupes polonaises ou françaises sous les assauts des Panzer allemands qui ouvraient un âge nouveau dans l'histoire de la guerre — prévu peut-être seulement, dans le camp opposé, par un officier inconnu du nom de Charles de Gaulle. La retraite était encore contrôlée et organisée, mais le combat avait changé d'âme. À l'offensive victorieuse que rien ne semblait pouvoir arrêter succédait une défensive qui reposait sur de vagues espérances : les armes terrifiantes et révolutionnaires promises par le Führer, un renversement des alliances, une paix de compromis. Le débarquement en Normandie, le 6 juin 44 à l'aube, avait mis fin à cette longue période de grisaille et d'incertitude qui s'était ouverte à l'ouest avec le débarquement en Afrique du Nord, à l'est avec la bataille de Stalingrad et qui s'était étendue sur toute l'année 43. Hitler, qui avait fait rentrer la Sarre dans l'Allemagne, qui avait remilitarisé la Rhénanie en dépit du traité de Versailles, qui, de reniement en reniement et au mépris de la parole donnée, s'était emparé en quelques années de l'Autriche, des Sudètes, de la Bohême et de la Moravie, de la Slovaquie, de Memel, de Dantzig et de la Pologne, du Danemark et de la Norvège, des Pays-Bas, de la Belgique et du Luxembourg, de la France entière et d'une bonne partie de ses territoires, de la Yougoslavie, de la Grèce, de la Russie Blanche et de l'Ukraine, qui avait poussé jusqu'au Caucase et jusqu'aux portes du Caire, se battait maintenant en retraite sur trois fronts : à l'est, au sud, à l'ouest. Il avait marché dix ans de victoire en victoire. Voilà deux ans déjà qu'il marchait vers la défaite.

— Tiens-moi au courant, lui dis-je.

— Je vous interromps, s'excusa Mme Poliakov. Vous parlez à Béchir ?

— Oui, madame, lui dis-je.

— Ah ! que voulez-vous ? me dit-elle, j'ai du mal...

— Madame, lui dis-je, je vous comprends mieux que personne.

Françoise Poliakov était la sœur aînée d'André Schweitzer. Quelques années avant la guerre, elle avait épousé, à Alger bien entendu, un ami de son frère, médecin comme lui, d'origine lituanienne, d'une laideur étonnante, beaucoup plus âgé qu'elle. Michel Poliakov était un des rares hommes — les femmes étaient innombrables — qui pouvaient se vanter d'avoir réussi, très tôt, à épater Romain. Romain, dont les études, à sa grande satisfaction je crois, avaient été brisées dans l'œuf par l'histoire et qui n'avait pas beaucoup lu, se trompait assez peu. Dans les années cinquante, pour une découverte dont je serais bien incapable de dire le moindre mot, Michel avait partagé avec un savant américain le prix Nobel de médecine ou de chimie, je ne sais plus. Michel, comme Romain, ne croyait pas à grand-chose et il détestait les honneurs. Comme pour les conjurer, nous nous étions laissé aller à une fête formidable. Nous avions bu et chanté toute la nuit dans une boîte russe de Paris dont nous avions brisé avec beaucoup de soin les assiettes et les verres.

Quelques jours plus tard, reprenant et améliorant une idée un peu oubliée d'Alfred Nobel, Michel avait écrit dans *Le Figaro*, sous le titre « Une belle mort », un article qui avait fait scandale. Il proposait au préfet de Paris la fondation d'un hôtel de suicidés où les clients pourraient trouver sans frais un repas préparé par les meilleurs cuisiniers, passer une soirée agréable dans les bras d'une personne de l'un ou l'autre sexe, dormir tout leur soûl dans un lit confortable, puis mourir à l'aube de façon rapide et indolore. Antoine Blondin avait sauté sur l'occasion et avait donné à *Arts*, à *La Parisienne* ou à *La Table ronde* une nouvelle intitulée *Les Hasards de la vie* où un candidat au suicide, après une soirée charmante avec une créature de rêve, renonçait à ses projets funèbres, épousait la créature, lui donnait beaucoup d'enfants, devenait président du Conseil économique et social et était reçu sous la Coupole par un cardinal de la sainte Église dont le discours était un chef-d'œuvre de silences et de subtilité.

Poliakov était juif. Dans ses jeunes années, bien avant son mariage, il avait exercé à Marseille où lui était arrivée une curieuse aventure qu'il m'avait racontée le jour de la fête pour le Nobel. Il était chez lui, un soir, après le dîner, à lire tranquillement dans son appartement du côté de la Bourse et du Vieux-Port quand on sonna à la porte. Il alla ouvrir sans méfiance et se trouva en face de deux hommes qui en soutenaient un troisième. Le blessé, qui ne cessait de gémir à la limite de l'inconscience, était atteint au ventre et perdait beaucoup de sang.

— Que s'est-il passé ? demanda Michel.

— T'occupe, dit le plus petit des deux acolytes. Tu le soignes et tu la boucles.

Michel Poliakov leva les sourcils.

— Faut l'escuser, dit l'autre, qui était plus grand et plus fort.

Et, dans le langage le plus violent, il se mit à injurier son compagnon qui n'ouvrit plus la bouche.

— Il nettoyait son pistolet, reprit le plus grand, et...

— Je vois ça, dit Michel. Le mieux serait de le transporter à l'hôpital.

— Ah! susurra le costaud, si nous pouvions éviter les complications…, encore un transport qui est toujours risqué…, les formalités qui sont si longues…

— Je comprends, dit Michel. Rapidité et discrétion, voilà ce que vous voulez.

Pour lui témoigner sa gratitude pour tant d'intelligente vivacité, le costaud lui flanqua une bourrade qui faillit le faire tomber.

Le jeune Dr Poliakov disposait chez lui d'un cabinet, muni de quelques appareils, où il examinait ses patients. Il y fit entrer le blessé et le coucha sur un lit de camp. Un bref examen suffit à le convaincre que la blessure, spectaculaire et sérieuse, n'était pas mortelle. L'homme avait reçu une balle qui n'avait touché aucun organe vital. Il fallait extraire la balle, qui avait frôlé le foie et le pancréas, nettoyer, panser, recoudre ici et là, et ordonner un long repos. Michel installa le costaud dans le rôle imprévu d'infirmière, l'obligea à se laver les mains, lui colla entre les bras un certain nombre d'instruments et fit une piqûre au blessé qui ne tarda pas à perdre connaissance.

Avec ses préliminaires et ses suites immédiates, l'opération dura trois bons quarts d'heure. Personne ne disait rien. Le blessé dormait. Le médecin donnait des ordres brefs à l'acolyte infirmière. Quand tout fut terminé, Michel demanda aux deux anges gardiens s'ils avaient une voiture. Oui, bien sûr, ils en avaient une.

— Bon. Alors, c'est fini. Vous le portez dans la voiture, vous le déposez chez lui, vous le couchez… Il a une femme?

— Il en a même plusieurs, ricana le plus petit.

— Tant pis pour lui, dit Michel. Elles l'empêchent de se lever et elles le gardent au lit entre elles pendant une dizaine de jours. Après : repos, sans les femmes, si possible. Il ne devrait pas y avoir de complications. S'il y en avait, voici mon téléphone : Colbert 02.33. Filez.

Huit jours plus tard, le téléphone sonnait chez Michel Poliakov.

— Allô ! dit Michel.

— C'est moi, dit une voix d'homme.

— Ah ? bon, dit Michel. Vous, qui ?

— C'est moi. Vous me remettez ?

— Heu..., dit Michel.

— C'est moi que vous avez soigné l'autre jour.

— Ah !... bien sûr. Ça va ?

— Ça va très bien. Je viens vous remercier. Qu'est-ce que vous voulez ?

— Mes honoraires, dit Michel, sont de trente-deux francs, cinquante centimes.

— Faites pas chier. Je suis pressé. Qu'est-ce que vous voulez ?

— Je veux exactement trente-deux francs, cinquante centimes.

— Vous êtes idiot, ou quoi ?

— Je suis médecin, dit Michel. Et il n'est pas exclu, en effet, que je sois un médecin idiot.

— Vous alors... Jamais vu ça...

— Trente-deux francs, cinquante centimes, répéta Michel.

— Écoutez, je vais pas vous envoyer trente-deux francs, cinquante centimes. C'est idiot.

— Ce n'est pas idiot, dit Michel. C'est le prix d'un idiot.

— Alors, je vous propose quelque chose. Je vous envoie rien du tout. Mais si un jour, on sait jamais, vous aviez besoin d'un coup de main, je m'appelle Carbone.

— Je m'appelle Poliakov, monsieur Carbone, dit Michel. Et vous me devez trente-deux francs, cinquante centimes.

Et il raccrocha.

Les années passèrent. Michel Poliakov, qui avait épousé Françoise Schweitzer, était devenu un médecin très connu. Il s'était installé à Paris, boulevard Saint-Germain, presque au coin du boulevard Saint-Michel. Quand les Allemands entrèrent dans la capitale, en juin 40, il refusa de bouger.

Un soir de juillet 1942, quelques semaines après le discours où Laval avait souhaité la victoire de l'Allemagne, Michel Poliakov essayait d'écouter la voix brouillée de Maurice Schumann à la radio de Londres lorsque la sonnette de la porte d'entrée retentit. En ces temps-là les sonnettes faisaient peur. Georges Bidault devait donner, un peu plus tard, une jolie définition — peut-être un peu vieillie — de la paix : la paix, c'est le matin, de bonne heure, quand on sonne à la porte, que vous sautez du lit, que vous allez ouvrir et que c'est le marchand de lait.

Michel Poliakov avait de bonnes raisons de craindre la sonnette. Françoise et lui avaient une petite fille de sept ou huit ans qu'ils avaient appelée Irène. Revenant de l'école un soir, vers la fin de l'hiver, Irène avait été effrayée par les pas de deux hommes qui semblaient la suivre. Elle s'était mise à courir. Les deux hommes avaient accéléré. Elle avait fini par s'arrêter et par se réfugier sous un porche. Les deux hommes étaient passés devant elle sans ralentir, mais l'un d'eux, se tournant vers elle, avait lancé très vite, mais distinctement :

— Une petite fille comme toi ne devrait pas rester à Paris. Dis-le à tes parents.

Ce qui l'avait un peu rassurée, c'est qu'elle avait

cru reconnaître en l'homme qui lui avait parlé le mari de la concierge, qui était une brave femme. Irène était rentrée chez elle et elle avait tout raconté à ses parents.

— Rappelle-moi donc ce qu'il fait, le mari de Mme Sassafras, avait demandé Françoise à Michel.

— Il est dans la police, avait répondu Michel.

Quatre jours plus tard, Michel refusant toujours de quitter Paris, Françoise Poliakov et sa fille Irène essayaient de gagner la zone libre. Il fallait passer la ligne de démarcation. Par peur d'attirer sur eux l'attention des forces d'occupation, les Poliakov n'avaient même pas essayé d'obtenir un de ces Ausweis qui permettaient le franchissement de la ligne. Des amis avaient indiqué à Françoise une petite route très sûre où il n'y avait jamais de contrôle. Elle s'y était engagée avec sa fille et elle approchait de la ligne de démarcation lorsqu'elle aperçut soudain avec horreur que deux voitures, devant elle, étaient arrêtées par un piquet de soldats allemands. Elle voulut reculer aussitôt. Mais déjà une autre voiture arrivait derrière elle. Elle était prise au piège.

Le ciel était couvert. Un vent glacial soufflait. L'angoisse s'emparait de Françoise : elle n'avait aucun autre papier que son permis de conduire. Elle avançait inexorablement, la tête vide, en automate, vers son destin incarné par un vieil officier SS qui contrôlait les autorisations de passage. Lorsque son tour arriva l'officier était en train d'allumer une cigarette. Il essayait de l'allumer en luttant contre le vent. Il s'abritait derrière sa casquette, en baissant la tête, et il protégeait de ses deux mains jointes une brève étincelle qui s'éteignait aussitôt. Le vent, à chaque coup, soufflait la flamme de son briquet. Il s'y reprit encore une fois, en se détournant et en arrondissant les épaules. Deux voitures, maintenant, attendaient derrière la mère qui tenait en silence la main de sa fille. Alors, avec impatience, avec irritation, d'un geste bref de la tête, tournant le dos à Françoise qui avait cessé de penser et qui respirait à peine, se protégeant des deux bras repliés, relevant le revers de sa capote, tirant en vain sur une flamme qui vacillait sous la tempête, il lui fit signe de passer. Françoise, depuis ce jour, vouait un culte aux fumeurs.

À peine Michel Poliakov eut-il ouvert la porte où la sonnette insistait et contre laquelle on se mettait à frapper qu'il se trouva en face de ce qu'il redoutait : deux grands gaillards silencieux, en manteau de cuir noir, qui l'invitaient à les suivre sans politesses inutiles.

— Maintenant ? demanda-t-il.
— Maintenant.
— Tout de suite ?
— Tout de suite.
— Puis-je emporter quelque chose ?
— Affaires de toilette. Deux chemises. Strictement l'essentiel.
— Donnez-moi trois minutes.
— Bon. Mais faites vite. On n'a pas de temps à perdre.

Coincé dans la voiture entre les deux hommes qui l'encadraient de près et qui se taisaient obstinément, Michel voyait sa vie défiler dans sa tête et le Paris vide d'une nuit d'été défiler sous ses yeux. Il s'interrogeait sur sa destination. Le nom de Drancy était encore à peine prononcé avant l'été 42. Mais tout le monde savait que les juifs étaient pourchassés par les nazis. Beaucoup étaient contraints à une vie clandestine. Michel pensait à sa femme et à sa fille, et il se félicitait de les avoir envoyées dans la zone dite

113

libre où, en ces temps de malheur et d'abjection, les risques semblaient moins grands.

La Citroën noire passait sur la rive droite, suivait les Champs-Élysées, débouchait sur la place de l'Étoile et empruntait les bas-côtés de l'avenue du Bois. En descendant de voiture, toujours solidement encadré, Michel se demandait si personne avait jamais mentionné devant lui une antenne de la Gestapo avenue Foch. On lui faisait monter jusqu'au premier étage un escalier de marbre aux dimensions monumentales. On sonnait. La porte s'ouvrait. Un personnage, toujours en noir, mais d'allure moins rugueuse, les accueillait sur le seuil. L'anxiété de Michel se changeait en étonnement ; et l'étonnement, en stupeur.

Il se trouvait dans une grande pièce un peu vide qu'on aurait pu qualifier de salon. Un grand canapé de cuir blanc au milieu, entouré de trois fauteuils. Des peaux de bêtes sur le sol. Quelques tableaux de Van Dongen ou de Jacques-Émile Blanche sur les murs. Un bar bien pourvu dans un coin. Pas le moindre uniforme, pas la moindre trace de dossiers ni d'administration. Michel se tenait debout, les bras ballants, guettant la catastrophe qui ne pouvait manquer de surgir de ce décor aseptisé et mondain.

— Asseyez-vous.

Il s'assit.

— Que désirez-vous ?

Ce qu'il désirait ? Rentrer chez lui.

— Rentrer chez moi, dit-il.

Un rire secoua le gardien policé.

— C'est à peu près la seule chose que je n'aie pas le droit de vous accorder.

— Prisonnier ?

— Oh ! C'est un bien grand mot... Mettons que vous êtes ici pour... pour...

— Pour un temps indéterminé? dit Michel.

— Voilà! Pour un temps indéterminé.

Il y eut un silence.

— Voulez-vous boire quelque chose?

— Un verre d'eau, dit Michel.

— Un verre de vin? Avec un en-cas?

Il haussa les épaules. Le mot d'en-cas l'avait fait frémir.

Le gardien policé le laissa seul un instant. Il revint presque aussitôt, poussant une table roulante. Il y avait une assiette sur la table avec de petites choses oblongues que Michel Poliakov repéra aussitôt et qu'il ne put s'empêcher de contempler d'un œil écarquillé: c'étaient des canapés de caviar et de saumon. Il y avait aussi un verre et une bouteille de vin rouge. Par un réflexe qui l'étonna lui-même, il jeta un regard sur l'étiquette poussiéreuse: c'était du cheval-blanc.

— Ils vont me fusiller, se dit-il.

— Bon appétit! lui lança le policé.

Il chercha à discerner la part d'ironie, de bienveillance, de cruauté que recelait ce souhait exprimé à voix basse. Et puis, il mangea les sandwiches et but trois verres de bordeaux.

Au bout d'une demi-heure, le policé revint et, lui demandant de le suivre, il le mena dans une chambre, petite mais confortable, flanquée d'un cabinet de toilette et où un lit était préparé.

— Vous allez rester là quelque temps, lui dit le policé. On vous apportera vos repas. Je suis obligé de vous enfermer.

Il sortit, et Michel entendit la clé tourner dans la serrure.

Il passa là trois nuits et deux jours. Au matin du troisième jour, le policé reparut.

— Vous êtes libre, lui dit-il.

Michel Poliakov prit ses affaires et sortit.

Sur le palier, le policé lui tendit une enveloppe que Michel ouvrit dans la rue. Elle contenait trente-deux francs et cinquante centimes.

En rentrant chez lui, il apprit que des policiers armés étaient venus le chercher deux matins de suite et que, ne l'ayant pas trouvé, ils étaient repartis. C'était la rafle des juifs des 16 et 17 juillet 1942.

Un an et demi plus tard, Michel Poliakov, qui était entré dans la Résistance, tombait dans un piège sur lequel la lumière n'a jamais pu être faite. Il était arrêté par la Gestapo et déporté en Allemagne d'où il ne devait rentrer que par miracle une douzaine d'années avant le Nobel, vingt ans avant sa mort.

— ... mais j'ai tenu à venir, me disait Françoise. Michel aimait tellement Romain...

— Oui, madame, lui dis-je.

Elle me regarda. Elle mit sa main sur mon bras.

— Ne soyez pas trop triste, me dit-elle. La vie continue...

Je me taisais. J'admirais tous les Schweitzer. J'aimais beaucoup Françoise.

— Jean..., me dit-elle d'une voix douce, Jean... À quoi rêvez-vous?... À Romain?

— À ce que vous m'avez dit, lui répondis-je.

Béchir venait vers moi en hâte.

— Le convoi arrive, me souffla-t-il.

Je le regardai si durement qu'il s'en aperçut.

— Qu'est-ce qui se passe? me demanda-t-il avec une ombre d'inquiétude.

— Rien, lui dis-je. Mais tu as beaucoup de chance.

La Légion des volontaires français contre le bolchevisme, qui avait compté, sous les ordres du colonel Labonne, puis du général Puaud, jusqu'à six mille cinq cents volontaires sur quelque vingt mille

candidats, avait été dissoute en août 44, au moment
de la libération de Paris — une dizaine de semaines
après l'opération Overlord, le débarquement des
Alliés en Normandie et la marche impavide du général Simon Fraser, futur lord Lovat, qui commandait
la 1st Spécial Service Brigade, à laquelle étaient
intégrés un peu moins de deux cents Français, et
qui s'avançait avec beaucoup de calme à la tête de
ses hommes, accompagné de Bill Milin dont la cor-
nemuse égrenait dans le matin, sous le sifflement des
obus, les notes de *Blue Bonnets over the Border*. Deux
mois plus tard, la plupart des Français qui avaient
rejoint la Waffen SS étaient regroupés, avec quelques
éléments venus de la Kriegsmarine, de l'armée Vlassov ou du Kosaken Kavalerie Korps du général SS
Helmut von Panwitz, au sein de la division SS Charlemagne. La division Charlemagne fut pratiquement
anéantie par les Soviétiques en Poméranie, au printemps 45, après l'occupation de la Prusse-Orientale
par le général Tcherniakowski. La Wehrmacht qui
avait conquis l'Europe presque entière et une bande
de l'Afrique et qui mordait sur l'Asie ne contrôlait
plus, à cette époque, qu'un étroit couloir allant de la
Norvège au lac de Comacchio. Béchir fut du petit
nombre de ceux qui, au début d'avril, parvinrent à
survivre, à s'échapper et à gagner Berlin. Quelques
jours plus tard, il se retrouva dans un détachement
de quelque trois cents hommes qui participa sous
les ordres du général SS Krukenberg à la défense de
la capitale du Reich en train de s'écrouler et qui est
à l'origine de la légende, colportée par Louis Pau-
wels et par Jacques Bergier dans *Planète* et dans *Le
Matin des magiciens*, de la garde tibétaine et mon-
gole autour de Hitler aux abois.

— Pourquoi beaucoup de chance, oncle Jean?

demandait Isabelle qui s'était approchée de moi et qui avait entendu mes derniers mots.

— Ce serait un peu long à t'expliquer, ma chérie, lui répondais-je en passant mon bras autour de ses épaules.

Le soir du 27 avril 1945, Béchir reçut l'ordre de se trouver à l'aube devant la porte de l'appartement de Hitler dans le bunker sous la Chancellerie où le Führer s'était installé depuis près de six mois. Béchir, comme il le put, avec les moyens du bord qui n'étaient pas fameux, nettoya son uniforme et les souliers qu'il avait récupérés sur un cadavre en Prusse-Orientale ou en Poméranie. Il vérifia ses armes, un fusil d'assaut et un Walther 7.65 auquel il tenait par-dessus tout et qui ne le quittait jamais. Le soleil n'était pas encore levé sur Berlin à l'agonie que Béchir était déjà installé à son poste aux portes du bunker.

Les heures passent. Le fracas des bombes parvient étouffé par l'épaisseur du béton. De temps en temps, un mouvement se produit. On voit se hâter, dans un sens ou dans l'autre, des généraux, des dirigeants SS, des médecins, des infirmiers, le général von Greim qui a débarqué par miracle d'un avion piloté par une femme, Hanna Reitsch, et Joseph Goebbels en personne. La journée est déjà avancée quand un grand lieutenant blond fait signe à Béchir de pénétrer avec lui dans une pièce — c'est la salle des cartes du bunker — où la stupeur le cloue sur place : dans un état d'excitation manifeste, un verre à la main, entouré de plusieurs personnes, aux côtés d'une jeune femme brune d'une trentaine d'années, Adolf Hitler est en train de pérorer.

Béchir, comme tout le monde, avait été inondé sous les images du Führer, complaisamment distribuées par la propagande nazie. Il reconnut aussitôt le dictateur hystérique qui avait fanatisé tout un peuple, qui avait disposé du sort de millions de victimes innocentes emportées, dans son camp ou dans l'autre, par sa folie meurtrière — et qu'il avait servi. Hitler, pourtant, qui venait de fêter, la semaine d'avant, son cinquante-cinquième anniversaire, avait beaucoup changé. Dix mois plus tôt, dans la *Wolfschanze*, sa tanière de Rastenburg, en Prusse-Orientale, la bombe déposée par le colonel comte von Stauffenberg — un seul bras, trois doigts à la main gauche, un œil couvert d'un bandeau noir, style Erich von Stroheim dans le rôle du commandant von Rauffenstein de *La Grande Illusion* — sous la table où se tenait une conférence d'état-major avait sérieusement blessé le Führer. Elle avait fait des dégâts dans son entourage, et elle aurait pu le tuer si un des officiers présents, gêné par la serviette qui contenait la bombe, ne l'avait déplacée et posée un peu plus loin.

Ce n'était pas le premier attentat à échouer contre le dictateur. Ne remontons pas à la bombe lancée en novembre 39 au Bürgerbraükeller de Munich par l'horloger Georg Elser. Un an avant la tentative avortée du colonel von Stauffenberg, en mars 43, à huit jours de distance, le lieutenant Fabian von Schlabrendorff, puis le colonel Rudolf von Gersdoff avaient essayé de faire disparaître le Führer. Les deux fois, Hitler avait été sauvé par le froid. Le lieutenant von Schlabrendorff avait réussi à déposer deux paquets d'explosifs camouflés dans des bouteilles de cognac à bord de l'avion qui ramenait Hitler de Smolensk à Rastenburg. Une demi-heure après le décollage, un liquide corrosif devait attaquer un fil et libérer le détonateur. Mais des perturbations avaient contraint l'avion à s'élever plus haut que prévu et, à ces altitudes inhabituelles, le liquide avait gelé. Décidé à périr en même temps que le tyran au cours d'une cérémonie au musée de l'Armée, à Berlin, en l'honneur des héros morts, le colonel von Gersdoff avait dissimulé deux bombes sous sa capote et s'était attaché aux pas de Hitler. Les bombes devaient exploser au bout de sept minutes, mais le froid assez vif dérégla le mécanisme, prolongea d'une vingtaine de minutes le délai de mise à feu et sauva une fois de plus le Führer.

L'opération Walkyrie montée par le colonel von Stauffenberg avait des ramifications assez nombreuses. Son échec devait avoir de lourdes conséquences : sept mille arrestations, cinq mille exécutions et plusieurs suicides dans les rangs les plus élevés de la hiérarchie militaire, dont ceux du maréchal von Kluge et surtout du maréchal Rommel, sans doute le plus grand stratège allemand de la Seconde Guerre mondiale avec Manstein et Guderian, le maître des blindés. La danse de mort frappe au cœur de la vieille armée allemande.

Hitler, qui souffrait déjà de troubles cardiaques, d'une inflammation du côlon et de la maladie de Parkinson qui provoque des tremblements irrépressibles, a échappé à la mort, mais il sort très diminué de l'attentat de Rastenburg : cheveux calcinés, brûlures aux jambes, plaies au dos provoquées par la chute d'une poutre, tympans éclatés, bras droit paralysé. Ni fou au sens clinique du terme ni dépendant de drogues dures, mais atteint de dépression et bourré de médicaments, il perd peu à peu la raison devant l'énormité du désastre qu'il a déclenché sur l'Allemagne et le monde.

Béchir mit quelques instants à saisir le sens de la scène à laquelle il assistait. Avec l'aide du grand lieutenant blond qui lui glissait de temps à autre de brèves informations à l'oreille, il finit par comprendre : le Führer venait d'épouser Eva Braun, sa maîtresse depuis une douzaine d'années.

C'était un spectacle hallucinant. Dehors, la capitale du Reich qui devait durer mille ans et régner sur l'Europe — et, au-delà, sur le monde — était réduite en cendres par les bombardements ; dans le bunker, le dictateur aux abois faisait des grâces à la jeune épousée et buvait du champagne. Béchir se demanda en un éclair ce que pouvait bien penser l'héroïne de la fête, dont il ne savait presque rien. Elle avait aimé cet homme, probablement, qui était responsable de la mort de millions d'innocents. Il était un assassin aux innombrables victimes, l'homme au monde, avec Gengis Khan, avec Tamerlan, avec Staline, avec quelques autres tout au long de l'histoire, à avoir fait couler le plus de sang. Elle avait rêvé d'être sa femme devant Dieu et la loi. Et son rêve se réalisait au moment même où il s'écroulait. Il devenait en même temps réalité et cauchemar. Béchir la regardait. À côté du souvenir de Meg que quatre années d'enfer n'avaient pas effacé, elle était insignifiante. Ils plaisantaient, tous les deux, le mari et la femme, en se tenant par la main. Ils parlaient de Berchtesgaden et de leurs longues promenades dans les Alpes de Bavière entre Berchtesgaden et Bad Reichenhal, sur la frontière autrichienne, à la recherche d'edelweiss sur les flancs du Watzmann. Béchir voyait les grandes plaines blanches de Russie et d'Ukraine couvertes de neige et de cadavres. Il entendait les cris de José et de Günther, qui venait lui aussi des Alpes de Bavière — un peu plus à l'ouest : de Garmisch-Partenkirchen —, en train d'agoniser.

Adolf Hitler faisait maintenant le tour de la foule très restreinte de ceux qui avaient assisté à son mariage. Il n'y avait là ni Goering, aviateur mirobolant, Tartarin germanique, en semi-disgrâce depuis l'échec de la bataille d'Angleterre, successeur désigné, récemment désavoué et accusé de trahison ; ni Rudolf Hess, l'ami de cœur à la tête faible, détenu en Angleterre depuis son parachutage en Écosse, sur les terres du duc de Hamilton, en 1941 ; ni Himmler, exterminateur des juifs, chef cruel et sans talent des SS et de la Gestapo, en train de négocier en vain, par l'entremise du comte Bernadotte, la reddition de la Wehrmacht. Goebbels, en revanche, était présent, avec sa femme et ses six enfants qui étaient tous très blonds. Hitler leur caressait les cheveux en passant et échangeait quelques mots avec leur père, maître de la propagande, chargé de la répression contre les ennemis du régime, partisan de cette guerre totale en train de se retourner, au-dessus de leurs têtes, contre ses promoteurs.

Il se dirigeait vers Béchir, qui arborait la croix de fer sur son vieil uniforme rapetassé.

— *Wo haben Sie das Eiserne Kreuz erhalten?* demanda-t-il en pointant le doigt sur la décoration.

— *In Stalingrad, mein Führer!* répondit Béchir en se mettant au garde-à-vous.

— *Ach! so!...* reprit-il d'une voix traînante. *Ach! so!...*

Si longtemps menaçant, hystérique, tonitruant, le ton devenait rêveur. Les yeux se perdaient dans le vague. Peut-être rêvait-il à sa première grande défaite, à la bataille où le destin avait enfin basculé, où le sort de la guerre s'était joué.

Sous les yeux étonnés du petit cercle des intimes, il s'attardait devant Béchir. Il l'interrogeait brèvement, il lui demandait d'où il venait. Béchir répondait en quelques mots : Caucase, Syrie, Liban, Égypte, France. Hitler hochait la tête, l'air absent. Il s'éloignait lentement, appuyé sur sa femme, le visage et le bras agités de tremblements et de tics nerveux. Il s'arrêtait soudain. Il revenait en arrière. Il se plantait à nouveau devant Béchir. Il bredouillait quelques mots à peine audibles. Béchir avait cru comprendre quelque chose comme :

— *Die Welt!... die weite Welt!... die ganze Welt...*

Quelques jours plus tard, la cérémonie achevée, les participants éparpillés, Béchir recevait l'ordre de se tenir, dès le lendemain, à la disposition du Führer.

— Oncle Jean, me dit Isabelle avec sa moue enfantine qu'elle cultivait avec soin, ma grand-mère vous réclame.

— Où est-elle ? demandai-je.

— Derrière vous, me dit-elle. Il y a deux minutes à peine, elle parlait à Mme Poliakov.

Je me dirigeai vers les deux dames en train de se séparer.

— On ne peut pas dire, murmura Margault Van Gulip, que vous vous occupiez beaucoup de moi.

Formulé avec cette grâce qui lui appartenait en propre, le reproche n'était pas infondé. Happé par les uns et par les autres, courant de droite à gauche, inquiet du retard du fourgon mortuaire, emporté dans le passé par Béchir ou par André Schweitzer, j'avais négligé la reine Margault. Vedette des grands dîners parisiens, des fêtes de charité à New York et à Washington, des bals de Ferrières et de l'hôtel Lambert dans l'île Saint-Louis, amie de Louise de Vilmorin et de Jackie Kennedy, elle n'était pas habituée à un traitement de ce genre. Elle régnait en vedette : j'étais sur le point de la considérer comme une quantité négligeable. Elle était en droit de s'étonner d'autant plus de cette désinvolture apparente qu'elle n'était pas venue en spectatrice même privilégiée, en pièce d'honneur rapportée. Elle se voyait, je pense, dans le rôle d'une veuve douairière écrasée de douleur qu'il s'agissait d'accueillir avec tous les égards dus non seulement à son rang, mais à ses sentiments : comme plusieurs des femmes vêtues de noir que j'apercevais autour de moi, elle avait aimé Romain. En Grèce, quand elle s'appelait encore Ephtimiou, en Amérique, en Angleterre, en France, elle avait été, pendant des années, le grand amour de l'homme que nous enterrions.

— Excusez-moi, bredouillai-je. Il y a trop de monde. La tête me tourne. J'aurais dû rester auprès de vous.

— Ça ne fait rien, me dit-elle avec un sourire enjôleur et du ton de l'empereur de Chine en train de gracier un gibier de potence. Vous savez bien que je vous pardonne toujours tout.

J'imagine que, tout au long de leurs amours intermittentes, toujours traversées et toujours renaissantes, Romain et Meg, puis Romain et Margault avaient eu, l'un et l'autre, chacun de son côté, beaucoup à se pardonner et à se faire pardonner. Ils s'étaient quittés plus d'une fois. Ils s'étaient toujours retrouvés. L'âge, l'usure, les années et des circonstances un peu particulières avaient fini par venir à bout de ce qu'il faut bien appeler une passion. Une amitié exaltée du côté de Margault, vive et enfin fidèle du côté de Romain avait pris le relais. Chacun était la chose de l'autre et la mort de Romain était à coup sûr un crève-cœur pour Margault.

— Chère Margault, lui dis-je, je sais ce que vous

ressentez. Je l'ai beaucoup aimé, nous avons couru le monde ensemble et je crois l'avoir connu autant qu'il était possible : il n'a jamais cessé d'être à vous.

— Merci, me dit-elle en mettant sa main sur mon bras, merci.

— Vous savez, lui dis-je en hésitant un peu, j'ai longtemps rêvé d'écrire un livre sur vous.

— Vraiment ? me dit-elle avec un mélange de satisfaction et de surprise. Vraiment ? Après *La Douane de mer* ? C'est absurde, voyons ! Je vous l'interdis formellement.

— Alors, j'écrirai peut-être un jour un livre sur Romain. Et vous y figurerez.

Ce n'était pas une mauvaise idée de prendre Margault Van Gulip pour héroïne d'un roman qui se serait déroulé sur cinquante ou soixante ans, qui se serait passé un peu partout et qui aurait ramassé toute l'époque. Jules Romains s'y était déjà essayé, mais avec une partialité et une espèce de hargne que j'étais loin de partager. Il la dépeignait comme une arriviste qui ne reculait devant rien pour assurer son ascension et pour asseoir son pouvoir sur des hommes dont elle se servait avant de les rejeter. Je la voyais plutôt comme une reine qui aurait eu des malheurs et qui aurait construit sa légende sur les décombres de sa vie.

Margault Van Gulip avait un bon quart de siècle de plus que moi. À la différence de Romain qui n'avait jamais cessé d'entretenir avec elle des relations très étroites, la vie de Margault et la mienne n'avaient fait que se croiser à de lointains intervalles. Je l'avais connue en Grèce sous le nom de Meg Ephtimiou. Je l'avais retrouvée bien des années plus tard sous le nom de Margault Van Gulip. Ce qui s'était passé avant, entre-temps et après, je ne l'avais appris que par les récits des uns ou des autres, à commencer par Béchir et par Romain lui-même. Sur l'existence si brillante de la reine Margault avait toujours flotté comme un rideau de brume.

La longue dame brune et plutôt mystérieuse qui nous avait accueillis à Patmos n'était grecque que de nom et par accident. Elle venait du Proche-Orient et elle était américaine au moins autant que française. Elle n'avait pas vingt ans quand elle avait mis le pied pour la première fois, bien avant la Seconde Guerre, sur les quais de New York.

Elle venait d'échapper à sa famille, peut-être par un premier mariage, plus mystérieux encore et plus bidon que les autres à venir, et, munie de la bénédiction de Béchir qui n'avait reculé devant rien pour l'aider et qui était décidé à sacrifier sa vie à son idole, elle était allée tenter sa chance dans le Paris des Années folles. Elle s'appelait Myriam en ces temps-là, et elle était à tomber. Avec l'audace de son âge, elle s'était présentée chez Coco Chanel, installée rue Cambon depuis une bonne dizaine d'années. La Grande Mademoiselle n'avait pas mis longtemps à deviner le parti qu'il était possible de tirer de la beauté sauvage de la jeune femme. C'était elle qui avait imposé à sa protégée le prénom de Meg qui était devenu célèbre presque du jour au lendemain dans la cabine de Chanel, et bientôt au-delà. L'époque de la taille sur les hanches avec jupe très courte et décolleté très bas dans le dos, l'époque des chapeaux cloches sur cheveux coupés très court avec perles et paillettes était déjà passée depuis plusieurs années. Les jupes avaient rallongé avec pans sur côtés et traînes. La gaine Scandale se mettait en place. On commençait à voir, sinon dans les rues de Paris, du moins à la campagne et sur les courts de tennis, des jeunes gens en chemise Lacoste à double maille piquée, ornée d'un crocodile, et en knickerbockers. Quand, enivrés de la mode française, alors à son apogée en même temps que notre littérature — les noms de Lanvin, de Chanel, de Schiaparelli, de Nina Ricci, de Balenciaga, de Grès n'étaient pas moins connus à travers le vaste monde que ceux de Bergson, de Claudel, de Valéry, de Proust, de Gide, de Paul Morand —, les Américains invitèrent Coco Chanel à leur présenter ses créations, elle leur envoya son mannequin préféré et déjà vedette. Meg s'embarqua au Havre sur le paquebot *Île-de-France* qui était encore flambant neuf et où plusieurs jeunes gens lui firent la cour. Quarante-huit heures après son passage devant la statue de la Liberté, son destin avait déjà basculé.

Un mouvement se produisait. Béchir courait vers moi. Le fourgon, au loin, pénétrait dans le cimetière. Romain revenait parmi nous. La foule, maintenant très dense, s'alignait le long de l'allée où roulait lentement la longue voiture noire. Deux ou trois cents personnes, ou peut-être un peu plus, pensaient ensemble à Romain. Une grande âme collective, faite d'une foule d'émotions minuscules et séparées, naissait autour de ce qu'il était et de ce qu'il n'était plus. Marina sanglotait. Les larmes me venaient aux yeux.

Chacun se forgeait en soi-même sa propre image de Romain. Ces perspectives différentes ne coïncidaient pas toutes entre elles, mais elles renvoyaient toutes à une même réalité qui avait surgi dans la vie et le monde sous le nom de Romain et qui n'était plus qu'une vapeur dans la sphère des idées. Le cimetière était une île, un espace neutre et clos qui flottait sur le temps, une espèce de songe dominé par Romain, entre existence et néant. Lui qui, de son vivant, avait nourri tant de rêves régnait plus que jamais, pour quelques instants encore, sur les pensées tendues vers lui de toute une foule recueillie, rassemblée par son souvenir, son image et son nom.

Le fourgon se glissait entre les haies de ceux qui

avaient aimé Romain ou qui l'avaient détesté, de ceux qui avaient vécu avec lui ou qui avaient seulement croisé son chemin, des indifférents qui étaient là par habitude ou par convenance sociale et de ceux dont le cœur était brisé de chagrin. Au passage de la voiture, Béchir passait sa main sur sa figure. André Schweitzer s'inclinait. Je faisais le signe de la croix. Les yeux de plusieurs jeunes femmes étaient rougis par les larmes. Margault Van Gulip était changée en statue. Marina, à nouveau, avait posé sa tête sur mon épaule et je la sentais trembler contre moi.

La vie autour de Romain défilait dans ma tête. Il y a des jours, des mois, des années interminables où il ne se passe presque rien. Il y a des minutes et des secondes qui contiennent tout un monde. La présence de Romain avait été si forte que son seul souvenir suffisait à effacer son absence. On eût dit, pour un peu, qu'il était toujours là pour animer ses propres obsèques et ressusciter le passé.

La tristesse qui nous envahissait venait des jours heureux que nous avions connus avec lui et de cette capacité qu'il avait plus que personne de donner à la vie l'allure d'une fête toujours nouvelle. Il ne savait pas grand-chose : il savait vivre. Si supérieur au savoir faire, le savoir n'est presque rien auprès du savoir vivre. Pour beaucoup de ceux et de celles qui étaient autour de lui ce jour-là, la vie serait moins légère, moins gaie, moins lumineuse qu'avec lui.

Il y avait aussi, caché, un autre sentiment qui se faufilait en nous : par un paradoxe assez vif, Romain, qui était la vie même, nous contraignait par sa mort à penser à la nôtre. Il aurait détesté jouer ce rôle de moniteur de danse macabre. Il aurait voulu que sa mort fût l'occasion d'une fête à l'image de sa vie. C'était un échec : nous ne parvenions pas à dominer sans lui le chagrin de sa disparition. Il aurait fallu qu'il fût là pour nous consoler de son absence. Il n'aimait que la vie, il avait tout construit sur elle avec une sorte de génie. Voilà que la mort triomphait. Pour un instant au moins, la mort — une mort qui avait son visage — était plus forte que la vie.

Où était-il maintenant? Nulle part, comme il le pensait dans les jours de sa présence? Un froid glacial s'emparait de nous. Qu'il y eût quelque chose ou qu'il n'y eût rien après le tout petit nombre de printemps et d'étés, après la poignée d'automnes et d'hivers que nous avions passés sur cette terre qui se refermait sur lui, la tragi-comédie de la souffrance et du bonheur que nous avions jouée à sa suite avec tant de conviction s'effondrait dans le néant. S'il y avait un autre monde, ce monde-ci n'était rien. Et s'il n'y en avait pas, ce monde-ci était tout — mais c'était une farce monstrueuse et tout était moins que rien. Quand le fourgon passa devant moi, je pensai moins à Romain qu'à ce que nous pouvions bien faire pour l'emporter sur la mort.

Ce que nous pouvions faire, mortels, pour l'emporter sur la mort était à chercher dans la vie. Il fallait profiter des jours de notre vie pour trouver le secret qui la rendrait immortelle. Quel secret? Y avait-il quelque chose au-delà du plaisir et d'une passion pour la vie qu'il avait cultivés comme personne? Quel salut? Cet élan vers l'avenir à travers le passé que nous appelons l'histoire? L'art, à qui il arrive d'ouvrir — illusion? — des rivages inconnus? L'amour, dont il y a avantage à ne jamais rien dire? Le temps d'un éclair, et c'était absurde, il me sembla que Romain me prenait par le bras et se penchait vers moi pour me livrer le secret.

Le 30 avril 1945, Béchir se retrouva en faction

devant la porte du Führer dans le bunker de la Chancellerie. Sous des mètres et des mètres de béton, l'atmosphère était irréelle. Tout le monde savait que l'aventure qui avait commencé quelque douze ans plus tôt était terminée. Elle s'achevait dans le sang, les décombres et les larmes. Les armes de la terreur qui devaient renverser le cours de la guerre ne seraient prêtes que trop tard. C'étaient les États-Unis qui allaient lancer les premiers, cinq mois plus tard, contre le Japon, la première bombe atomique. Les négociations secrètes avec les uns ou les autres avaient échoué. Il ne restait plus qu'à mourir. Là-haut, on mourait déjà. Sous les bombes et les obus. Sous les coups des *katiouchas*, les orgues de Staline, qui frappaient avec régularité à intervalles de deux secondes. La violence mécanique déclenchée par Hitler avait fini par se retourner contre lui. Il l'avait emporté grâce aux chars et aux avions. Comme l'avait annoncé au plus fort de la nuit un général en exil et condamné à mort, les avions des Alliés l'emportaient sur les siens, les chars des Alliés l'emportaient sur les siens. Il s'était identifié à la puissance militaire : il était vaincu par ses propres armes. Monstrueuse et stupide, la guerre se dévorait elle-même. La force était détruite par la force.

Les nouvelles les plus folles circulaient. Heinz Linge, le valet de chambre du Führer, avait glissé à Béchir que l'horoscope de Hitler était parvenu à Goebbels : il indiquait qu'après une passe difficile les astres étaient sur le point de lui redevenir favorables. La rumeur de plusieurs disparitions qui n'étaient pas sans conséquences courait dans le bunker. La mort de Roosevelt, quinze jours plus tôt, avait réjoui le Führer qui ne manquait pas de voir dans la disparition d'un adversaire exécré comme un signe du destin. L'annonce, la veille même, de l'exécution de Mussolini et de sa maîtresse, Clara Petacci, arrêtés par les partisans à Dongo, sur le lac de Côme, et dont les corps avaient été pendus par les pieds à des crocs de boucher sur le piazzale Loreto à Milan, l'avait à nouveau assombri. On murmurait que le général Fegelein, beau-frère d'Eva Braun dont il avait épousé la sœur Gretl, venait d'être fusillé pour avoir tenté de négocier, aux côtés de Himmler, avec les Occidentaux. Le bruit se répandait surtout du suicide, dans le bunker même, de Goebbels et de sa femme, qui auraient tué leurs six enfants avant de se donner la mort. Partout des cadavres, par milliers et par centaines de milliers, des jambes et des bras arrachés, des yeux crevés par des balles ou des éclats d'obus, des visages défigurés, des infirmes, de grands brûlés, des monceaux de blessés qui réclamaient d'être achevés et des souffrances sans nom. L'ombre de cette mort qu'ils avaient déchaînée sur le monde flottait sur le crépuscule des maudits.

Un peu avant midi, Béchir se trouva soudain face à face avec le Führer qui sortait de sa chambre. Hitler s'était couché tard, comme toujours, et il se levait tard. Il posa sur Béchir des yeux égarés.

— Je vous connais…, murmura-t-il.

— *Ja*, *mein Führer!* répondit Béchir au garde-à-vous.

— Vous étiez au mariage ?

— *Ja wohl*, *mein Führer!* répéta Béchir.

— Ah! vous êtes le musulman à la croix de fer! Il en aurait fallu beaucoup de la même trempe que vous. J'ai rêvé de l'Orient. C'est en Orient que tout se joue. On s'imagine, bien à tort, que mes ambitions se limitaient à l'Europe. Les gens pensent toujours à leur petite mesure. Je voyais plus loin que l'Europe.

Ce qui m'intéressait, c'était le monde entier. Appuyée sur l'islam pour écraser le complot de la juiverie internationale, l'Allemagne national-socialiste aurait conquis la planète et l'aurait régénérée.

Adossé au chambranle de la porte, le visage ravagé de mouvements convulsifs, s'efforçant de contenir le tremblement de son bras droit, l'ancien peintre autrichien, l'agitateur de réunion publique devenu maître du IIIe Reich exposait pour la dernière fois à un pauvre diable réchappé de l'enfer son plan d'empire universel. Il parlait comme en songe, à demi possédé, un peu de bave aux lèvres, à la façon de ces pythies de l'Antiquité qui annonçaient l'avenir dans des fumées d'encens, des lauriers sur le front. Lui, dans le fracas des bombes, sous les poussières d'une fin du monde, aux dernières heures d'une existence qui sombrait, après tant de triomphes, sous les malédictions, prophétisait un passé qui n'avait pas eu lieu et qui n'aurait jamais lieu.

Bien des années plus tard, Béchir m'avait raconté la stupeur qui, à quelques heures de la capitulation sans conditions de ce IIIe Reich allemand chargé d'établir par le feu et le sang un ordre nouveau pour mille ans, le frappait dans un coin du couloir qui traversait le bunker sous la Grande Chancellerie. Cette stupeur était telle qu'il ne se souvenait que vaguement des propos exaltés du Führer. Des secrétaires, des infirmières, la cuisinière de Hitler passaient et repassaient. Hitler venait de rédiger un double testament politique et privé où, après avoir annoncé son mariage, il désignait, au milieu d'un délire contre les juifs, responsables de tous les maux, un nouveau et dernier gouvernement avec l'amiral Dönitz comme président du Reich, chef suprême de la Wehrmacht, et Joseph Goebbels comme chancelier. Maintenant, il brossait en quelques mots pour Béchir pétrifié les grandes lignes d'un rêve de pouvoir universel en train de s'écrouler.

Ce n'était pas seulement à la conquête du pétrole et pour couper l'Armée rouge et l'Empire britannique de leur approvisionnement en essence que Hitler avait lancé ses troupes à l'assaut du Caucase, à l'assaut du Terek, fleuve aux innombrables légendes, à l'assaut de l'Elbrouz au sommet duquel le drapeau à croix gammée est hissé par un détachement de la Wehrmacht le 21 août 1942. C'était avec des arrière-pensées et avec des objectifs d'une ambition autrement formidable.

Pour décisives qu'elles fussent dans la perspective de la lutte contre le bolchevisme, l'opération Barbarossa, l'offensive contre l'Armée rouge, la ruée vers le sud et vers le Caucase n'étaient qu'un élément d'un plan d'ensemble gigantesque. Le début de l'été 42 voit en effet une poussée des troupes allemandes sur un autre théâtre d'opérations très éloigné du front russe : la Tripolitaine, la Cyrénaïque, l'Égypte. La bataille du sable après la bataille de la neige.

Durant toute l'année 41, en une danse de pouvoir et de séduction, avec une alternance de succès et d'échecs, le maréchal Rommel, à la tête de l'Afrikakorps, a avancé vers l'est jusqu'à Marsa-Matrouh, puis reculé vers l'ouest, puis avancé à nouveau jusqu'à Bir Hakeim — où, commandée par Kœnig, la 4e brigade des Forces françaises libres résiste pendant quinze jours —, jusqu'à Tobrouk qu'il enlève en juin 42, jusqu'à El-Alamein qu'il atteint en juillet. Vers le milieu de l'été 42, il est aux portes d'Alexandrie et sur la route du Caire. Le rêve planétaire de Hitler semble sur le point de devenir réalité.

Selon le plan primitif qu'il a conçu à la veille de

l'opération Barbarossa et qu'il ressasse une dernière fois à haute voix devant Béchir changé en statue, trois groupes d'armées distincts doivent converger vers l'Orient. Le premier est constitué par l'Afrika-korps du maréchal Rommel. Il pousse d'ouest en est, de l'Afrique vers l'Asie, le long de la Méditerra-née. Il remonte le Nil vers Le Caire où adversaires des Anglais et partisans de Hitler cousent déjà fébri-lement des croix gammées sur de la toile rouge. Les forces de Montgomery détruites, derrière le Nil il n'y a plus rien : plus de défenses, plus de réserves. Port-Saïd et le canal de Suez tombent comme un fruit mûr. Après avoir bloqué le canal, Rommel poursuit sa promenade militaire à travers le Sinaï et la Pales-tine. Il cueille au passage Jérusalem, d'où les Juifs sont déportés, et atteint la Syrie.

Le deuxième groupe d'armées prévu par les direc-tives de 1941 est celui du maréchal von Bock. Il part de Bulgarie, traverse le Bosphore, fonce à tra-vers l'Anatolie, franchit les cols du Taurus et fait sa jonction avec l'Afrikakorps de Rommel dans le nord de la Syrie, à la hauteur d'Alep.

Après avoir escaladé le Caucase, le troisième groupe d'armées, celui du maréchal List, descendant vers le sud, passant d'Europe en Asie, s'empare de tout l'espace entre mer Noire et Caspienne, file à travers l'Irak et l'Iran et débouche sur le golfe Per-sique. Les trois groupes d'armées referment leurs tenailles sur le cœur de l'Empire britannique.

La situation en Asie, à cette époque, en 41-42, n'est pas défavorable au national-socialisme. L'influence du mufti de Jérusalem s'exerce au profit du Reich. L'Irak de Rachid Ali, l'ancien Premier ministre, est prêt à basculer dans le camp des Allemands. En Iran, Reza Chah, qui a renversé les Qadjars vingt ans plus tôt et fondé la dynastie des Pahlavi, est fasciné par Hitler. Il a été contraint de démissionner en faveur de son fils, mais il conserve encore de nombreux partisans. Dans l'esprit au moins du Führer, le Moyen-Orient tout entier est prêt, après le Proche-Orient, à tomber dans les bras des Allemands.

Hitler met la main sur les ressources en énergie de Bakou, de Mossoul, de Kirkuk et d'Abadan. Il dispose du pétrole de l'Irak, de l'Iran, de l'Arabie Saoudite. Il contrôle les routes maritimes et terrestres reliant la métropole aux Indes. Il coupe, à Suez, les communications de l'Angleterre avec son empire. L'approvisionnement de l'U.R.S.S. par les États-Unis à travers les deux ports iraniens de Khorramchahr et de Bandar Abbas est rendu impossible.

L'empire du monde se conquiert en Orient. En plus vaste, en plus formidable, Hitler reprend les desseins des grands conquérants. Il occupe, comme Bonaparte, l'Égypte et la Palestine. Comme Frédéric II Hohenstaufen, il annexe l'Orient au Saint Empire romain germanique. Installé sur le Tigre et l'Euphrate, où naît la civilisation, il pousse, comme Alexandre le Grand, vers l'Indus et vers l'Inde, origine des Indo-Européens, berceau de ces Aryens chers aux disciples de Gobineau et aux théoriciens du nazisme. Et, l'Armée rouge à genoux, l'Empire britannique éclaté, les États-Unis privés de pétrole, il dicte ses conditions au monde enfin libéré qui lui tresse des lauriers et qui attend ses ordres.

— *Mein Führer!* La cuisinière demande à quelle heure vous désirez déjeuner.

C'était Heinz Linge qui posait la question après s'être approché en silence.

Adolf Hitler regarda autour de lui d'un air égaré.

— À deux heures, décida-t-il.

137

Il se tourna vers le grand lieutenant blond qui, l'avant-veille, avait introduit Béchir dans la salle des cartes du bunker où se célébrait le mariage.

— Je voudrais bien savoir ce qui se passe là-haut.

— *Zu Befehl, mein Führer!*

Le lieutenant posa ses yeux sur Béchir.

— On y va?

— On y va, dit Béchir.

Ils sortirent du bunker tous les deux, avec d'infinies précautions, passant d'abord la tête, puis le corps tout entier hors de la masse de béton qui protégeait le réduit. Ce qu'ils virent les épouvanta: au milieu des décombres qui s'étaient encore étendus et constituaient maintenant un immense champ de ruines, sous le sifflement des obus, dans un décor d'apocalypse, avec des cadavres un peu partout, deux sergents de l'Armée soviétique hissaient le drapeau rouge sur la coupole du Reichstag, à quelques pas à peine du refuge du Führer.

Quand le lieutenant et Béchir regagnèrent le bunker, Hitler se mettait à table en compagnie de sa femme et de quelques intimes.

— Alors? demanda-t-il. *Was ist los?*

Les deux hommes rapportèrent brièvement ce qu'ils avaient aperçu, le lieutenant exposant les faits, Béchir ajoutant en quelques mots un certain nombre de détails.

Hitler, soudain très calme, au bord de l'indifférence, les remercia tous les deux et leur serra la main. Ils étaient en train de se retirer quand le Führer les rappela.

Pointant le doigt vers le pistolet accroché au ceinturon de Béchir, il demanda :

— Qu'est-ce que c'est que ça?

— Un Walther 7.65, *mein Führer!* répondit Béchir.

— Une arme très sûre, n'est-ce pas ?

— La meilleure de toutes, *mein Führer!*

Hitler hésita un instant. Il lui mit la main sur l'épaule, regarda le pistolet avec insistance et finit par murmurer sur un ton de timidité imprévue :

— Prêtez-le-moi, voulez-vous ?

Béchir, sans un mot, la mort dans l'âme car l'arme était son seul trésor, elle ne le quittait jamais et il y tenait plus qu'à tout, lui tendit le pistolet.

Quand le fourgon passa devant Margault Van Gulip réduite à l'état de statue, la mère de Marina avança le bras droit et de ses doigts tendus effleura la voiture.

La jeune femme dansait. Le lendemain même de son arrivée, entraînée par deux gandins aux cheveux noirs et gominés qui lui avaient fait la cour à bord de l'*Île-de-France*, Meg était allée passer une bonne partie de la nuit dans une boîte de Manhattan dont le nom m'échappait devant le convoi mortuaire. Ce n'était pas un de ces établissements d'une élégance raffinée dont El Morocco ou The Stork Club allaient plus tard donner l'exemple. Non. Plutôt une sorte de guinguette ou d'épicerie aménagée, une affaire de famille où des habitués s'amusaient entre amis. Quand on avait assez dansé au son d'un orchestre qui débitait les charlestons et les airs de jazz à la mode, on passait dans une arrière-salle où étaient installées des tables de jeu clandestines et où les initiés buvaient sec.

Au-delà des débats d'apparence entre républicains et démocrates, l'Amérique, en ce temps-là, était encore sous le coup d'une double série d'événements dominés, dans un cas comme dans l'autre, par le spectre de l'argent : la prohibition et le krach de Wall Street.

Le jeudi noir 24 octobre 1929, la Bourse améri-

139

caine, qu'une spéculation effrénée avait fait monter
en flèche, s'effondrait d'un seul coup. C'était une
catastrophe financière qui laissait loin derrière elle
la débâcle du système de Law, limitée à une frange
étroite de privilégiés, ou le naufrage de l'emprunt
russe. Une société s'écroulait sous le poids de sa
réussite et de ce que les tragiques grecs appelaient
jadis 'υβϱις — la satisfaction insolente, l'orgueil trop
sûr de lui. Des banquiers se jetaient par la fenêtre,
d'innombrables spéculateurs étaient ruinés un peu
partout, les répliques du séisme s'étendaient, de
proche en proche, à la planète entière, les riches
devenaient moins riches et souvent presque pauvres,
les pauvres perdaient leur travail et tombaient dans
la misère. Le krach de 29 occupe une place secon-
daire mais honorable dans la longue suite de
désastres qui ont marqué le XXe siècle. Autant que
les grandes guerres, les progrès des moyens de destruction, les idéologies meurtrières — autant aussi
que les conquêtes de la science et de la technique,
l'aspiration à la justice et à la paix, le règne de la
télévision et de l'électronique —, il indique que le
monde est en train de s'unifier et de se changer en
une immense et unique entreprise. Il indique également que l'argent y est roi.

À l'époque où Meg débarquait à New York, les
contrecoups du krach étaient encore très sensibles :
parce qu'on avait touché à leur argent qui leur était
aussi proche ou plus proche que la famille, les
croyances, les modes de vie, la religion, les gens
commençaient à ne plus croire à rien. La prohibition, c'était autre chose. À la fois plus gaie — l'alcool
a quelque chose de plus amusant que les banques —
et pourtant plus tragique — la chute des cours de la
Bourse a fait moins de cadavres que l'interdiction de

la vente et du transport des boissons alcoolisées —,
la prohibition remontait déjà à une bonne dizaine
d'années. Le soir où Meg danse comme une folle
avec ses nouveaux amis, la fin de la prohibition et
des massacres qu'elle a entraînés clignote déjà dans
l'avenir. Elle est l'aveu d'un échec : dans le monde
moderne de la circulation, il est difficile et peut-être
impossible de s'opposer par la force à la marche des
mœurs et au mouvement de l'opinion. Le legs le plus
clair de la prohibition sera le développement formidable de la Mafia américaine et la puissance renfor-
cée d'une race ancienne et toujours nouvelle : les
gangsters.

À mesure que s'avance la nuit américaine, Meg
oublie de plus en plus les deux gommeux de rencontre aux cheveux plaqués qui l'ont emmenée où
elle est. Elle se détourne d'eux au profit de deux
hommes autrement intéressants que sa beauté a frappés, qui écartent les gandins en leur tapant sur
l'épaule et qui s'occupent d'elle avec une drôlerie et
une attention qui la touchent. Ils sont liés entre eux
par des nœuds qui semblent très forts et qui intri-
guent la jeune femme. L'un s'appelle Meyer Lansky.
Il est juif. L'autre s'appelle Charlie Luciano, mais
tout le monde l'appelle Lucky. Il est italien. Meg,
malgré son jeune âge, en a déjà beaucoup vu. Elle est
tout ce qu'on voudra, sauf une ravissante idiote. Elle
ne met pas longtemps à comprendre que les deux
hommes qui l'entreprennent, qui l'ont fauchée aux
deux sauteurs dépités, incapables de lutter contre
plus forts qu'eux et en train de bouder dans leur
coin, se situent à la lisière — et plutôt de l'autre côté
— de la légalité.

Ils ne sont pas les premiers à défier la société à
l'ombre du drapeau étoilé. Depuis plus de deux cents

ans se forge lentement la légende des gangsters américains et de la guerre de leurs gangs. Tout au long du XIXᵉ, les Bowery Boys, les Dead Rabbits, les Daybreak Boys, les Plug Uglies, les Swamp Angels, les Forty Thieves ou les White Hands se disputent les femmes, les bonnes affaires, le jeu et le pavé des villes. Peu à peu, sur des bases ethniques qui restent fortes sur cette terre d'immigrés, se constituent trois grands groupes plus efficaces que les autres : les Irlandais, les Juifs, les Italiens.

Chassés de chez eux par la misère qui culmine avec la terrible famine de 1845-47, due à la maladie de la pomme de terre, les Irlandais sont là de bonne heure. Quand, fuyant les pogroms de l'Europe orientale, les Juifs arrivent en masse vers le milieu du XIXᵉ, ils se sentent d'abord désarmés en face des Italiens et surtout des Irlandais. Ils apprennent peu à peu à se battre à armes égales et à rendre coup pour coup. Ils glissent insensiblement du shtetl, de la shul, de la bar-mitsva, de la lecture du kaddish au billard et aux salles de jeu clandestines. Ils échangent les histoires en forme d'énigme métaphysique contre des mitraillettes.

Les Italiens, comme les Irlandais, participent depuis longtemps aux guerres des gangs qui n'en finissent jamais et se nourrissent d'elles-mêmes. Ce sont des criminels à l'ancienne mode : œil noir, moustache épaisse, goût prononcé pour la vendetta et les meurtres symboliques. Ils ressemblent à ceux qui jouent dans *Le Parrain*. Par allusion à Pistol Pete, figure légendaire du Far West historique, les gangsters juifs, avec mépris, les baptisent « Mustache Pete ». N'en déplaise aux patrons juifs du crime, les Rothstein — le précurseur, le grand ancêtre, le Moïse du milieu, dont Scott Fitzgerald s'inspire pour son personnage de

142

Meyer Wolfshiem dans *Gatsby le Magnifique* —, les Lepke, les Shapiro, les Schultz, les Cohen, les Tic-Tac Tannenbaum, ce sont les Mustache Pete qui tiennent le haut du pavé de la clandestinité criminelle. Et, à partir de 1926, ils reçoivent un renfort inattendu. Mussolini, qui a pris le pouvoir à Rome en 1923, entreprend de démanteler l'Honorable Société sicilienne, la N'dranghetta en Calabre et la Camorra napolitaine. L'effet papillon joue à plein : il veut que les battements d'ailes d'un papillon au cœur de la forêt d'Amazonie déclenchent de proche en proche un typhon au Japon. Chassés de la baie de Naples et de Castellamare, des villages de Sicile et du fameux Corleone, les chefs du crime organisé débarquent à Manhattan.

Tout gang a deux ennemis, il se bat sur deux fronts : la police et les autres gangs. Et la lutte entre groupes rivaux est parfois plus rude que contre les forces de l'ordre. Dans le cas des Mustache Pete, la situation est encore compliquée du fait que des rivalités intestines entre Italiens se superposent aux bagarres contre les Juifs et contre les Irlandais.

Le milieu italien est solidement structuré. Il est constitué de familles qui ont chacune un *capo* à leur tête. Au sommet de la pyramide, un *capo di tutti capi*. Le *capo di tutti capi* a longtemps été Joe Massera. Le regard fixe et glacial, moins impressionnant que Marlon Brando, il mesurait un mètre soixante et avait surtout le chic pour esquiver les balles. Après s'être débarrassé successivement de ses ennemis et de ses amis, il était devenu Joe the Boss.

Quand déboule la nouvelle vague des chefs du crime exilés par le Duce, le ciel se couvre pour Joe Massera, the Boss. Entouré d'une centaine de gaillards qui n'ont pas froid aux yeux, qui n'ont rien à perdre puisqu'ils n'ont rien à eux et qui, à toutes fins utiles, pour ne pas insulter l'avenir, sont armés jusqu'aux dents, un nouveau venu, Salvatore Maranzano, affiche ses prétentions. La guerre des gangs fait rage. Les hommes tombent comme des quilles : dix, vingt, cinquante, peut-être plus, en quelques mois. Massera avait flingué ses rivaux. Maranzano va faire flinguer Massera.

Au fin fond du New York de la crise financière et de la prohibition, au cœur de la nuit qui vire déjà vers le jour, dans le vacarme assourdi de l'orchestre qui va bientôt plier bagage, parmi les joueurs de cartes et de dés qui ne tiennent plus debout et les machines à sous, ce sont ces contes de fées de la pègre que Meyer Lansky et Charlie Luciano glissent, en s'amusant de son éberluement et de son effroi, peut-être feint, à l'oreille de la jeune femme.

Lansky et Luciano sont amis intimes. S'en prendre à l'un, c'est affronter l'autre. Leurs liens remontent déjà loin. Quelque vingt ans plus tôt, le siècle n'est pas encore bien vieux, Meyer, gamin juif efflanqué, immigrant de fraîche date, marche seul dans la neige d'une petite rue de New York. Il ne pense à rien. Il rêve. La vie n'est pas gaie tous les jours pour un petit Juif égaré sur la terre promise de la finance et de la lutte pour la vie. Quand il lève les yeux, il se voit entouré d'une bande de jeunes Italiens dont le chef doit avoir cinq ou six ans de plus que lui.

— *Hi*, youpin ! dit le chef.

— *Hi*, répond Meyer en desserrant à peine les dents.

— Tu trouves ça prudent, reine des pommes, de te promener tout seul dans les rues de la grande ville ?

Meyer ne répond pas. Il baisse les yeux et se tait.

144

— Il faut te protéger, youpin. Pour toi ce sera cinq *cents* par semaine. C'est donné. Aboule le fric, et une avance pour le mois.

— Va te faire foutre, lui dit Meyer en le regardant dans les yeux. Ta protection, tu peux te la carrer dans le cul.

Le chef des Mustache Pete était Charlie Luciano. Le cran du petit youpin l'épate. Au lieu de s'étriper selon les règles, ils deviennent amis intimes. Bientôt, venus de milieux différents, et en vérité opposés, ils se considèrent comme frères de sang.

À une époque et dans un pays où la question des origines et de la religion — au sein de la clandestinité comme sur les sommets les plus élevés et les plus sophistiqués de la société — était encore brûlante, c'était un progrès formidable. Quand Arnold Rothstein, le précurseur légendaire, se lança sur une grande échelle dans la bataille contre la prohibition, Meyer Lansky et Charlie Luciano travaillèrent ensemble, main dans la main, pour le patron des gangsters juifs. S'ouvre une épopée du crime, la quête du Graal de la pègre.

Selon Rich Cohen qui raconte leurs aventures dans *Yiddish Connection*, Lansky avait fait la connaissance de Rothstein lors d'une bar-mitsva. Il entraîna son ami Charlie dans des expéditions de type militaire et dans la protection des camions qui transportaient le whisky prohibé. Un chauffeur à l'avant, deux hommes en armes à l'arrière, en guise d'escorte, comme dans les films de John Ford. Mais les ennemis n'étaient pas les Indiens, il n'y avait pas de jeune femme très belle, amoureuse d'un joueur ou sur le point d'accoucher, et la diligence traînée par six chevaux était remplacée par un fourgon blindé.

Contre la police, ce déploiement de forces ? Oui,

bien sûr. Mais plus encore contre les autres gangs. Quand, surgis de nulle part, des foulards sur le visage, les pirates de la nuit attaquaient les camions, il était difficile de faire appel aux forces de l'ordre, contournées avec soin ou achetées à prix d'or. Mieux valait se défendre soi-même et exercer sa propre police en toute indépendance. En compagnie d'autres personnages toujours hauts en couleur qui allaient tenir de la place avant de tomber tour à tour sous les coups de rivaux ou de la société, Luciano et Lansky, apparemment indestructibles, excellaient dans cette tâche.

Meg écoute avec délices les récits pleins de sang et de simplicité de ses deux nouveaux amis. Ils n'ont pas l'air de se cacher. Ils parlent d'eux-mêmes en riant. On dirait des caissiers, des menuisiers, des avocats, des violonistes en train de raconter leur journée. Elle découvre un monde nouveau dont la violence et l'étrangeté lui plaisent. Quand ils évoquent les milliers de bouteilles de whisky jetées par un producteur canadien dans le lac Érié ou le lac Ontario et entraînées par le courant jusqu'aux rives américaines où les cueillent les bootleggers — c'est l'origine d'une marque respectable et puissante : Seagram —, elle s'amuse à la folie.

Elle regarde les deux hommes. Aucun des deux n'est vraiment beau. Ils sont habillés avec une recherche affectée qui est loin de l'élégance de la cabine de Chanel. Ils n'ont pas le charme des hommes qui font battre son cœur dans la réalité quotidienne, sur l'écran, au détour des récits des autres. Ce qui frappe chez eux qui frôlent la mort de si près, qui l'ont donnée si souvent, qui l'attendent en plaisantant, c'est un surcroît de vie. Ils jouent à épier la mort qui les guette de partout.

Et moi, je la regarde. Tout ce que je sais d'elle, c'est Romain et elle-même qui me l'ont raconté. L'idole de Béchir, le mannequin de Chanel, l'amie de Charlie Luciano, la jeune femme de Patmos, la reine Margault sous mes yeux, perdue dans le souvenir de Romain, sont une seule et même personne. Est-ce possible? Je ne parle même pas des secrets qu'elle a gardés pour elle. On dirait qu'éparpillées dans le temps plusieurs existences différentes se superposent sous son nom — ou plutôt sous ses noms, puisque eux aussi ont changé. Les êtres humains sont incertains et divers comme ces nuages dans le ciel qui se transforment et disparaissent. Ce n'est que par commodité que nous les considérons comme des touts cohérents et fermés. Ils n'ont pas de qualité propre. Impossible de les réduire à une formule unique. La continuité n'est pas leur fort. Emportés dans le temps, victimes de leurs passions qui proviennent d'eux-mêmes sans doute, mais aussi de nulle part, ils n'ont de réalité que dans l'instant présent. Il n'est pas impossible de reconstruire leur passé. Personne ne peut prévoir leur avenir. Misère de la psychologie: nous ne pouvons rien faire d'autre que de les raconter.

— Mais le petit, là, Massera, demanda Meg, Joe the Boss, c'est vous qui l'avez tué?

— Moi? répondit Luciano en riant. Bien sûr que non. Tout ce que j'ai fait, c'est de déjeuner avec lui.

Rien de plus exact. La guerre faisait rage entre les hommes de Massera et ceux de Maranzano. Lansky essayait de retenir Luciano qui, depuis qu'il travaillait pour Rothstein, avait eu des malheurs. Une nuit qu'il déchargeait une cargaison de whisky ou de drogue, quatre types plutôt violents, le visage masqué par un foulard, l'avaient fait monter de force dans une voiture et emmené faire un tour. « Faire un tour en voiture », dans le langage de l'Amérique de la fin des années vingt et des débuts des années trente, avait un sens très précis : c'était prendre un billet simple pour l'au-delà en compagnie d'anges gardiens qui ne vous voulaient pas de bien. Au terme de la balade, Charlie Luciano, tabassé à coups de gourdin et de crosse de pistolet, la gorge ouverte par un pic à glace, le visage tuméfié, fut jeté hors de la voiture et laissé pour mort. Il s'en tira pourtant et gagna à l'affaire le surnom de « Lucky » Luciano.

La guerre entre Italiens exaspérait Luciano.

— Quel gâchis ! disait-il. Ça coûte les yeux de la tête et il n'y a que les flics pour en profiter et s'en réjouir.

— Laisse tomber, lui disait Meyer. Attends qu'ils se soient tous tués. Après, on prendra le pouvoir.

Un beau matin de printemps, lassé d'attendre, Lucky Luciano alla voir Maranzano, toujours entouré de ses gardes du corps à la Pancho Villa ou à la Zapata, dans les bureaux de Park Avenue où il cachait ses ambitions et les faisait bouillir. Ce qu'ils se dirent, seuls Meyer Lansky et eux-mêmes le savaient. Quelques jours après cette rencontre, Luciano invita Massera à déjeuner dans une trattoria italienne de Coney Island. Joe the Boss accepta.

— On pourra y dîner ? demanda Meg avec un petit rire.

— Bien sûr que oui, dit Luciano. Elle n'a pas bougé. Je vous y emmène demain soir.

Une angoisse me prenait. Elle était rétrospective et mêlée d'ironie. Comment avais-je osé, une quinzaine d'années plus tard, sur un chemin de Patmos qui donnait sur la mer, embrasser une femme que Lucky Luciano avait emmenée un soir à la trattoria

148

Scarpato à Coney Island? Je regardais Margault. Elle avait été cette jeune femme avec Lucky Luciano, elle avait été cette jeune femme sur le chemin de Patmos. On ne voyait plus rien de ce qu'elle avait été. Elle était toujours la même, mais elle était devenue une autre. Elle s'appuyait sur Béchir. La vie était rude. Le temps passait sur nous. Ou nous passions dans le temps. Quelque chose d'obscur nous emportait du Caire à Coney Island, à Patmos, dans le cimetière où la cendre et le souvenir de Romain défilaient devant nous. La tête me tournait un peu.

Ils déjeunèrent ensemble, le *capo di tutti capi* et Charlie Lucky Luciano, de spaghetti alle vongole et de vitello tonnato, arrosés de chianti. Après l'espresso, devant une grappa, ils entamèrent une partie de poker. À trois heures moins deux, Lucky Luciano, pris d'un besoin pressant, alla s'enfermer aux toilettes. À trois heures et quarante secondes, la porte du restaurant vola en éclats, quatre ou cinq hommes firent irruption l'arme au poing et une fusillade nourrie cribla de balles le *capo di tutti capi*. Transformé en pantin, le corps de Massera fut jeté en l'air par le choc et retomba lourdement sur la table avec une main en l'air, encore crispée sur une carte rendue célèbre par la une de tous les journaux du lendemain : c'était un as de carreau.

Charlie expliqua à Meg que, de ce jour, chez les gangsters d'Amérique, l'as de carreau, comme la dame de pique chez Pouchkine, constituait un message de mort. Recevoir par le courrier du matin ou de la main d'un inconnu qui vous bousculait dans la rue ou frappait à votre porte une enveloppe, parfois un paquet, ou même un bouquet de fleurs, contenant un as de carreau, c'était comme si on vous annonçait que vous alliez faire un tour en voiture.

— Ce qu'il y a chez nous, disait Charlie, approuvé par Meyer Lansky, c'est que nous vivons dans l'attente. Et qu'est-ce que nous attendons ? La trahison et la mort. Nous arrivons par la trahison, nous périssons par la trahison. L'important, c'est de trahir avant d'être trahi. C'est-à-dire de tuer avant d'être tué. Il faut frapper ceux qui vont frapper. C'est pourquoi l'indic, le donneur, le mouchard, la balance joue un si grand rôle chez nous. Le mouchard cherche à prévenir la police ou le gang adverse, et celui qui est mouchardé cherche à intercepter le mouchard avant qu'il n'ait réussi à établir le contact. C'est une course qui n'en finit pas, une partie de cache-cache sur les bords de la mort.

« Il arrive que la balance soit balancée elle-même. Il arrive qu'elle soit protégée par les uns pendant qu'elle est poursuivie par les autres. Il arrive que nous nous agitions pour sauver un rival ou même un policier haut placé qu'un minable veut abattre par vengeance personnelle. Si nous jugeons que le jeu n'en vaut pas la chandelle et qu'il est trop dangereux pour tous de bousculer l'ordre établi, nous pouvons nous ranger du côté des flics et descendre nous-mêmes le fauteur de troubles et de désordre. Le cas s'est déjà produit. Il se produira encore.

« Nous sommes d'une certaine façon garants de l'ordre et de la justice. Les gens nous redoutent, mais ils font appel à nous. Nous prenons, bien sûr, notre commission au passage. Nous mettons un peu de jeu dans les rouages abstraits de l'administration.

— À coups de mitraillette ? demanda Meg.

— À coups de mitraillette, répondit Luciano. Il y a une violence cachée de la société. Nous y répondons par une violence ouverte. Nous faisons sauter les barrières. Comment croyez-vous que nous survivons ? Parce que les gens nous craignent, mais aussi parce qu'ils nous aiment bien — même ceux qui nous détestent. Aux yeux des enfants surtout, nous faisons figure de héros plutôt que de réprouvés. Nous aidons les plus faibles à se défendre contre les plus forts.

« Et c'est nous qui prenons les risques. Nous ne savons jamais comment l'attente finira. Quand on frappe chez nous, le matin, à la porte ou à la fenêtre, nous sautons sur nos flingues : c'est peut-être la police, c'est peut-être des ennemis, c'est peut-être des amis qui ont viré ennemis, c'est peut-être même des ennemis que des embrouilles ont changés en amis. Il n'est même pas impossible que ce soient des amis qui sont restés des amis.

— Vous êtes amis, tous les deux ? demanda Meg. Et elle faisait aller son index de l'un à l'autre très vite.

— Oui, dit Meyer Lansky. Nous sommes amis.

— Vous ne vous trahissez pas ?

— Non, dit Luciano, nous ne nous trahissons pas.

— Vous ne vous quittez jamais ?

— Si, bien sûr, nous nous quittons, dit Meyer. Vous savez, je suis juif. Et il est italien. Ce n'est pas la même chose.

— Mais vous pensez la même chose ?

Ils se regardèrent. Et ils se mirent à rire.

— Écoutez, dit Luciano. Il vient de vous le dire : je suis italien, il est juif.

— Nous sommes dans le même bateau, dit Lansky. Nous faisons le même voyage. Nous nous tenons par la main. Notre destination n'est pas la même. Les Italiens n'ont qu'une idée : c'est de transmettre leur pouvoir à leurs enfants. C'est pour cette raison qu'ils ont établi des familles avec des *capi* à leurs têtes. Ce sont des féodaux. Nous, les Juifs, nous rêvons d'autre chose : c'est de nous fondre dans l'Amérique profonde. Nous sommes des arrivistes.

« Les Italiens fuient le système et cherchent à s'établir durablement dans ses marges : l'Honorable Société est une société parallèle. La clandestinité, pour nous, n'est pas une porte de sortie : c'est plutôt une voie d'accès. Disons les choses comme elles sont : un fils de gangster italien rêve de devenir capo ; un fils de gangster juif rêve de devenir avocat. Tous les deux font des détours : l'un veut rester dehors, l'autre voudrait bien entrer.

— Et maintenant, demanda Meg à Luciano, vous travaillez avec l'autre… là… Maranzano ? Vous êtes son bras droit ou quoi ?

Luciano et Lansky se regardèrent à nouveau. Et ils se remirent à rire.

— Oui, dit Luciano, j'ai été son bras droit. C'était un organisateur formidable. Malheureusement, il n'est plus là.

— Il n'est plus là ? dit Meg.

— Non, dit Luciano.

— Écoutez, dit Lansky à Meg, vous êtes ravissante, vous êtes très sympathique, vous n'êtes même pas bête, il est quatre heures du matin, nous vous racontons des choses que nous n'avons jamais racontées à âme qui vive, mais nous ne vous connaissons pas. C'est peut-être la police qui vous envoie, ou un procureur, ou un méchant garçon qui nous en voudrait. Ou peut-être êtes-vous une de ces putains de journalistes qui recueillent des informations pour un article de merde. Remarquez, les récits que nous vous faisons et qui semblent avoir la chance de vous amuser un peu n'apprendraient rien à personne — parce que tout le monde les connaît déjà. Mais enfin, tout de même, il ne faut pas exagérer et nous n'allons pas vous livrer, sous prétexte que vous avez un joli nez et des seins qui font rêver, nos petits secrets jusqu'au dernier.

— Et si je me servais de ce que vous m'avez dit, demanda Meg dans un rire un peu forcé, que se passerait-il ?

— Oh ! dit Charlie, d'un ton négligent et avec un sourire enjôleur, vous qui êtes si charmante, on vous retrouverait dans la rivière avec des chaussures de ciment.

La vérité était que Maranzano, surtout en face de Massera, arriéré et borné, était un génie du crime organisé. Il réunit autour de lui tous les hauts bonnets de la délinquance urbaine et entreprit de reconstruire le milieu. C'est lui qui jeta les bases de la division de la haute pègre en cinq familles — bientôt six — organisées militairement, avec un *capo* à la tête de chacune d'elles. Il y eut les familles Anastasia, Luchese, Profaci, Bonanno et la famille Luciano. On eût dit Frédéric II Hohenstaufen édictant les constitutions de Melfi ou l'empereur Napoléon distribuant des duchés et des principautés aux généraux de son entourage. Avec plus de continuité et de succès dans le temps : les grandes lignes de cette organisation subsistent encore aujourd'hui, même si le nombre des familles s'est beaucoup accru. Sur un point, cependant, Salvatore Maranzano prit la suite de Joe Massera : il se désigna lui-même comme *capo di tutti capi*.

C'était une erreur de taille, mais elle était volontaire. Le but de Maranzano était le pouvoir, tout le pouvoir. Il était bien décidé à abattre tous ceux qui lui résisteraient — comme Joe Massera avait abattu ses rivaux et comme lui, déjà, avait abattu Massera

— et, en premier lieu, Luciano qui lui faisait de l'ombre après l'avoir servi.

Cinq ans après l'assassinat de Massera, un an ou un an et demi avant l'arrivée de Meg à New York, Maranzano convoqua Charlie Luciano et deux de ses amis, Costello et Genovese, à son quartier général truffé de gardes armés et de tireurs d'élite. Charlie Luciano se garda bien de se rendre à cette invitation et consulta aussitôt Meyer Lansky. Lansky avait reçu des informations : des menaces pesaient à Chicago sur Al Capone qui venait lui-même de massacrer ses rivaux au cours de la fameuse nuit de la Saint-Valentin. Les renseignements se recoupaient. Il sautait aux yeux que Maranzano était en train de déclencher une opération de nettoyage général. Après avoir appris par des indicateurs à leur solde qu'un gangster irlandais venait d'être embauché à des fins obscures et probablement pour les abattre, Meyer Lansky et Lucky Luciano décidèrent de devancer Maranzano et de tuer celui qui voulait les faire tuer.

L'entreprise n'était pas commode. Le nouveau *capo di tutti capi* était retranché dans son quartier général comme dans un bunker. Il était gardé par des hommes qui étaient prompts à la gâchette et en qui il avait toute confiance. C'est là que l'alliance entre les Juifs de Lansky et les Italiens fidèles à Luciano allait porter tous ses fruits. Lansky comprit aussitôt que les Mustache Pete devaient rester hors du coup : tous les gangsters italiens étaient connus des gardes de Maranzano. Pour se débarrasser du *capo di tutti capi*, Luciano et Lansky recrutèrent des tueurs juifs dont les visages ne disaient rien aux hommes de Maranzano.

Des problèmes nouveaux se posèrent aussitôt. L'attaque du quartier général du *capo di tutti capi* avait été fixée à un samedi, jour où l'entourage de Maranzano était moins nombreux et peut-être moins attentif que d'habitude. Mais plusieurs des recrues de Lansky étaient des Juifs orthodoxes qui refusaient de tuer le jour du shabbat. Il fallut changer la date.

Le jour de l'opération — qui n'était pas un samedi —, les hommes de Lansky, tous juifs, se firent passer pour des agents fédéraux engagés dans une banale descente de police. Ils sortirent leurs insignes, collèrent les gardes du corps contre le mur à la façon des fédéraux, pénétrèrent dans le bureau de Maranzano et le flinguèrent proprement à coups de pistolets munis de silencieux avant de se retirer avec beaucoup de calme.

En sortant du quartier général, alors qu'ils se mettaient enfin à courir après s'être trompés de chemin plusieurs fois et s'être retrouvés dans les toilettes pour dames, ils tombèrent nez à nez avec le tueur irlandais embauché par Maranzano pour assurer la grande lessive. L'Irlandais regarda d'un drôle d'air ces types hors d'haleine qui passaient en courant.

— Tire-toi! lui lancèrent-ils. Les flics sont là!

Luciano et Lansky ne répétèrent pas l'erreur fatale commise par Maranzano. Ils reprirent ses formules en les démocratisant. Le poste de *capo di tutti capi* fut supprimé. Les Juifs et les Italiens, les Irlandais aussi, travailleraient tous ensemble. Le système serait dirigé par une espèce de conseil d'administration auquel participeraient tous les patrons du crime, les Anastasia, les Costello, les héritiers d'Arnold Rothstein et, bien sûr, Luciano et Lansky.

Bien des années plus tard, après pas mal d'aventures auxquelles Meg, apparemment si loin de tous ces événements, devait être mêlée étroitement, Luciano et Lansky allaient, rare exception pour des

155

hommes de leur espèce, mourir l'un et l'autre dans leur lit. Grâce à eux et avec l'aide américaine, la Mafia sicilienne allait reconquérir, et au-delà, l'ensemble de ses positions ébranlées par Mussolini. Tout un pan de l'histoire de l'Italie, et en vérité de notre Europe d'après-guerre, relèverait ainsi de leur action.

Quand Meg les rencontre tous les deux le lendemain de son arrivée à New York, ils sont encore dans la force de l'âge et bouillonnent de projets : ils viennent de se débarrasser de Salvatore Maranzano et ils jettent les bases de leur pouvoir démocratique sur le milieu clandestin. Sous le nom de Syndicat du crime, ils structurent et dirigent la haute pègre. Toujours avides de nouveau et de sensationnel, les journalistes inventeront à leur propos une formule destinée à frapper les esprits : *Murder Incorporated* — ou mieux encore, et plus bref, *Murder Inc.*

La tête me tourne dans le cimetière et, dans la boîte de New York, la tête de Meg lui tourne aussi. Elle passera plusieurs années, entrecoupées d'absences, de voyages, de retours vers la France, d'aventures extérieures, avec Lucky Luciano. Et peut-être aussi avec Meyer Lansky. Je ne sais pas tout de ces années et je ne suis pas sûr que Margault Van Gulip, en train d'échanger quelques mots à voix basse avec la duchesse de Mercœur et le général Simon Dieulefit, grand chancelier de la Légion d'honneur, tienne à en conserver elle-même un souvenir très distinct.

Le fourgon s'arrêtait au milieu de la foule immobile. Béchir se précipitait. Les hommes en noir ouvraient la porte de derrière et descendaient le cercueil. Béchir les aidait. Romain était dans la caisse.

Béchir avait repris sa place dans le bunker, à la porte de la pièce où déjeunait le Führer. La cuisinière de Hitler, qui l'avait aperçu à plusieurs reprises en train de monter la garde et qui lui avait déjà adressé quelques mots, lui avait apporté une assiette de charcuterie et un verre de bière. Le temps passait. Béchir, qui avait à peine dormi depuis plusieurs nuits, sentait l'épuisement le gagner. Il marchait de long en large dans l'étroit couloir du bunker et revenait s'immobiliser devant l'appartement du Führer. Après l'agitation des jours passés et l'épisode du mariage, régnait un calme un peu oppressant. Les généraux et les officiers supérieurs avaient disparu, on ne voyait plus Goebbels, il n'y avait plus de réunions dans la salle des cartes.

Le silence fut rompu par un vol de secrétaires qui sortaient de l'appartement. Plusieurs d'entre elles pleuraient à chaudes larmes. Le Führer leur avait fait ses adieux et les avait embrassées. Deux ou trois hommes les suivaient d'assez près. Béchir ne les connaissait pas. Ils passèrent devant lui sans un mot.

Le claquement des deux coups de feu parvint très assourdi jusqu'au couloir du bunker. Ils auraient pu échapper à une oreille moins avertie. Béchir avait derrière lui une bonne dizaine de milliers d'heures de familiarité avec les armes à feu. Il comprit aussitôt que quelqu'un venait de tirer dans l'appartement du Führer. Il se jeta dans la porte au moment même où Heinz Linge en jaillissait dans l'autre sens. Le valet de chambre criait quelque chose que Béchir ne comprit pas tout de suite. Mais les mêmes mots revenant sans cesse, il finit par les saisir :

— Le Führer s'est tué ! Le Führer s'est tué ! Le Führer s'est tué !

Adolf Hitler, qui venait de fêter son anniversaire sous les décombres, avait cinquante-six ans et dix jours. Il avait choisi de faire périr son peuple avec lui. Il sembla à Béchir que derrière la stupeur et le chagrin du valet de chambre se dissimulait l'ombre d'un soulagement. La tension dans le blockhaus était devenue insoutenable. Elle se relâchait d'un seul coup. Dans l'angoisse de l'avenir et dans une sorte de fatalisme et d'abandon au destin dont la mort du Führer marquait enfin l'avènement.

Une petite foule, soudain, accourut de partout. Elle était presque aussi nombreuse que pour le mariage. Y avait-il encore tant de monde dans les replis du bunker ? Les gens se précipitaient pour voir ce qui s'était passé. Ils poussèrent Béchir jusque dans la chambre du Führer.

Quarante-huit heures à peine séparaient le mariage des deux amants de la mort des deux époux. La ville, au-dessus, n'existait plus. Personne, en bas, n'avait plus de nouvelles de sa famille ou de ses amours. Les habitants du monde souterrain étaient à bout d'émotions. Ils se bornaient à constater que l'inévitable s'était enfin produit. Ils savaient depuis longtemps ce qu'ils se refusaient à penser. Le monde basculait. La disparition d'un seul homme déchirait tout à coup le voile que sa présence jetait sur tant d'horreur.

Les deux corps d'Adolf Hitler et de sa femme étaient étendus sur le lit. Un bras du dictateur et la tête d'Eva Braun touchaient presque le sol. Un pistolet était tombé à terre. Béchir le reconnut aussitôt. C'était son Walther 7.65.

La foule s'était massée en rond autour du cercueil de Romain, déposé sur des tréteaux. Pour des raisons qui remontent assez loin, nous enterrons nos morts. C'est une de ces évidences que, pendant des siècles et des siècles, à l'instar de beaucoup d'autres, nous ne mettions guère en cause. L'idée de ne pas les enterrer paraît encore monstrueuse à beaucoup de vivants. Nous pensons comme Antigone, la fille d'Œdipe et de Jocaste : elle en veut à Créon qui refuse, pour des raisons politiques, d'ensevelir Polynice. Tout le célèbre débat entre Antigone et Créon, modèle de toute discussion philosophique ou morale, porte sur ce seul point de l'enterrement d'un mort. Nous pourrions faire autre chose de nos défunts que de les enfouir sous la terre. Nous pourrions les brûler, les manger, les jeter à la mer, les exposer sur des tours, les livrer aux bêtes sauvages, les bourrer d'herbes odorantes et les naturaliser. Au cours de leur brève histoire, les hommes ont adopté tour à tour, avec des intentions avouées ou cachées, dans des conceptions successives, parfois désespérées et parfois pleines d'espoir, de l'univers et du temps, ces différentes solutions. Personne ne sait ce que les hommes pourront bien faire de leurs morts dans dix mille ou cent mille ans.

La grande affaire de la vie, c'est la mort. La vie est là quelques années, la mort est là pour toujours. Notre naissance nous échappe. Notre mort nous appartient. Elle boucle notre vie et décide de son sens. Nous pouvons penser ce que nous voulons de ce qui se passe après la mort : quelque chose ou peut-être rien. C'était un point de désaccord, et parfois assez vif, compassion, ironie, irritation mêlées, entre Romain et moi.

Romain avait tout misé sur la vie. E l'avait réussie. Il ne demandait rien d'autre. Il n'espérait rien d'autre. Il se moquait de la mort. Il n'en pensait rien du tout. Il aurait pu reprendre sur la mort le mot de Lytton Strachey : *I don't think much of it*. La mort l'avait rattrapé. La mort rattrape toujours la vie. Elle règne parce que la vie règne et toute vie, quelle qu'elle soit, se termine dans la mort. La seule question sérieuse est de savoir si cette mort, qui est le dernier mot de la vie, est le dernier mot de tout. Romain le croyait, de toutes ses forces.

Je me souvenais d'une promenade que nous avions faite à skis, pendant six ou sept jours, Marina, Romain et moi, dans les Alpes du Nord, entre la France, l'Italie et la Suisse. C'était le milieu du printemps. Il faisait encore froid et déjà très beau. Les marmottes sortaient à peine le nez hors des trous où elles avaient passé l'hiver. Les ruisseaux commençaient à surgir de partout et on les voyait frayer leur chemin à travers la glace et la neige. Il n'y avait que leur bruit sur les pierres et le chant de quelques oiseaux pour rompre le silence. Il nous arrivait de skier parmi les crocus et les primevères qui se mettaient à percer. Romain savait tout faire, ou presque, et il skiait très bien. Marina, qui avait longtemps vécu au milieu des montagnes de la Suisse, était l'élégance même, sur la neige comme ailleurs. Nous dormions dans des refuges encore vides en ces temps-là. Nous n'avions vu personne depuis trois ou quatre jours. Le soleil brillait dans un ciel sans nuages. Il effaçait tout le reste. Il n'y avait plus de passé. Il n'y avait plus d'avenir. Il n'y avait que le présent et le bonheur nous transportait.

Un soir, nous aperçûmes quelques maisons isolées. Je les connaissais déjà pour être passé par là quelques années plus tôt. Le paysage était très beau. Nous étions fatigués. Nous nous arrêtâmes pour souffler et pour regarder le soleil en train de se coucher derrière les hautes montagnes. Je racontai à Marina et à Romain que la neige, l'hiver, rendait les chemins impraticables et coupait toute communication avec le monde extérieur. Les corps de ceux qui mouraient ici à partir de la fin de novembre ou du début de décembre étaient hissés sur les terrasses que nous distinguions sur les toits des maisons. Ils attendaient là-haut, bien au froid, que l'hiver fût fini. Et, à la fonte des neiges, quand le printemps arrivait, on descendait les corps et on les emportait au cimetière du village où on les enterrait.

L'histoire plut beaucoup à Marina : elle la trouvait romantique.

— Quelle idée ! grommela Romain. Il n'y avait qu'à les faire bouillir ou à les découper en morceaux. On s'en fiche pas mal. Et eux aussi.

Marina poussa les hauts cris.

Nous l'enterrions. Il s'en moquait. Nous pas. Nous avions renoncé aux troupes, aux Invalides, aux discours. Nous avions même renoncé au drapeau tricolore et à l'ordre de la Libération sur un coussin écarlate. Il n'y avait que le bois du cercueil et le chagrin de ceux dont il avait croisé et embelli la vie.

Longtemps, il avait été le plus jeune des Français qui avaient dit non à la défaite et à l'Occupation. Quand il était arrivé à Londres avec Simon Dieulefit après leur équipée maritime, les Français n'étaient pas nombreux. Ceux qui étaient déjà là, comme Morand, se hâtaient plutôt de partir et de regagner la France. C'était l'époque où, aux cent vingt-quatre hommes de l'île de Sein venus en cinq bateaux poursuivre la lutte avec lui, de Gaulle pouvait déclarer pour le meilleur et pour le pire : « Vous êtes le quart de la France. »

Peut-être parce qu'il n'y avait pas foule, les ralliés de juin 40 avaient une bonne chance de rencontrer de Gaulle lui-même ou, à défaut, un de ses compagnons immédiats. À l'adresse qu'un officier anglais leur avait indiquée — le 6, Seymour Place —, Simon et Romain furent reçus par une secrétaire qui venait de prendre ses fonctions et qui s'appelait Élisabeth. Elle les mena au lieutenant de Courcel.

Geoffroy de Courcel était un homme grand, réservé, déjà un peu britannique, qui avait eu l'audace et la chance de gagner Londres dans le même avion que le Général. Il accueillit les deux garçons en hâte mais avec la même courtoisie et la même cordialité qu'il accordait aux rares personnalités politiques et aux rares officiers supérieurs venus rejoindre de Gaulle. Simon lui déclara que la seule idée de rester en France sans se battre lui était insupportable. Courcel se tourna vers Romain.

— Et vous ? lui dit-il avec un sourire.

— Moi, dit Romain, j'ai tiré à pile ou face.

Courcel rapporta le mot. Quelques jours plus tard, le 14 juillet, avec les marins de l'île de Sein et quelques autres, Romain fut passé en revue par de Gaulle.

— Ah! lui dit le Général, c'est vous, Courte Paille. Je vous félicite et je vous fais tous mes vœux.

Le surnom lui resta. J'ai vu chez Romain une photographie du Général avec quelques lignes manuscrites : «À Romain Courte Paille, le plus jeune des Français libres, mon compagnon des premiers jours, les plus sombres et les plus beaux, en témoignage d'estime et d'affection. Charles de Gaulle.»

Romain, qui savait lire et écrire, fut envoyé dans un bureau où il faisait des comptes. En moins de quinze jours, il devint fou. Il avait un grand avantage : il parlait anglais. Il alla voir un journaliste de haute taille, du nom d'Yves Morvan, qui se faisait appeler Jean Marin. Jean Marin lui confia un poste à la B.B.C. d'où de Gaulle avait lancé ses appels. C'était mieux : il corrigeait des textes, il cherchait des documents pour Maurice Schumann ou pour Jean Oberlé qui avaient mis sur pied l'émission «Les Français parlent aux Français». Sous les violents bombardements de l'été et de l'automne 40 sur lesquels comptait Goering pour faire plier l'Angleterre, sous les porches des églises en flammes, dans les abris improvisés où une poignée de buveurs de whisky et de joueurs de cricket sauvait l'honneur du monde, il tombait surtout sur Molly qui avait des cheveux très blonds sagement serrés en chignon sur la nuque et qui était fraîche et ronde dans son strict uniforme.

Ils s'aimèrent la nuit, parmi les incendies, dans les hurlements des sirènes, ils se promenèrent le matin, aux aurores, dans les décombres de la nuit. Romain était fou de bonheur. Il aimait de Gaulle, qui était pauvre et grand. Il aimait les Anglais, qui étaient des héros, les seuls héros de l'époque. Il aimait Churchill dont il connaissait par cœur les discours et les mots: «Je n'ai rien d'autre à offrir que du sang, des peines, des larmes et des sueurs» ou: «Mussolini? Un César de carnaval.» Il aimait surtout Molly, qui le rendait très heureux. Il avait un peu plus de seize ans dans l'Angleterre assiégée et qui ne se rendait pas.

Mais la vie délicieuse qu'il menait au cœur même du désastre, dans l'œil du cyclone comme dans une gondole à Venise par temps d'orage ou dans un palais des *Mille et Une Nuits* menacé par les djinns, ne correspondait ni à l'idée qu'il se faisait de la guerre ni à celle surtout qu'il se faisait de lui-même. La bataille d'Angleterre ne lui suffisait pas parce qu'il n'y jouait presque aucun rôle. Il retourna frapper à la porte de Courcel qui, après un passage à St. Stephen's House, un vieil immeuble assez sale, à deux pas de Whitehall, sur les quais de la Tamise, s'était installé à Carlton Gardens.

Romain obtenait toujours ce qu'il désirait. Son charme d'adolescent agissait déjà dans Londres en train de brûler.

Courcel le reçut à nouveau.

— Je sais piloter un avion, dit Romain.

— Rappelez-moi donc votre âge, murmura Courcel de sa voix la plus douce.

— Dix-sept ans, dit Romain.

— Et vous savez..., s'étrangla Courcel.

— Oui, dit Romain.

Il se retrouva dans une base de la R.A.F. à plier des parachutes. Il passait son temps à se répéter: *Never so many owed so much to so few.* Un an plus tard, il était en Syrie, avec André Schweitzer, sous les ordres de Catroux et de Legentilhomme qui l'emportaient sur Dentz, fidèle à Vichy. Des tiraillements se produisirent autour du djebel Druze entre Français et Anglais. Romain vit passer avec délices une lettre du général de Gaulle au commandement britannique : « Je n'ai pas la prétention de vaincre l'Empire britannique, mais si vous n'avez pas évacué vos positions demain à midi, je vous attaque avec ma demi-brigade. » Ce qui deviendrait plus tard l'escadrille Normandie-Niémen était en train de se constituer. Romain passait le plus clair de son temps à fourrager dans les avions. Pilotes et mécaniciens avaient adopté ce jeune homme dont l'égalité d'humeur était si bienfaisante.

Il se promenait avec des pilotes sur la colline, non loin d'Alep, où une basilique paléochrétienne, avec une abside et un chevet remarquables, perpétue dans un décor ravissant le souvenir de saint Siméon Stylite qui passa trente-sept ans perché sur une colonne à bombarder de messages tous les grands de ce monde, quand, dans les ruines du narthex, il rencontra un lieutenant qui arrivait d'Angleterre. Le lieutenant avait une lettre pour lui. La lettre annonçait que Molly avait été tuée par une bombe tombée sur une école dont elle évacuait les enfants.

Nous nous tenions en silence autour du corps de Romain. Il n'y aurait pas de discours puisqu'il n'en voulait pas. Nous le laissions s'effacer, selon sa volonté. Il était parmi nous pour encore quelques minutes. Les uns priaient, sans doute. Pour lui. Pour le salut de cette âme à laquelle il ne croyait pas. Et aussi pour eux-mêmes. Les autres essayaient de se souvenir de ses traits, de leurs rencontres avec lui, de leurs conversations. D'autres encore pensaient à n'importe quoi, à leurs amours, à leurs affaires, à leurs rendez-vous de la journée, ou à rien du tout. Beaucoup avaient du chagrin et quelques-uns s'ennuyaient.

De l'autre côté du cercueil, absorbés dans leurs pensées, je voyais en face de moi Gérard, Béchir, Le Quémenec, le grand chancelier de la Légion d'honneur, Victor Laszlo, Albin Zwinguely, André Schweitzer et sa sœur, Françoise Poliakov. Ils ne bougeaient pas. Ils se taisaient. Albin pleurait. Françoise aussi. J'imaginais les mots que chacun d'eux aurait trouvés pour parler de Romain. Dans leurs discours différents nous l'aurions tous reconnu. Et aucun pourtant n'aurait dit les mêmes choses. Et si moi j'avais parlé, j'aurais encore dit autre chose.

J'aurais dit, je crois, que je l'avais détesté. Et que je l'avais aimé. Successivement. Et simultanément. J'aurais dit que jamais il ne m'avait été indifférent. J'aurais dit qu'il me manquait et que la vie sans lui allait être terne et vide. Parce qu'il était la vie même. Dans les chagrins, dans les épreuves, jusqu'à la mort, jusqu'au suicide, y compris le suicide, ce qui nous faisait tous vivre, c'était l'amour de la vie. Il l'aimait plus que personne.

J'aurais pu dire aussi qu'il me manquait autant qu'il manquait à Marina et à la reine Margault. Et que nous souffrions autant tous les trois. Mais ça, je ne l'aurais pas dit. Je n'aurais pas dit non plus qu'il manquait sans doute tout autant à plusieurs autres jeunes personnes dont j'ignorais jusqu'au nom et dont j'apercevais dans la foule les visages éprouvés. J'aurais dit, je crois, combien je m'étais amusé avec lui.

Comme nous avions ri tous les deux ! Je regardais Béchir. Sa vie avait été traversée d'aventures dramatiques. Il y avait pourtant chez lui un personnage comique où la solennité se mêlait à un snobisme acquis à force de fréquenter des personnages qui se croyaient importants. Prêté par la reine Margault, il s'était retrouvé souvent au service de Romain qu'il vénérait. Non content d'avoir appris l'allemand pendant les années de guerre, il avait fini par maîtriser le français aussi bien que l'arabe. Il le parlait sans accent, avec une certaine préciosité, avec un vocabulaire et des cuirs qui nous rappelaient la Françoise d'*À la recherche du temps perdu* et qui nous enchantaient. Un soir que Romain avait marqué un peu d'impatience à propos de je ne sais plus quoi, nous avions entendu Béchir proférer avec un mélange de retenue et d'élan ces paroles restées célèbres :

— Que Monsieur ne se mette pas hors de Monsieur !

Souvent, quand le ton montait entre nous au cours de l'une de nos discussions sur les sujets les plus variés — la peinture surréaliste, l'art nègre, la pornographie, la censure, l'Amérique et le Viêt-nam, le Général et l'Algérie — dont je me souvenais maintenant avec une douleur pleine de douceur, il suffisait à l'un de nous, pour faire revenir les rires et le calme, de lancer :

— Que Monsieur ne se mette pas hors de Monsieur !

Un jour où la reine Margault était venue déjeuner chez Romain avec les Le Quémenec et tout le clan Schweitzer et où Béchir avait servi à table, sanglé dans une veste bleue ou verte avec un col officier, son fez toujours sur la tête comme aux jours lointains de Patmos, le téléphone se mit à sonner après le café, vers le début de l'après-midi. Béchir alla répondre. Nous le vîmes revenir, plein d'importance, et se pencher vers Romain :

— Monsieur, lui dit-il à voix assez haute pour être entendu de toute l'assistance, c'est l'archiduc de l'Arsenal.

— Pardon ? dit Romain. Qui ça ?

— L'archiduc de l'Arsenal, répéta Béchir avec beaucoup de fermeté.

— L'archiduc de… Connais pas, bougonna Romain.

— Romain, lui dit Margault, va répondre.

Romain soupira et se leva. Quelques minutes plus tard, il revenait en se tordant :

— C'était les Archives nationales.

Le plus souvent, Béchir et Romain se tutoyaient. Nous avions, un peu partout, fait les cent coups tous les trois. Mais quand il y avait du monde ou que les circonstances lui semblaient exiger un peu de solennité, il se drapait dans sa dignité. Je ne sais plus pourquoi Romain et moi — était-ce dans les années soixante ? ou dans les années soixante-dix ? — passions l'été à Paris. C'était le plein mois d'août et il faisait très chaud. Béchir était là, image imperturbable de la fidélité.

— C'est idiot, dis-je à Romain. Qu'est-ce qu'il fait ici ? Il faut l'envoyer quelque part. À la montagne. À la mer. À la campagne. Je crois qu'il ne connaît ni la Provence ni les Alpes.

— Tu as raison, me dit Romain.

Et il appela Béchir.

— Béchir, lui dit-il, tu devrais prendre des vacances. As-tu envie d'aller quelque part ? Sur la Côte ? À Chamonix ?

— Ah ! non, lui répondit Béchir. Merci beaucoup ! C'est gentil à toi. Mais les vacances, j'en ai soupé. On part, on traîne, on s'ennuie, on ne sait pas quoi faire et on dépense des sommes folles pour essayer de s'amuser. Et, après ça, au retour, on tire le diable par…

Il nous regarda, Romain et moi, d'un air mi-offusqué, mi-goguenard et se redressa de toute sa taille.

— … Monsieur voit ce que je veux dire.

Tout n'était pas aussi comique dans la vie de Béchir. Après la mort de Hitler, dans l'affolement général, il était sorti du bunker. L'air libre qui lui remplissait les poumons le grisa. Un instant, il se laissa envahir par un bonheur animal. Le spectacle autour de lui le rendit aussitôt à la réalité. Aussi loin qu'il pouvait voir, tout paraissait détruit. Il avait encore connu Berlin frappé à mort sans doute, mais debout. Sous les coups des bombes, des obus, des grenades, des orgues de Staline, la ville était un champ de ruines.

Il lui sembla d'abord que plus rien ne bougeait, que rien ne bougerait plus jamais. Berlin était changé en cimetière. Le temps était suspendu. Un vide pesait sur du vide. Une ombre sautait de temps à autre de décombre en décombre. On entendait le canon comme s'il tirait de la rue d'à côté, ou de ce qui en restait, et le claquement des mitrailleuses. Béchir, qui avait l'oreille fine et de l'expérience, distinguait au son les mitraillettes Soudarev que n'avaient pas encore remplacées les Kalachnikov, promises à un bel avenir. Les Russes étaient dans la ville. Le combat de rue rapproché avait succédé à l'abstraction meurtrière des bombardements.

Il avait gardé son fusil d'assaut avec lui. Il ne se disait pas : «Je vais me battre jusqu'au bout» ni «Tâchons de mourir dignement pour le Führer disparu et pour l'Allemagne à l'agonie.» Il se disait : «Je n'ai rien d'autre à faire. Je tirerai sur ce qui passera.»

Ce qui passa d'abord sous ses yeux, sans un cri, dans un silence de mort, ce fut un détachement de la Wehrmacht en retraite. Un défilé de fantômes de retour de l'enfer. Une masse informe de guenilles qui glissait dans le néant. Il croisa le regard d'un de ces hommes en fuite : il n'y avait plus dans ses yeux que la folie et la mort. Solitude de la force et misère de l'orgueil : il se souvenait de la formidable machine de guerre qui, dominant déjà l'Europe, partait, quatre ans plus tôt, à la conquête du monde. Il en restait ces débris qui tentaient de disparaître.

Sous le sifflement des balles, dans le fracas des bombes, il errait au hasard dans la ville assiégée sur le point de tomber, se mettant à l'abri sous des porches écroulés, évitant les projectiles et les trous d'obus. Il marchait, les yeux dans le vide, égaré, épuisé, soldat déjà perdu et encore aux aguets, croisant des femmes âgées ou des adolescentes qui poussaient des chariots pleins de vêtements surmontés d'un matelas, parfois d'une table ou d'une chaise, et une bande d'enfants qui pillaient les magasins éventrés. Il s'empara lui-même de deux bouteilles de bière et d'un peu de charcuterie qui traînait sur un étal parmi les éclats de verre.

La nuit tombait. Il dormit quelques heures dans un local dont les portes et les fenêtres avaient été arrachées par une bombe et où il avait trouvé un lit qui était à peine défoncé. Il n'y avait plus personne ni plus rien et tout était à tout le monde. Quand le soleil se leva sur Berlin effacé de la carte, expulsé de l'histoire, il descendit dans la rue, son fusil d'assaut sous le bras.

Il se retrouva au milieu de carcasses incendiées et d'arbres déchiquetés qui, dans un autre monde, dans une vie d'avant le déluge, avaient été Unter den Linden. Il remonta l'avenue jusqu'à la porte de Brandebourg. Les Russes étaient là.

Les retardataires se hâtaient. Ils se glissaient, la tête basse, avec le moins de bruit possible, parmi les assistants. Arrivés ensemble, Mazotte et Dalla Porta s'installaient auprès de moi. Romain les aimait beaucoup l'un et l'autre. Je les maudissais : ils me chassaient de Berlin.

— La circulation..., me glissa Mazotte.

— Oui, je sais, murmurai-je. Un cauchemar.

Avec leurs chars Staline, que Béchir avait vus si souvent couverts de neige, au loin, et leurs canons de 122 braqués à quarante-cinq degrés, le drapeau rouge claquant dans le ciel de Berlin, c'étaient les Russes de Joukov.

Gheorghi Konstantinovitch Joukov n'a pas encore cinquante ans. Depuis deux ans déjà, il est maréchal de l'Union soviétique. Il a été ouvrier d'usine, puis sous-officier dans l'armée impériale avant de devenir conseiller des républicains espagnols pendant la guerre civile et chef d'état-major de l'Armée rouge. Il a défendu Moscou contre les troupes de Brauchitsch et de Bock en 1941, lancé la contre-offensive à Stalingrad en 1942, contraint les Allemands à lever le siège de Leningrad en 1943. En compagnie des Koniev, des Malinovski, des Rokossovski, des Vorochilov, des Timochenko, il fait partie de cette pléiade de chefs militaires soviétiques qui ont gagné, contre les Allemands, la Deuxième Guerre mondiale.

L'irrésistible ascension de talents éclatants à qui l'ancien régime aurait bouché la voie constitue l'une des justifications les plus frappantes des révolutions politiques et sociales. C'est vrai dans tous les domaines. Plus évident encore dans la carrière des armes. Au début du règne de Louis XVI, les grands capitaines français ne sont pas légion. Vingt-cinq ans plus tard, les génies militaires se ramassent à la pelle. L'exemple soviétique est plus frappant encore. Malgré les purges de Staline qui ont décimé l'Armée rouge, les troupes soviétiques ont des chefs remarquables. Suffirait-il de se débarrasser des classes dirigeantes pour faire éclore de nouveaux talents? Le principal argument — et il n'est pas très convaincant — qui pourrait être opposé à cette hypothèse est que, les révolutions des deux siècles écoulés ayant développé d'abord, pour une raison ou pour une autre, l'esprit de conquête militaire, il n'est pas surprenant de voir surgir de brillants généraux plutôt que des savants austères ou des économistes distingués. Il est permis aussi de soutenir que la guerre a été gagnée par une masse inépuisable qui disposait, grâce surtout aux capacités de production des usines américaines, du matériel le plus nombreux.

À la tête de la Ire armée de Russie Blanche, le maréchal Joukov avait pénétré dans les faubourgs de Varsovie dès le 1er août 1944. Les patriotes polonais se soulèvent aussitôt contre l'occupant nazi, mais, sur l'ordre de Staline, Joukov piétine aux portes de la ville pendant près de six mois. Quand il entre enfin dans Varsovie le 17 janvier 45, les Allemands ont eu largement le temps d'écraser l'insurrection.

Le maréchal Rokossovski à sa droite, le maréchal Koniev à sa gauche — venu des plaines de Russie, Koniev serre la main de Patton venu d'Avranches et de Bretagne et qui s'est arrêté sur ordre à une centaine de kilomètres de Prague pour laisser le champ libre aux Soviétiques —, Joukov fonce sur Berlin au printemps 45. Le 2 mai, surlendemain du suicide de Hitler, il occupe la capitale où l'avant-garde de ses forces s'est infiltrée depuis une semaine. Quelques jours plus tard, c'est lui, en qualité de maréchal commandant un groupe d'armées, qui signe à Berlin, au nom de l'U.R.S.S., un peu moins de quatre ans après le déclenchement de l'opération Barbarossa, cinq ans, presque jour pour jour, après l'ouverture foudroyante des hostilités à l'Ouest, l'acte de capitulation de la Wehrmacht. Au cours de la campagne, plusieurs Français ont évolué dans l'entourage plus ou moins proche du maréchal. Parmi eux, un petit-fils du maréchal Foch qui porte le nom de Fournier-Foch et qui, prisonnier des Allemands, a réussi à s'évader quelques semaines plus tôt ; et Romain qui se bat aux côtés des Russes depuis bien plus longtemps.

On ne connaît pas ceux qu'on connaît. On ne connaît même pas ceux qu'on aime. J'avais du mal à m'imaginer Romain sous l'uniforme militaire. Je l'avais vu habillé de toutes les façons possibles : en habit, en smoking, en costume gris ou en tweed, en short, en maillot de bain, en tenue de plongeur, en cuisinier en train de préparer des beurek ou des spaghetti carbonara, en doge de Venise pour un bal au palais Labia, en gondolier, en chasseur. Je l'avais vu tout nu ou dans un manteau de fourrure qui lui venait de son grand-père. Je l'avais vu en skieur et en marin. Je ne l'ai jamais vu en uniforme. Il avait pourtant passé sous les drapeaux, comme on dit, cinq années interminables. Et, pendant plus de trois ans, les drapeaux étaient rouges.

Margault Van Gulip donnait des signes de fatigue. Quel âge pouvait-elle bien avoir ? Quatre-vingts ans, à coup sûr. Peut-être quatre-vingt dix ? Non, quatre-vingt-dix, ce n'était pas possible. Je cherchais en hâte dans mes souvenirs comme une jeune femme en retard qui, rentrée chez elle prendre une douche à son retour du travail, fouille nerveusement son sac pour y trouver ses clés avant de sortir dîner. Quel que fût mon aveuglement de normalien rassoté, ébloui par la grande vie, il était exclu qu'elle approchât de la cinquantaine quand je l'avais embrassée sur le chemin de la mer. Et il était invraisemblable que

cette femme si droite, en face de moi, si ferme malgré son épuisement et malgré son chagrin, autour
de laquelle traînaient encore de vagues effluves de
beauté, vît déjà ses cent ans la menacer au loin.
Je calculais rapidement : elle devait osciller entre
quatre-vingt-deux et quatre-vingt-six ans. Je m'avançai vers elle pour la soutenir, pour qu'elle s'appuyât
sur mon bras.

— Venez, lui dis-je. Appuyez-vous sur moi.

Elle me regarda. Je pensais à Patmos.

— Merci, mon petit Jean, me dit-elle.

Ah ! Peut-être quatre-vingt-huit. Gérard et Le Quémenec étaient déjà partis à la recherche d'une chaise
où l'asseoir. Dans un monde où tout change, où tout
passe son temps à bouger, le temps est la seule chose
à ne jamais bouger, à ne jamais changer. Il bouge,
mais il ne bouge pas. Il change, mais il ne change
pas. L'espace s'accroît, le monde s'use, les idées se
transforment, tout fout le camp. Le temps règne,
immuable. Immuable et torrentueux, immuable et
tout-puissant. Il y a le temps d'abord, et tout le reste
après, et dedans. Sinon pour l'éternité — le temps,
évidemment, n'est pas l'éternité, il ne se confond
pas avec elle —, du moins pour les siècles des siècles,
il passe, il nous emporte, il reste semblable à lui-
même et il détruit tout ce qu'il trimballe et qui passe
sous son joug en mourant après être passé, dans
l'autre sens, sous son joug en naissant.

Ils revenaient tous les deux, Gérard et Le Quémenec, sans avoir trouvé l'ombre d'une chaise parmi
les tombes du cimetière. Plus rapide, plus efficace,
Béchir avait pensé à la voiture dans laquelle il avait
amené André Schweitzer et il reparaissait avec elle.
Nous installions la reine Margault sur la banquette
arrière où elle se reposait quelques instants. Alertés

par notre manège, Mazotte et Dalla Porta venaient
lui tenir la jambe. Ils s'y connaissaient en temps
tous les deux : l'un, Mazotte, nomade de l'érudition,
spécialiste d'Innocent III, de Frédéric II Hohenstaufen, du royaume de Jérusalem et, bizarrement,
du Proche-Orient ancien, amateur, comme Romain,
de toutes les formes d'art primitives, l'étudiait dans
le passé où il se dissimulait et se révélait à la fois ;
l'autre, Dalla Porta, professeur de physique théo-
rique à l'université de Berkeley, chargé de mission,
à la Nasa, ami intime de Romain qui le considérait
tantôt comme quasi génial et tantôt comme un demi-
fou, traquait le temps dans l'espace avec lequel, à
mesure que les observations se rapprochaient des
origines et de la singularité du big bang, il finissait
par se confondre.

Myriam, dite Meg, passa cinq ou six ans avec
Lucky Luciano. Elle habitait la France, il vivait aux
États-Unis. L'un et l'autre, bien sûr, eurent beaucoup
d'aventures extérieures au cours de leurs années
communes. Mais, sur l'*Île-de-France*, puis sur le *Normandie*, elle venait le voir en Amérique six ou huit
fois par an et, peut-être parce qu'ils étaient si souvent séparés, ils se retrouvaient toujours avec bonheur. Ils donnaient l'exemple même de la fidélité
dans l'infidélité. Chacun apportait à l'autre ce que
l'autre n'avait pas : une extrême liberté et des charges
assez lourdes, un peu d'air de Paris et les affaires de
Cosa Nostra, l'insouciance et le pouvoir.

Meg avait conquis la confiance de Lucky Luciano
— il s'appelait de son vrai nom Salvatore Luciano —
et de Meyer Lansky — Meier Suchowljansky, né en
Biélorussie — qui ne l'accordaient pas à grand-
monde. Ils lui racontaient ce qui se passait dans le
milieu de la Mafia américaine. Al Capone tenait

Chicago et les syndicats de *teamsters* et de *roofers* — les camionneurs et le bâtiment. Lucky Luciano régnait sur les dockers de New York.

— Ah! disait Meg, son verre de whisky à la main, ça doit faire pas mal de gens. Des centaines, peut-être... Des milliers?

Luciano et Lansky se regardaient en riant.

— Ça dépend, disait Meyer.

— De quoi? demandait Meg.

— Du niveau, disait Meyer.

Les gangsters eux-mêmes, les membres des six familles aux ordres des *capi* — elles allaient grimper jusqu'à vingt-quatre au fil des années —, étaient quelques milliers, une dizaine, ou peut-être, à tout casser, une vingtaine de milliers. Mais les soldats qu'ils utilisaient, les tueurs, les auxiliaires, les agents d'exécution à qui on pouvait faire appel à travers tout le pays en cas de nécessité étaient plus de cent mille. Et le nombre de ceux qu'ils contrôlaient, des employés, des travailleurs anonymes qui ignoraient eux-mêmes qu'ils étaient manœuvrés par la Mafia, avoisinait le million.

— Ah! fichtre! s'écriait Meg. Et vous ne vous faites jamais prendre?

Ils riaient de plus belle.

— Mademoiselle, lui disait Meyer avec solennité, apprenez que l'Amérique est une démocratie et que l'argent y joue un rôle décisif. Entre démocratie et argent, il y a moyen de se débrouiller. Le nombre de ceux que nous contrôlons est élevé, le nombre de ceux que nous achetons est plus élevé encore. Nous achetons tous les jours des journalistes, des chefs de parti, des juges, des représentants, des sénateurs, des secrétaires d'État. Et puis, grâce à Dieu, dans une démocratie la justice n'obéit pas au pouvoir. Elle est indépendante. Les seuls à nous emmerder vraiment, ce sont les quelques milliers de G-men de ce bon vieux Edgar Hoover. Tu vois sa tronche, à Edgar Hoover ? Elle traîne un peu partout. Il a derrière lui tous ces raseurs du F.B.I. qui ont la manie d'écouter ce que nous disons au téléphone en toute ingénuité. Les juges, heureusement, ne l'entendent pas de cette oreille et ils voient à juste titre dans les écoutes téléphoniques une atteinte aux droits de l'homme et aux libertés individuelles. Nous avons des avocats, d'excellents avocats. Nous les payons très cher, mais ils nous rendent service. Entre la répression et nous, parce que nous sommes en démocratie et parce que nous avons de l'argent, le combat est inégal : nous sommes beaucoup plus forts que ceux qui nous courent après et qui aboient à nos chausses.

— Il y a encore autre chose, disait Luciano. En démocratie, le pouvoir, le vrai pouvoir, dépend d'abord de l'information. Nous sommes très bien informés. Dans nos coffres, à la banque, nous n'avons pas seulement des dollars. Nous avons aussi des photographies. Et sur une de ces photographies, devine ce que je vois ?

— Je ne sais pas, disait Meg. Le président des États-Unis en train de baiser Ava Gardner ?

— Tu brûles, disait Luciano. Edgar Hoover en travesti, vêtu d'une robe de femme, avec des porte-jarretelles.

— Et alors ? disait Meg.

— Et alors, chez nous, une affaire comme celle-là peut faire mal. Nous sommes une démocratie avec de l'argent, d'accord — et avec des principes puritains. Il faut se débrouiller avec ça. Nous nous débrouillons assez bien. Hoover sait que nous savons, et il se tient tranquille. Pas seulement par prudence, mais aussi parce qu'il considère le crime organisé comme un moins grand danger que le communisme pour l'ordre établi qu'il est chargé de défendre. Il raconte à qui veut l'entendre que la Mafia est un conte de fées, un bobard inventé par les maires des grandes villes pour justifier leurs échecs. Et l'autre jour encore, il a déclaré aux journalistes : « Il n'y a pas de Mafia en Amérique. »

— Ce que je crois, disait Meyer Lansky qui était un peu parti et qui parlait avec lenteur, c'est que, tout compte fait, avec nos problèmes et nos contradictions, nous avons de beaux jours devant nous. Lucky est italien et sicilien ; je suis un juif de Russie Blanche. Mais nous sommes d'abord américains. Et nous sommes fiers de l'être. Les vieilles structures autoritaires vont se déglinguer de plus en plus. Le fascisme, le nazisme sont les fleurs pestilentielles d'un système à bout de souffle. La démocratie américaine va se répandre sur le monde. Toi qui es plus jeune que nous, tu verras ça, ma petite. Et ce que nous avons aimé ici régnera un peu partout.

— La démocratie ? disait Meg. Les droits de l'homme ? Les libertés individuelles ? L'argent ?

— Et la Mafia, disait Luciano en levant son verre.

— Je me sens très bien, dit Margault. Je veux retourner là-bas.

Elle descendait de voiture. Entre Mazotte et Dalla Porta, suivie de Béchir et de moi, elle regagnait le cercle autour de Romain, qu'avaient déjà rejoint Le Quémenec et Gérard. Aidés de Marina et de sa fille, les hommes en noir distribuaient les roses que les assistants allaient jeter sur la tombe. Une angoisse s'emparait de moi. Elle remplaçait la mélancolie. Quoi ! Nous allions verser des larmes et quelques fleurs sur le corps de Romain et nous allions rentrer chez nous! Sans la moindre parole et sans le moindre chant. Les mots me venaient en foule. Il me semblait, à tort sans doute, que j'aurais su parler de Romain. Que j'aurais été capable de dire la place qu'il avait tenue dans nos vies et les sentiments très forts qu'il nous avait inspirés. J'aurais voulu aussi que nous chantions quelque chose autour de lui — et presque n'importe quoi. Nous avions souvent chanté ensemble depuis les soirs évanouis de la terrasse de Patmos. Il aimait chanter, et il chantait très bien. Nous aurions pu chanter le *Magnificat* ou le *Salve Regina*, réciter le kaddish, au son peut-être du choffar, ou une sourate du Coran, entonner *La Butte rouge* ou *Le Temps des cerises* ou une de ces chansons de marins qui, même au temps du bonheur, nous faisaient chavirer. Quelque chose enfin qui aurait fait passer sur le souvenir de Romain le souffle des grands espaces et la bénédiction de quelqu'un. N'importe quoi qui eût permis à un ailleurs et, pourquoi pas? au nom de Dieu d'entrer dans notre tristesse.

Mais il avait dit non. Il ne voulait pas. Nous avions bien souvent parlé ensemble de ces choses lumineuses et si gaies — et pourtant si obscures. Un soir, en Corse peut-être, dans les calanques de Piana, ou peut-être, je ne sais plus, dans la baie de Kekova, sur la côte turque, qu'il aimait par-dessus tout, au pied d'un château byzantin, entre les tombes lyciennes qui surgissent de la mer, en bateau en tout cas, vers l'extrême fin de l'été, je l'avais ébranlé. Je lui avais rapporté la formule d'un rabbin qui m'avait beaucoup frappé et qui le frappa lui aussi: «Ce qu'il y a de plus important, c'est Dieu — qu'il existe ou qu'il n'existe pas. »

— Ah! me dit-il.

— N'est-ce pas? lui dis-je.

Nous nous étions tus longtemps. Ce n'était pas difficile : beaucoup d'étoiles brillaient très fort au-dessus de nos têtes silencieuses. Il me semble d'ailleurs que le plus clair de mon temps avec Romain, je l'ai passé à me taire. Après un long silence, je me souviens d'avoir dit :

— Le coup de génie de Dieu, c'est peut-être d'avoir créé un monde réel qui laisse planer le doute sur sa propre réalité.

Il y eut encore un long silence. Au bout d'un quart d'heure ou de vingt minutes, Romain se tourna vers moi.

— Je vais me coucher. Bonne nuit.

Il alla jusqu'à l'échelle qui menait aux couchettes. Il revint vers moi et me lança :

— Tu ne m'auras pas comme ça.

Jamais je n'ai entendu de la bouche de Romain la moindre attaque contre les religions, leurs rites, leur clergé, leurs croyances. Je ne l'ai jamais entendu dire un mot contre Dieu. Il ne s'en moquait pas, il ne le défiait pas. Dieu simplement n'existait pas pour lui. Il ne croyait ni à l'âme, ni à la vie éternelle, ni à la résurrection des corps, ni au ciel ni à l'enfer, ni à quelque Messie que ce fût, ni à un créateur de l'univers. Il ne traitait pas Dieu comme ces imprécateurs dont la passion farouche peut toujours apparaître comme un amour inversé. Il le traitait comme Proust — qu'il aimait beaucoup et qu'il semblait avoir lu — dans la *Recherche du temps perdu* : il n'en parlait jamais. Il l'ignorait. Dieu ne comptait pas pour lui. Il y avait deux vers de Pindare, traduits par Paul Valéry, qui lui avaient beaucoup plu quand je les lui avais cités : « Ô mon âme ! n'aspire pas à la vie immortelle, mais épuise le champ du possible. »

Il était pourtant sensible, dans le catholicisme surtout, à un mélange de splendeur et de simplicité et à ce tremblement d'émotion qui s'empare des fidèles — dont il n'était pas — devant les rites immuables surgis de la nuit des temps. Je me souvenais d'un voyage que nous avions fait en Syrie, il n'y avait pas très longtemps, sur les lieux mêmes où il avait passé quelques mois avant de se rendre en U.R.S.S. Nous étions allés à Damas voir la mosquée des Omeyades et le tombeau de Saladin, à Hama où nous avions pensé à Barrès devant les norias sur l'Oronte, au Krak des chevaliers, à Palmyre évidemment où le souvenir de Zénobie étincelait dans le désert au lever du soleil. Nous avions poussé jusqu'à l'Euphrate où presque tout était né. Et puis, d'Alep, nous étions montés jusqu'à Saint-Siméon où, un demi-siècle plus tôt, il avait appris la mort de Molly. Nous avions fait le tour des ruines de la basilique et nous nous étions arrêtés derrière l'impressionnant chevet de la plus vieille peut-être des grandes absides chrétiennes. Romain était un peu ému des souvenirs qui l'assaillaient. Il s'était assis, immobile, sur un fût de colonne renversée et nous rêvions tous les deux : lui, sans doute, à la vie ; et moi, peut-être, à la mort. Je m'étais éloigné de quelques pas et je regardais le soir tomber sur la colline.

Le silence autour de nous fut soudain rompu par un groupe bruyant d'Italiens excités. Il y avait des filles parmi eux et tout ce petit monde s'agitait à grands cris sans trop se soucier du cadre ni du sang des chrétiens qui avait coulé à flots sur ces pierres. L'un des hommes sortit un ballon et tous les Italiens se mirent à jouer au football dans les ruines de l'église. Quelques-uns esquissèrent deux ou trois pas de danse. La plupart s'étendirent sur le sol pour se reposer un peu après l'effort et tous riaient très fort.

Ce qui se passa alors fut assez surprenant. Les Italiens se levèrent et ils tirèrent de petites valises des espèces de tuniques qui étaient des chasubles. Ils enfilèrent les chasubles, ils se réunirent en silence autour de l'un d'entre eux qui avait des cheveux blancs et ils se mirent à chanter. Nous mîmes quelques instants à comprendre, Romain et moi, qu'ils étaient tous des prêtres et qu'ils chantaient la messe au pied de la basilique élevée à la mémoire de Siméon le Stylite.

Ils la chantaient avec une telle grâce et avec une telle ferveur que les larmes nous vinrent aux yeux. C'était un spectacle bouleversant. Les ruines, la colline sacrée, le ballon dans un coin, le ciel si bleu sur les femmes agenouillées en prière, le chant du *Sanctus* qui s'élevait dans le silence : nous avons chanté avec eux.

— Il y a des moments, me dit Romain, où il faut défendre ses Thermopyles.

Romain aimait la musique plus que tout. Il avait longtemps fréquenté Mozart qu'il plaçait au plus haut et dont il connaissait tout. Il l'écoutait chez lui à longueur de journée, il se précipitait à Salzbourg et à Aix-en-Provence, il s'était lié avec les spécialistes qui étaient légion et dont plusieurs étaient présents au cimetière, et il discutait avec eux. C'était en se rendant à Salzbourg, venant de Zurich ou plutôt, je crois, de Milan, pour écouter *Les Noces de Figaro* ou *Così fan tutte* qu'il était tombé sur Albin Zwinguely. Dans les dernières années de sa vie, il avait fait preuve d'un peu d'infidélité : il s'était tourné vers Bach, et il ne jurait plus que par lui. Je l'avais surpris plus d'une fois en train d'écouter en boucle les cantates 19 et 20 ou la cantate du Café. Il me disait qu'il n'avait plus besoin de rien ni de personne d'autre pour être heureux et que Bach suffisait à remplacer pour lui tout ce qu'il avait tant aimé dans cette vie. Je lui glissais le mot de Cioran : « Dieu doit beaucoup à Bach », et il était enchanté.

J'en profitais pour pousser mon avantage.

— Puisque Bach est une espèce de créancier d'un Dieu toujours absent et qu'il tient lieu de tout le reste, on pourrait jouer quelque chose de lui le jour où toi ou moi...

Il réfléchissait à peine.

— Ce serait un peu poseur, tranchait-il, tu ne crois pas ? Pour moi, en tout cas, je préfère rien.

Ce n'était pas la peine d'insister. Il l'avait dit et redit : ni fleurs ni musique. Ni même son nom sur une pierre.

J'en viens à me demander si l'absence à son enterrement de tout rituel, de tout chant, de toute parole liturgique n'est pas à l'origine de ces quelques pages que j'écris à la mémoire de Romain. Vanité pour vanité, fariboles pour fariboles, échange prières importunes contre souvenirs épars et monument funéraire contre ouvrage genre roman. Il ne voulait rien du tout et je lui donne des mots.

En septembre 42, avec le groupe de chasse Normandie, il quitte la Syrie pour gagner, par l'Iran, en avion et en train, le territoire de l'U.R.S.S. De Rayak, en Syrie, à Bakou, puis à Ivanovo, au nord-est de Moscou, où l'entraînement se poursuit sur des Yak 7, et enfin à Kalouga, sur le front, six bons mois s'écoulent. Le commandant Pouliquen passe ses pouvoirs au commandant Tulasne. Quand Tulasne sera porté disparu au cours d'un combat aérien en été 43, le commandant Pouyade prendra la direction. La première victoire aérienne du groupe est remportée en avril 43 : un avion allemand est abattu par deux Français. Un mois plus tard, le maréchal Keitel, à la tête de l'Oberkommando der Wehrmacht, signe un ordre stipulant que tout pilote français tombé sur le front russe entre les mains des Allemands devra être fusillé. Quand l'hiver arrive, la formation Normandie, qui compte alors soixante-douze victoires et à qui le général de Gaulle a conféré l'ordre de la Libération, se replie sur Toula, au sud-ouest de Moscou, avec ses six pilotes survivants.

Au début de 1944, le groupe est renforcé d'une quatrième escadrille. Sa transformation en régiment et son intégration dans la 303ᵉ division aérienne soviétique marquent le début de la deuxième campagne qui se déroule en Russie Blanche. En novembre 44, le régiment reçoit de Staline, en témoignage de reconnaissance, le nom de « Normandie-Niémen ». Au terme de la troisième campagne, qui s'achève en Allemagne, près de neuf cents combats auront été livrés en quatre mille heures de vol. Plus de quarante pilotes sur une centaine auront été tués. Plus de deux cent cinquante victoires auront été remportées.

Romain ne parlait pas volontiers des cinq années qu'il avait passées en Angleterre, en Syrie, en U.R.S.S. et en Allemagne entre dix-sept et vingt-deux ans. Il fallait le harceler pour qu'il consente à prononcer le nom de Normandie-Niémen, formation française de chasse engagée sur le front germano-russe entre 1942 et 1945, titulaire de sept citations à l'ordre de l'armée soviétique, titulaire des ordres du Drapeau rouge et d'Alexandre Nevski, titulaire de la Légion d'honneur, de la médaille militaire et de la croix de la Libération. Le peu que j'ai pu savoir de Normandie-Niémen, ce n'est pas de lui que je l'ai appris. J'ai dû aller le chercher dans des livres et auprès de ses camarades survivants, Roland de La Poype et les autres. Quand je l'interrogeais avec avidité sur ce fragment d'épopée qu'il avait contribué à écrire, il se mettait à rire, et il se taisait. Si j'insistais encore, au risque de l'irriter, il murmurait entre ses dents qu'il n'y avait pas grand-chose à raconter et qu'il avait été très heureux.

Je lui demandais s'il était devenu communiste à force de vivre avec des Soviétiques.

— Communiste ? Bien sûr que non. J'ai beaucoup aimé les Russes, qui étaient courageux et qui se battaient pour leur pays. Ceux au moins qui m'entouraient, je ne suis même pas certain qu'ils aient été très attachés au marxisme-léninisme ni à l'Internationale communiste : ils s'en moquaient plutôt. Ils étaient russes.

J'ai toujours connu Romain très éloigné des débats politiques qui passionnaient les Français. Peut-être était-ce dû à son séjour en Union soviétique ? Il sortait d'un milieu conservateur, imprégné d'Action française, très hostile au communisme. Une pente naturelle aurait pu le mener vers Pétain et Vichy. Mais il avait rencontré le général de Gaulle, il était devenu gaulliste et il avait combattu aux côtés des Soviétiques. Une espèce d'ébranlement s'était produit en lui. Toute sa vie, il garderait au Général une fidélité à toute épreuve et, toute sa vie, la politique lui paraîtrait un jeu ambigu et inconséquent où les ennemis d'hier se changent en amis d'aujourd'hui avant de redevenir les ennemis de demain et où personne ne peut jamais répondre des conséquences de ses choix.

— Les mathématiques, disait-il, sont une science exacte où on ne sait jamais de quoi on parle ni si ce qu'on avance est vrai. La politique répond à la même définition, avec cette différence que la politique n'est même pas une science exacte.

Et il donnait pour exemples la France acharnée à renforcer la Prusse au détriment de l'Autriche ou les gens de Samarkand qui vivaient dans la terreur des invasions chinoises et qui, un beau matin, voient surgir de nulle part des conquérants inconnus qui sont vêtus de blanc et ne ressemblent pas aux Chinois de leurs cauchemars : les Arabes.

De tous les Français de Normandie-Niémen, c'était peut-être Romain qui avait noué avec les Russes les liens les plus étroits. Par les femmes d'abord, évidemment. Quand j'avais demandé à Romain comment il avait fait pendant quatre ans, de dix-huit à vingt-deux ans, pour se passer de femmes, il m'avait répondu :

— Il y a deux règles. La première est qu'on s'en passe très bien. Que font les moines, les marins, les explorateurs, les soldats ? Ils se portent à merveille. La seconde règle, qui, évidemment, contredit la première, est qu'il y a de jolies personnes partout.

À Toula, le rôle de la jolie personne fut joué par une certaine Tamara. Elle était attachée au mess des officiers et elle prendra le relais de Molly, la Londonienne. Elle était ukrainienne, charmante, plutôt potelée avec deux fossettes sous les pommettes haut placées, et un peu cuisinière. Romain était très beau. Il le savait. Il s'en moquait. Et il s'en servait. Il n'avait pas pour ambition de faire de sa vie une œuvre d'art. Mais il avait le génie de la transformer, dans les circonstances les plus difficiles et en apparence les plus hostiles, en un perpétuel instrument de plaisir. Les hommes de plaisir sont souvent haïssables. Romain s'en tirait bien : irritant pour beaucoup, il était pour Tamara un héros de plaisir.

Le problème était que Tamara, qui comprenait un peu l'allemand, ne parlait pas un mot de français.

Et Romain, dont l'anglais était la seconde langue, ne savait pas le russe. Ils s'entendirent très bien tous les deux, avec des rires et des gestes. Et, jour après jour, dans les longues soirées de l'hiver russe qui rendait impossible toute sortie aérienne, Romain apprit le français à Tamara et Tamara apprit le russe à Romain. Ce fut un amour linguistique.

Inventée par Romain, la formule n'avait pas échappé à Victor Laszlo et je ne serais pas étonné qu'elle fût un des motifs inavoués de sa présence au cimetière. Il l'avait cueillie au vol dans un dîner où Romain, éméché, avait, pour une fois, parlé de Toula et de Tamara. Sans jamais reconnaître sa dette, Laszlo en avait fait la matière d'une série de cinq cours à l'École normale de la rue d'Ulm sur « Éros glossophile : une épiphanie sémiophore ». Sur le thème de la langue et l'amour, de la langue de l'amour, de l'amour de la langue, de la langue dans l'amour, de l'amour dans la langue, il avait joué sans se lasser sur le double sens du mot langue et sur un mélange, dosé avec science, d'érotisme, d'érudition et de subtilité verbale. Le succès de l'entreprise avait été considérable. *Le Monde des livres* lui avait consacré une longue et savante étude sous le titre : « Que faites-vous de votre langue ? » *Libération* s'était fendu d'une double page intitulée : « Tirez un coup ! tirez la langue ! » Dans le cadre d'une enquête sur « La grande misère de l'Université » à laquelle collaboraient plusieurs membres de l'Institut — et d'ailleurs moi-même —, *Le Figaro* avait publié un encadré de quelques lignes transparentes et vengeresses : « De qui se moque-t-on ? »

Tamara avait fui l'Ukraine envahie par les Allemands. Dès que Romain et elle furent en mesure d'échanger quelques mots, elle lui raconta des choses qu'elle avait tues depuis plus de deux ans et qu'elle ne pouvait dire qu'à lui parce qu'il n'était pas russe. Les Ukrainiens supportaient avec difficulté le joug très lourd de Moscou. Ils avaient reçu la Wehrmacht sans beaucoup d'hostilité et plutôt avec des sentiments qui allaient de l'indifférence au soulagement et parfois à l'enthousiasme. Les Allemands eux-mêmes avaient été surpris de cet accueil qui avait contribué à la rapidité de leur avance. En quelques mois, la brutalité de l'occupant avait renversé la situation. En Russie Blanche, sur une population d'une dizaine de millions d'habitants, un million de personnes furent massacrées, d'abord les Juifs, puis les partisans. Un million de maisons furent détruites. En Ukraine, qui comptait quelque cinquante millions d'habitants, où avait été constituée une division de Waffen-SS ukrainiens, où quelques milliers d'hommes de l'armée nationale relevaient de la Wehrmacht et où une armée insurrectionnelle luttera pendant des années à la fois contre les Allemands et contre les partisans soviétiques, il y eut entre six et huit millions de morts. Et deux millions d'hommes furent déportés en Allemagne au titre du travail forcé. Un jour, en veine de confidences, Romain me raconta que Tamara, impatiente de se faire comprendre de ce compagnon qui parlait si mal le russe, traçait du bout des doigts le nombre des morts dans la neige avec une croix derrière les chiffres. Et, devant l'air effaré du Français, elle riait dans ses larmes.

Ce n'était pas seulement avec les femmes que s'était lié Romain. Il avait beaucoup d'amis à tous les échelons de l'armée soviétique. Les Russes l'avaient adopté et ce furent eux, à vrai dire, mécaniciens ou lieutenants, parfois même un commandant que le seul nom de Paris faisait rêver, qui lui apprirent à piloter sur des Yak 9 ou 3. À la fin de 44, au début de la campagne de Prusse, les Français de Normandie-Niémen abattirent en une seule journée entre vingt et trente avions ennemis sans subir une seule perte. Romain, à lui seul, avait deux victoires à son actif. On fêta l'événement à grands coups de vodka. Tout le monde était là, y compris Tamara. Plusieurs Soviétiques se mirent à boire de l'eau de Cologne que leur avaient donnée les Français. Romain tenait l'alcool quand il le fallait. Pendant que beaucoup roulaient à terre parmi les Russes et les Français, Romain et un colonel soviétique qui devait rejoindre le lendemain le maréchal Joukov continuaient avec obstination à échanger des toasts à la santé de la France, de la Russie, du maréchal Staline, du général de Gaulle, et à la santé l'un de l'autre.

Quelques mois plus tard, au-dessus d'une plaine d'Allemagne où se déroulait une bataille de chars en bordure de forêt, Romain, à nouveau, abattit coup sur coup deux avions ennemis avant d'être touché lui-même par une rafale de mitrailleuse. Le moteur en feu, son appareil piqua en vrille vers le sol. Au dernier instant, il sauta. À quelque distance de lui, son avion explosait. Déclenchement. Roulé-boulé. Il se retrouva à terre, tâtant ses membres, sans autre blessure qu'une estafilade au bras gauche, d'où coulait un filet de sang. Il se banda le bras à la hâte. Il n'avait pas fini de plier son parachute qu'un ronflement le surprit. Il se retourna, aux aguets : un char soviétique en pleine action passait lentement auprès de lui. De la coupole ouverte il vit tomber un corps sans vie. Il regardait immobile, l'air absent, reprenant son souffle, encore sonné par sa chute quand le pilote du char, d'un geste vif, lui fit signe de grimper. Il obéit. Il ne mit pas longtemps à comprendre ce que l'autre attendait de lui. Remplaçant le serveur qui venait d'être tué, il commença à tirer sur un groupe de chars allemands aux prises avec les Russes. Il en toucha au moins un.

Quand la bataille s'acheva par la retraite de l'ennemi, Romain enleva son casque et cria au Russe qui l'avait fait monter :

— *Franzouski !*

Le chef de char leva le pouce.

La formation de chars roula encore quelque temps. Elle finit par parvenir dans un gros bourg à moitié détruit où régnaient beaucoup d'agitation et un joyeux désordre. Grâce aux leçons de Tamara, Romain ne tarda pas à apprendre où il était tombé : au siège de l'état-major de la VIIIe année de la Garde.

Un colonel se précipitait vers Romain, le serrait dans ses bras, l'embrassait sur la bouche. C'était le colonel soviétique avec qui, quelques mois plus tôt, il avait bu vodka sur vodka. Le colonel l'entraînait, le prenait par le bras blessé, lui arrachait un cri de douleur, lui faisait traverser tout un groupe d'officiers supérieurs qui discutaient entre eux, le poussait dans un bureau où un personnage était assis derrière une table couverte de cartes. Romain, qui ne l'avait jamais vu, le reconnut aussitôt : c'était le maréchal Joukov qui commandait toutes les forces de la Ire armée de Russie Blanche.

À l'entrée de Romain, le maréchal, qui avait évidemment été prévenu de l'arrivée d'un pilote aux victoires à répétition, se leva et s'avança. De taille moyenne, massif, le regard bleu-gris, il resta un instant immobile à observer le Français qui le saluait, le bras gauche plein de sang. Puis il ouvrit les bras et, à son tour, à la russe, il l'embrassa sur la bouche.

Il recula d'un pas, dit quelques mots en russe que Romain ne comprit pas, prit une décoration sur sa large poitrine — c'était l'Étoile de l'ordre pour la guerre patriotique, 1re classe — et l'agrafa sur la vareuse de Romain soudain épuisé, au bord de l'évanouissement et au garde-à-vous.

Il retourna derrière son bureau, s'assit et demanda à Romain s'il comprenait le russe.

— *Da russki ni poni mai*, répondit Romain avec un accent exécrable.

Le maréchal sourit et se mit à parler français. Il dit à Romain qu'il savait ce que les Français de Normandie-Niémen et lui-même Romain avaient accompli au cours de la grande guerre patriotique sur le point d'entrer dans sa phase finale. Il le félicita de sa valeur et de ses succès et lui demanda son grade dans l'armée française.

— Lieutenant, monsieur le maréchal, répondit Romain toujours au garde-à-vous.

Joukov se tourna vers l'aide de camp derrière lui et murmura à nouveau une phrase ou deux en russe que Romain ne comprit pas mieux que les premières. Il revint au français et se pencha en avant, appuyant les poings sur la table.

— Pourquoi le maréchal Foch à la tête de l'armée française n'est-il pas entré dans Berlin en 1918 ? lui lança-t-il tout à trac. J'ai posé la question à son petit-fils. Je la pose à vous, qui êtes français vous aussi.

Romain écarquilla les yeux et écarta légèrement les bras en signe d'impuissance.

— Moi, dit Joukov, j'irai à Berlin.

— Oui, monsieur le maréchal, dit Romain.

— Nous irons ensemble, dit-il en se levant et en flanquant une bourrade à son interlocuteur, sur son bras droit heureusement.

— Oui, monsieur le maréchal, répéta Romain, immobile.

— Et après, dit Joukov, j'irai jusqu'à Brest.

Romain ne comprit pas tout de suite. Un instant, il pensa que le maréchal parlait de Brest-Litovsk, qui était loin derrière eux. Joukov vit dans l'œil de Romain une lueur d'égarement.

— Jusqu'à Brest en Bretagne, cria-t-il en frappant sur la table.

Pendant quelques secondes, Romain resta muet de saisissement. Tout tournait autour de lui. Et puis, toujours au garde-à-vous, il répondit :

— C'est bien loin, monsieur le maréchal.

Joukov éclata de rire.

Romain, à bout de forces, tomba évanoui sur le sol.

Les roses étaient distribuées. Le plus dur était à venir. Les hommes du fourgon s'approchaient et prenaient place aux quatre coins de la lourde caisse de bois. Je n'osais plus penser à lui qui était couché là-dedans. Dix jours plus tôt, nous étions sortis dîner tous les deux et nous avions beaucoup ri. Nous étions allés au Voltaire, sur les quais, en face du Louvre, pas très loin de Gallimard. Nous avions pris des œufs à l'oseille et deux chateaubriands béarnaise. Nous avions bu un bordeaux, toujours le même. Il portait la cravate de tricot noir qui ne le quittait jamais. Il sentait vaguement l'eau de Lanvin. J'avais connu deux personnes qui laissaient derrière elles le même signal immuable qui les identifiait. L'une était Pierre Brisson, dont le bureau du Rond-Point embaumait l'eau de Lanvin. Et l'autre était Romain. Nous avions parlé de Mitterrand, de deux ou trois articles qui nous avaient frappés par leur drôlerie ou leur stupidité, d'Ava Gardner dans *Pandora*, de

Gene Tierney dans *Laura*, du dernier livre de Le Quémenec où il y avait une bourde à la première page, du *Journal* de Jules Renard et de celui d'André Gide, qui n'aimait pas Renard. Pour respecter les rites, nous avions échangé les recettes acides de Renard qui nous servaient de mots de passe : «Une fois que ma décision est prise, je balance longuement» ou «Le succès des autres m'ennuie, mais moins que s'il était mérité».

Nous savions bien que tout cela appartenait à un théâtre fragile dont nous étions les acteurs pour une série limitée de représentations. Que le temps passait. Que l'avenir arrivait. Mais parce que nous étions amis et que nous étions contents de l'être, nous nous laissions aller à penser — nous savions que ce n'était pas vrai, mais nous faisions comme si — que les choses allaient longtemps rester ce qu'elles étaient. Et puis Romain était mort et tout s'était écroulé, comme tout s'écroule toujours. Je n'irai plus jamais dîner nulle part avec lui.

Qu'est-ce que c'était que ce monde où rien ne nous est jamais donné que pour nous être retiré ? Dalla Porta assurait que les mécanismes de l'univers étaient réglés avec une rigueur et une minutie merveilleuses. Ceux de la vie n'étaient pas mal non plus. Une cruauté subtile les avait mis au point : ils fournissaient du bonheur pour vous en donner une idée avant de vous en priver. Ils permettaient aux cœurs de s'attacher pour mieux les faire souffrir de leur séparation. Les sanglots secouaient Marina qui enfouissait sous ses mains un visage à l'envers. De grosses larmes coulaient sur les joues trop fardées et flétries par le temps de Margault Van Gulip.

La catastrophe emprunta les traits d'un futur candidat républicain à la présidence des États-Unis qui devait se faire battre successivement par Roosevelt et par Truman : Thomas Dewey. Dewey avait une petite moustache drue, des cheveux coiffés avec soin et une solide aversion pour les gangsters et leurs souliers à bout pointu. Quand, pour rassurer les électeurs qui commençaient à croire que le pays était aux mains des gangsters, il fut nommé procureur spécial en charge du crime organisé, le rideau se leva. Lucky Luciano, à cette époque — c'était au début de 1936 —, vivait sous le nom de Mr. Ross au Waldorf Astoria, chambre 39 D. C'est là qu'il recevait Meg — parmi beaucoup d'autres — quand elle venait le voir à New York.

Avec son ami Meyer Lansky, qui cultivait avec soin ses millions de dollars dans un anonymat sans la moindre paillette, Lucky Luciano était alors l'un des hommes les plus puissants d'Amérique. Il était aussi l'un des plus flamboyants. Il ne contrôlait pas seulement les docks de New York, il était en même temps un des rois de la nuit. Tous les soirs, on le voyait dans les endroits à la mode en compagnie de filles plus spectaculaires les unes que les autres. La plus belle était Meg.

Beaucoup de gangsters — Al Capone, à Chicago, par exemple — avaient été coincés pour fraude fiscale. Dewey décida de faire tomber Luciano sur la prostitution. Le procureur avait installé ses bureaux dans la tour du Woolworth Building. Un beau soir d'hiver, une rafle monstre dans les rues chaudes ramena au Woolworth Building des centaines de filles, de sous-maîtresses, de maquereaux, de tenanciers de bar. Pendant des heures et des heures, Dewey les interrogea en tête à tête, l'un ou l'une après l'autre. Un nom revenait toujours dans les aveux des prostituées épuisées : c'était celui d'un certain Mr. Ross, qui habitait au Waldorf Astoria. Dewey, qui avait déjà sa petite idée, n'eut pas beaucoup de peine à identifier Mr. Ross avec Lucky Luciano. Quand les hommes du F.B.I. vinrent l'arrêter au Waldorf, il était avec Meg.

— Qui c'est, celle-là? demanda un flic.

— Pas touche, répondit Luciano. C'est la femme de Malone. Elle s'occupe de nos œuvres.

— On l'embarque, dit le flic.

Malone, un immigré italien, était l'avocat de la Mafia et de Lucky Luciano. Il était louche, célibataire, un peu gras et payé à la fois par la police et par le milieu. Meg, qui aurait pu être poursuivie pour complicité de proxénétisme et qui ne l'avait jamais vu, l'épousa le surlendemain à Las Vegas et ne fut pas inquiétée. Au terme d'un procès de trois semaines, Lucky Luciano, qui avait été mouillé — et acquitté — dans des affaires de vol, de chantage, de contrebande, de drogue, de racket et de meurtre, fut déclaré coupable par le jury sur les cinq cent cinquante-huit chefs d'accusation préparés avec soin par le procureur fédéral et condamné pour proxénétisme à une double peine de trente et cinquante années de réclusion criminelle.

— Des peines qui, l'une dans l'autre, aboutissent pratiquement à la perpétuité, c'est quand même beaucoup, dit-il à Meg, pour un délit qui n'a rien à voir avec tout ce que j'ai pu faire.

Mrs. Malone, qui ne passa pas une seule nuit, autant que je sache, sous le même toit que Mᵉ Malone, se montra d'un dévouement à toute épreuve pour le client de son mari. Elle fut la meilleure des collaboratrices de tout le bataillon d'avocats que Meyer Lansky lança à la rescousse du condamné. Elle allait le voir dans sa prison, elle lui apportait son courrier et les plats qu'il aimait, elle lui remontait le moral et se faisait l'écho pour lui de la rumeur du monde. Attachés l'un et l'autre à la démocratie et au pays d'accueil dont ils tournaient les lois, Lucky Luciano et Meyer Lansky étaient très hostiles au nazisme et au fascisme. Parce que lui et les siens avaient été chassés de Sicile, Luciano était l'ennemi de Mussolini. Parce qu'il était l'ami de Meyer Lansky, il était l'ennemi des nazis. L'un du fond de sa cellule, l'autre dans les repaires où il se terrait s'inquiétaient des événements qui se déroulaient en Europe.

En février 42, deux mois après Pearl Harbor et l'entrée en guerre des États-Unis, le paquebot *Normandie*, sur lequel Meg avait si souvent voyagé et sur lequel elle avait connu plus d'une aventure passagère, réquisitionné par l'année américaine et transformé en transport de troupes, prit feu alors qu'il était à quai sur l'Hudson River. Les sous-marins allemands avaient déjà coulé une bonne centaine de navires marchands dans l'Atlantique. Les services secrets s'inquiétèrent. Ils se demandèrent s'il s'agissait d'un sabotage et ouvrirent une enquête. Ils entrèrent en contact avec des dockers influents qui portaient pour la plupart des noms italiens. Les renseignements recueillis menaient tous vers Meyer Lansky. Meyer Lansky, consulté à son tour, déclara qu'un seul homme, à sa connaissance, était capable de faire face à la situation. C'était Lucky Luciano — et il était en prison.

Le F.B.I., bien informé, se tourna vers Me Malone — et d'abord vers Mrs. Malone. Elle mit des conditions à sa coopération. Elles furent toutes acceptées sur instructions personnelles du président Roosevelt qui plaçait le sort de la guerre au-dessus des histoires subalternes de gangsters. Lucky Luciano fut

installé dans une cellule plus confortable et béné-
ficia d'un régime de faveur. Il put communiquer
comme il voulait avec son avocat et avec la femme
de son avocat qui étaient autorisés, l'un et l'autre,
ensemble ou séparément, à venir passer la nuit avec
lui. Mrs. Malone, qui était si charmante, partagea
son temps entre la fréquentation de la prison et celle
des membres du gouvernement, entre les gangsters
et les officiels. Elle faisait passer les messages dans
un sens et dans l'autre. À New York et à Washington, à Miami, à Hollywood, où se tournaient les
chefs-d'œuvre de Capra ou de Lubitsch contre la
dictature nazie, on l'aperçut plus d'une fois en compagnie de Sumner Welles ou de Cary Grant.

Quand Churchill et Roosevelt se rencontrèrent à
Casablanca, en janvier 43, au lendemain de Stalingrad, pour discuter de la conduite de la guerre et du
débarquement en Sicile, elle faisait partie, avec le
titre d'assistante personnelle du secrétaire d'État, de
la délégation américaine. À l'issue d'un dîner, elle
fut présentée au Premier ministre de Sa Majesté, qui
ne sembla pas insensible à sa grande séduction. Le
général de Gaulle était là aussi, en même temps que
Giraud. À l'un de ses collaborateurs qui lui demandait ses sentiments à l'égard de la maîtresse d'un
gangster notoire qui était aussi la femme d'un avocat marron, le Général répondit :

— Par des voies détournées, qui rappellent, d'un
peu loin, celles de la Providence, Mme Malone
apporte à la cause commune une contribution originale à laquelle elle ajoute, non sans charme, un
cachet bien français — et je l'en félicite.

Luciano, en échange, par l'entremise de Meg et
par celle de Lansky, transmettait ses ordres aux *capi*
des dockers. Bientôt, sortant de sa retraite volon-

taire et de sa semi-clandestinité, Meyer Lansky, flan-qué, pour plus de prudence, de son avocat, Me Malone, et de la femme de celui-ci, put se présenter, dans un immeuble sous haute surveillance de Church Street, à Manhattan, aux chefs des services secrets de la Marine — les James Bond américains — et leur déclarer :

— Je peux vous promettre une chose : il n'y aura pas d'agents nazis dans le port de New York et les sous-marins allemands ne parviendront pas à s'y glisser.

À la tête d'une fortune de plusieurs milliards de dollars, inculpé à plusieurs reprises de fraude fis-cale et toujours acquitté, Meyer Lansky tentera de se réfugier en Israël d'où il sera expulsé par Mme Golda Meir qui prononcera des paroles devenues célèbres : « Pas de Mafia en Israël ! » Il achèvera sa vie en petit bourgeois de Floride, écrasé de dollars, oublieux du passé et plutôt apeuré, qui va promener son chien, le soir, en compagnie de veuves de pétroliers et d'an-ciennes actrices happées par l'anonymat, dans les avenues du quartier. Une crise cardiaque l'achèvera à Miami en 1983, à l'âge de quatre-vingt-un ans. Margault Van Gulip se rendit à ses obsèques. Il avait réalisé le rêve suprême de tout gangster de haut vol : il était mort de vieillesse.

Quand l'état-major américain établit ses plans d'in-vasion de la Sicile, deux personnes extérieures furent mises dans le secret : l'une était Lucky Luciano ; l'autre, Mrs. Malone — mais non son mari, l'avocat.

— Dear Meg, lui dit le général Eisenhower, je compte de votre part sur un silence absolu, même à l'égard de votre mari.

— Dear Dwight, lui répondit Meg, mon mari n'est pas un problème. C'est tout juste si j'échange dix mots par semaine avec lui. Plus sérieusement : je vous promets de ne rien dire à personne — ni même à mon amant.

— Ah ! dit le général, lui, c'est sans importance : il est déjà au courant.

— Ce n'est pas de celui-là que je parle, reprit Meg.

Du fond de sa prison, qui était devenue presque coquette, Lucky Luciano déborda d'activité. Comme Siméon le Stylite du haut de sa colonne, il correspondait avec tout ce qui comptait. Il alerta ses amis dans les villages les plus reculés de Sicile. Il dessina pour les services de renseignements de l'armée des cartes détaillées de l'île et il demanda aux siens, là-bas, d'être prêts à accueillir les troupes américaines et à les guider dans les labyrinthes siciliens. Et puis, il remua ciel et terre pour être libéré et pour conseiller lui-même, sur place, les opérations de débarquement. Il envoya Meg voir Clark, Marshall, Patton, à nouveau Eisenhower et Sumner Welles en personne. Elle dépensa des trésors d'énergie et de charme. En vain. Il ne fut pas libéré. Le refus du gouvernement ne le découragea pas. En échange d'une promesse d'amnistie générale, qui fut respectée avec rigueur, il indiqua aux services secrets tout l'organigramme de la Mafia sicilienne, de sa centaine de familles, de ses milliers d'affiliés et il mit à leur disposition une formidable organisation criminelle qui ne le cédait qu'à celle qu'il avait longtemps dirigée aux États-Unis mêmes avec Meyer Lansky.

Un an après la victoire finale, en 1946, la demande de mise en liberté présentée par Meg Malone au nom de Luciano fut enfin prise en considération et visée par Thomas Dewey. Lucky Luciano fut libéré sur parole et expulsé en Italie où, richissime retraité qui pourrait fournir matière à un roman prodigieux, il succombera, quinze ou vingt ans plus tard, comme son ami Meyer Lansky, à une crise cardiaque. La séparation entre l'ex-Mrs. Malone, divorcée de son mari depuis quelque temps déjà, et Lucky Luciano intervint alors que l'ancien patron des dockers de New York était encore en prison. Tout se passa très simplement et, de part et d'autre, sans la moindre affectation. Quelques années plus tard, l'ancien mari de Meg, l'avocat de la Mafia, était assis dans un fauteuil, le visage couvert de mousse, en train de se faire raser par son barbier, quand il vit dans le miroir devant lui deux personnages vêtus de noir et chapeau sur la tête entrer dans la boutique, revolver à la main. Il n'eut pas le temps de dire ouf. Ils ouvrirent le feu et le tuèrent, faisant une veuve qui s'en fichait.

Les quatre hommes se baissèrent et soulevèrent le cercueil qu'ils posèrent sur leur épaule. La foule s'écarta. Ils passèrent lentement tous les cinq, les quatre hommes et le mort, entre les deux haies de larmes qui se formèrent d'elles-mêmes sur le passage du cortège. On entendait dans le silence les pas hésitants des porteurs de cadavre. Ils quittèrent l'allée où le cercueil avait été exposé pour emprunter un chemin qui menait, entre les tombes, à un trou étroit qu'on avait creusé dans la terre. Sans monument, sans pierre, sans inscription, sans rien. Ils déposèrent le cercueil sur le bord du trou et, se relevant après l'effort, ils attendirent à nouveau. Qu'attendaient-ils ? On ne sait pas. La tension et la douleur étaient aussi palpables qu'un objet matériel. Tout le monde se taisait. Personne ne regardait personne. Écrasée de chagrin, la foule flottait sur le fil entre absurde et mystère. On entendit un bruit d'animal pris au piège : c'était Béchir qui pleurait.

La cérémonie fut très simple et très gaie. Le charme de Romain avait encore frappé : le maréchal Joukov s'était coiffé du Français qui comptait douze victoires. Avec l'autorisation du commandant Pouyade, soucieux des bonnes relations entre Français et Russes, il l'avait pris auprès de lui à l'état-major de la Ire armée de Russie Blanche. Un matin de printemps, de bonne heure, déjà sur le territoire allemand, un peu après le franchissement de l'Oder, le drapeau rouge fut hissé devant les troupes rassemblées. Il y eut des discours et des remises de décorations : Drapeau rouge, Étoile rouge, ordre de la guerre patriotique de 2e classe, ordres de Souvorov ou d'Alexandre Nevski. Les choses traînaient un peu en longueur lorsque Romain, mêlé aux officiers soviétiques, vit apparaître le maréchal Joukov, acclamé par ses hommes. Le maréchal réclama le silence, prononça quelques mots et remit lui-même une douzaine de croix de l'ordre de la guerre patriotique, 1re classe. Et puis, il se pencha vers un aide de camp, fit un signe de la main et sur un mât voisin de celui où flottait le drapeau rouge fut hissé le drapeau français.

— Tu me croiras si tu veux, me dit Romain la seule fois où il me parla de l'événement, mais ça m'a fichu un coup.

Il reçut encore un autre coup en voyant s'installer auprès de lui un petit groupe de camarades français parmi lesquels Marcel Albert, Roland de La Poype, Jacques André, Marcel Lefèvre qui avaient déjà obtenu les plus hautes distinctions soviétiques. Et un coup encore en apercevant dans la foule des nouveaux arrivants le visage radieux de Tamara.

— J'avais une boule dans la gorge, me dit-il.

Le maréchal donna lecture du décret du Présidium du Soviet Suprême de l'U.R.S.S. qui accordait à Romain le titre de héros de l'Union soviétique. Des applaudissements éclatèrent. Romain s'avança vers Joukov qui l'embrassa sur la bouche.

— C'était nerveux, me dit-il.

Romain sursauta en entendant son nom précédé — la surprise était complète — du titre de *podpolkovnik*. Un *podpolkovnik* était quelque chose comme un lieutenant-colonel. Le cadeau arbitraire et d'une partialité révoltante de Joukov valut à Romain, quelques années plus tard, en France, de passer devant une sorte de tribunal militaire, intermédiaire entre une cour martiale et un conseil de discipline. Il s'agissait de régler la situation exorbitante d'un lieutenant d'aviation élevé, à titre étranger, au rang de lieutenant-colonel. La cour trancha la poire en deux : en considération de ses mérites, et avec une mise en garde qui frôlait l'avertissement, Romain fut nommé commandant.

Ce qui toucha le plus Romain, c'est que le nouveau *podpolkovnik* fut chargé par le maréchal de distribuer lui-même quelques décorations à des militaires soviétiques. Un Français décernant sur le front germano-soviétique des médailles russes à des Russes : le spectacle n'était pas banal. Quelque chose se noua dans la poitrine de Romain quand il vit surgir devant lui le dernier uniforme sur lequel il devait agrafer une étoile : c'était Tamara. Sous un tonnerre d'applaudissements, il l'embrassa sur la bouche.

Deux semaines plus tard, au titre de héros de l'Union soviétique, Romain fut invité à se rendre à Moscou. Transports, hôtel, restaurants, tous les frais étaient payés. La neige fondait. La Moskova brisait ses glaces. Romain passa à Moscou quelques jours délicieux en compagnie de Tamara qui avait demandé et obtenu une permission. La main dans la main, ils visitèrent le Kremlin, les églises de l'Assomption, de l'Annonciation, de l'Archange-Saint-Michel, la place Rouge et la cathédrale Saint-Basile, le mausolée de Lénine, se promenèrent le long du fleuve et dans le cimetière de Novodvichi, poussèrent jusqu'à Zagorsk et à ses monastères qui émurent Tamara jusqu'aux larmes et la précipitèrent dans un semblant de crise mystique. Romain fut obligé pour la calmer de la prendre longuement dans ses bras.

Le surlendemain, ils décidèrent de passer la soirée au Bolchoï. À l'affiche : *Roméo et Juliette* de Prokofiev. Quand ils se présentèrent au guichet, on leur déclara que toutes les places étaient déjà louées et que la salle était pleine. Tamara parlementa avec les employées. Elles appelèrent un contrôleur qui appela le directeur. Le directeur était un vieil homme aux cheveux blancs, d'une courtoisie raffinée. Il s'entretint quelques instants avec Tamara et invita les deux jeunes gens à le suivre. Il les installa en coulisse et, avant le lever du rideau, il s'avança sur le devant de la scène et s'adressa au public.

— Camarades, dit-il, la direction du théâtre Bolchoï vous remercie de votre présence et de votre fidélité. J'espère que ce soir encore vous apprécierez le spectacle qui va vous être présenté. Je ne serai pas long : j'ai une information à vous communiquer et une requête à vous présenter. L'information : nous avons parmi nous ce soir un aviateur français qui combat sur le front avec nos troupes et à qui son courage a valu le titre de héros de l'Union soviétique. La requête : la salle est pleine, il n'y a plus une seule place libre, deux d'entre vous accepteraient-ils de céder leurs sièges au héros et à son amie soviétique ? Les deux spectateurs qui voudraient bien se lever recevraient bien entendu un bon pour le soir de leur choix. Merci.

Et il s'inclina.

Il y eut un grand silence sous les ors du Bolchoï. Et puis, d'un seul élan, toute la salle se leva.

Les quatre hommes se baissaient, prenaient en main les cordes posées à même le sol et les fixaient au cercueil.

Romain entra à Berlin avec le gros des troupes de Joukov le 1er mai 45. Il était habillé de façon invraisemblable : des bottines américaines aux pieds — elles lui avaient été données par un officier américain qui venait de Torgau, sur l'Elbe, où Russes et Américains avaient fait leur jonction —, il avait gardé son pantalon d'aviateur français et il portait une vareuse et un bonnet soviétiques, avec les insignes de *podpolkovnik*, l'ordre du Drapeau rouge et l'Étoile pour la guerre patriotique de 1re classe.

Devant la porte de Brandebourg, il regarda le ciel et les ruines autour de lui et il respira un grand coup.

— Je suis à Berlin, se dit-il. La guerre est finie et nous l'avons gagnée.

Une bouffée de bonheur l'envahit. Elle était mêlée d'accablement. Romain n'aimait pas la guerre. Il la faisait parce qu'il fallait la faire. Mais il ne l'aimait pas. Il l'avait faite contre des gens qui l'aimaient et qui étaient responsables du désastre où ils avaient entraîné leur pays, et beaucoup d'autres en même temps. En ce jour d'ivresse où il touchait au but, et des millions d'hommes avec lui, il se souvenait des horreurs en Ukraine et en Russie Blanche dont lui avait parlé Tamara, de toutes celles dont l'écho était parvenu jusqu'à lui et de celles dont lui-même avait été le témoin. C'était une masse de souffrances inouïe, un chant de mort qui n'en finissait pas. De Molly à Tulasne, il était entouré depuis cinq ans de corps mutilés et sans vie. Sa jeunesse était faite de cadavres et de larmes. Il avait pris la guerre avec une sorte d'inconscience et presque avec gaieté parce qu'il était très gai lui-même et ennemi de tout ce qui pèse, ennemi de la grandiloquence et de la pompe funéraire. La vie n'était pas gaie. Le monde était sinistre. Il était épouvanté de ce que les hommes si misérables étaient capables de faire.

L'horreur était partout. Elle était dans les deux camps. Quelques jours plus tôt, une demi-douzaine d'officiers soviétiques lui avaient proposé de venir chasser avec eux. Il avait accepté et il avait éprouvé un sentiment étrange à se promener en Poméranie sans le moindre souci, sans se tenir sur ses gardes, un fusil sous le bras : les cibles vivantes sur lesquelles il tirait ne risquaient pas de répliquer. Les chasseurs, sur leur chemin, avaient croisé un cortège étonnant : des chameaux chargés d'armes et de ravitaillement, menés par des conducteurs tatars ou mongols, venus des steppes d'Asie centrale, des Républiques musulmanes, pieds nus dans leurs sandales. Des chameaux dans les plaines de Pologne et d'Allemagne ! Romain pensa aux éléphants d'Hannibal dans les Alpes. Vers la fin de la journée, les chasseurs parvinrent à une grande et belle propriété où ils entrèrent naturellement comme chez eux et où ils aperçurent cinq corps alignés côte à côte sous un drap devant le perron : la propriétaire du lieu, qui appartenait à la vieille aristocratie militaire et prussienne, et ses quatre filles venaient de se suicider pour échapper à l'avance des troupes soviétiques.

Les cinq cadavres étaient sur le point d'être jetés dans les tombes creusées d'avance, sur les ordres de la douairière, par le vieux jardinier en larmes qui avait encore connu, bien avant la Première Guerre, dans les dernières années du siècle précédent, l'empereur Guillaume Ier et son terrible ministre : Otto von Bismarck. C'était un monde qui finissait.

Beaucoup d'ouvrières, de commerçantes, de filles de ferme avaient été violées. Romain lui-même avait assisté à plusieurs reprises à des scènes de pillage et de viol qui pouvaient passer pour des réponses aux massacres d'Ukraine et de Russie Blanche. Les débordements soviétiques dont Romain avait été le témoin duraient en général deux ou trois jours avant le rétablissement de l'ordre par des unités d'élite.

Il arrivait à la tragédie de prendre le visage de la comédie. En avril 45, après le passage de l'Oder, Romain avait rencontré un médecin militaire soviétique, rescapé de Stalingrad, qui venait de recevoir une lettre de sa femme. Le malheureux médecin était effondré et Romain avait fait ce qu'il pouvait pour le consoler tant bien que mal : sa femme le croyait mort depuis novembre 42 et elle lui annonçait la naissance de trois enfants nouveaux dont le premier seul était de lui.

Au-delà des cruautés et des malheurs de la guerre qui étaient de tous les temps et de tous les pays — les grandes invasions, les expéditions des Mongols, la guerre de Trente Ans ou les guerres de Vendée n'étaient pas non plus des parties de plaisir — s'élevait l'ombre d'un désastre obscur qui ne s'appelait pas encore la Shoah, dont l'ampleur et les mécanismes étaient encore incertains et qui allait prendre bientôt des proportions monstrueuses. Au cours de l'été 44, avec un groupe d'officiers soviétiques, Romain s'était rendu à Treblinka, à une soixantaine de kilomètres au nord-est de Varsovie, que les troupes soviétiques venaient d'atteindre. Dans les tout derniers jours d'avril, il avait rencontré l'officier américain qui lui avait donné ses bottines : les noms d'Auschwitz, de Buchenwald, de Dachau avaient été prononcés. La veille même de son entrée dans la capitale du Reich qui devait durer mille ans, il avait pu s'entretenir avec des femmes et des enfants que les Russes venaient de libérer à Ravensbrück.

— Je suis juif, se disait Romain en serrant les poings. Ma mère est juive. Je suis juif.

Après cinq ans de guerre, il s'étonnait de la légèreté avec laquelle, cinq ans plus tôt, à Marseille, il avait joué sa vie. Il lui avait fallu beaucoup de temps et d'épreuves, supportées avec gaieté tant qu'il s'agissait des siennes qui n'étaient pas redoutables, pour comprendre à quel point il avait choisi le bon camp. Fusiller des otages ou des partisans pouvait encore s'inscrire, à la triste rigueur, dans les dures lois de la guerre qui n'ont de loi que le nom. Exterminer des Juifs parce qu'ils étaient juifs et seulement parce qu'ils étaient juifs était inexpiable.

— On oublie tout, disait Romain à l'officier américain qui venait de Torgau. On oublie tout. On oublie les guerres. Mais la passion des Juifs va peser sur le monde.

Romain était heureux parce que le camp des vainqueurs auquel il appartenait était en même temps le camp de la vérité, de la justice et du bien qui l'emportait sur le mal. Il admirait Roosevelt et surtout Churchill qui, seul, abandonné de tous, voué à une mort certaine, enfermé dans son île comme dans une forteresse, avait résisté à Hitler. Il vénérait de Gaulle

207

qui, envers et contre tous, avait sauvé l'idée qu'on pouvait se faire de la France. Il respectait Staline.

Bien des années plus tard, il me racontait combien le massacre par les Allemands à Katyn de plus de vingt mille officiers polonais prisonniers l'avait bouleversé.

— C'était une preuve nouvelle — elle n'était pas nécessaire — de la sauvagerie des Allemands. Des soldats capables de ce crime étaient capables de tout. Et puis...

Il se taisait. Il faisait un geste de la main.

— Et puis... ? lui disais-je.

— Et puis, me disait-il, la vérité a commencé à filtrer. On a essayé de l'étouffer mais elle a fini par éclater. Les assassins de Katyn n'étaient pas allemands : ils étaient russes.

«Pour moi, l'affaire de Katyn a été deux fois un drame, une tragédie à double détente, un révélateur inversé. Je découvrais peu à peu les abominations des nazis. Je vivais parmi les Russes. Leur courage m'épatait. Je me suis mis à les aimer. Je n'étais pas communiste, mais j'étais tout disposé à accorder à Staline un préjugé favorable. J'ignorais tout des camps de concentration soviétiques et des millions de morts du régime. Quand les Russes m'ont parlé de Katyn, j'ai partagé leurs sentiments. Je n'ai appris que beaucoup plus tard qu'il y avait au moins un doute sur la responsabilité du massacre. À vrai dire, je n'ai pas accepté aussitôt l'idée que les Russes pourraient être coupables. Il a fallu que ce soit eux qui rétablissent la vérité et qu'ils reconnaissent leur crime eux-mêmes pour être enfin convaincu. Ç'a été pour moi un choc terrible. J'ai regardé le siècle autrement. Tout le monde mentait. Mon camp aussi était capable de tout. Je n'ai plus cru à rien. Je finissais par me demander si Truman, qui avait lancé la bombe atomique sur Hiroshima et Nagasaki, n'était pas, lui aussi, coupable de crime contre l'humanité. Sa chance était d'être vainqueur et d'avoir été plus rapide que ses monstrueux adversaires qui n'auraient pas hésité un instant, s'ils avaient pu, à en faire autant — et pis — que lui.

Il se mettait à rire. Il me tapait sur l'épaule.

— Je deviens pompeux, me disait-il. Je raconte ma guerre et mes états d'âme. N'en parlons plus. Tu le sais bien : je ne crois à rien. Ni à Dieu ni à Staline. Staline — et je m'en veux — a tenu plus longtemps.

Devant la porte de Brandebourg, Staline tenait encore. Et même mieux que jamais. Il l'avait emporté sur la plus formidable machine de guerre de tous les temps. Son ombre victorieuse s'étendait sur le monde. L'encens des peuples montait vers lui. De grands esprits l'adulaient. Les drapeaux rouges frappés de la faucille et du marteau étaient hissés un peu partout. L'armée soviétique, qui avait laissé sur les champs de bataille plus de huit millions de morts, se déployait dans Berlin occupé. Près d'un siècle après le *Manifeste du parti communiste*, vingt-cinq ans après l'assassinat de Karl Liebknecht et de Rosa Luxemburg, grâce à la victoire de Staline sur Hitler qui, quatre ans plus tôt, avait attaqué le premier avec quelque deux cents divisions, six mille chars, trois mille avions avant d'être submergé par le nombre, le communisme s'installait, la plupart pensaient pour toujours, au cœur même de l'Europe.

Romain était entré dans la ville en ruine à bord d'une voiture de commandement qui ne cessait de tomber en panne et que son chauffeur, Evgueni, réparait avec des bouts de ficelle. Les Russes avaient gagné la guerre dans des machines qui ne marchaient jamais et qu'ils faisaient rouler tout de même. La voiture lâcha à cent mètres de la porte de Brandebourg. Romain continua à pied. Le canon s'était tu. On entendait encore, de temps en temps, de rares rafales isolées : des tireurs grimpés sur les toits et qui vendaient chèrement leur peau. Au bout de quelques minutes, il tomba sur un groupe de soldats soviétiques qui bousculaient un Allemand à l'uniforme déchiré.

— Que se passe-t-il ? demanda-t-il en russe.

— Rien, répondit un sergent. On le fusille.

Romain regarda l'Allemand. Il n'était pas grand. Il était brun, avec une bonne bouille. Sous une barbe de huit jours, il semblait avoir une trentaine d'années, ou peut-être un peu plus. Il allait se coller de lui-même contre ce qui restait d'un mur et attendait avec calme l'ordre de faire feu et la rafale finale.

— Il avait une arme, dit le sergent. Et il s'en servait.

Et il brandissait le fusil d'assaut dont il s'était emparé.

— Eh bien, dit Romain, un prisonnier de plus.

— Bah ! reprit le sergent. On en a déjà trop. Mieux vaut le fusiller.

— Non, dit Romain. On ne fusille pas les prisonniers.

Le sergent ricana.

— Si on ne le fusille pas, qu'est-ce qu'on en fait ? On ne va pas le coltiner avec nous toute la journée.

— Je le prends en charge, dit Romain.

Il y eut un léger flottement. Le sergent, comme à regret, regarda les insignes et les décorations de Romain.

— Comme tu voudras, *tovaritch podpolkovnik*, finit-il par lâcher.

Et, abaissant le fusil d'assaut qu'il tenait à la main, il leva l'autre bras avec un geste des doigts. Les cinq ou six soldats remirent l'arme à la bretelle.

Sortant son Nagant, Romain fit signe à son prisonnier de le suivre. À ce moment-là, remise en état de marche par Evgueni, sa voiture débouchait d'Unter den Linden qui n'était plus que décombres. Ils y montèrent tous les deux. Romain rangea le revolver dans son étui.

— Merci, dit en français le prisonnier qui paraissait à bout de forces.

Romain le regarda de côté, la main près de l'étui qu'il n'avait pas refermé.

— Tu n'es pas allemand ? lui demanda-t-il.

— Non.

— Tu es français ?

— Non.

— Tu n'es pas alsacien ?

— Non.

— Je m'en doutais, dit Romain. Tu n'en as pas l'air. Et alors ?

L'homme haussa les épaules. Il n'avait pas envie de parler.

— Italien ? insista Romain. Espagnol ?

— Non.

— Alors… Kirghize, kalmouk, tchétchène ? Musulman ?… Arabe, peut-être ?

— On peut dire ça.

— Armée Vlassov ?

— Non.

Il y mettait franchement de la mauvaise volonté.

Romain, qui sentait la moutarde lui monter au nez, se jeta sur lui et le bourra de coups de poing que l'autre esquivait de son mieux en levant les bras devant son visage.

— Imbécile! Qu'est-ce qui a bien pu t'entraîner du côté des assassins? Pourquoi es-tu allé là-bas? Par haine du communisme?

— Je m'en foutais, du communisme.

— Alors, tu es trop bête. Ce n'est tout de même pas l'attachement à Hitler ni au national-socialisme qui t'a précipité chez les SS? Ce n'est pas l'argent non plus? Une femme? Un chagrin? C'est quoi?

— Le hasard, répondit-il d'une voix lasse.

— Ah! dit Romain, le hasard a bon dos. J'en sais quelque chose. Il faut l'apprivoiser, s'en servir, l'incliner dans le bon sens. Toi qui n'étais pas allemand, tu n'as pas essayé de t'échapper à un moment ou à un autre?

— Non.

— Tu n'as pas pu ou pas voulu?

L'homme à l'uniforme en lambeaux haussa à nouveau les épaules. La voiture fit une embardée pour éviter un corps qui gisait sur le sol.

Il y eut un silence.

— Qu'est-ce que tu faisais à Berlin?

— J'appartenais à la garde de Hitler.

Romain se prit la tête entre les mains.

— À la garde de Hitler! lui dit-il. Quel abruti! Qu'est-ce que je vais faire de toi? Tu te rends compte? Non, mais tu te rends compte?

— Oui, dit Béchir.

Et, pour la troisième fois en quelques minutes, tournant le dos à Romain, regardant dans le vide, il haussa les épaules.

Chacun de son côté, Romain et Béchir m'avaient raconté la scène tous les deux, en des termes presque identiques. Leur intimité datait de là. Béchir devait tout à Romain, et d'abord la vie. Le cercueil de Romain descendait lentement dans la fosse sans ins-

212

cription où il allait reposer pour les quelques années que nous appelons l'éternité. Béchir pleurait à chaudes larmes.

— J'aurais voulu, me souffla-t-il entre deux hoquets, j'aurais tant voulu mourir pour lui.

Je voyais Laszlo aux côtés de Béchir. Je repensai en un éclair à ce qu'il m'avait dit sur la place de Hitler et de Staline dans le monde d'aujourd'hui et dans les livres qui prétendaient le décrire. Les liens, déjà anciens, que l'histoire avait tissés entre Béchir et Romain, jetés par la force des choses dans deux camps opposés, étaient indestructibles. Seuls ceux de la passion étaient plus forts encore. Marina, pliée en deux, était soutenue par sa fille. Margault Van Gulip n'avait plus de larmes pour pleurer.

La terre ne le recouvrait pas encore, mais elle l'enserrait déjà de partout. Le monde qu'il avait tant aimé, s'il avait pu le voir d'où il était couché, lui serait apparu sous la forme d'un rectangle de ciel gris. Nous le pleurions comme s'il avait été immortel. Et puis nous pensions, très vite, que chacun d'entre nous, un peu plus tôt, un peu plus tard, descendrait aussi, à son tour, sous la terre.

Ce jour-là, au cimetière, pour beaucoup de raisons, je n'aurais pas détesté être à la place de Romain. J'étais un peu comme Béchir : j'aurais accepté sans trop de peine d'échanger mon sort contre le sien. Il aimait la vie plus que moi, j'étais plus curieux que lui de ce qu'il pouvait bien y avoir au-delà de la mort. Ouvrez-vous, portes de la nuit ! Ah ! Elles s'ouvrent : et derrière, il n'y a rien. Oui, peut-être... Peut-être avait-il raison. Peut-être n'y avait-il rien, malgré mes espérances, au-delà de ce corps qui emportait dans le néant une âme qui ne vivait que par lui. Le pire est toujours possible. Usé par le temps, travaillé par un doute qui ne l'effleurait jamais, j'étais prêt à tout au poker de la vie — et à payer pour voir. Lui, sûrement pas. Il s'en fichait.

Il y avait beaucoup de choses dont Romain s'occupait assez peu : la mort, la religion, l'argent, la politique, les journaux, le passé et l'avenir. Il menait une vie installée dans le présent, assez indifférente aux grands problèmes et aux débats dont on nous rebattait les oreilles et, en fin de compte, très physique. La clé de l'affaire était peut-être d'une simplicité consternante : il avait une bonne santé. Pas d'asthme ni de rhume des foins à la façon de Proust. Pas de vertiges dans le style Pascal ou Kafka. Il n'était pas épileptique comme Flaubert ou Dostoïevski, il n'avait pas de pied bot comme Byron. Aucune de ces misères qui apparaissent souvent dans des aveux d'artistes et d'écrivains. Et j'ai bien peur que ses érections n'aient été plus complètes que celles d'un Aragon.

— Franchement, me disait-il quand je l'entreprenais, je n'ai aucune raison d'écrire.

Quand je m'étais lié avec lui, je l'avais naturellement interrogé sur les chemins qu'il avait empruntés. Ils étaient assez simples. Par la force des choses, il n'avait fait aucune étude. Il s'était arrêté en première au lycée Thiers de Marseille et, à l'âge où il aurait dû passer ce qu'on appelait alors le bachot, il farfouillait dans les avions de l'Angleterre en flammes. À son retour de la guerre, pendant deux ou trois ans, il avait lu beaucoup plus qu'il ne voulait bien l'avouer. Non pas, selon la formule, tout ce qui lui tombait sous la main, mais tout ce qu'il fallait lire. Que faut-il lire ? Mais ce qu'on a envie de lire. Par une chance merveilleuse, Romain n'avait jamais eu envie de lire que de bons livres. Je ne l'ai jamais vu lire un de ces romans à la mode qui sont oubliés en six semaines, ni un prix littéraire, ni les livres dont parlaient les journaux et les hebdomadaires qu'il ne lisait pas non plus. Il avait mis le nez dans

Saint-Simon, dans Chateaubriand, dans Proust, dans quelques autres — et il n'en parlait jamais.

Il n'avait jamais travaillé au sens qu'on donne couramment à ce mot : jamais de bureau, jamais d'horaires, jamais de dossiers, jamais de patron, ni de clients, ni de subordonnés. Il détestait travailler. Il avait un don : il se trompait très peu. Il ne savait pas grand-chose et il devinait tout. Sa familiarité avec des peintres, des écrivains, des musicologues, des savants comme Mazotte, des astrophysiciens comme Dalla Porta m'avait d'abord étonné. L'explication n'était pas compliquée : il ne disait pas de bêtises.

Au lendemain de la guerre, il avait été invité en U.R.S.S. avec plusieurs héros de l'Union soviétique. Délaissant les cérémonies officielles qui lui paraissaient insupportables, il était parti, par autorisation spéciale, pour Samarkand et Boukhara dont les noms le faisaient rêver. Les Occidentaux autorisés à se rendre en Ouzbékistan étaient extrêmement rares à cette époque. Romain fut l'un des premiers Français à visiter le tombeau de Tamerlan découvert à Samarkand par des archéologues russes le jour même ou le lendemain du déclenchement de l'offensive allemande contre l'U.R.S.S., le 21 juin 41. La beauté du lieu, pourtant très abîmé par des travaux de toute sorte et par des constructions envahissantes, le transporta de bonheur. Il se renseigna sur Tamerlan dont il ne connaissait guère que le nom et dont il ne savait rien. Et, de fil en aiguille, sur les Mongols et sur Gengis Khan. Il apprit avec délices qu'une rumeur, au XIIIe siècle, avait couru le camp des croisés : leurs ennemis musulmans étaient attaqués sur leurs arrières. Les chrétiens s'imaginèrent aussitôt que cet agresseur tombé du ciel était le Prêtre Jean, un souverain mythique et chrétien, descendant peut-être de

Salomon et de la reine de Saba, dont la tradition situait le royaume quelque part entre les Indes et l'Éthiopie. Mais l'allié putatif n'était pas le Prêtre Jean : c'était le sauvage Gengis Khan, plus hostile que personne aux principes du christianisme, à la tête de ses bataillons de Mongols. L'histoire enchantait Romain.

De Samarkand, de Boukhara, il rapporta quelques babioles : un tapis de soie qui lui avait plu, un poignard ancien avec son fourreau, quelques bijoux, une boîte incrustée de pierres taillées assez grossièrement. À peine arrivé à Paris, il téléphona à son ancien condisciple du lycée Thiers, son plus vieil ami avec Simon Dieulefit : Adrien Mazotte qui était entré à l'École de la rue d'Ulm à peu près en même temps que moi et qui commençait à se spécialiser dans l'étude des civilisations de l'Orient ancien. Ils déjeunèrent ensemble au Balzar, et Romain, qui habitait une chambre d'étudiant du côté de la rue Mouffetard, lui montra ses trésors, étalés sur son lit.

Mazotte les examina assez longuement en silence. Et puis il émit un sifflement.

— Tu as payé ça combien ?

— Bah ! dit Romain, je ne sais plus très bien. J'ai payé en roubles. Je dirais entre trois mille et cinq mille francs le tout. Je me suis fait rouler ?

— Enfin…, dit Mazotte. Il y a bien quelqu'un qui s'est fait rouler. Mais ce n'est sûrement pas toi. À vue de nez, je dirais que tes trucs, là, valent, aujourd'hui, à Paris, entre cent et deux cents fois ce que tu as dépensé.

Romain eut un joli geste. La plus belle pièce de sa collection en voie de constitution, le tapis de soie rose et bleu du début du xviie, il l'offrit au musée Guimet. Il se lia du coup avec des archéologues et des historiens d'art qui comprirent aussitôt que ce jeune homme de vingt-cinq ans n'était ni un érudit, ni un margoulin, ni un marchand en quête d'affaires, mais un amateur qui avait du goût et qu'ils eurent plaisir à aider de leurs conseils.

Il repartit plusieurs fois pour la Russie. Au cours d'un de ses voyages, il retourna à Téhéran où il était passé quelques années plus tôt, en venant de Syrie, avec ses camarades de l'escadrille Normandie. Il poussa jusqu'à Ispahan, jusqu'à Chiraz, jusqu'à Persépolis. L'Iran l'éblouit. Dans la capitale de Shah Abbas, il traîna longuement sur Maydan Shah aux belles mosquées et dans les jardins de Tchehel-Sotoun, le palais des Quarante-Colonnes, qui reflète dans un bassin son architecture de légende. Il revint avec des bijoux scythes en or aux motifs végétaux et animaliers, un petit lion de pierre cueilli au Luristan ou à Persépolis, des miniatures persanes et des tissus anciens. Le petit lion de pierre, il me l'avait donné. J'aurais voulu le jeter sous la terre avec lui, mais je savais qu'il n'aurait pas aimé voir la mort, même à travers un objet, l'emporter sur la vie.

Chaque année, Romain allait passer quelques semaines en Asie. Sous prétexte de reportages pour le journal où j'écrivais, et pour préparer un livre qui allait s'appeler *La Gloire de l'Empire*, je l'avais accompagné en Inde, en Afghanistan, en Chine. Au bord de la fosse où on l'avait jeté — et l'idée qu'il était dans un trou creusé pour lui sous la terre glaçait le sang en moi et me faisait pousser un gémissement que j'avais du mal à étouffer —, les images me revenaient en foule : je me revoyais à Xian avec lui devant la grande pagode de l'Oie sauvage ou dans la forêt des stèles où je lui avais montré la célèbre colonne aux inscriptions syriaques qui témoignait de la pénétration jusqu'en Chine des doctrines nestoriennes, ou au tombeau de T'sin Che Houang-ti, gardé par l'immense armée de ses soldats de terre cuite, ou encore à Guilin, où il ne cessait de pleuvoir et où les vols de grues au-dessus des pics escarpés semblaient sortir vivants d'une de ces peintures chinoises qui nous paraissaient inventées : remplacé par les gardes rouges, il n'y manquait que le vieux sage dans sa robe blanche en train de méditer, un pinceau à la main ; à Bamiyan, en Afghanistan, au pied de l'Hindou Kouch, devant les deux statues colossales du Bouddha, ou au bord des lacs suspendus de Band i Amir qui se déversent les uns dans les autres à trois mille mètres d'altitude ; dans le temple de Khajuraho, avec ses hauts-reliefs érotiques, ou dans celui de Konarak, sur ses roues de pierre sculptées, ou à l'hôtel, délicieusement décati, du South Eastern Railway à Puri où nous nous préparions, sous les immenses ventilateurs de bois qui tournaient très lentement, à assister au cortège foisonnant, coloré, un peu inquiétant en l'honneur de lord Jagannath, avatar et parèdre de Vishnou.

Malraux rapportait d'Indochine des statues khmères arrachées à l'un ou l'autre des innombrables temples d'Angkor. Romain rapportait de partout des objets qu'il avait achetés — le plus souvent à bas prix — et qui excitaient l'admiration et l'envie des connaisseurs. Il avait un goût très sûr et, lui qui ne savait rien, se mit à acquérir en même temps que ses vases, ses animaux fabuleux, ses statuettes de jade, des connaissances assez étendues et surtout très précises sur les arts de l'Orient. Année après année, il rassembla un petit nombre de chefs-d'œuvre qui lui permettaient de vivre avec beaucoup d'agrément.

Romain était tout ce qu'on voudra : charmant,

séduisant, cynique, courageux, généreux, égoïste. Attachant et insupportable. Beaucoup de ceux qui se pressaient aujourd'hui dans le cimetière l'aimaient surtout parce qu'il avait la séduction des cyniques et le charme des égoïstes. Dans le monde qui l'entourait, il avait d'abord cherché à être libre. C'était cette liberté qui enchantait la vie. La sienne d'abord, et celle des autres.

C'était fini. Les mots n'avaient plus de sens en ce qui le concernait. Il ne pensait plus rien. Nous ne pouvions plus parler qu'au passé de cet être de chair et de sang que nous avions aimé sous le nom de Romain. Ce qu'il avait été n'était plus. De la matière sans vie. Un corps en décomposition. Un peu de poussière à venir. Il ne recevait plus du monde ni chaleur ni lumière. Il ne lui apportait plus cette gaieté et cette mélancolie inséparables de la vie. Il était jeté dans son trou et il attendait que la terre sur laquelle il avait dansé vienne l'écraser de son poids et le suffoquer à jamais.

Le dernier acte se jouait. Les hommes en noir relevaient les cordes qui avaient servi à descendre le cercueil. Ils les enroulaient, ils les rangeaient. Ils avaient fait leur travail. Bientôt, ils allaient rentrer chez eux. Une fois encore, une dernière fois, j'aurais voulu voir bénir ce corps qui retournait à la terre et entendre s'élever des chants en l'honneur d'on ne sait quoi. De la vie, de la mort et de ce monde si cruel. La foule piétinait dans les allées du cimetière. La première à s'avancer, avec sa rose à la main, fut Margault Van Gulip.

C'était la première fois que Romain mettait les pieds en Amérique. Au lieu de débarquer à New York comme la plupart des Européens, il était arrivé par l'ouest. Par la Chine, par le Japon et par l'Indonésie. Il avait vu Kyoto et Nara, et le temple de Borobudur, avec ses stûpas bouddhiques. Il avait traversé le Pacifique. Il avait passé quinze jours à San Francisco et à Los Angeles. Et puis, il était parti pour New York. Truman était président des États-Unis. La guerre de Corée battait son plein, le maccarthysme sévissait. Romain était allé traîner au Met, au MoMA, à la Frick Collection. Quand il s'aventurait dans un musée, ce qui n'était pas très fréquent, il ne courait pas volontiers d'un tableau à un autre. Il en choisissait un et se plantait devant lui pendant un bon bout de temps, et puis il s'en allait. À la Frick, le *Cavalier polonais* de Rembrandt lui avait beaucoup plu. Au Metropolitan, il était resté longtemps devant un tableau de Manet qui avait l'air d'illustrer une nouvelle de Maupassant et qui s'appelait *En bateau* — ou *Boating*. Il représentait une barque avec deux personnages assis l'un auprès de l'autre : un homme avec une moustache, coiffé d'un canotier, plutôt bellâtre, maillot de corps et pantalon blancs, une femme, un peu mystérieuse, dissimulée derrière une voilette, de longs cheveux sur sa robe bleu pâle. L'eau montait derrière eux jusqu'au haut du tableau.

En sortant du musée, Romain vit une jeune femme y entrer. Ce n'était plus le temps des rigueurs victoriennes exportées en Nouvelle-Angleterre. Ce n'était pas encore l'époque de ce puritanisme féministe qui interdit aux femmes américaines tout contact avec un homme. C'était une de ces après-guerres qui, comme toutes les autres, permettait enfin aux hommes de retrouver les femmes. Il la regarda distraitement d'abord, puis avec une attention un peu plus appuyée. Il la trouva belle. L'allure d'une reine. Avec une gaieté intérieure. Il eut la vague impression qu'elle l'avait aussi aperçu et qu'elle lui avait jeté oh! pas même l'ébauche d'un sourire : juste un de ces coups d'œil rapides qui sont très loin de constituer un signe d'intelligence mais qui suffisent pourtant à reconnaître en silence une existence lointaine et une présence étrangère. Il eut envie de lui parler. Elle tenait tantôt par la main et tantôt dans ses bras un enfant de deux ou trois ans. Les enfants, comme les chiens, permettent parfois aux hommes de s'adresser aux femmes. Vêtu de bleu et de blanc selon les recettes traditionnelles, cet enfant-là était charmant, et ce charme suffit à intimider Romain. Il hésita un instant à revenir sur ses pas et à rentrer dans le musée qu'il venait de quitter. Le ridicule le retint.

— Je ne vais tout de même pas, se dit-il, tourner autour d'une femme qui traîne un marmot derrière elle.

Après avoir fait mine de pénétrer à nouveau dans le musée, il s'en éloigna à regret. Il lui sembla, mais c'était peut-être une illusion, que le regard de la jeune femme, à peine entrevu à nouveau derrière lui, se teintait d'une ombre d'ironie.

Le début de l'automne est souvent beau à New York. Romain, comme tout le monde, avait été impressionné par la ville verticale et par la nouveauté radicale que représentait pour lui l'accumulation des gratte-ciel qui cohabitaient encore avec les vieux autobus rouges et avec le métro aérien qui passait au-dessus de la Troisième Avenue et qui vivait ses derniers jours sous le nom, alors familier, depuis longtemps abandonné en ce sens, d'*Elevator*. La guerre n'était pas si loin et, se souvenant de Berlin, il imaginait les ruines qu'auraient pu provoquer parmi les *skyscrapers* une bombe comme celle d'Hiroshima ou une attaque aérienne du genre de celles qu'il avait connues. En sortant du Metropolitan, il se jeta dans Central Park et s'y promena avec bonheur. Le nombre et l'animation des jeunes gens l'étonnèrent : sur la quarantaine de millions de morts de la guerre — militaires et civils —, les Russes en comptaient un peu moins de vingt millions et les Allemands un peu moins de huit millions ; les Américains, sur tous les théâtres d'opérations, avaient perdu moins de trois cent mille hommes. Ils avaient fait la guerre hors de leurs frontières et ils l'avaient gagnée sans en souffrir autant que leurs alliés et leurs ennemis.

Adrien Mazotte, l'ami marseillais et savant de Romain, avait un frère, plus âgé d'une douzaine ou d'une quinzaine d'années, qui était consul général à New York.

— Téléphone-lui si tu passes par New York, avait dit Adrien à Romain. Il aime la musique et la peinture. Tu t'entendras bien avec lui.

Rentré à son hôtel — c'était l'Algonquin, 42e ou 43e Rue Ouest, entre la Cinquième et la Sixième Avenue : il payait sa chambre onze dollars —, Romain, après avoir traîné quelques instants dans le bar, appela le consulat. Il obtint sans aucune peine le frère d'Adrien qui l'accueillit avec chaleur et lui indiqua aussitôt qu'il organisait pour le surlendemain un dîner en l'honneur d'un célèbre pianiste d'origine polonaise dont le nom ne disait pas grand-chose à Romain.

— Nous allons au Pavillon. C'est un restaurant assez connu, 57e Rue Est, je crois. Joignez-vous à nous. Je serai enchanté de faire la connaissance d'un Français dont mon frère m'a parlé si souvent.

Romain accepta.

Le surlendemain, croyant naïvement qu'il était convenable de respecter l'heure précise qui lui avait été indiquée, il arriva le premier au Pavillon, encore presque vide. Un peu gêné, il bavarda avec le consul, un homme assez grand, plutôt sympathique, un peu solennel, et ils parlèrent de la pluie et du beau temps en attendant les invités. Quand ils se présentèrent les uns après les autres, le trouble de Romain s'accrut : les femmes étaient très habillées, avec des bijoux un peu partout, tous les hommes, comme le consul lui-même, étaient en smoking — *dinner jacket*. Lui seul portait un costume sombre, une chemise bleue et, déjà, son éternelle cravate de tricot noir qu'il traînait partout avec lui. Il s'excusa auprès de son hôte.

— Aucune importance, lui dit le consul. C'est une espèce de jeu auquel nos amis aiment à jouer, mais que personne ne prend au sérieux. Et les Américains sont les gens les plus simples du monde.

Le dîner était loin d'avoir épuisé ses réserves de surprises. Juste après le pianiste polonais, accueilli avec un mélange assez frappant de gaieté et de respect, la dernière invitée fit son entrée dans le Pavillon. Romain la reconnut aussitôt avec une espèce de choc qui n'était pas désagréable au creux de l'estomac : c'était la jeune femme du Metropolitan.

Guidée par le consul, elle fit le tour des convives. Elle les connaissait presque tous, elle en embrassa plusieurs. Quand vint le tour de Romain, le consul le présenta avec quelques mots élogieux. Romain attrapa au vol le nom de l'inconnue.

— … qui est un des rares Français à porter le titre de héros de l'Union soviétique ; et voici, cher ami, Mme Meg Ephtimiou dont il est permis de dire qu'elle est une des reines de New York.

Ils se regardèrent en riant.

— Vous vous connaissez déjà? demanda le consul avec curiosité.

— Mon Dieu! répondit Romain. Suffisamment pour nourrir de ma part une lointaine admiration.

L'inconnue du musée était plus belle encore que l'autre jour. Sur une jupe noire qui descendait à mi-mollet et qui s'élargissait vers le bas, elle portait un bustier, noir également, qui, accentuant les hanches, lui faisait la taille étroite. Ses épaules larges sur cette taille si mince, ses yeux rieurs et très bleus sous les cheveux bruns assez longs lui donnaient l'allure d'une statue de la gaieté et de la vie.

On se tenait debout, un verre à la main, échangeant des propos anodins pour faire passer le temps. Et puis, tout à coup, dans un léger brouhaha, à l'invitation du consul, la dizaine d'invités passa dans une petite salle à manger. Autour d'une table ronde où verres et couverts étaient disposés parmi des anémones et des renoncules mêlées de verdure et de mousse, des cartons écrits à la main à l'encre bleue indiquaient les places des convives. Romain était assis à côté de la rieuse du Metropolitan. La vie n'était pas mauvaise.

Je la voyais devant moi, immobile, figée dans son rêve évanoui, sa rose encore à la main. Le geste suspendu, perdue dans un chagrin dont les vagues successives n'en finissaient pas de la submerger, elle s'efforçait désespérément de freiner la marche du temps. Elle ne pouvait pas se résoudre à jeter cette première fleur sur la caisse où gisait son passé.

— J'ai toujours eu de la chance, dit Romain en s'installant. Je vous remercie d'être si belle et d'être assise à côté de moi.

Elle riait. Les mots venaient d'eux-mêmes. Toute

gêne était abolie. Ils parlaient avec une liberté qui les étonnait eux-mêmes.

— Pardonnez-moi, dit Romain, mais il y a une question que je ne peux pas garder pour moi. M'avez-vous aperçu, avant-hier, au Metropolitan ? Vous êtes-vous rendu compte de l'effet que vous produisiez sur moi ?

Elle se mit à rire à nouveau. Était-ce des choses qu'on demandait à une jeune femme qu'on ne connaissait pas ? Non, bien sûr, qu'est-ce qu'il croyait ? elle ne gardait aucun souvenir précis de leur rencontre au musée... Il lui semblait pourtant que le visage de Romain ne lui était pas tout à fait étranger... Elle l'avait, évidemment, déjà vu quelque part... Et elle le regardait.

— C'est curieux, lui dit-il, je ne connais personne ici. Et vous, il me semble que je vous connais depuis toujours.

— Voulez-vous, lui dit-elle à voix basse, que je vous explique qui sont ces gens que vous ne connaissez pas et avec qui nous dînons ?

— Je préférerais, lui murmura-t-il, vous entendre parler de vous.

— Tant pis, lui dit-elle. Je commence par les autres.

Elle passa rapidement sur Oleg Cassini et Suzy Parker, deux vedettes obligées du Tout-New York de ce temps-là, et sur quelques autres qui défrayaient, à un titre ou à un autre, les chroniques d'Elsa Maxwell ou de Suzy Knickerbocker. Elle s'arrêta un peu plus longuement à une dame aux cheveux mauves, assez forte, déjà d'un certain âge, qui était assise à la droite du consul. C'était une des hôtesses les plus célèbres de New York. Elle recevait beaucoup. Elle s'occupait de musique, de conférences, de culture et elle se dépensait en faveur de l'Alliance française.

— Elle va sûrement vous inviter, dit Meg Ephtimiou.

— Avec vous? demanda Romain.

— Plutôt avec Arthur.

— Avec Arthur?

— Arthur Rubinstein, dit Meg.

Arthur Rubinstein était le pianiste d'origine polonaise, déjà très célèbre, en l'honneur de qui était donné le dîner et dont le nom ne disait rien à Romain. C'était un homme de petite taille, d'une soixantaine d'années, très rapide, à la physionomie vive, étonnamment changeante, presque comique, dont les cheveux bouclés se dressaient sur la tête, et qui parlait toutes les langues.

— C'est un génie, dit Meg. Il triomphe partout. Mais surtout dans Chopin.

Il était assis à la droite de l'hôtesse francophile et, comme toute la table, il parlait en français.

— Tout le monde les guette, chuchota Meg. C'est amusant de les voir ensemble.

— Pourquoi ça? demanda Romain.

— Vous assistez à une réconciliation qui n'est pas loin d'être historique.

Elle lui raconta en baissant encore la voix qu'il y avait quelques années, vers le début de la guerre en Europe, ou peut-être même juste avant la guerre, l'hôtesse aux cheveux mauves avait demandé à Arthur, un mois ou un mois et demi à l'avance, de venir jouer chez elle.

— Nous dînerons tous ensemble, et puis vous vous mettrez au piano et le bonheur descendra d'en haut avec vous.

Elle lui avait demandé ses conditions pour une

soirée et ils s'étaient mis d'accord sur un prix qui leur paraissait raisonnable et à l'un et à l'autre.

Rubinstein se méfiait un peu de la mécène qui passait pour accumuler les cuirs et les gaffes. On racontait que, reçue à Rome par le pape, elle s'était adressée à lui en l'appelant « Très Saint-Siège » et qu'à la veille de la guerre en Europe elle se répandait en inquiétudes et en lamentations à propos du Corridor du Dancing. Elle avait invité le trio Pasquier à venir jouer chez elle et on assurait qu'à la fin de la soirée elle avait glissé une enveloppe à Pierre Pasquier devant ses deux frères ébahis en susurrant :

— C'est pour vous permettre d'élargir votre petite formation.

Quinze jours avant le concert, comme pour justifier ses interrogations et lui donner raison, Arthur avait reçu une lettre ampoulée de la dame. Elle lui annonçait que le vice-président des États-Unis et le président du Sénat assisteraient, non seulement à la soirée, mais au dîner. Elle lui expliquait que, dans ces conditions, tout l'équilibre de la table était à revoir. Et, en fin de compte, elle demandait à Arthur Rubinstein de ne venir qu'après le dîner. En compensation, elle lui proposait d'ajouter 25 % à la somme d'abord envisagée.

Arthur avait répondu par un billet qui avait couru tout New York et que Meg récita mot pour mot à Romain :

Madame,
Votre lettre de mercredi m'est bien parvenue. Je vous en remercie. Si je n'ai plus l'obligation de dîner avec vous, je serai heureux de vous consentir un rabais de 25 % sur mes prétentions primitives.
Yours sincerely,

ARTHUR RUBINSTEIN

L'histoire amusa Romain. Il regarda d'un autre œil le héros de l'affaire dont il devint plus tard un fervent admirateur et un ami assez proche. Il jeta aussi un regard encore plus intéressé et curieux sur la jeune femme si vive qui la lui avait racontée.

Pendant qu'Arthur Rubinstein, apparemment réconcilié avec son bourreau transformé en victime, faisait pleurer de rire les invités en se livrant à d'irrésistibles imitations de Truman, de Chaplin, de Dalí et de ses confrères musiciens, Meg et Romain s'occupaient l'un de l'autre comme s'ils avaient été seuls à la table du Pavillon — et peut-être seuls au monde.

Ils parlèrent de Truman, de Dewey, qui avait été, trois ans plus tôt, son concurrent malheureux à l'élection présidentielle, de Joseph McCarthy, sénateur républicain et ardemment anticommuniste du Wisconsin, du général MacArthur, qui voulait poursuivre son offensive jusqu'au-delà de la frontière chinoise et qui venait d'être relevé par Truman de son commandement en Corée, du rapport du sénateur Kefauver sur le crime organisé et de la fille de Meg Ephtimiou, qui s'appelait Marina. Ils parlèrent surtout d'eux-mêmes.

— Dewey, demandait Romain, vous le connaissez ?

— Oui, disait Meg, oui, je l'ai connu. Il avait une moustache. Il l'a toujours.

— Vous l'avez connu ! disait Romain fasciné par la main de Meg qui tenait une cigarette.

— J'ai été liée à un de ses adversaires.

— Un de ses adversaires politiques ?

— Pas vraiment, disait Meg. C'était Lucky Luciano.

— Lucky Luciano ? demandait Romain. Qui est-ce ?

— Un gangster, disait Meg. Un des chefs de la Mafia.

Ils parlèrent de la Mafia, de la prohibition, des dockers de New York, du procès monté par Dewey contre Lucky Luciano, du débarquement en Sicile. Tout ce que lui disait Meg, Romain le croyait. Et il avait raison puisque tout était vrai.

— Alors, disait Romain, j'imagine que le rapport Kefauver doit vous intéresser ?

— Ça me rappelle des souvenirs, disait Meg. J'ai décroché. Je me suis rangée des voitures. Je me suis mariée.

— Avec Lucky Luciano ?

— Non. Avec son avocat.

— C'est le père de votre fille ?

— Non. Le père de ma fille est mon deuxième mari. Ou plutôt le troisième. Il s'appelle Ephtimiou. C'est un pétrolier grec.

Ils parlèrent de Malone, qui vivait encore en ces temps-là, et d'Ephtimiou, toujours entre la Grèce et les États-Unis, qu'elle avait épousé il y avait deux ou trois ans, de Molly, de Tamara, du général de Gaulle et de Churchill qu'ils avaient croisés tous les deux, des gants de Rita Hayworth dans *Gilda* dont le triomphe était encore récent, et de *Notorious* d'Alfred Hitchcock — que Romain appelait *Les Enchaînés* — où Ingrid Bergman, en mission secrète à Rio de Janeiro, descend l'escalier du nazi, empoisonnée par les méchants, à moitié évanouie de bonheur, dans les bras de Cary Grant.

Les mots qu'ils échangeaient étaient comme les pièces obscures d'un jeu mystérieux et sans règles qu'ils ne connaissaient pas et auquel ils s'abandonnaient. Ils les avançaient tour à tour avec prudence et audace, avec une sorte de gourmandise qui les écartait de la soirée et du monde pour les jeter l'un contre l'autre.

— Votre fille…, disait Romain, votre fille… elle était en bleu et blanc. De loin, je n'ai pas deviné tout de suite si c'était une fille ou un garçon. Et puis, elle m'a paru ravissante. J'ai bien failli rentrer dans le musée que je venais de quitter pour la suivre et la revoir.

Meg Ephtimiou riait. Elle riait très bien. Avec franchise, sans rétention ni excès. Romain aimait la voir rire. Et plus encore la faire rire.

— Ma fille est tout pour moi. Quels que soient les sentiments d'un père pour son fils, et plus encore pour sa fille — et j'en connais qui les poussent jusqu'à une espèce de folie —, l'amour d'une mère pour l'enfant qu'elle a porté en elle est quelque chose que les hommes ne peuvent pas imaginer. La vie m'a beaucoup amusée. Maintenant, le monde entier se limite à ma fille.

Romain comprit aussitôt que le troisième mari ne comptait guère plus que les deux premiers.

— Son père, lui demanda-t-il, vous l'avez connu à New York ?

— À Nassau, lui dit-elle. J'étais avec des amis. Il avait un bateau.

— Un grand bateau ?

— Un grand bateau.

Elle le regardait. Romain voyait ses yeux en train de le regarder. Et le bleu de ces yeux était clair et profond et presque comme délavé par les succès de la vie qui étaient autant de chagrins.

Le consul se levait. Il frappait de son couteau le verre où il avait bu son pomerol ou son saint-émilion. Il prononçait quelques mots qui étaient accueillis par un murmure flatteur. Il remerciait la dame aux cheveux mauves qui avait tant fait pour la culture française. Applaudissements. Il saluait le talent, ou plutôt le génie du cher Arthur Rubinstein qui prenait des mines impayables en écoutant son éloge. Applaudissements. Entre poire et fromage ou entre brie et crêpes Suzette, il avait quelques mots pour chacun, y compris pour Meg Ephtimiou, ambassadrice d'un charme français où se mêlaient l'Égypte, la Grèce, les États-Unis d'Amérique et auquel le général de Gaulle lui-même n'avait pas été insensible. Applaudissements discrets. Petits sourires entendus. Avant de se rasseoir, comme s'il s'en souvenait tout à coup, il parla d'une pièce rapportée qu'il était heureux de recevoir dans ce coin si français sur cette terre de liberté et qui incarnait en notre temps la plus pure tradition d'un héroïsme de légende qui se confondait avec notre pays. Applaudissements. Approbation sur tous les sièges.

— Alors ? murmura Meg, vous êtes un héros ?

— Vous voyez bien, dit Romain. Ou vous l'entendez. Vous n'allez pas discuter ? Mrs. Je-ne-sais-plus-qui est la culture française ; Arthur Rubinstein est un pianiste de génie ; et moi, je suis un héros.

— Arthur est vraiment un génie. C'est un homme exceptionnel.

— Je ne demande qu'à le croire, dit Romain. Mais j'ai envie de m'en aller.

Le dessert arrivait. Les crêpes Suzette, entourées de framboises. Il fallait bien rester.

— Vous vous êtes battu aux côtés des communistes ? demanda Meg.

— Oui, dit Romain.

— Comment étaient-ils ?

— Formidables, dit Romain.

— Vous avez assisté à la chute de Berlin ?

— Oui, dit Romain.

Arthur Rubinstein s'adressait à travers la table à Meg Ephtimiou. Il lui disait des choses aimables et un peu fleuries qui la faisaient sourire. À voix très haute, Mrs. Je-ne-sais-plus-qui invitait Romain à son prochain dîner. Il remerciait et s'excusait : il quittait New York dans deux jours.

— Je connais quelqu'un, dit Meg d'une voix absente, qui était aussi à Berlin quand la ville est tombée.

— Ah ? dit Romain.

— Mais il était de l'autre côté.

— Ce sont de ces choses qui arrivent, dit Romain. Moi aussi, j'en ai croisé pas mal, des types de l'autre côté. Et il s'en est tiré ?

— Oui, dit Meg. Il s'en est tiré. J'ai même des nouvelles de lui et j'espère bien le revoir à mon retour à Paris. Mais je crois que c'était moins une. Il s'en est fallu de très peu.

— La chance, dit Romain. Le hasard.

— Vous croyez au hasard ?

— Comment n'y croirais-je pas puisque je vous ai trouvée et retrouvée ? Sérieusement, je ne crois presque à rien d'autre. Et c'est déjà beaucoup puisque le hasard est la forme moderne de la Providence. Il y a des trous dans la nécessité des lois, dans l'enchaînement mécanique des effets et des causes. Vous pouvez les appeler Providence, vous pouvez les appeler hasard. L'essentiel est de sauter dessus et de les apprivoiser.

— Vous sautez sur les trous ? demanda Meg. Vous les apprivoisez ?

Romain rougit légèrement. Il se mit à rire pour cacher son embarras.

— Vous vous moquez de moi, je crois.

— Je n'oserais jamais, dit Meg. Et je n'en ai même pas envie.

Ils se regardèrent tous les deux. À la table du Pavillon, en présence du consul général de la République à New York, de Mrs. Je-ne-sais-plus-qui qui avait des cheveux mauves, un penchant pour les gaffes et un faible pour la France, d'Oleg Cassini et de Suzy Parker qui faisaient le vert et le sec dans les milieux à la mode, d'Arthur Rubinstein qui mêlait son génie au génie de Chopin pour le bonheur des hommes, Romain prit en silence la main de sa voisine. Elle la lui laissa.

Mi-solennel, mi-rigolard, le patron du Pavillon, qui s'appelait Soulé ou Soulet et que le consul tutoyait, apportait lui-même le café avec de petites choses noires et vertes à la menthe et au chocolat que Romain n'avait jamais vues ni goûtées. Lâchant la main de Meg, il en prit deux, très vite, et il les croqua.

— Si on se tirait ? souffla-t-il.

— Tirons-nous, dit Meg.

Ils se levèrent de table les premiers. Prétextant des téléphones et des affaires urgentes de très bonne heure le matin, ils allèrent remercier le consul général et s'excuser auprès de lui et de ses hôtes d'honneur. Arthur se montra charmant avec eux et les invita l'un et l'autre à venir le voir à New York, à Paris ou en Suisse, s'ils passaient par là.

À peine se trouvèrent-ils dehors qu'ils éprouvèrent un soulagement, mêlé d'un peu d'angoisse délicieuse devant leur liberté. Il pleuvait doucement sur New York. Les gouttes résonnaient sur l'*awning* du Pavillon — cette espèce de longue marquise en toile, tenue par une armature métallique, qui, frappée du numéro et de l'indication de la rue, souvent aussi du nom de l'entreprise, précède l'entrée de la plupart des établissements de la ville. Ils restèrent immobiles quelques instants, hésitant sur la conduite à tenir et sur ce qu'ils ressentaient.

— Eh bien…, dit Romain.

Elle leva la tête.

Il la prit par les épaules.

— Merci, lui dit-il.

— Vous n'avez pas l'intention, lui demanda-t-elle, de m'emmener à El Morocco ?

— Je danse très mal, s'excusa-t-il.

— Dragueur, lui lança-t-elle en riant. Dragueur, mais pas danseur.

— Vous savez…, lui dit-il.

Et il se tut.

— Oui ?…, lui dit-elle.

— C'est un bonheur pour moi de vous avoir rencontrée.

La voiture de Meg arrivait, conduite par le chasseur qui avait été la chercher sous la pluie.

— Où allez-vous, non-danseur ? demanda Meg.

— À l'Algonquin, dit Romain.

— Vous n'avez pas de voiture ?

— Non, dit Romain. Je suis un pauvre voyageur.

— Montez, dit Meg.

Ils roulèrent tous les deux sous la pluie qui tombait. Le silence n'était rompu que par le bruit de métronome que faisaient les essuie-glace. Les rues succédaient aux rues, avec leurs blocs d'immeubles d'où surgissaient soudain des géants élégants ou trapus. Meg prenait les tournants avec une ombre de nervosité. Seuls dans la voiture, ils étaient plus étrangers l'un à l'autre qu'au cœur de la foule du Pavillon. Ils se souvenaient tout à coup qu'ils ne se connaissaient pas. Un vague malaise s'emparait d'eux.

— Pensez-vous, demanda enfin Romain, que nous nous reverrons ?

— Pourquoi non ? dit Meg.

— Pourquoi oui ? dit Romain.

— Je m'imaginais que c'était vous, dit Meg, qui croyiez au hasard ?

— Je crois surtout qu'il faut l'aider.

Ils se turent à nouveau, murés dans un silence qui glissait à une sorte d'hostilité dont ils ne parvenaient pas à s'échapper. Tout à coup, Romain s'écria :

— Arrêtez !

Elle freina brutalement. Il sauta de voiture et se perdit dans la pluie.

— Attendez-moi !

Il reparut quelques instants plus tard, les bras chargés de roses. Il avait aperçu un de ces marchands de la nuit qui vendent des fleurs dans les restaurants : il poussait une vieille voiture d'enfant bourrée de roses rouges et blanches. C'était un Afghan ou un Indien, peut-être un soldat de l'ancienne armée de feu cet empire des Indes auquel lord Mountbatten, flanqué de lady Mountbatten, née Edwina Ashley, l'admiratrice de Gandhi, l'amie de Nehru, venait d'accorder l'indépendance. L'Indien avait vu un homme jaillir du rideau de pluie et lancer :

— *How much ?*

— *How many ?* avait demandé l'Indien avec un accent à couper au couteau.

— *All of them !* avait crié Romain.

Il les jetait par brassées dans la Chevrolet bleu ciel où la pluie entrait par la porte ouverte avec l'odeur des roses. Meg Ephtimiou ne disait rien. Ils se mirent à rire tous les deux.

Ils riaient encore quand Meg, ralentissant, montra du doigt une grande maison.

— J'habite ici, dit-elle.

— Laissez-moi là, dit-il. Mon hôtel n'est pas loin. Il pleut déjà moins fort. Je rentrerai à pied.

— Comme vous voudrez, dit-elle.

Ils rangèrent la voiture à quelques mètres. La pluie avait presque cessé.

— Aidez-moi, voulez-vous, à monter le jardin.

Ils prirent les fleurs à pleins bras et pénétrèrent dans la maison, semant des roses sur leurs pas. Il y en avait partout. Romain en avait mis dans sa veste et les serrait contre lui. Le visage de Meg disparaissait derrière les siennes. Elle marchait dans les roses.

Elle introduisit comme elle put sa clé dans la serrure. Ils entrèrent dans une grande pièce où deux canapés tendus d'un tissu rayé étaient disposés face à face autour d'une table basse, couverte de livres et de revues. Une lampe s'alluma. Ils jetèrent les fleurs sur la table, sur les divans, sur le sol, et ils restèrent debout, tous les deux, immobiles et stupides.

— Merci pour les fleurs, dit enfin Meg en souriant.

Il se baissa, ramassa trois roses, les tendit à la jeune femme. Elle les reçut, les respira, regarda Romain, et se tut.

Il la prit dans ses bras et lui baisa les lèvres. Elle céda aussitôt et passa ses deux mains qui tenaient encore les fleurs derrière la nuque du jeune homme.

Margault Van Gulip laissa tomber sa rose sur le corps de Romain.

Nous nous avançâmes en hâte, Béchir et moi, pour la soutenir juste à temps : elle était en train de vaciller et de perdre l'équilibre. Elle s'effondra dans nos bras.

Les yeux qu'elle avait fermés sur le bord de la

tombe, elle les rouvrit aussitôt. Elle me tenait par la main et elle répétait :

— Mon petit Jean! mon petit Jean!

Se préparant lui aussi à lancer sa fleur sur le cercueil, André Schweitzer était à deux pas de Margault. Il se pencha sur elle, lui prit le pouls, posa la main sur son front.

— Ce n'est rien, dit-il en se relevant et en se tournant vers moi. Juste un peu d'émotion.

Juste un peu d'émotion... Ah! voilà : juste un peu d'émotion. Nous en avions eu, des émotions. Elles surgissaient de partout, elles se succédaient au pas de charge, elles se chassaient les unes les autres, elles nous submergeaient et se confondaient avec notre vie. Elles naissaient de l'amour, bien sûr, et de la beauté, mais aussi du sport, de la science, de l'histoire, de la politique. Il n'y a pas de formule pour résumer un tout qui est toujours autre chose que ce qu'il est. Derrière André Schweitzer, j'apercevais Dalla Porta et Adrien Mazotte. C'étaient des hommes rigoureux et peu enclins à la sensiblerie. Ils avaient été tordus, eux aussi, par l'émotion comme de vulgaires midinettes. Ils avaient été bouleversés l'un et l'autre par bien autre chose que cette passion déchirante qui s'était emparée de Margault Van Gulip. Le monde les avait brûlés.

Rien n'est plus faux que l'image du savant impassible à la recherche de la vérité. J'avais souvent vu Adrien Mazotte précipité dans des transes par une inscription sumérienne ou élamite qu'il ne parvenait pas à déchiffrer ou par une lettre d'Innocent III ou d'Innocent IV à Frédéric II Hohenstaufen que le hasard lui avait fait découvrir au milieu des papiers laissés par un érudit de province ou dans les archives de Palerme. Il ne pensait plus à rien d'autre, il en rêvait la nuit, il se réveillait en sueur, poursuivi par les ombres du pape, de l'empereur, des rois d'Ourouk et de Lagash ou de Sargon d'Akkad, il était plus ému qu'une jeune fille emportée par l'amour.

Le cas de Dalla Porta était plus frappant encore. Il entretenait une liaison avec le mystérieux univers et avec chacune de ses composantes dans l'infiniment petit et dans l'infiniment grand. L'énigme des trois premières secondes après le big bang créateur, les quatre forces fondamentales qui ne sont peut-être que trois à tenir le monde ensemble et à l'empêcher de s'écrouler, l'existence mythique de l'antimatière, le problème de la quantité de masse cachée dans l'univers, l'éventualité douteuse d'un big crunch qui succéderait au big bang pour remplacer notre univers en expansion par un univers en contraction le plongeaient dans des états plus proches de l'illumination mystique que de la froide analyse. Quand il parlait des neutrons, des leptons, des bosons, des gravitons, des gluons, de toute cette quincaillerie qui grouillait derrière les apparences dont nous étions prisonniers, quelque chose l'habitait qui n'était pas loin de la possession. Les quarks surtout l'agitaient. Souvent, en l'écoutant parler de ces petites choses indicibles, l'idée m'était venue qu'il les aimait d'amour.

L'expression *quark* avait été forgée, non par un physicien ou un mathématicien, mais par un écrivain, James Joyce, dans un roman célèbre, *Finnegans Wake*, paru à la veille de la Seconde Guerre mondiale. Le mot, à l'origine, ne signifiait rien du tout, mais Joyce, dans l'arbitraire le plus complet, lui avait donné le sens de truc, de machin, de débris, de poussière. Les microphysiciens avaient repris l'expression et distingué une demi-douzaine de variétés de quarks qui s'agitaient par paires au creux de la matière — bien au-dessous de ces atomes que les Grecs croyaient indivisibles — et auxquels ils avaient donné des noms étrangement poétiques : *up, down, strange, charm, beauty* ou *bottom, top*, soit *u, d, s, c, b*, et *t*. Quand Dalla Porta évoquait ces différentes familles de quarks, auxquelles trois couleurs — rouge, vert, bleu — étaient en outre associées, un sourire extatique se formait sur ses lèvres.

Je me souvenais que Romain lui avait demandé un jour avec naïveté si toutes ces particules dont il parlait avec gourmandise existaient vraiment ou si elles n'étaient que des noms donnés par l'observateur aux phénomènes observés et qui ne désigneraient pas grand-chose dans la réalité. Que n'avait-il pas dit là ! Dalla Porta s'était déchaîné. Tout l'univers de l'infiniment petit, qui répond, en sens inverse, à l'infiniment grand, avait défilé sous nos yeux écarquillés. Il nous avait expliqué qu'entre deux barres imaginaires distantes d'un millimètre pouvaient être alignés côte à côte quelques millions d'atomes. Et que chacun de ces atomes recelait lui-même tout un monde, minuscule et immense, aux mystères insondables.

Au confluent de l'infiniment petit et de l'infiniment grand qui ne cessaient jamais de renvoyer l'un à l'autre, il nous avait fait tourner la tête avec nos origines. Quinze milliards d'années avant nous, onze milliards d'années avant l'apparition de la vie sur notre planète, dix milliards d'années avant la naissance du Soleil et de la Terre, une fraction infinitésimale de seconde après le big bang, quand le tout, d'une densité et d'une chaleur inconcevables, était dix millions de milliards de milliards de fois plus petit que l'atome minuscule et déjà invisible, ce qu'il

241

appelait le « mur de Planck » — un mur qui s'élevait à l'écart de nos lois et dans une nuit à nos yeux très obscure — constituait une barrière infranchissable pour l'esprit de l'homme. Elle nous interdisait de rien savoir de ce qui avait bien pu se passer tout au début du tout, quand il n'y avait encore rien — ou peut-être presque rien.

Profitant de son avantage et de notre ahurissement, et pour faire bonne mesure, il était descendu du big bang à notre vie quotidienne et nous avait assuré qu'à chaque seconde cent milliards de neutrinos, des particules fantomatiques en provenance du Soleil, traversaient à notre insu chaque centimètre carré de notre peau avant de parcourir la Terre de part en part et de poursuivre leur course dans l'espace vide et pourtant surpeuplé. Rien de surprenant à cette performance : le premier neutrino venu — que faire d'autre que de le croire ? — est capable de franchir, sans le moindre dommage et sans que son mouvement en soit modifié si peu que ce soit, une épaisseur de plomb de plusieurs milliers de kilomètres. Il ajoutait que les neutrinos, on s'en doutait, sont difficiles à distinguer et que leurs rapports avec la matière sont extrêmement distants. Et comme si ces horreurs, qui étaient autant d'enchantements, ne lui suffisaient pas, il avait achevé le travail en appelant à la rescousse des particules élémentaires non seulement — bien entendu — rigoureusement invisibles, mais encore indétectables par quelque méthode que ce fût et qu'il appelait les *wimps* — *Weakly Interactive Massive Particles*.

L'expression *wimps*, il la traduisait en français par le joli mot de...

— De trublions ? disait Romain.

— De mauviettes, disait Carlo.

Ah! oui, le minuscule, l'imperceptible, la matière au bord extrême de l'effacement et de l'évanouissement, c'était épatant. L'immense au bord de l'infini n'était pas mal non plus.

Ce que Carlo préférait à tout, c'était, par une belle nuit d'été ou par une nuit d'hiver froide et claire, s'installer en plein air avec nous sur une terrasse ou dans un jardin et regarder les étoiles. Elles étaient loin et l'univers en expansion — c'était un astrophysicien du nom de Hubble qui avait découvert et prouvé que le tout n'était pas immobile et qu'il croissait à la façon d'un arbre, d'une tumeur, d'un enfant — n'en finissait pas, depuis quinze milliards d'années, de reculer ses frontières. Il se livrait alors, pour notre instruction, avec l'infiniment grand, au même exercice, mais en sens inverse, qu'avec l'infiniment petit : si la distance de la Terre au Soleil, qui est de cent cinquante millions de kilomètres, était représentée par un millième de millimètre, telle étoile dont j'ai oublié le nom serait à cent mille kilomètres et telle autre à cinq cent mille. Nous étions moins que rien dans un monde si démesuré que nous étions incapables de nous le représenter — et peut-être étions-nous pourtant les seuls à pouvoir le concevoir. Nous nous écrasions sur nos sièges et nous nous demandions avec angoisse s'il était encore nécessaire de nous couper les cheveux et de nous laver les dents.

Des centaines de milliards de galaxies constituées chacune de centaines de milliards d'étoiles tissaient une immense tapisserie cosmique. Dans un coin de la tapisserie, au fin fond de la banlieue d'une de ces galaxies que nous appelons la Voie lactée, sur une planète proche d'une étoile qui porte le nom de Soleil, *Sol*, *el Sol*, *il Sole*, *die Sonne*, *the Sun*, apparaissait, au terme — provisoire — d'une lente évolution, une créature — c'était nous — capable de s'émouvoir de la beauté et de l'harmonie inexplicables du monde et douée d'une conscience et d'une intelligence qui lui permettaient de s'étonner de l'univers qui lui a donné naissance.

Ce qui nous avait le plus frappés, Romain et moi, c'était une remarque très simple qu'il avait laissée tomber négligemment en contemplant les chandelles qui fourmillaient dans le ciel.

— Nous nous imaginons, en les regardant, qu'elles sont toutes à peu près sur le même plan, accrochées au-dessus de nos têtes à une voûte céleste plus ou moins régulière. Elles sont en réalité à des distances toujours énormes mais très différentes les unes des autres. Elles sont beaucoup plus éloignées entre elles que nous ne sommes éloignés de la plus proche d'entre elles. La lumière qui en vient et qui nous permet de les voir se déplace à une vitesse considérable, mais qui n'est pas infinie : trois cent mille kilomètres à la seconde. La Lune, dans notre banlieue, est distante de la Terre d'un peu moins de quatre cent mille kilomètres : il nous faut donc un peu plus d'une seconde pour la voir. Nous mettons huit minutes — faites le calcul — pour recevoir des images du Soleil qui est à cent cinquante millions de kilomètres : tant que nous ne nous serons pas échappés de notre Terre, il nous est interdit de savoir ce qui s'est passé sur le Soleil il y a moins de huit minutes. Pour nous, la question : « Comment était le Soleil il y a trois minutes ? » a aussi peu de sens que la question : « Quel était l'aspect de l'univers avant son premier milliardième de seconde ? » ou que la question : « Qu'y a-t-il à trente mille kilomètres au sud de Paris ? » puisque la Terre est ronde et que sa circonférence est de quarante mille kilomètres.

« Les images qui nous parviennent d'objets célestes très lointains peuvent être antérieures aux débuts de l'homme ou de la vie sur notre Terre. Il y a des astres perdus au fond de l'univers qui sont morts depuis longtemps quand nos télescopes les surprennent. Parce que c'est la lumière qui nous apporte toute image et que sa vitesse est finie, s'éloigner dans l'espace, c'est s'éloigner dans le temps. Nous pouvons remonter ainsi, non pas jusqu'à l'origine de l'univers qui est un événement singulier et inaccessible qui échappe à nos lois...

— Le mur de Planck, disait Romain.

— Le mur de Planck, disait Carlo,... mais jusqu'à treize ou quatorze milliards d'années avant nous. L'espace et le temps sont inséparables l'un de l'autre.

Quand Carlo prononçait ces mots dont je me souvenais en un éclair, et bien d'autres encore dont nous avions peine, Romain et moi, à saisir le sens exact, son visage s'illuminait et un frisson l'agitait qui relevait autant, et peut-être plus, de la passion que de l'intelligence.

Il parlait de la lumière qui ne vieillit jamais, au point que pour une particule qui se déplace à la vitesse de la lumière le temps cesse d'exister, des trous noirs qu'il est impossible de voir parce que la gravité et l'attraction y sont si fortes qu'elles empêchent la lumière de s'échapper, des six ou neuf ou onze dimensions enroulées et entortillées de Kaluza-Klein et des espaces de Calabi-Yau auxquels nous ne comprenions rien du tout, de la théorie M qui est si obscure que même la signification de M — pour mystère, peut-être ? ou pour magie ? — n'est pas établie avec certitude, de la théorie des cordes ou des supercordes, Saint-Graal encore brumeux de la physique moderne, qui s'efforce d'unifier les deux systèmes de l'univers élaborés par une poignée de visionnaires de génie dans la première moitié du xxᵉ siècle, qui, avant d'être l'âge des nationalismes, du communisme, de l'électricité, des moyens de transport et de la vitesse, du jazz, du cinéma, de la pilule, de l'abandon du cheval et de la ruine du passé et de la tradition, est d'abord et avant tout l'âge de la physique mathématique : la mécanique quantique de Planck, de Bohr, de Heisenberg, de Broglie, qui rend compte de l'infiniment petit, et la relativité générale d'Einstein, qui explique l'infiniment grand.

Il citait la fameuse formule d'Einstein dont on a donné deux traductions ou peut-être deux versions rigoureusement contradictoires, et en fin de compte également vraies et pénétrantes : «Ce qu'il y a de plus incompréhensible dans l'univers, c'est qu'il soit compréhensible» ou «Ce qu'il y a de plus compréhensible dans l'univers, c'est qu'il est incompréhensible». Nous finissions en général par la question de Leibniz qui est sans doute la seule qui n'aura jamais de réponse parce qu'elle est la seule qui vaille vraiment d'être posée : «Pourquoi y a-t-il quelque chose au lieu de rien ?»

Juste un peu d'émotion... Ah ! oui, un peu d'émotion. André Schweitzer se relevait et se tournait vers moi. La reine Margault se redressait. Elle passait la main sur son front. Elle effaçait comme par miracle les traces de l'âge et de la douleur qui avaient ravagé son visage. Elle redevenait d'un seul coup une vieille dame très digne, capable de se dominer et qui savait tenir son rang.

À peine commencé, le défilé des vivants devant la tombe du mort s'était soudain arrêté. Tout le monde se taisait. Chacun comprenait obscurément qu'il s'était passé quelque chose. Mais trop d'éléments manquaient pour permettre à l'événement de prendre son sens avec clarté. Le monde paraît souvent confus et obscur parce que la clé fait défaut qui expliquerait tout d'un seul coup. Plus tard, après l'enterrement, chez le coiffeur, dans les dîners de Paris, au bureau, dans la rue, quand deux personnes se rencontraient qui avaient assisté aux obsèques, les hypothèses les plus fantaisistes, qui frôlaient toujours la vérité mais qui ne l'épuisaient pas, se mettaient à courir. « Elle a eu un malaise », disait l'un. « On m'assure qu'elle est malade », disait l'autre. « Quelque chose ou quelqu'un lui a beaucoup déplu », assurait le troisième. Nous étions un tout petit nombre à savoir ce qu'il en avait coûté à Margault Van Gulip de jeter la première rose sur le corps de Romain.

Nous nous mettions à quatre, Dalla Porta, Mazotte, André Schweitzer et moi, pour ramener la reine Margault à la voiture dénichée par Béchir. Elle s'asseyait à nouveau, elle se laissait tomber sur le siège arrière, elle nous faisait un signe de la main.

— Allez! allez! Je vais très bien. Il faut retourner là-bas...

Nous obéissions. Nous retournions là-bas. André, le visage gris, me prenait par le bras.

— Mon Dieu! me disait-il. Mon Dieu!...

Mon Dieu!... Souvenir, souvenir... Ce n'était pas la première fois qu'André Schweitzer me disait : mon Dieu! Dans le bref trajet de la voiture à la tombe, je le revoyais à Paris, effondré, livide, le front barré de rides, la tête entre les mains, dans un bistrot de la rue de Verneuil, je crois, au printemps 62. C'était la période trouble, agitée d'attentats, qui précédait la signature des accords d'Évian et l'indépendance de l'Algérie. Il était gaulliste et pied-noir : il était mal parti. Il était un colon installé par le passé sur les terres du Maghreb et il avait appris à respecter et à aimer le monde musulman et arabe qui l'entourait : il était déchiré par l'histoire, si chère à Victor Laszlo, et condamné par tout ce qu'il admirait — et peut-être par lui-même.

Je ne me souvenais pas de tout ce qu'il m'avait raconté d'une voix altérée par l'émotion. J'étais arrivé le premier, un journal à la main, *Le Monde* probablement, ou *Le Figaro*, dont les gros titres tournaient tous autour de l'issue espérée et fatale de la guerre d'Algérie. Il m'avait rejoint quelques minutes plus tard, en compagnie de Romain. Il s'était assis, il avait pris le journal que j'avais posé sur la table et il avait dit :

— Mon Dieu !...

Nous l'avions laissé parler. Je ne connaissais pas l'Algérie. Romain non plus, sauf erreur. André y était né, il y avait vécu. Il nous raconta comment les événements que nous voyions ici du dehors s'étaient passés là-bas du dedans. Du dedans... Pas tout à fait. Le cœur de l'Algérie était musulman et arabe. André était blanc, français, chrétien — et colon.

Les choses venaient de loin. On pouvait les faire remonter à l'année de Diên Biên Phu et de la conférence de Genève entre le Viêt-minh et la France. René Coty venait d'être élu, dans le petit matin, au treizième tour de scrutin, président de la République. Pierre Mendès France était président du Conseil. La Tunisie et le Maroc étaient sur le point d'accéder à l'indépendance. Seule l'Algérie, qui constituait trois départements, était attachée à la métropole par des liens apparemment indissolubles. « L'Algérie, c'est la France », avait déclaré Mendès France. Et la totalité des hommes politiques de droite et de gauche estimaient impossible de transiger lorsqu'il s'agissait de défendre, comme ils disaient, l'intégrité de la République.

Le 1er novembre, jour de la Toussaint, déclenchée par une dizaine de chefs historiques de la Révolution — Ahmed Ben Bella, Hocine Aït-Ahmed, Mohamed Boudiaf, Mohamed Khader, Belkacem Krim... —, qui devaient tous, à une seule exception près, puisque toute révolution dévore d'abord ses enfants, finir par l'exil ou la mort violente, l'insurrection éclatait. L'été d'après, un jour du mois d'août, à midi, une quarantaine d'attaques étaient lancées en même temps. Un peu moins de deux cents civils étaient égorgés, dont une cinquantaine d'enfants. En représailles, entre mille et mille cinq cents musulmans étaient exécutés. La guerre d'Algérie commençait.

De Guy Mollet à Jacques Soustelle et à Massu, de la semaine des barricades avec Lagaillarde et Ortiz au putsch des généraux avec Salan, Challe, Jouhaud et Zeller, du 13 mai 58 aux accords d'Évian et au référendum de 1962, du détournement de l'avion de Ben Bella et de l'affaire du bazooka à Georges Bidault et à l'O.A.S., elle allait entraîner, toutes pertes confondues, plus d'un demi-million de morts et, quelques années à peine après l'écroulement de la République, le régime de Vichy, la rivalité Pétain-de Gaulle, la gloire et les convulsions de la Libération, ébranler une deuxième fois la conscience nationale.

Alsaciens d'origine, les Schweitzer s'étaient établis au sud-ouest d'Alger au lendemain de la guerre franco-prussienne de 70. La maison, qui s'organisait autour d'un patio, s'appelait Dar al Mizan. Elle était grande, basse, pas très belle, entourée de vignes, d'oliviers, de citronniers et d'orangers. Au printemps, on partait, son cabasset rempli de cocas, de soubressade, de merguez, de kemias, de tramousses, retrouver les voisins dans les bois ou sur les plages autour d'un méchoui ou d'une paella. Les soirs de fête, il y avait des rougets frits, des sardines grillées, des crevettes, des oursins, des figues de Barbarie, des jujubes, des amandes vertes, des cantaloups et des clémentines. Et, bien sûr, de la choucroute : elle était chargée — comme les cigognes — de rappeler l'Alsace évanouie. Le soleil écrasait le paysage et les cœurs. En montant sur les hautes terrasses, les jours de très beau temps, au-dessus d'une forêt d'oliviers, on pouvait voir la mer.

Un matin d'été, de bonne heure, en sortant de chez lui, André Schweitzer aperçut un corps allongé à quelques mètres de la maison. André était médecin. Il se précipita. Il se pencha sur lui et le reconnut aussitôt : c'était Ahmed, le jardinier, qui était lié à la famille depuis plus de trente ans et qui avait fait la guerre pour nous avec les troupes de Juin. Il n'y avait plus rien à faire pour lui : il était mort, égorgé. Son ventre, vidé de ses viscères, était bourré de pierres.

La mort d'Ahmed marqua l'irruption du tragique de l'histoire dans la vie privée, traditionnelle et si calme, du clan de Dar al Mizan. Les gens riches vivent dans un monde à la fois évident et transparent. Un monde très solide et qui ne pose pas de questions, un monde qui pèse d'un poids très lourd et qui ne pourrait pas être autrement, car les choses sont ce qu'elles sont — un monde aussi dont personne ne s'occupe, un monde dont la présence se confond avec l'absence. Ahmed faisait partie de la maison comme un cousin nécessaire et un peu lointain. On finissait par ne plus le voir. Ahmed mort tint plus de place dans les conversations de Dar al Mizan qu'il n'en avait jamais tenu tant qu'il était vivant.

Des souvenirs déjà lointains et enfouis dans un oubli plus ou moins volontaire remontèrent soudain à l'esprit. On se rappela qu'Ahmed avait une sœur plus jeune que lui. Par chance ou par malchance, pour son bonheur ou son malheur, elle était très jolie. Ce qui ne l'empêchait pas d'avoir fait des études très brillantes pour l'époque. Elle travaillait à la direction d'un de ces hôtels de légende inséparables de l'image que donnait alors Alger : le Saint-Georges ou l'Aletti. Quand, venus du Wyoming ou de l'Arizona, bien nourris et très sains, peu avares de promesses et de discours flatteurs, les Américains étaient arrivés en Algérie après le débarquement en Afrique du Nord, ils avaient fait la cour aux filles avec deux idées en tête. L'une était politique et élevée : c'était l'anticolonialisme ; l'autre était moins éthérée : c'était l'envie de les baiser. Dans le tourbillon de l'époque, à peu près au moment de l'assassinat de Darlan par Bonnier de La Chapelle, Aïcha, qui était kabyle et dont les yeux verts venaient peut-être des Vandales, était devenue la maîtresse d'un lieutenant arraché par l'histoire à une ferme puritaine et prospère des plaines à blé du Nouveau Monde.

— Je les ai rencontrés plusieurs fois, tous les deux, disait André, sur les plages autour d'Alger ou dans les restaurants à la mode. C'était un roman qui aurait pu ressembler en plus gai, dans la fraîcheur et le charme, à une page des *Noces* de Camus : le sable à Tipasa et le soleil sur la mer. Il tourna très vite au cauchemar. Un cauchemar sentimental doublé d'un cauchemar historique. Le sexe et l'histoire font des cocktails explosifs. Les Américains rentrèrent chez eux, et le lieutenant aussi, après être passés par la Sicile et avoir remonté toute la botte pour donner une leçon de démocratie aux descendants de Marius, de Machiavel, de Cavour et de Garibaldi, dévoyés par le Duce. Abandonnée par son lieutenant, la tête tournée par la vie qu'il lui avait fait mener et surtout par celle qu'il lui avait fait espérer, Aïcha coucha pendant quelques semaines avec le fils de mon frère, qui était, comme on disait alors, plutôt bien de sa personne. Ce n'était pas une bonne idée. Nous nous sommes tous conduits comme il fallait s'y attendre.

— Je vois ça, dit Romain.

— Mon neveu s'appelait Jacques. En ces temps-là, avant de devenir sombre et exalté, il était gai et charmant. Ses parents étaient protestants comme moi et ils ne plaisantaient pas avec des mœurs qui, en Algérie comme dans la province française, étaient encore rigoureuses. La présence américaine en Afrique du Nord précédait le réveil du nationalisme algérien qui se situait lui-même dix ou douze ans avant l'explosion de mai 68. On éloigna Jacques au plus vite. Après avoir fait la campagne d'Italie sous les ordres du maréchal Juin — non loin d'Ahmed qu'il rencontra à plusieurs reprises et du lieutenant américain d'Aïcha —, il fut envoyé à Marseille et à Aix-en-Provence pour terminer ses études. Quand il revint en Algérie, Aïcha avait basculé du côté de la révolution et lui était devenu un partisan résolu de l'intégration algérienne et de l'égalité des droits entre Français et musulmans. À peu près les idées que défendra un peu plus tard, au gouvernement général, un homme de culture et de gauche : Jacques Soustelle.

André se souvenait. Nous l'écoutions. Il parlait de

la haine qu'on sentait monter d'un côté et de l'autre, des instants de bonheur qui se faisaient de plus en plus rares, de l'angoisse quotidienne, de l'agitation dans les rues des grandes villes et du trouble des cœurs.

Au lendemain de la guerre, l'Algérie comptait quelque neuf millions de musulmans, dont un million de chômeurs et un peu moins d'un million d'Européens. Grâce au décret Crémieux, près de cent cinquante mille juifs avaient reçu, depuis de longues années, la nationalité française. De plus en plus fort à mesure du passage des années, les musulmans avaient le sentiment que les promesses prodiguées pendant la guerre par les Américains d'abord, par les Français ensuite étaient loin d'être tenues, que leurs attentes étaient déçues, que leur avenir était bouché, que le paradis s'éloignait et le bonheur avec lui. Au moment même où la guerre prenait fin en Europe avec la chute de Berlin et la capitulation de la Wehrmacht, une révolte avait éclaté à Sétif. D'après les chiffres officiels, la répression avait entraîné la mort de mille cinq cents musulmans. En réalité, au moins quatre ou cinq fois plus. Étouffé par l'indignation, Jacques se battait pour ses idées et essayait de nouer le plus de liens possible avec les musulmans qu'il considérait comme ses frères. C'est lui, un beau matin de l'été 55, que la mort d'Ahmed, qui ne cachait pas son attachement aux Schweitzer et au système qu'ils représentaient pour le meilleur et pour le pire, frappa le plus cruellement. Il n'était pas au bout de ses peines.

André Schweitzer reprenait sa place dans la file immobile qui piétinait sur place, dans un vague murmure, devant la tombe de Romain, tous les yeux tournés vers la grande dame âgée qui venait de se trouver mal. Je le voyais auprès de moi, charmant, les traits tirés, livré sans défense aux douleurs qui l'accablaient. Il avait gardé sa fleur à la main. Il la jeta dans la tombe.

Le défilé reprit. L'ordre de préséance imposé par le protocole dans les cérémonies officielles volait en éclats dans les cimetières comme devant les tables de communion, dans l'intimité familiale ou dans les grandes catastrophes. Après la reine Margault et André Schweitzer, c'était le tour de la jeune femme qui lavait les cheveux de Romain chez un coiffeur du côté de l'Alma auquel il était fidèle depuis des années. La tête baissée, les bras croisés sur la poitrine, elle était tout en noir, un peu trop blonde, l'air farouche, avec cette moue héritée des vieux films de Bardot qui revenait à la mode chez les jeunes filles de cette fin de siècle, et elle pleurait à chaudes larmes. Elle était suivie par le général Simon Dieulefit, grand chancelier de la Légion d'honneur, qui avait été le compagnon de Romain au cours de leur escapade maritime de Marseille à Gibraltar et aux côtes de l'Angleterre dans les temps héroïques, il y avait plus d'un demi-siècle.

Je me souvenais, dans mon enfance, aux temps du Front populaire, aux temps de la montée de Hitler et des articles dans *L'Aube* de Georges Bidault qui avait été mon professeur d'histoire, en seconde, à Louis-le-Grand, combien les drames de la Grande Guerre et les récits des anciens combattants sur Verdun ou le Chemin des Dames, vingt ans plus tôt, me paraissaient éloignés, perdus dans une brume évanouie qui m'était étrangère. Déjà vieilles de près de soixante ans, la défaite de la France, l'arrivée de Pétain sur les ruines de la République, l'apparition cachée du général de Gaulle, qui nous avaient tant bouleversés et qui continuaient à nous agiter, étaient trois fois plus reculées dans le temps. Elles appartenaient à un monde ancien que la marche accélérée de l'histoire avait effacé et rejeté dans la légende. Le temps changeait en souvenirs, en archives, en vieilleries poussiéreuses l'ardeur des passions qui brûlaient nos jeunesses réduites soudain en cendres. La Deuxième Guerre mondiale était aussi lointaine que la guerre de Cent Ans ou les campagnes de Napoléon. Même Mai 68, où un monde nouveau avait semblé naître des décombres du passé et d'une tradition renvoyée aux vieilles lunes avec brutalité, relevait de la préhistoire.

Derrière le grand chancelier s'avançait un petit garçon de sept ou huit ans, embarrassé par sa rose, qui était le neveu de Romain. Les événements de 68 s'agitaient pour lui dans un brouillard plus lointain et plus vague que ne l'étaient pour mon enfance l'affaire des inventaires ou le meurtre de Gaston Calmette, directeur du *Figaro*, par Mme Joseph Caillaux. Selon la prédiction d'Ionesco qui avait annoncé, du haut d'une fenêtre, aux jeunes gens en colère en train de l'acclamer que leur destin était déjà scellé et qu'ils deviendraient tous des notaires, beaucoup de révoltés du mois de mai s'étaient changés en ministres, en hommes d'affaires, en directeurs généraux, en inspecteurs de cette Éducation nationale qu'ils aspiraient à détruire. J'en voyais plusieurs dans la foule qui piétinait devant la tombe de Romain. Ils avaient fait fortune dans l'électronique ou dans l'économie digitale, ils s'étaient réveillés plus bourgeois que les bourgeois qu'ils dénonçaient naguère, ils roulaient dans des voitures noires, ils fumaient des cigares en étudiant des budgets et, ralliés au libéralisme sous ses formes les plus modernes et les

255

plus radicales, ils se faisaient protéger des manifestations de paysans par ces mêmes C.R.S. sur lesquels, trente ans plus tôt, ils jetaient des pierres en les traitant de SS. Pour le petit Pierre, en train de lancer sa rose sur le cercueil de son oncle, et même pour ses aînés, Mai 68 se distinguait à peine, en plus farce, de la Fronde, des révolutions de 1830 ou de 1848, de la Commune de Paris. C'était vieux et barbant. Et, plus loin encore, la guerre d'Algérie était quelque chose d'obscur et de compliqué qui s'enfonçait dans la boue et les déserts du passé. Parmi la foule qui se pressait autour de la tombe de Romain, elle n'était plus douloureuse et vivante que pour André Schweitzer.

Plusieurs années après la mort d'Ahmed, que les audaces de sa jeune sœur dans les domaines les plus divers avaient toujours épouvanté, Aïcha déposait des bombes dans Alger-la-Blanche quadrillée par les parachutistes. Jacques Schweitzer militait, un peu dans le vide, pour une Algérie où les musulmans seraient des Français à part entière. De temps à autre, il leur arrivait encore de se rencontrer entre une manifestation de pieds-noirs contre le gouverneur général et l'explosion d'une Jeep piégée par le F.L.N. Avec les sentiments mêlés de ceux qui se sont aimés et que la vie a séparés. Et en adversaires opposés par l'histoire et par la politique. L'éternel dialogue se répétait entre eux : d'un côté, les esclaves révoltés et conscients de leur nombre qui n'avaient rien à perdre ; de l'autre, leurs maîtres, pris au piège de l'histoire et saisis par le doute, qui proposaient plus de justice pour assurer une paix où les moins aveugles d'entre eux voyaient leur seul salut.

— Je le sais bien, disait Jacques : tu me détestes.

— Toi, non, disait Aïcha. Je te connais. Tu es un

faible. Mais tous les tiens, sûrement. Je les connais aussi.

— Tu ne crois pas qu'il pourrait y avoir un monde où nous serions égaux, où nous aurions les mêmes droits et où nous n'aurions plus besoin de nous haïr les uns les autres?

— Trop tard! disait Aïcha. C'est la guerre. Il n'y a plus place chez nous pour les gens comme mon frère. Il n'y a plus place chez vous pour les gens comme toi. Il faut qu'un camp gagne et que l'autre perde. Vous avez perdu en Indochine, au Maroc, en Tunisie. Vous perdrez aussi en Algérie. Et c'est nous qui gagnerons.

— Avec ceux qui ont tué Ahmed?

— Vous avez tué beaucoup plus de monde que nous n'en tuerons jamais.

— Cessons de tuer, disait Jacques.

— Partez, disait Aïcha. Faites la paix. Libérez-nous. Vous savez bien ce que c'est: vous vous êtes battus contre les nazis, et vous êtes nos nazis.

Jacques la quittait désespéré. Il se sentait coupable de toutes les façons possibles. Leurs relations privées étaient un échec. Et elles étaient un échec parce qu'elles s'inscrivaient dans une situation sociale et dans une histoire qui les débordaient de partout et qui ne leur offraient pas d'issue.

Un beau soir, une nouvelle explosive parvint à Dar al Mizan: Aïcha avait été arrêtée par les parachutistes. Il faut lui rendre cette justice: la famille Schweitzer, qui avait les réflexes sociaux propres à sa classe et qui avait toujours vu d'un mauvais œil la liaison entre Jacques et Aïcha, se mobilisa aussitôt. André et Jacques se précipitèrent à Alger et remuèrent ciel et terre. La bataille d'Alger battait son plein. On les renvoya de service en service et de

257

bureau en bureau. Ils montèrent jusqu'à Massu, jusqu'à Salan, jusqu'au résident général, qui était alors Robert Lacoste. Ils mirent deux jours à apprendre qu'Aïcha était morte.

L'affaire fit un bruit énorme. Les journaux de Paris, *L'Express*, *Le Monde*, *France-Observateur* dénoncèrent la torture, dont Aïcha avait été la victime. *Le Figaro* affirma qu'elle s'était suicidée pour ne pas parler, pour ne pas livrer les noms de ceux qui posaient les bombes avec elle et de ceux, venus de France, qui leur apportaient leur soutien. D'un côté et de l'autre de la Méditerranée, Aïcha devint la Vierge noire et blanche de la révolution algérienne. Jacques Schweitzer, qui ne s'était jamais bien remis ni de sa liaison ni de sa rupture avec elle, sombra dans un état qui fit craindre pour sa vie. C'était la version dégradée et pied-noir de *Bérénice*, une tragédie larmoyante dans le style des Lumières transposée au Maghreb. Quelques années plus tard, plus ou moins converti à un catholicisme qui permettait aux remords de se frayer un chemin, sinon plus facile, du moins plus contrôlé vers la paix retrouvée, il entrait, sans devenir moine, dans un couvent de chartreux. L'ordre, comme disait l'autre, se met de lui-même autour des choses.

Le 13 mai 58 fut pour les Schweitzer, éprouvés par l'histoire et par leur propre situation, une formidable espérance. Ils étaient gaullistes. André s'était battu en Syrie, aux côtés de Romain, contre les gens de Vichy avant de rejoindre Leclerc. Le général de Gaulle allait venir à bout du guêpier algérien. Comment? On ne savait pas. Sans doute en suivant les idées généreuses de Jacques Schweitzer et de Soustelle et en faisant de tous les Algériens des Français à part entière.

L'exaltation du printemps, l'unité retrouvée, la foi aveugle et la folle espérance des partisans de l'intégration ne durèrent pas longtemps. Le passage du Général de l'Algérie française à l'autodétermination et à l'indépendance bouleversa les esprits peut-être autant que l'effondrement de la France sous les coups des Panzer et des Stuka. Un monde s'écroulait. C'était celui de l'empire des Indes, de la domination blanche, de la distinction et de la hiérarchie des races, d'un ordre des choses ébranlé par l'histoire et ses gros bataillons au fond de l'horizon et qui s'apercevait soudain avec stupeur qu'il n'était pas éternel.

La guerre d'Algérie dure huit ans. Pendant les quatre premières années, la violence monte de part et d'autre. Au terrorisme révolutionnaire répond le terrorisme d'État. La situation empire à tel point qu'il devient impossible d'éviter une solution extérieure à un système qui donne des signes d'épuisement. C'est la chance du général de Gaulle qui piaffe depuis douze ans aux portes de l'établissement et qui sort de son désert pour sauver une Algérie en train d'entraîner la métropole dans son propre désastre. S'il arrive, le Général, aux yeux au moins des progressistes et des intellectuels, c'est contre les droits de l'homme, contre le monde moderne, contre les partisans de l'indépendance et contre l'évolution inéluctable des esprits et de l'histoire. Pour l'État et sa raison qu'il incarne mieux que personne. Pour le vieil ordre traditionnel. Pour l'unité de la nation et pour l'armée dont il sort. Il se passe, à ce moment-là, juste au milieu de la guerre de huit ans, quelque chose de stupéfiant. La guerre tourne autour d'un pivot qui est le retour du grand homme — et, au lieu de partir dans le sens attendu par tout le monde, par la presse, par l'opinion internationale, par ceux qui savent ou qui croient savoir, par l'homme de la rue, elle part dans le sens opposé. Espéré et appelé par les partisans de l'Algérie française dont il est le dernier recours, le Général se prononce en faveur de l'autonomie, puis de l'indépendance. Dominée par de Gaulle, la deuxième partie de la guerre ne se fait plus contre ceux qui le craignaient et le haïssaient : elle se fait contre ceux qui l'ont fait venir pour les sauver.

Le prodigieux renversement remet la France dans le sens de l'histoire. Il prend à contre-pied les intellectuels abasourdis qui ont du mal à admettre que c'est leur adversaire, traité de fasciste, qui fera ce que leurs amis ont été incapables de faire : mettre fin à la guerre, non par la répression, mais par l'indépendance. Il prend aussi à contre-pied ceux qui l'ont fait revenir au pouvoir et qui ne comprennent plus. La souffrance des partisans de toujours répond à la surprise des adversaires d'hier, et elle est plus grande encore.

La règle du jeu moderne, surtout en France, est pourtant simple à saisir : sur les problèmes décisifs, la politique de chaque camp ne peut être menée que par le camp opposé. Il était impossible à Guy Mollet, à la gauche, aux démocrates estampillés de donner l'indépendance à l'Algérie : ils auraient été balayés aussitôt. Inversement, il sera aussi, plus tard, impossible à la droite de s'opposer aux syndicats et de faire les réformes que chacun savait nécessaires : dans un pays ardemment démocrate et ardemment conservateur où chaque groupe de pression défend ses privilèges avec résolution et jalousie, les masses auraient vite fait de descendre sur le pavé. Il faut évidemment ajouter qu'en Algérie la stature du Général lui permettait — et à lui seul — de réussir l'impossible.

L'histoire marche. Elle rend évident ce qui paraissait impossible. Personne, à l'enterrement de Romain, quelque trente-cinq ou quarante ans après les événements, ne pouvait plus imaginer en Algérie une autre solution que celle du Général. Romain lui-même, qui était assez loin d'être un intellectuel de gauche ni même, il faut l'avouer, un intellectuel tout court, avait compris très vite, avant tout le monde, que les autres hypothèses étaient d'avance condamnées.

— Sur le plan militaire, disait-il à André, la guerre est gagnée. Qui doute que l'armée française soit plus puissante que le F.L.N. ? Et alors ? À notre époque, gagner une guerre ou la perdre n'a plus beaucoup d'importance. Il y a quelque chose, sous nos yeux, qui est devenu plus fort que tout : c'est l'opinion générale.

Romain ne se privait pas d'être brutal dans ce qu'il disait. Il n'épargnait ni les hommes ni les femmes. André Schweitzer se taisait. C'était un homme déchiré et divisé contre lui-même.

L'opinion n'est pas une réalité objective qui est donnée une fois pour toutes. On la travaille, on la transforme. La France était pétainiste en 1940 ; elle était gaulliste en 1944. De Gaulle, qui était un homme de droite, a constaté avant les autres, et avant les hommes de gauche, que l'opinion publique en Algérie ne pouvait pas basculer en faveur de la France. Et que la France, qui n'était pas décidée à mener jusqu'au bout une politique de répression, n'y avait pas intérêt. Il a choisi la seule voie qui s'inscrivait dans l'avenir. Dans la douleur et les larmes, il a été aussi grand en 1960 qu'il l'avait été vingt ans avant.

Il arrive à l'histoire d'être joyeuse et gaie. Il lui arrive aussi d'être sinistre. Malgré les épreuves, l'aventure de la France libre était portée par l'espérance d'un peuple; malgré le caractère inéluctable des décisions à prendre, la fin de la guerre d'Algérie fut pour un million de Français un désastre sans nom. Pour la seconde fois en un quart de siècle, la conscience nationale souffrit mort et passion. Les partisans de l'Algérie française s'estimèrent trahis par le Général : avec Soustelle, avec Salan, avec Bidault, avec Hélie de Saint-Marc, avec tant d'officiers qui se faisaient une certaine idée de la parole donnée, ils se jetèrent dans l'O.A.S. où Jacques Schweitzer lui-même milita quelques mois. Ils furent les vaincus de l'histoire. Est-ce si grave d'être vaincu quand on croit à sa cause ? Il leur restait de chanter qu'ils ne regrettaient rien. Le choc fut plus dur encore pour ceux des Français d'Algérie qui, comme les Schweitzer, étaient acquis à de Gaulle. Ils le suivirent — dans le désespoir.

Quand nous écoutions, Romain et moi, André Schweitzer rue de Verneuil, nous avions devant nous un homme brisé par une histoire qu'il ne refusait pas. Il savait que de Gaulle avait choisi le seul chemin possible et que l'avenir lui donnerait raison. Il savait aussi ce que ce chemin représentait pour lui et pour tout ce qu'il aimait. Il acceptait un destin qui lui faisait horreur.

— Maintenant, nous disait-il, les dés sont jetés. Ils rouleront jusqu'au bout. Il n'y a plus de recours puisque le Général est passé de l'autre côté. Ce n'est pas assez dire qu'il veut l'indépendance. Il la veut contre ceux qui se sont battus pour l'unité de la nation et qu'il poursuit de sa vengeance au nom de cette nation. Et ce n'est pas assez dire qu'il n'y a plus d'espoir. Il invite les siens, dont je suis, à étouffer tout espoir. Le chemin tracé par de Gaulle est d'autant plus cruel que c'est un chemin de croix pour volontaires. Il appelle les siens à se battre contre tout ce qu'il représentait et aux côtés de ceux qui n'ont cessé de le vomir.

« Nous sommes perdus, ce n'est rien. Nous allons quitter nos terres, nos maisons, nos cimetières, nos souvenirs. On peut passer là-dessus. D'autres ont connu le même sort. Mais, par un raffinement de cruauté peut-être unique dans l'histoire, nous allons laisser derrière nous tous ceux qui nous ont fait confiance et qui ont choisi un pays — c'était le nôtre — qui, sous prétexte de se sauver et d'aller vers l'avenir, les trahit et les abandonne. Des centaines, des milliers, des dizaines de milliers d'Ahmed vont souffrir et mourir par notre faute. Nous sommes ruinés : je l'accepte. Nous irons vivre ailleurs. Nous sommes déshonorés : je l'accepte aussi. Nous en périrons tous.

Dans le bistrot de la rue de Verneuil, André Schweitzer pleurait. Nous l'attrapions par l'épaule, nous lui tapions dans le dos, nous regardions en l'air pour lui donner le temps de se ressaisir avant de reprendre l'avion et de regagner une dernière fois Dar al Mizan où la vie en sursis ne devait pas être gaie. En sortant sur le trottoir, quand nous nous sommes quittés, Romain me dit seulement :

— Un sentimental, j'ai peur.

C'était un reproche que personne, j'imagine, n'aurait osé faire à Romain.

Un an plus tard, à la fin du printemps, les accords d'Évian signés, l'exode commençait. En quelques jours, suivis d'une soixantaine ou d'une centaine de milliers de harkis qui avaient pu échapper à leur sort et qui s'en allaient n'importe où, un million de pieds-noirs, parmi lesquels les Schweitzer, quittaient à jamais l'Algérie.

Vous savez bien ce que sont ces départs imposés par l'histoire. D'Adam et Ève chassés du paradis terrestre par l'ange armé d'une épée de feu au bon vieil Énée qui s'échappe de Troie en flammes, son pauvre père sur le dos — il s'appelait Anchise, vous vous rappelez ? — pour aller se faire chanter par Virgile dans un best-seller assez célèbre, de Boabdil, le dernier des rois maures, chassé de Grenade par les Rois Catholiques Ferdinand et Isabelle — «Cesse de pleurer comme une femme sur un royaume que tu n'as pas su défendre comme un homme!» — à Scarlett O'Hara, alias Vivian Leigh, contrainte de fuir Atlanta incendiée par les Nordistes de Sherman et de Grant dans leurs uniformes bleus, c'était comme un long sanglot qui roulait d'âge en âge. Une dizaine d'années après notre rencontre de la rue de Verneuil, j'allais raconter moi-même dans *Au plaisir de Dieu* la fin d'un vieux château arraché par l'histoire à mon grand-père Sosthène. La souffrance qui naissait de ces déchirements où l'histoire écrasait de son poing tout ce que nous avions aimé et qui tombait tout à coup dans un passé évanoui, personne n'en avait parlé aussi bien que notre vieux vicomte mélancolique et breton, séducteur patenté qui ne craignait pas le harem, mais à l'imagination catholique, inventeur de frissons nouveaux qui portait son cœur en écharpe : «Rompre avec les choses réelles, ce n'est rien ; mais avec les souvenirs!… Le cœur se brise à la séparation des songes.» André Schweitzer, le cœur brisé, ne parvenait pas à se séparer de ses songes.

Un quart de siècle après les événements qu'il nous avait racontés, un film de Sydney Pollack, avec Robert Redford et Meryl Streep, allait faire verser beaucoup de larmes. C'était *Out of Africa*. Le film était tiré d'un livre de Karen Blixen : *La Ferme africaine*. À peu près au même moment, un autre ouvrage de Karen Blixen, *Le Festin de Babette*, qui tournait autour d'un dîner dans une petite ville scandinave, fournissait au cinéma un chef-d'œuvre restreint et un peu confidentiel, un chef-d'œuvre pour initiés. *Out of Africa* fut un triomphe universel. C'était une histoire d'amour dans le pays des Massaïs et des lions, avec de jolies images et toute une série de répliques inoubliables, lancées par un Redford triomphant et une Meryl Streep au mieux d'une forme mélancolique. Au début du film, une voix off se souvenait : *I had a farm in Africa...* À la fin du film, il n'y avait plus autour d'une tombe que des lions fatigués et des guerriers en armes. Nos yeux devenaient humides et des picotements se faisaient sentir dans notre gorge. André Schweitzer avait une ferme en Algérie.

Le défilé se poursuivait. Les fleurs commençaient à s'accumuler sur le cercueil de Romain et une odeur de roses flottait vaguement dans l'air. Appuyée sur Béchir, marchant à contre-courant du flot de ceux qui s'éloignaient de la tombe après avoir jeté leur rose, Margault Van Gulip revenait lentement parmi nous. Elle rejoignait le petit groupe qui s'était formé autour de moi et de quelques autres derrière le trou où reposait Romain. Nous pensions à lui, immobiles, et nous regardions passer, un par un, en silence, la foule de ceux qui étaient venus, parfois d'assez loin, pour un dernier adieu dans ce matin de mars encore maussade et presque froid.

Tout un monde piétinait devant nous. Des grands et des petits, des superbes et des humbles, des riches dans des fourrures ou des manteaux à col de velours, des pauvres et des timides qui ne savaient pas comment se tenir. Un peu plus de femmes que d'hommes. Et un grand nombre d'inconnus dont je me demandais avec surprise, presque avec irritation, quels étaient leurs liens avec Romain. Près d'une personne sur deux ne me disait rien du tout. Des relations de travail, peut-être, des camarades de sport, des amis de la famille que je n'avais jamais rencontrés? Des visages m'étaient familiers mais les noms m'échappaient. Tout cela formait des réseaux innombrables qui renvoyaient sans fin à des amours, à des affaires, à des plaisirs, à des voyages dont, si proche de Romain, j'ignorais presque tout. Je me disais que le cimetière envahi par Romain était l'image du monde et, de lien en lien, le comprenait tout entier.

Je pensais obscurément à ceux qui n'étaient pas là et qui avaient compté pour Romain. Molly n'était pas là, et Tamara n'était pas là. Peut-être Tamara, devenue une vieille dame très convenable ou tombée dans l'alcoolisme, vivait-elle encore quelque part, dans une ville d'Ukraine ou de Russie, à Moscou ou à Kiev? Était-elle restée communiste ou s'était-elle ralliée à ce vieux soûlot libéral de Boris Eltsine? Arthur Rubinstein n'était pas là : il avait rejoint Chopin depuis plusieurs années. Et le frère d'Adrien Mazotte, l'ancien consul général à New York, n'était pas là non plus : il avait été ambassadeur en Afrique, au Pérou, auprès de la F.A.O. à Rome, et il était mort lui aussi. Et on avait prononcé des discours sur sa tombe.

Autour de ce cadavre qui avait tant aimé la vie, nous célébrions le triomphe de la mort. Malgré ses recommandations, l'enterrement de Romain était moins gai qu'il ne l'avait espéré. Des bouffées de métaphysique nous montaient à la tête : c'était le moment ou jamais. Il n'y avait que la mort qui comptait dans la vie et nous avions été très fous de penser à autre chose. Très fous : oui, sûrement. Avec quelle force, avec quel bonheur nous l'avions tous été ! Tout finit par la mort, mais tant qu'elle n'est pas là, par un miracle d'oubli indéfiniment renouvelé la vie règne sans partage.

Françoise Poliakov, très droite, était en train de passer devant nous. Elle s'y connaissait en chagrins et en deuils. Six membres de sa belle-famille n'étaient jamais revenus d'Auschwitz, de Ravensbrück, de Bergen-Belsen. La santé de son mari avait été ruinée par la déportation. Tout ce qu'on peut souffrir sous le soleil, elle l'avait souffert dans son cœur. Elle jeta sa rose, très vite. Et elle vint vers moi. Elle m'embrassa. Elle embrassa son frère André qui se tenait auprès de moi. Et puis, elle fit quelque chose d'épatant : elle tendit la main à Béchir.

— Pour Romain…, me murmura-t-elle.

Je m'inclinai devant elle et je lui baisai la main.

En la voyant s'éloigner, je pensais à une autre cérémonie que m'avait racontée Michel, son mari. Dans le camp où il était déporté, un enfant de quinze ans avait blessé un gardien au cours d'une tentative d'évasion qui avait échoué. Il allait être pendu. Tous les détenus étaient rassemblés, dans le petit matin, pour assister au supplice. L'enfant parut, entouré de kapos. Il s'avança vers l'échafaud monté par ses camarades. Alors, tous se mirent à chanter. Des cantiques de Noël, des chansons de marins, des rengaines populaires. Et l'enfant chantait avec eux.

— Avant l'horreur, me disait Michel, ce fut un moment bouleversant. De paix. Presque de bonheur. Tous s'étaient agenouillés. Et l'enfant qui allait mourir passait en chantant, un sourire sur les lèvres, dans les rangs des chanteurs agenouillés devant lui.

Les Poliakov, comme les Schweitzer, se faisaient souvent accompagner à travers les épreuves par un sentiment de paix et de sérénité.

Après plusieurs personnes que je ne connaissais pas ou que je ne reconnaissais pas, dont deux filles assez jeunes, au visage plat, de type asiatique, ce fut le tour de Victor Laszlo. Peut-être pour cacher quelque chose, son ennui, son indifférence, ou peut-être au contraire son émotion, l'inquiétude de se trouver parmi des gens qui ne constituaient pas son milieu naturel, il faisait le pitre, à son habitude. Il se balançait comme un ours en esquissant un pas de danse, il agitait sa rose sous le nez de Le Quémenec qui était à côté de lui et il déclamait à voix haute des bribes de vers de circonstance :

Rose, reiner Widerspruch...

Et rose, elle a vécu ce que vivent les roses...

Afin que, vif ou mort, ton corps ne soit que roses.

Die Rose ist ohne Warum ; sie blühet weil sie blühet,
Sie ach't nicht ihrer selbst, fragt nicht ob man sie
*   siehet.*

Rose au cœur violet, fleur de sainte Gudule...

Roses blanches, tombez ! vous insultez nos dieux,
Tombez, fantômes blancs, de votre ciel qui brûle...

Comme un casque guerrier d'impératrice enfant
Dont, pour te figurer, il tomberait des roses.

Et il agitait ses doigts vers le sol pour imiter une pluie de roses.

Déjà quand je lui avais parlé avant la cérémonie dans le cimetière encore vide, il m'avait paru exalté et plutôt bizarre. L'idée me vint soudain qu'il était shooté à mort. Il citait souvent dans ses cours le mot de Flaubert sur la création littéraire : « Il faut se monter le bourrichon. » Il devait se le monter tous les matins à coups d'amphétamines ou de coke. Il avait cueilli une fille au passage — était-elle venue pour Romain ou se trouvait-elle là par hasard ? — avec des cheveux verts coupés en brosse et une petite pierre bleue en piercing au menton. Il la serrait de près et l'entraînait avec lui en lui glissant des choses à l'oreille qu'elle ne devait comprendre qu'à moitié : elle gloussait d'un air vague et se reprenait aussitôt en regardant autour d'elle avec effarouchement.

Il lui tenait la main et ils lancèrent, à eux deux, une seule rose dans la tombe. En passant devant moi, Laszlo me glissa :

— Vous savez bien, cher ami, que Romain nous aurait préférés, elle et moi, à tout ce joli monde...

Et, pivotant avec grâce sur lui-même, il avait balayé d'un geste large la foule médusée autour de lui.

Je n'allais tout de même pas laisser un mythologue en goguette annexer Romain à son délire de prépotence.

— Ah ! lui répondis-je, rien de moins sûr : vous savez bien que Romain était imprévisible.

Déjà Le Quémenec approchait à son tour. Il était avec sa femme qui venait de le rejoindre. Il avait épousé Élisabeth quelques mois après leur rencontre à Patmos. Elle jouait du violon. Il écrivait ses livres. Elle habitait Paris. Lui se promenait à travers le monde. Pour oublier son succès. Il enseignait l'histoire du Moyen Âge à Montpellier quand le Goncourt lui était tombé dessus. Comme une rosée bienfaisante et comme une catastrophe. Les cinquante francs du prix — et ses suites — avaient bouleversé sa vie.

Aucun pays dans le monde entier ne vénère ses écrivains à l'égal de la France. Aux États-Unis, en Chine, dans le monde arabe, en Allemagne ou en Suisse, écrire est une profession, le plus souvent ignorée du grand nombre et parfois méprisée. En France, c'est un sacerdoce qui relève encore de la légende et de la mythologie. C'est à peu près tout ce qui reste d'une domination française en matière de culture qui va de Descartes, de Richelieu, de la première du *Cid*, des traités de Westphalie à Proust, à Gide, à Valéry et à l'effondrement du pays en 1940. Ce qui a survécu, c'est moins la littérature que le mythe de l'écrivain. Ce qui s'est écrit chez nous depuis un demi-siècle est souvent honorable et ne casse pas trois pattes à un canard. Le prestige du livre français s'est effondré à l'étranger. Mais tout écrivain brille encore, au moins dans l'esprit des Français, de tous les feux mal éteints de Voltaire et de Hugo. Les courtisanes à la Nana ou à la Cléo de Mérode, les hommes en blanc, les pompiers, les hôtesses de l'air, les cyclistes, les grands cuisiniers ont successivement fait rêver — avant les vedettes du ballon rond — les enfants de nos écoles et les jeunes gens fiévreux. Demeurent toujours les écrivains. Survivants archéologiques des époques disparues, ils restent le sel de notre terre. Ils sont les pierres témoins de notre grandeur évanouie. Toute une foule de fidèles les consultent comme des mages qui en sauraient plus que les autres.

Sur tous les sujets possibles, des missiles de croisière à la révolution iranienne, de la chute du communisme aux aventures de la vache folle, sans même parler de la grammaire, des épreuves du bac, de l'évolution des mœurs et des disparitions successives des historiens, des philosophes, des abonnés du petit écran et des signataires de pétitions, les médias en lévitation avaient interrogé Le Quéménec, et ses lunettes et sa barbe étaient reconnues un peu partout. Quand il se promenait dans la rue, la stupeur et l'émerveillement se peignaient sur le visage des passants qui se retournaient sur lui. Il y avait Piaf, Maurice Chevalier, Cerdan, le général de Gaulle, Bardot, Bobet, Zinedine Zidane, Depardieu et Deneuve. Et puis Sartre. Et Le Quéménec.

Je crois qu'il souffrait de cette gloire — ou de cette notoriété. Elle lui avait été un bonheur, et tout de suite après un fardeau. Il l'avait espérée et cherchée, elle lui pesait maintenant, affreusement. Il la jugeait usurpée. Peut-être d'abord parce qu'il doutait de lui-même. Il vivait, par la faute du Goncourt, sur les autres plutôt que sur lui, sur une réputation plutôt que sur une conviction. Développé sans doute par sa formation et par son passage rue d'Ulm, ce qu'il y avait de meilleur et de plus fort en lui, c'était l'esprit critique. Il finissait par se voir lui-même sous les traits d'un imposteur.

Il se souvenait avec angoisse de l'attente, un premier lundi de novembre, du coup de téléphone libérateur qui allait lui annoncer le verdict des dix du Goncourt réunis chez Drouant, place Gaillon, entre l'Opéra, la Bourse et la Comédie-Française. Il y avait dans la banque les gnomes de Zurich ; il y avait dans la littérature les mandarins du Goncourt. En termes d'efficacité médiatique, ils laissaient loin derrière eux leurs rivaux désuets et couverts de broderies du quai Conti contre qui ils avaient été rassemblés par Edmond de Goncourt en souvenir de son frère Jules et dont personne ne s'occupait plus dans les rédactions parisiennes. Dépositaires exclusifs de l'arme absolue de leur prix qui faisait autant de bruit en éclatant que des élections générales ou une coupe de France de football, ils étaient aussi craints et à peine moins puissants que les Dix de la Sérénissime. Réduits à l'état de potaches guettant leurs résultats, Le Quémenec et ses semblables attendaient le verdict avec la même fébrilité qu'un gangster devant la cour d'assises, un malade devant le médecin qui consulte ses radios, un boursicoteur endetté devant les cours de la Bourse. Nourrie par toutes les rumeurs de la presse et de l'édition, l'incertitude devenait intolérable. Nous avions déjeuné avec lui, la veille du prix, Romain et moi, au premier étage du Flore, à Saint-Germain-des-Prés.

Les écrivains français ont longtemps aimé à se retrouver pour parler ensemble de ce qui les intéressait. La Fontaine, Molière, Boileau et Racine allaient boire un coup au Mouton blanc ou à la Pomme de pin sur la montagne Sainte-Geneviève vers 1660 ; les Encyclopédistes constituaient une société de savants et de philosophes qui se retrouvaient au Procope ou dans les salons de Mme du Deffand ou de Mme Geoffrin ; les romantiques se réunissaient à l'Arsenal, chez Nodier, flanqué de sa fille Marie, ou rue Notre-Dame-des-Champs, chez Hugo ; Paul Valéry, André Gide, Paul Claudel, Maurice Barrès, Henri de Régnier se rendaient tous les mardis chez Mallarmé, rue de Rome ; au Cyrano ou ailleurs, le surréalisme était d'abord un groupe d'écrivains et de peintres. Depuis la mort de Sartre, il n'y avait plus guère à Paris de cafés littéraires, de même qu'il n'y avait plus, depuis longtemps, ni écoles, ni chapelles, ni cénacles, ni salons. Mais le rite des déjeuners restait toujours vivant dans le milieu des écrivains ou des éditeurs, comme dans les cercles de la mode, de la banque, des affaires, du cinéma, de la presse, de presque tout. La vie littéraire parisienne, qui s'était longtemps confondue avec les ruelles des précieuses, avec les dîners Magny où se rencontraient les Flaubert, les Goncourt, les George Sand, les Zola, avec les salons de la duchesse de Guermantes ou de Mme Verdurin, avec les réunions feutrées, et toujours mensongères, des académiciens, avec les caves bruyantes ou les cafés à la mode de Saint-Germain-des-Prés, se réduisait maintenant aux déjeuners entre le boulevard Saint-Michel, le boulevard Saint-Germain et la Seine. On se rencontrait, on se téléphonait et on déjeunait ensemble. C'était un rite. C'était comme ça. Orphelins de toute doctrine et de toute idéologie, les écrivains de la fin du siècle étaient des isolés qui communiquaient avec le monde en déjeunant en famille au cœur d'un périmètre étroit dont ils connaissaient toutes les rumeurs.

Le Ouémenec, ce jour-là, cachait mal sa nervosité.

— Ça va ? lui demandait Romain.

— Je te dirai ça demain, répondait L.-F.G.

Il y a des écrivains dont tout le monde connaît le prénom : Victor Hugo ou Marcel Proust, Rudyard Kipling, Jules Verne, Oscar Wilde. Il y a des écrivains dont le prénom est le plus souvent ignoré : Barbey d'Aurevilly, Villiers de L'Isle-Adam, Saint-John Perse, Aragon, Ionesco, Cioran et même Saint-Simon ou Montesquieu. Depuis ses années d'école, Le Quémenec, qui s'appelait Louis-Frédéric Guillaume, oubliait volontiers son prénom. Quand il l'utilisait, il l'abrégeait, selon une mode du temps — les fameuses apocopes, les fameux acronymes —, en L.-F.G. La presse, qui avait fait ses choux gras des J.-J.S.-S., des

B.-H.L., des D.S-K., s'imita encore elle-même comme à l'accoutumée et se jeta sur L.-F.G. avec voracité.

— C'est si grave ? demandait Romain.

— Ça change la vie, disait L.-F.G. Du jour au lendemain, le prix te rend riche et célèbre.

— Mais tu t'en fiches, disait Romain. Tu n'écris pas pour ça.

— Je m'en fiche…, je m'en fiche…, disait Le Quémenec avec une drôle de grimace. Oui, bien sûr, je m'en fiche…, mais j'aimerais mieux l'avoir.

Il passa le lendemain des heures abominables, glissant de l'espoir au doute, sursautant à chaque sonnerie, au bord de la crise cardiaque, incapable de rien faire d'autre que d'attendre dans l'angoisse, se méprisant de sa faiblesse et incapable de la surmonter. Il avait vu par la fenêtre, instruments du destin, tenailles ardentes de torture, les voitures de la radio et de la télévision s'installer à sa porte.

— Quand tu les entendras démarrer, annonça-t-il à sa femme en laissant retomber le rideau qu'il avait écarté pour jeter un regard dans la rue, c'est que le Goncourt aura été donné à un autre.

Le Quémenec, avec toutes ses limites, n'était pas idiot. Il savait très bien qu'il était un jouet entre les mains de puissances qui le dépassaient de très loin.

— Ah! disait-il, il y a une stratégie littéraire.

Longtemps, la littérature avait reposé sur des œuvres. Elle reposait maintenant sur des tactiques, appuyées sur des pouvoirs. Elle était encore, en partie, une question de talent. Mais elle était liée plus que jamais à un jeu compliqué de structures et de réseaux. Le lien entre l'auteur et le lecteur était submergé sous une foule de relations annexes. Le plaisir que pouvait donner un livre ne comptait déjà presque plus. L'œuvre elle-même s'effaçait. Ce qu'on appelait jadis une œuvre se réduisait au rôle d'un pion sur l'échiquier littéraire. La littérature était une partie de go. Une bataille. Une épreuve de force à l'intérieur d'un grand jeu dominé par le commerce et par la politique. Elle n'était plus rien qu'une guerre menée avec d'autres moyens. Le Goncourt, comme les autres prix, ne couronnait plus seulement des auteurs : il couronnait aussi des éditeurs. Il y avait entre eux un équilibre à respecter. Des alternances s'imposaient. Des échanges se négociaient. La littérature était un art. Elle était aussi une Bourse où des coups se jouaient.

Quand, en ce lundi de novembre où il pleuvait à torrents, le téléphone sonna chez les Le Quémenec terrés dans leur attente, L.-F.G., écrasé par l'angoisse, réduit en miettes par l'espérance, ne trouva pas la force de soulever le répondeur. Il regarda sa femme. Elle eut pitié de lui. Elle décrocha. Elle écouta un instant. Elle bredouilla :

— Ah ! bon. Merci.

Et elle raccrocha. Il était debout, très pâle, immobile, muet, statue de la fatalité et de l'indécision, au milieu de la pièce.

Elle se tourna vers lui. Elle cria :

— Ça y est ! Tu l'as !

Il se jeta vers elle. Il la prit dans ses bras. Le bonheur le submergeait. L'instant d'après, le téléphone se remettait à grésiller, on sonnait à la porte, l'éditeur s'annonçait, la télévision et la radio prenaient possession pour trois semaines de leur victime consentante.

Le pur bonheur avait duré quinze secondes. L'agitation heureuse s'étala sur deux mois. Tout autant que l'échec, le succès a ses drames. Peu à peu, dans le bonheur qui était né de l'attente pénétra à nou-

275

veau une variété nouvelle et plus cruelle de l'angoisse. La première angoisse venait d'un doute sur l'avenir : le Goncourt, oui ou non, lui serait-il décerné ? La réponse tant espérée avait mis fin à l'incertitude et l'avait hissé à des hauteurs où il était l'égal de ceux qu'il admirait. La deuxième angoisse, après le succès, portait sur le passé : était-il digne de ces honneurs ? les avait-il mérités ? pouvait-il les accepter en son âme et conscience ? Cette angoisse-là était pire que la première parce qu'il n'y avait pas d'avenir qui pût la dénouer.

Le Quémenec se souvenait, dans sa seconde angoisse, des arguments employés pour calmer la première : les prix étaient une loterie, ils étaient le fruit du hasard et des combinaisons, ils ne couronnaient jamais ceux qui auraient dû l'être. Toutes ces consolations qu'il s'était prodiguées pour conjurer le mauvais sort se retournaient contre lui dans la bonne fortune. Il était peut-être assez sûr de son talent pour mépriser l'échec ; il n'en était pas assez sûr pour assumer le succès.

À mesure que montaient les ventes de son livre, l'inquiétude montait avec elles. Quand le tirage dépassa cinq cent mille pour s'établir autour de six cent mille, la panique s'empara de L.-F.G. Il savait avec certitude que jamais, au grand jamais, il n'atteindrait plus pareil chiffre. Il se sentait vidé par son triomphe. Il doutait d'être capable de rien écrire dans un avenir assombri par le succès.

Quand nous étions tombés sur lui, Romain et moi, par hasard, rue des Saints-Pères, cinq ou six mois après son prix, il semblait l'ombre de ce qu'il était dans les temps bénis où la gloire l'avait encore épargné.

— J'en ai marre ! nous dit-il. Mais marre !...

Et, à la façon des jeune gens de ce temps-là, il se passait la main à plat sur sa tête qui commençait à se dégarnir.

— Marre de quoi? demanda Romain, toujours impitoyable. Tu voulais le prix. Tu l'as eu. Ses cinquante francs ont fait des petits. Avec six cent mille exemplaires vendus, tu es riche et célèbre. C'est ce que tu souhaitais, je crois. De quoi te plains-tu?

Il se plaignait de tout. Il ne supportait plus les reflets que lui renvoyaient les journaux ou la télévision. Il ne supportait plus son nom répété par tous les échos. Il ne supportait pas non plus qu'on cessât de parler de lui. Sa maison d'édition avait installé dans l'entrée une grande photo de lui à laquelle visiteurs, personnel, auteurs chevronnés, débutants intimidés ne pouvaient pas échapper. Son image lui faisait horreur. Quand, au bout de quatre mois, elle fut enfin retirée il alla se plaindre avec véhémence : on le traitait comme un chien.

Accourus auprès du grand homme, le directeur littéraire, l'attachée de presse, la demoiselle du téléphone essayaient de l'apaiser. Sa fureur retomba. Il se calma d'un seul coup.

— Après tout, lâcha-t-il après un instant de réflexion, bien fait pour moi. C'est une sacrée leçon que vous me donnez là. Et vous avez raison.

Il était engagé dans une fuite en avant où le succès et l'échec ne se distinguaient plus l'un de l'autre et où il haïssait également et ses maux et leurs remèdes.

Romain insistait :

— Tu l'as voulu, Dandin! Pense un peu à ceux qui souffrent parce qu'ils n'ont pas eu de prix. Pense à tous ceux, un peu partout, qui voudraient être à ta place. Et si, vraiment, c'est trop dur, alors fais comme si tout ce cirque n'avait jamais existé. Donne l'argent aux pauvres. Rentre chez toi, et écris. Et si tu ne peux pas écrire, alors fais ce que tu peux. Et tâche, selon de vieilles recettes, de vouloir ce que tu as.

L.-F.G. secouait la tête d'un air douloureux.

— C'est moins facile que tu ne crois, disait-il. Les choses sont plus compliquées. Tu connais les lois de Parkinson?...

Oui, oui, Romain les connaissait: le travail restant le même, le personnel chargé de l'exécuter augmente de 2 % par an...

— C'est ça, disait Le Quémenec. E y a aussi le principe de Peter: tout individu tend à s'établir à son niveau d'incompétence maximum. C'est ce qui explique la composition des organes directeurs de toutes les administrations publiques ou privées et les carrières mystérieuses de nos hommes politiques. Il me semble que, moi aussi, j'ai fini par atteindre quelque chose de ce genre.

Ce discours perpétuel, indéfiniment ressassé, devenait très irritant.

— Écoute, lui dis-je tout à coup avec un peu de brutalité, je finirai par croire que tu te tourmentes à plaisir, que tu pèses des œufs de mouche avec des toiles d'araignée, et que le Goncourt n'y est pour rien.

— Pour rien! éclata-t-il. Pour rien! Ce n'est pas assez dire qu'il a été le révélateur de mon incapacité: il a construit pièce par pièce les mécanismes de mon malheur. J'ai voulu l'avoir, c'est vrai. Et je regrette de l'avoir eu.

— Et la gloire? dit Romain.

— Franchement, dit-il, j'ai pitié de la gloire.

— Ah! murmurai-je, la sainte... la sainte...

— Qu'est-ce que tu marmonnes? dit Romain.

— Rien, rien, répondis-je.

— De qui parles-tu?

— De sainte Thérèse d'Ávila.

— Quoi! dit Romain.

— «Que de larmes seront versées sur des prières exaucées!»

C'était le tour de Gérard. Je le regardais s'avancer et passer devant nous. Il est impossible de juger les gens. Parce qu'on ne les connaît pas. Gérard lui-même... Étions-nous équitables à son égard? Dieu sait s'il était agaçant. Il n'avait jamais cessé de nous irriter, Romain et moi, par son amour des médias et de la publicité. Il y avait pire : sa vie entière semblait prévue, combinée, soumise à un programme établi d'avance avec un soin maniaque. Un jour, avec un peu d'imprudence et de vanité mêlées, il nous avait montré son agenda qui était plein comme un œuf. Aussi peu surprenants que possible, les programmes de lecture et les numéros de téléphone de personnages influents et utiles voisinaient avec des rendez-vous sur toutes les chaînes de radio et de télévision. Tous les endroits où il fallait être pour entendre ce qu'il fallait entendre et pour voir ce qu'il fallait voir — pour être vu aussi et entendu où et quand il le fallait — étaient marqués d'une petite écriture appliquée et nerveuse.

— Quelqu'un qui suit la mode, me disait Romain, dont le nom ne cesse jamais de paraître dans les journaux, qu'on voit sans arrêt à la télévision, qui est ami de tout le monde, qui partout et toujours se trouve là où il doit être et qui n'en finit pas de prévoir son avenir, ne peut pas être tout à fait bon. On n'aurait pas idée de l'emmener avec soi à la chasse au tigre.

— « Fou ! lui dis-je. Fou ! trois fois fou à lier, celui qui calcule ses chances, qui met la raison de son côté ! »

— Qu'est-ce que c'est encore que ça ? me dit-il.

— Musset, lui dis-je. *Les Caprices de Marianne*, acte II, scène IV.

L'indulgence n'était pas le fort de Romain. Il aimait bien avoir des ennemis, fût-ce parmi ses amis. Se faisant une certaine idée de Gérard, Romain l'avait jugé une fois pour toutes et il l'avait condamné.

— J'ai beaucoup d'amis que je n'aime pas, me disait-il. Mais celui-là, je le déteste.

Je penchais plutôt, pour une fois, à plus de bienveillance. Détester Gérard était très exagéré. Peut-être se sentait-il perdu dans ce monde derrière lequel il courait ? Parmi tant de personnages qui appelaient la méfiance et le mépris, il n'y avait pas de quoi accabler à ce point un garçon à qui nous ne pouvions reprocher que des faiblesses et des ridicules. Qui n'en a pas ? Mais Romain cultivait l'art d'avoir des têtes de Turc. Son choix était tombé sur Gérard avec une allégresse cannibale et il n'en démordait pas.

De tant de mains successives, les roses tombaient sur Romain. Le flux ne s'arrêtait plus. Les vivants défilaient devant la tombe du mort. Chacun d'eux me rappelait un épisode ou un autre de notre vie commune. Des voyages, des pays, des repas en commun, des amours et des haines, des discussions sans fin, des réactions honorables ou honteuses. J'étais sans cesse renvoyé à des époques plus ou moins reculées. Les acteurs étaient les mêmes — et ils étaient différents. Le temps avait passé. Les visages, les silhouettes, le langage, les façons de se tenir et de marcher avaient beaucoup changé. Nous étions tous emportés dans le mystère de la vie et du temps. Dans le mystère aussi de la conscience individuelle : le temps est un mystère, chaque vie est un mystère. Les pensées et les sentiments de ceux qui lançaient les fleurs me restaient obscurs. Peut-être à eux-mêmes leur étaient-ils obscurs ? De ceux qu'on connaît le mieux, on peut rapporter les gestes, les paroles, les habitudes, les manières d'être ; personne ne peut deviner, si ce n'est par des reconstructions arbitraires, leurs motifs, leurs desseins, leurs plus secrets cheminements. Ils n'appartiennent à personne — et pas même à ceux qui se présentent comme leurs propriétaires. Dans le secret de l'inconscience et de l'obscurité, ils sont le domaine du Seigneur tout-puissant qui sonde les reins et les cœurs et de son Jugement dernier.

Là-bas, dans un repli de la file, j'apercevais Marina, appuyée sur sa fille. Plusieurs jeunes femmes éperdues, des avocats marrons, des homosexuels, des conseillers financiers, des animateurs de radio, deux ou trois hommes politiques à la retraite, une bonne sœur sous un voile gris me séparaient encore d'elle. Une fatigue me prenait. J'aime beaucoup dormir et depuis quelques nuits j'avais très peu dormi. Le monde me paraissait moins gai. J'étais peut-être cyclothymique :

Himmelhoch jauchzend, zum Tode betrübt...

Et Romain n'était plus là pour me transmettre un peu de sa passion pour la vie.

À quoi rimait tout ce cirque ? De quoi nous occupions-nous ? On naît, on souffre, on est heureux, on regarde le monde, on rêve un peu, on meurt. Tout le reste était de la frime. De la cérémonie. Du poussage de col. De l'établissement social. La pression collective était plus forte que jamais. Nous nous imaginions à tort que nous marchions vers toujours plus de raison, vers toujours plus de liberté et nous appelions progrès cet accroissement de lumière. Nous ne cessions jamais d'être rattrapés par les pesanteurs et les conformismes que nous nous vantions de laisser derrière nous.

Ils piétinaient, l'un derrière l'autre. L'idée me traversa soudain qu'ils faisaient partie, eux aussi, de la pesanteur sociale et que j'avais mal servi Romain. Il n'aurait pas voulu de cette foule autour de sa dépouille. Il aurait fallu s'en tenir à l'essentiel, tailler dans l'inutile, l'enterrer à cinq ou six : Margault, Béchir, Marina, les Schweitzer, Mazotte, Dalla Porta..., exclure tous les autres et aller boire, dans le souvenir, à la gaieté de la vie. Nous l'avions trahi de toutes les façons : nous étions trop nombreux, nous pleurions au lieu de rire comme il l'avait souhaité, nous acceptions les rites qu'il avait toujours refusés, et nous les lui imposions.

Comme il est difficile d'être libre ! Romain l'avait été. Nous le rattrapions au dernier instant. Nous le couvrions de fleurs. Toute une foule s'emparait de lui. Il était la proie des autres. Vivre, c'est dépendre des autres. Il avait essayé de l'oublier. Nous le lui rappelions avec des roses.

Chacun est prisonnier de sa famille, de son milieu, de son métier, de son temps. Nous sommes les prisonniers de l'histoire. Les hommes ne sont pas égaux, non seulement parce qu'ils n'ont pas tous, grâce à Dieu, les mêmes talents et les mêmes faiblesses, mais parce que leur vie se déroule à des époques et dans des conditions différentes. Entre un citoyen grec du temps de Périclès et un Byzantin au lendemain de la chute de Constantinople, entre un Romain du Ier siècle et un Romain du VIe, entre un Espagnol du siècle d'or et un Aztèque au temps de la conquête, l'histoire suffisait, à elle seule, à creuser des abîmes.

Nous avions été jetés dans une des périodes les plus sombres de l'histoire. Elle s'ouvre avec la guerre de 14. Elle ne se clôt qu'en 89, avec la chute du mur de Berlin. Elle aura duré trois quarts de siècle. Trois quarts de siècle de violence, de haine, de mensonges, de crimes. Trois quarts de siècle où beaucoup de ceux qui auraient dû s'attacher à la justice et à la vérité se sont laissé aveugler par les idéologies meurtrières et rivales. Trois quarts de siècle de collaboration avec une forme ou une autre d'imposture intellectuelle.

À l'époque du triomphe, chez les esprits les plus éclairés, de la raison et de l'humanisme pacifiste, les catastrophes se succèdent à un rythme accéléré : la Première Guerre mondiale, déclenchée pour des motifs qui, avec le recul, apparaissent futiles jusqu'à l'invraisemblable ; dix ans plus tard, la crise économique et la grande dépression ; quelques années plus tard, le déferlement de la vague national-socialiste ; puis, un monstre chassant l'autre, quarante ans d'angoisse, de menaces nucléaires, de guerre froide pouvant se changer à chaque instant en un conflit ouvert. Le plus étrange est que l'angélisme cohabite tout au long avec l'apocalypse annoncée ou déjà en action. Jamais époque n'a résonné de plus de proclamations lénifiantes, de plus d'exigences morales, de plus de bonnes intentions — et jamais n'ont coulé autant de fleuves de sang.

Comme tous ceux de son époque, et de la mienne, Romain baignait dans le sang. C'était le temps des assassins. Nous étions entraînés dans des flots de douleur. L'art, la littérature, le théâtre, le cinéma, la peinture, la philosophie, et jusqu'à l'air du temps, étaient teintés de rouge et de noir. Les deux guerres mondiales, les camps de concentration, la Shoah, la banalisation de la torture, la multiplication des prises d'otages, la violence mêlée de chantage, le terrorisme d'État et le terrorisme contre l'État laissaient des traces en nous. L'air du temps était lourd. Il fallait prendre sur soi pour être libre. Il fallait prendre sur soi aussi pour être gai. Romain prenait sur lui.

Les grandes catastrophes passées, il en restait un souvenir, un parfum d'angoisse, une hystérésis d'horreur. Malgré les progrès formidables de la science — ou peut-être à cause d'eux —, malgré un niveau de vie toujours accru et toujours inégal, il y avait, depuis des années, comme un malaise dans notre civilisation.

Il était permis de penser que le malaise, si sensible, qui flottait ce matin-là sur la tombe de Romain était moins lié à notre temps qu'à la mort et à la condition humaine. Et que toutes les époques ont gémi sur leur sort en se comparant à celles qui les avaient précédées. Chaque génération s'imagine qu'elle trimballe avec elle une inquiétude, un frisson nouveau, des façons inouïes de sentir et de penser, une inquiétude originale. Peut-être, tout simplement, étions-nous des hommes comme les autres. Les hommes sont des primates dotés d'une conscience. Et l'angoisse est une dimension constitutive de la conscience.

Il y avait pourtant de quoi nourrir, dans la foule qui nous entourait, des inquiétudes et un malaise. Un mal obscur offusquait toute tentation de bonheur. Par une ruse merveilleuse de la raison, la racine du mal n'était pas à chercher dans la faiblesse ni dans la sottise des hommes, mais dans leur puissance et leur triomphe. Elle n'était pas liée à l'échec : elle était liée au succès. Obscurément, tous ceux qui jetaient des fleurs sur le corps de Romain avaient peur de l'avenir préparé par la science. Le progrès montrait sa face d'ombre.

Nous étions, à coup sûr, de plus en plus puissants. Et de plus en plus, pour de bonnes ou de mauvaises raisons, nous nous méfiions de notre puissance. Nous avions déjà peur de l'avenir quand il nous échappait. Maintenant, c'était nous qui le construisions de toutes pièces. Et il nous faisait plus peur encore que quand il nous était imposé par une Providence, une nature, une histoire sur lesquelles nous ne pouvions rien. Le ciel qui risquait de nous tomber sur la tête sortait de nos propres ateliers. Je pensais à Romain, égoïste professionnel, arriéré par conviction, partisan d'une abstention, teintée de résignation, de je-m'en-foutisme, de sagesse et de zen, qui relevait à la fois d'un pessimisme conjoncturel et d'un optimisme surprenant chez cet adversaire de toute transcendance qui faisait confiance à la nature :

— Cessez d'animer ! s'écriait-il. Cessez de développer ! Cessez de communiquer !

Je lui disais que son programme était réactionnaire. Il se mettait à rire. Je lui disais que l'avenir était digne d'intérêt parce que c'était là que nous allions passer le reste de notre vie. Il me regardait avec pitié :

— La seule chose qui m'intéresse, c'est le présent. C'est toujours dans le présent que nous passons notre vie.

Pour faire un peu le malin, je partais sur la science et sur ses découvertes époustouflantes dont m'avaient parlé Mazotte et Dalla Porta. Je lui disais que l'histoire ne se laissait pas arrêter et qu'elle allait vers une complexité croissante capable de mener à n'importe quoi et dont il était de plus en plus difficile de prévoir les conséquences et les effets bienfaisants ou pervers.

— Le progrès fait rage, ricanait-il en haussant les épaules.

— Tu es comme tout le monde, lui disais-je : tu ne craches pas dessus. Tu roules en voiture, tu prends l'avion, tu téléphones, tu te soignes...

— Pas beaucoup, me disait-il.

— Pas beaucoup, mais tout de même..., tu prends le train, tu te chauffes. Tu condamnes ce dont tu te sers.

— Je m'en sers, oui, bien sûr, je m'en sers. Je m'en sers, mais je ne le sers pas.

Il ne servait rien ni personne. Il s'efforçait d'être libre. Il savait être heureux.

Une jeune femme lançait sa rose. C'était une Vénitienne à qui une vengeance amoureuse avait valu son heure de gloire. Elle était la maîtresse d'un de ces Italiens qui n'en finissent pas de mépriser les femmes sous couleur de les aimer et qui coupent la queue de leur chien à la façon d'Alcibiade pour mieux faire parler d'eux. Une histoire célèbre en son temps l'avait pris pour héros. On racontait qu'en compagnie de deux de ses camarades de la même farine il était entré dans un de ces établissements vénitiens où sortent de machines étincelantes des tasses minuscules d'un café extrêmement fort. Le premier des trois avait commandé un café serré : *stretto*. Le deuxième, renchérissant, avait lancé : *strettissimo*. Et lui, d'une voix lasse, avait laissé tomber : *chiuso* — fermé. Il avait quelques années de moins qu'elle et, après deux ou trois saisons semées de Biennales,

de Lions d'or et de promenades à Chioggia, à Mala-
mocco ou aux îles dans des motoscafi rugissants,
il l'avait négligée pour une jeune actrice hongroise
dans le genre des sœurs Gabor : d'un talent moins
éclatant que leur longue chevelure blonde.

Anna-Maria descendait de Bianca Cappello. D'une
vieille famille patricienne, d'une beauté meurtrière,
Bianca Cappello, il y avait quatre siècles, était, à
quinze ans, la maîtresse secrète d'un Vénitien de la
petite bourgeoisie. Trompant la surveillance pater-
nelle, elle allait retrouver son amant tous les soirs
en laissant à demi ouverte la porte de son palais où
elle rentrait au petit matin. Les passions des hommes
sont en nombre limité et elles tournent en rond
autour de nous. Une nuit, la porte fut refermée par
un jeune marmiton qui sortait lui aussi, à l'insu de
Bianca, des bras de sa maîtresse, une couturière du
quartier. Bianca Cappello n'hésita pas longtemps.
Ne pouvant rentrer chez elle, elle retourna chez son
amant, lui demanda s'il l'aimait et, sur sa réponse
positive mais un peu affolée, méprisant toutes les
convenances et les risques les plus sérieux, s'enfuit
à Florence avec lui.

À la suite d'aventures plus invraisemblables les
unes que les autres, Bianca Cappello, qui n'avait
pas froid aux yeux et qui cultivait comme un des
beaux-arts l'audace politique et amoureuse, devint
la maîtresse du grand-duc de Toscane et finit par
l'épouser. Montaigne la rencontre au cours de son
voyage en Italie et parle d'elle dans son *Journal*.
En butte aux avances de son beau-frère, le cardinal
de Médicis, animé à son tour d'une passion où se
mêlaient l'amour et la haine, elle décida de l'empoisonner. Par un malheureux concours de circonstances, son mari, le grand-duc, survint dans sa belle

villa de Poggio a Caiano, au pied du Monte Albano, à l'instant même où elle offrait au cardinal le gâteau empoisonné qu'elle avait préparé en secret. Le grand-duc revenait de la chasse. Il avait faim : il avança la main pour prendre une tranche de la pièce montée. S'interposer, crier, tenter d'arrêter le geste de son mari aurait suffi à la trahir. Elle le laissa s'emparer du gâteau et elle en choisit elle-même en riant un morceau. Le grand-duc et sa femme succombèrent presque aussitôt dans de cruelles souffrances et le cardinal de Médicis monta sur le trône de Toscane.

L'ombre de Bianca Cappello, si prompte à la déci-sion, faisait honte à Anna-Maria. Je la voyais devant moi, si douce et l'air buté. Les hommes sont impré-visibles, les femmes encore davantage, et les Ita-liennes plus que personne. Venise est une petite ville où le soleil et l'eau font bouillir les passions. L'oc-casion de se venger lui fut fournie par la Fenice, qui n'avait pas encore brûlé pour la seconde fois et qui brillait au cœur de Venise des mille feux de sa rampe. Il y avait fête, ce soir-là. Ce n'était pas Vivaldi, ce n'était pas Goldoni, ce n'était pas Verdi. Le théâtre accueillait un opéra chinois qui racontait en musique les aventures de Hiuan-tsang.

Au VIe ou VIIe siècle, mille ans après le Bouddha, un demi-millénaire après l'introduction du boud-dhisme en Chine, Hiuan-tsang était un de ces boud-dhistes chinois qui, bravant tous les dangers, franchissaient déserts et montagnes pour aller se recueillir sur la terre du Bouddha. Le pays de l'Élé-phant. Jambudvîpa. Ou Tien zhu, ou Shen du, ou Xian dou, ou encore Yin du — c'est-à-dire l'Inde. S'étendant sur une dizaine ou une douzaine d'an-nées, le voyage, aller et retour, se confondait avec une vie. Les pèlerins affrontaient des aventures sans nombre, mouraient de froid et de chaud, se noyaient dans les fleuves, rencontraient des moines, des bandits, des princesses, des armées de singes. Ils adoraient les dents — il y en avait bien une centaine, semées un peu partout — et les cheveux de l'Éveillé. Fatigué de Carpaccio, de Tiepolo, de Palladio et de Longhena, des régates sur le Grand Canal et des bals organisés dans des palais branlants par des Américaines que la vieille Europe rendait folles, tout Venise se souvenait que, sous forme de pâtes, de mitres, de poudre à canon, de contes — Cendrillon vient d'Asie —, la Chine avait été présentée à l'Europe par un des plus illustres de ces intermédiaires vénitiens qui vivaient de rencontres : Marco Polo. Et, plutôt petit, rouge et or sous son grand plafond bleu, enchanteur pour les yeux et l'imagination, le théâtre était plein.

Anna-Maria était l'amie du régisseur de la Fenice. Ils avaient chanté ensemble à la chorale de San Zaccaria ou de San Giovanni in Bragora. Par lui, sous des prétextes mensongers — « nous sommes tous si liés... nous formons une petite bande qui ne se quitte jamais... ne séparez pas le *gruppetto*... » —, elle avait obtenu un fauteuil juste derrière celui qu'avait loué le volage pour la Hongroise-à-la-belle-chevelure qu'il tenait par la main. Au moment le plus pathétique, lorsque Hiuan-tsang tombe aux mains des Thugs, adorateurs cruels de lord Jagannath et de la déesse Kali, assoiffés de sang l'un et l'autre, Anna-Maria sortit de son sac une solide paire de ciseaux, plus proche peut-être d'un sécateur. Les yeux de tous les spectateurs étaient rivés sur le Maître de la Loi. Entouré de bandits qui attendaient, le sabre à la main, l'ordre de leur chef pour lui couper la tête, il tournait sa pensée vers le mont Sumeru et réussissait à les convertir par son courage et sa sagesse aux préceptes éternels du Bouddha : l'amour et la compassion pour les êtres vivants, les Trois Précieux, les Cinq Défenses, les Six Pâramitâ qui sont les six moyens de parvenir à l'autre rive et d'obtenir à jamais la délivrance finale. À l'instant précis où les Thugs, vaincus par sa force morale, s'inclinaient un à un devant Hiuan-tsang au lieu de le mettre à mort, Anna-Maria, en silence, saisit la longue natte blonde qui retombait derrière le dossier du fauteuil et pendait devant elle. Et, très haut, le plus près possible du crâne et des racines plutôt châtain foncé — elle les remarqua aussitôt — des cheveux si blonds et si beaux, elle la trancha d'un coup sec.

L'affaire de la natte fit du bruit à Venise. Elle enchanta Romain qui ne tarda pas beaucoup à rendre à Anna-Maria — et au-delà — sa joie de vivre évanouie. Elle jetait sa rose dans la tombe.

La sœur vêtue de gris nous croisait en inclinant la tête. C'était une originale. Et une sainte. Elle s'y connaissait en roses et en fleurs : elle en distribuait aux intouchables hors caste en train d'agoniser dans les mouroirs de Calcutta. Elle s'occupait de ceux pour qui il n'y avait plus rien à faire. Au lieu de leur apporter de la nourriture qu'ils ne pouvaient plus avaler ou des livres qu'ils n'avaient jamais pu lire, elle leur offrait ces formes, ces couleurs, ces parfums inutiles par excellence qu'on donne exclusivement à ceux qui n'ont besoin de rien parce qu'ils ont déjà tout : des fleurs. Au scandale de beaucoup qui pensaient qu'il y avait d'autres urgences, à l'admiration de quelques-uns, elle couvrait de fleurs odorantes et très gaies les souffrances et les plaintes de ceux qui, au terme d'une vie qu'ils auraient peu de motifs de regretter, allaient mourir tout seuls. Elle traitait comme des princes ceux qui n'avaient jamais rien eu et à qui, au dernier moment, comme on rattrape en hâte sur le quai de la gare ou sur la marche de l'autobus un ami en train de partir auquel on a oublié de dire quelque chose d'essentiel, elle rendait un peu de leur dignité piétinée.

Romain, de passage à Calcutta où il était descendu dans un palace somptueux avec quatre restaurants différents et des boutiques de luxe, avait entendu parler d'elle avec un peu de distraction. Un soir, en rentrant dans le hall de son hôtel après un dîner bien arrosé avec des Anglais d'Oxford et des Japonais amis de Mishima qui récitaient Proust en français, il avait buté sur quelque chose de mou. C'était une femme en mauvais état. En si mauvais état qu'elle rendit l'âme dans ses bras. Allons bon. Le lendemain matin, il avait envoyé à la sœur une somme qui permettait d'acheter toutes les boutiques de fleurs de la ville. La sœur et lui étaient restés en relations et, c'était un rite, chaque fois qu'elle passait par Paris, austère, très gaie, toujours vêtue de gris, il l'invitait à dîner.

Elle était suivie par un raseur qui, depuis longtemps déjà, poursuivait Romain de ses offres de service et de ses sollicitations. Il voulait à tout prix faire des choses avec lui. Quoi? Presque n'importe quoi. C'était un pompeux qui aimait les discours. La dernière fois que nous l'avions rencontré, c'était à l'occasion de je ne sais quelle médaille qu'il remettait à Gérard. Il en avait profité pour prononcer une allocution qui, après être remontée au grand-père, au père, aux oncles et tantes de Gérard, après avoir passé en revue ses publications les plus obscures et les moindres détails d'une vie plutôt banale, s'était mise à traîner en longueur et n'en finissait plus. Carlo

Dalla Porta, qui bâillait à côté de moi, avait du mal à dissimuler son impatience.

— Oh! la la! me soufflait-il.

— J'allais le dire, lui murmurais-je.

Pour passer le temps, il me raconta à voix basse la cérémonie autrement brève au cours de laquelle Léon Blum avait remis à Louis de Broglie — à qui Einstein avait écrit un jour : «Vous avez soulevé un coin du grand voile…» — les insignes de commandeur ou de grand officier de la Légion d'honneur. Blum, l'air d'un long lévrier, s'était contenté de jeter très vite au père de la mécanique ondulatoire qui n'avait pas de peine à afficher derrière son haut col dur un air absent et gêné :

— Monsieur, vous appartenez à une famille où le talent était héréditaire jusqu'à ce que le génie y entrât.

Et il lui avait collé la cravate ou la plaque.

Ils défilaient toujours. Une majorité de catholiques — et il faudrait établir des nuances entre les catholiques de tradition, de routine, de conviction, de raison, entre les gauchistes et les intégristes, entre les pratiquants et les sympathisants — mêlés à des protestants — luthériens ou calvinistes —, des juifs — ashkénazes ou séfarades —, des musulmans — sunnites ou chiites, quelques-uns ismaéliens —, des athées plus ou moins déclarés et toute une foule d'indifférents qui ignoraient ce qu'ils croyaient et qui renonçaient à s'occuper de problèmes insolubles dont il était impossible de rien dire ni même de rien penser. Rien n'était plus flou que l'image que les hommes se faisaient de l'univers et de leur propre existence.

Le monde changeait très vite. Je pensais à mes parents et à mes grands-parents, à ceux de Romain ou de Margault Van Gulip, à ceux des créatures qui se succédaient devant moi. Une cérémonie comme celle-là était inimaginable il y avait trois siècles, ou même deux, ou peut-être seulement cent ans. La planète s'était unifiée. Elle était devenue fluide. Les barrières et les règles étaient tombées en même temps que les valeurs qu'elles étaient chargées de défendre. Les interdits étaient levés. Les distances étaient abolies. Les croyances religieuses s'étaient émoussées. L'entropie avait marché au pas de charge. Il y avait des pans entiers de l'histoire qui s'étaient effondrés, des scènes qu'on ne verrait jamais plus. Des perruques aux redingotes, des crinolines aux pantalons, des jaquettes aux blue-jeans et aux vestes de velours, des carrosses et des diligences aux automobiles qui encombraient les allées du cimetière, l'aspect des gens avait changé, et leurs façons de penser s'étaient modifiées avec leurs façons de se vêtir et de se déplacer.

Les grandes fêtes dont on m'avait parlé ou dont j'avais lu les récits dans les livres de Morand, de Proust, de Chateaubriand, de Saint-Simon avaient disparu dans les abîmes du souvenir. Des idées bornées de toute part avaient été réduites en poussière. Un monde de lenteur et de distinction — dans tous les sens du mot —, de chevaux et de calèches, de précepteurs et de valets de pied en habit à la française, de dames de compagnie et de soubrettes en noir et blanc, un tablier autour de la taille, un bonnet de dentelle sur la tête, de bals de cour, de chasse à courre, dont j'avais encore connu les derniers feux et le déclin mélancolique, avait rejoint dans ce néant ambigu que nous appelons le passé les mercenaires de Venise ou de Gênes, les tournois, les destriers, les troubadours, les tailleurs de pierre des cathédrales, les arquebusiers, les vestales, les haruspices, les jeux du cirque. Un jour, nos façons d'être qui nous semblaient si naturelles, si inévitables, si difficiles à abandonner s'évanouiront aussi à la façon des toges, des pourpoints, des jugements de Dieu, des cours d'amour : elles paraîtront vieillottes et absurdes à des novateurs pleins d'audace et de confiance en eux et déjà condamnés à leur tour au ridicule et à l'oubli.

Le carrousel n'en finissait pas de tourner, et de plus en plus vite. Les paysages changeaient jusqu'au vertige. Les savoirs se multipliaient et se chassaient les uns les autres. Politiques, sociales, économiques, intellectuelles, amoureuses aussi et privées, les façons d'être et de penser se succédaient sans fin et se fusillaient à bout portant. Toujours plus riches, toujours plus profondes, les conceptions de l'univers offraient à chaque instant des points de vue inédits sur une réalité qu'elles faisaient surgir du néant. Le monde dont nous ne découvrions qu'à travers nos sens les couleurs et les formes et à qui nous ne donnions ses structures que grâce à notre conscience était un kaléidoscope. Le kaléidoscope s'emballait et nous proposait, dans l'émerveillement et la crainte, des spectacles toujours semblables et pourtant toujours nouveaux.

Derrière ce chamboulement perpétuel, le monde bougeait très peu. L'espace et le temps régnaient partout. Le Soleil était là. La Lune aussi, la mer, les montagnes, les grands fleuves, le dessin des continents, les créatures sans nombre, les orques, les castors, les abeilles, les fourmis avec leur organisation militaire, les passions constantes et alternées des hommes, le goût du pouvoir, l'amour de l'amour, la puissance souveraine de l'esprit. Nous avions le désert, les collines au printemps, les vignobles en automne, la Méditerranée qui était une des patries des choses visibles et invisibles que nous aimions le plus. Il était possible et permis de s'éloigner un peu des vicissitudes souvent lassantes de l'histoire pour se réfugier dans l'essentiel qui ne changeait jamais.

Dans l'essentiel qui ne changeait jamais... Peut-être y avait-il ailleurs, personne ne savait où ni comment, quelque chose d'essentiel qui ne changeait jamais. Ce n'était sûrement pas la Méditerranée, ni la Terre, ni le Soleil, ni la danse des abeilles, ni la suite des hommes ; ce n'était ni la vie, ni l'amour, ni la pensée ou l'esprit tels que peuvent les concevoir notre pensée et notre esprit. Le Soleil et la Terre, et l'univers lui-même, étaient aussi changeants et aussi passagers que nos idées et nos mœurs. Ils changeaient plus lentement — mais ils changeaient tout de même. Ils naissaient d'autre chose, ils se développaient, ils jouaient le grand rôle qui leur était imparti — et ils allaient déjà, au loin, vers leur disparition. Les étoiles dans le ciel et les passions des hommes se transformaient et mouraient comme les modes et les rites, comme les constructions de la science, comme les empires universels et leurs institutions.

Qu'est-ce qui ne change pas ? Tout passe. Des textes bouddhiques et de l'Ecclésiaste aux élégiaques et aux romantiques, c'est la chanson des hommes. Il n'est rien sous le soleil qui ne finisse par disparaître. Et le Soleil lui-même... Les débuts de la philosophie se confondent avec la recherche désespérée et allègre de ce qui pourrait bien être immuable. Si, sur la côte enchanteresse de la mer Égée, un, deux, trois siècles avant Socrate, avant Platon, avant Aristote, Thalès de Milet, Anaximandre, Anaximène, d'autres encore construisent leurs systèmes sur l'eau, sur l'air, sur le feu ou sur n'importe quoi, c'est qu'ils sont à la recherche de ce qui fonde, dans la permanence et dans l'immobilité, le décor toujours en train de s'écrouler où nous vivons tous les jours. Ils se trompent, bien entendu. Ni l'air, ni le feu, ni tout le reste — ni la guerre ou l'Olympe, comme le soutiennent les poètes — ne sont à l'origine de tout, puisqu'ils appartiennent eux-mêmes à ce monde qui ne se fait que pour se défaire et qui commence à mourir à l'instant même où il naît. Du moins l'origine de la philosophie, qui s'occupe aussitôt de la philosophie de l'origine, a-t-elle le mérite de distinguer deux forces, deux exigences dans le fouillis du monde : un élan vers le mobile et vers le passager, un élan vers l'immuable et vers l'éternité. À la veille de l'âge classique de l'architecture et de la sculpture, de la philosophie, de l'histoire et de la tragédie, deux immenses philosophes incarneront ce déchirement des hommes entre le mobile et l'immobile, entre le passager et l'éternel, entre la multitude des créatures et l'unité de l'être : Héraclite et Parménide.

Qu'est-ce qui dure au lieu de passer ? Qu'est-ce qui est au lieu de naître, c'est-à-dire de mourir ? Tout ce qui vit, bien sûr — les animaux, les arbres, les plantes, les éponges, les amibes, les plus infimes bactéries —, n'existe que pour la mort. Et de la matière elle-même, des pierres sur le chemin, des astres dans le ciel, de la nature entière, il est permis de dire qu'un cycle les emporte d'un début vers une fin. Un fil continu court des étoiles à la pensée. La pensée vient des hommes, les hommes naissent de la vie, la vie sort de la matière. Et tout se rue vers la mort et vers le néant.

Devant la tombe de Romain, sous le flot ininterrompu de ceux qui, l'espace d'un instant, évoquaient en pensée son image corporelle — une image composite et assez étrange puisque, pris lui-même dans le torrent de la vie, il n'était plus à vingt ans ce qu'il était à six ans ni à soixante-cinq ans ce qu'il était à quatorze —, je rêvais vaguement à l'éternel.

Éternel, où es-tu, si tu n'es pas de ce monde? C'était une de ces questions que Romain se gardait bien de poser. Installé d'emblée dans l'œil même du cyclone, dans ce cœur brûlant du temps que nous appelons le présent, il aurait ri de moi qui, parlant de l'ineffable dont personne ne peut parler, pétais plus haut que mon cul. Mêlée à sa présence qui avait été si forte pour nous, son absence me fournissait deux clés. Deux réponses opposées à la question interdite. Une de ces réponses, qu'il n'aurait pas refusée, était d'une simplicité enfantine. Il y avait bien, hors de ce monde, plein de formes, de couleurs et de bruits, à son extrême limite, le touchant, le frôlant, s'en écartant aussitôt, quelque chose d'éternel où Romain venait de tomber : c'était le néant.

Quand on est mort, c'est pour longtemps. Il y avait, à coup sûr, une éternité du néant. Elle nous faisait, à titre posthume, une bonne farce et une belle jambe : nous sortions, chacun de nous, des tumultes de la vie pour entrer dans une éternité qui n'était plus là pour personne. Ne bougeant plus, ne changeant pas, le néant se confondait avec l'éternité. Il y avait un lézard : tant que nous étions là, rien n'était éternel ; quand l'éternité était là, c'était nous qui n'y étions plus. Il nous suffisait de tourner le dos à nous-mêmes pour être engloutis par l'éternité. Nous étions si liés aux tourments de la vie et à ses vicissitudes que nous nous trouvions hors d'état de profiter de cette paix éternelle. D'un côté, le changement, la mobilité, le passage, le jour qui sort de la nuit, la nuit qui succède au jour, la mort qui est un autre nom de la vie et son effet-retard : de ce jeu-ci, nous en étions ; de l'autre, le repos sans fin, la paix, l'éternité : de cette réalité-là, nous, ce que nous appelions nous, étions exclus à jamais. Nous étions encore là pour mourir, nous n'étions plus là dans la mort.

Il y avait, après le néant, une seconde réponse à la question sur l'éternité que Romain se gardait bien de poser : c'était le temps.

De tout ce que nous pouvons voir, entendre, toucher, sentir, imaginer, concevoir et penser, il y a une chose, et une seule, en dehors du néant, qui peut aspirer à l'éternel : c'est le temps. Il est permis de soutenir que le temps est passager comme le monde, qu'il a un début comme le monde et qu'il finira comme le monde ; et il est permis d'imaginer que le temps est éternel comme le néant.

Il n'est pas impossible que le temps soit éternel. Il précéderait l'univers et il lui survivrait. Il survivrait aux hommes, à la vie, au Soleil et aux astres. Il survivrait à tout après avoir tout précédé. Le monde serait né dans le temps et il mourrait dans le temps. Le temps, immuable, ne serait pas seulement éternel : il serait l'Éternel. Le Soleil serait son image passagère et mobile. Le firmament le représenterait à nos yeux égarés. Les dieux l'incarneraient pour des générations successives. Il serait permis de l'adorer. Il régnerait sur la vie comme le néant sur la mort.

Romain, qui, trop impatient de vivre, ne s'embarrassait jamais d'aucun souci de cet ordre, aurait sans doute accepté, un peu vite et sans trop discuter, l'une et l'autre réponse à la question non posée : le temps était éternel de ce côté-ci de la vie ; et le néant, de l'autre. Sur la tombe de Romain, entre les délires de Staline et de Hitler, la natte d'Anna-Maria, les amours de la reine Margault, les crimes de la Mafia, je rêvais d'éternité. Je rêvais au néant et je rêvais au temps.

Souvent, Romain et moi, nous avions écouté Carlo Dalla Porta nous parler du big bang. Nous avions réussi à comprendre qu'il y avait une certitude, établie par Hubble : c'était que l'univers était en expansion. Et qu'il y avait une hypothèse qui répondait assez bien aux exigences de cette expansion : c'était le big bang. Acceptée par les uns, contestée par les autres, l'hypothèse du big bang avait le mérite de proposer une interprétation cohérente de l'évolution de l'univers. Une pointe d'épingle minuscule au-delà — ou en deçà — de toute imagination, d'une densité et d'une chaleur proprement inconcevables, explose. Tout l'avenir du monde se joue dans les trois premières secondes. Ensuite, l'expansion de l'univers sort tout naturellement de l'explosion primitive.

L'espace, c'était encore assez simple : il ne cessait de s'étendre. Le débat portait sur le temps. Dans quoi se produisait le big bang ? Première réponse : dans le temps. Le big bang, dans ce cas-là, ne créait pas grand-chose puisque l'essentiel le précédait déjà. Deuxième réponse : dans rien. Dans ce cas-ci, le big bang était vraiment créateur. On voit bien que, dans un cas comme dans l'autre, le brouillard règne sur les origines. Si le temps précède le big bang, d'où vient alors le temps ? Si le big bang crée le temps, comment diable fait-il ? Autant il est possible, sinon d'imaginer, du moins de concevoir une explosion primitive à l'origine de toute matière, autant il est difficile — et en vérité impossible — de comprendre comment quoi que ce soit puisse inventer le temps.

Il était très clair que le temps était inexplicable. Il

suffisait d'y penser pour que la tête nous tourne. Qu'est-ce que c'était que ce truc qui nous filait entre les doigts, dont il était impossible de parler, et qui était au cœur de tout — et de nous-mêmes ? Il était inutile de chercher des miracles dans le monde où nous habitions : le temps était le seul miracle — mais c'était un miracle. Un miracle perpétuel, un miracle de tous les instants. Et un miracle universel, un miracle de tous les lieux. Carlo Dalla Porta m'avait vingt fois expliqué que le temps régnait d'un bout à l'autre de l'immense univers. Il était le même pour les cent milliards d'étoiles de notre Galaxie, et il était le même pour les cent milliards d'autres galaxies jusqu'aux limites de l'univers. L'histoire, la pensée, l'enchaînement des causes et des effets, les lois de la physique et de la mathématique, la nécessité qui régnait sur le monde n'étaient possibles que dans le temps. Et, reflet lui-même de la loi mathématique et de la nécessité, le temps se déroulait inexorablement.

Ce temps inexorable n'arrêtait pas de bouger. Il était une naissance perpétuelle et une mort perpétuelle. Le passé mourait à chaque instant pour donner naissance au présent et, simultanément, le présent — dans lequel nous ne cessions jamais de vivre et qui n'existait presque pas — mourait aussitôt pour donner naissance à l'avenir. Le temps n'est que paradoxe et contradiction : on pouvait dire tout aussi bien que l'avenir, à chaque instant, tombait dans un présent qui n'avait rien de plus pressé que de tomber dans le passé. C'était une métamorphose en boucle, l'image même de cette vie où naître est un autre nom pour mourir.

Le présent, si cher à Romain, était, au cœur du temps, ce qui ressemblait le plus à l'éternel. Il était toujours là. Mais il n'en finissait pas de disparaître. C'était une éternité précaire, toujours en forme d'évanouissement, toujours en voie de renaissance. C'était une espèce d'éternité — mais une éternité de pacotille, une éternité d'illusion.

Le cercueil de Romain disparaissait sous un tapis de roses. Je me répétais : «Le présent est une illusion…, le temps est une illusion…, la vie est une illusion…» Et je m'en voulais de trahir Romain au moment même où il ne pouvait plus me répondre. Oui, bien sûr, nous avions souvent parlé ensemble du temps et de l'éternité. Je lui disais que le triomphe assuré de la mort enlevait beaucoup de leur prix aux bonheurs de la vie. Et, à chaque fois, il m'avait cloué le bec. Il me semblait, à tort peut-être, qu'il éludait le problème parce qu'il était vivant. Maintenant qu'il était mort, il pouvait enfin me répondre. Le malheur était justement qu'il ne pouvait plus me répondre. Le système était verrouillé.

Le temps était lié au monde. Il était, au cœur du monde, l'enveloppant, le contenant et pourtant enveloppé et contenu, une image mobile de l'éternité. Une chose était sûre : il n'y avait pas de monde sans temps. Une chose était douteuse : y avait-il du temps sans monde? Avant le monde? Après le monde? Expansion sans fin de l'univers ou retournement théâtral du big bang en big crunch, ce monde, un beau jour, dans un beau milliard de millénaires, finirait par disparaître. Y aurait-il encore, après la fin de tout comme avant son début, quelque chose pour couler, pour durer, pour exister dans le paradoxe à la façon du temps?

Ce qu'il y avait de bien quand on se mettait à partir sur le temps, c'est qu'on pouvait rêver sans fin. Dans l'état actuel du savoir, l'origine de notre univers remonterait à une quinzaine de milliards d'années avant nous. Le Soleil et la Terre dateraient de quelque cinq milliards d'années. Pendant quelque dix milliards d'années, le Soleil et la Terre ne roulent pas encore dans les cieux. Que pouvait bien représenter le temps avant l'alternance des années, des saisons, du jour et de la nuit ? La vie n'apparaît sur notre planète — ailleurs aussi peut-être, personne n'en sait rien ; mais en tout cas sur notre planète — qu'un milliard d'années environ après la mise en place du Soleil et de la Terre, sans même parler de la Lune. Que pouvait bien être le temps avant la vie, avant les plantes et les arbres, avant les bactéries et les amibes, avant la naissance de tout ce qui va mourir assez vite ? Il faut plus de trois milliards d'années pour que de la vie, qui est sortie de la matière, sorte à son tour la conscience. Quand, dans un monde où alternent le jour et la nuit, où se succèdent les saisons, où défilent les années, apparaît enfin la pensée de l'homme, il est possible, sinon de comprendre, du moins de constater que quelque chose d'impalpable et pourtant de réel, que quelque chose d'ineffable et pourtant de calculable, que quelque chose d'incompréhensible et pourtant d'évident, est en train de nous envelopper, de creuser son chemin en nous, de nous emporter, de se confondre avec nous, de nous emberlificoter de toutes les façons possibles et imaginables : le temps. Dans la pensée des hommes, le temps est une énigme insoluble — mais il est quelque chose. Avant la pensée des hommes, le temps est déjà presque tout — mais il n'est presque rien.

Le temps, qui est lié à l'univers et qui est lié à la vie, est lié à la pensée des hommes. Il ne prend son sens que par elle. Et ce sens, si banal, si évident, est en même temps — ah! ah! mais comment dire autrement? — si incompréhensible et si mystérieux que les hommes, évidemment, mais aussi toute vie, toute existence et le monde tout entier prennent d'emblée une allure transcendante, miraculeuse et proprement métaphysique.

Sur le bord de sa tombe où une jeune femme en larmes, encore une, et que je ne connais pas, est en train de jeter sa fleur, j'entends d'ici Romain :

— Qu'est-ce que c'est encore que ce charabia? Qu'est-ce que ça veut dire : « transcendant »? Qu'est-ce que ça veut dire : « miraculeux »? Et qu'est-ce que ça veut dire : « métaphysique »?

Ce que ça veut dire, Romain? Ce que ça veut dire, transcendant, miraculeux, métaphysique? Ça veut dire que le temps ne se suffit pas à lui-même. Et la meilleure preuve, et la plus simple, est que tout ce qui vit va mourir et que tout ce qui existe va finir, un jour ou l'autre, par cesser d'exister. Tout est dans le temps, et nous sortons du temps. Il n'y a rien d'autre que le temps, et il y a autre chose que le temps.

Tu es mort, Romain, et je mourrai aussi. Tous, tous ceux qui sont ici en train de penser à toi, et tous les autres aussi, tous ceux d'ici et d'ailleurs, tous ceux d'hier et de demain, tous, nous mourrons aussi. Nous sommes nés : nous mourrons. Nous sortirons du temps où nous étions entrés. Tout ce qui vit est dans le temps : tout ce qui vit en sortira. Et tout le reste aussi : les plaines et les rivières, les montagnes couvertes de neige et les collines de Toscane, les rivages de la mer et toutes les îles au loin, les continents, les astres, les terribles neutrinos et les galaxies aux confins de l'univers, tout, jusqu'aux derniers replis, tout, jusqu'aux limites du tout, sera expulsé du temps.

Comme nous l'avons aimé, ce temps ! S'il y a tant de monde ici pour te jeter des fleurs, c'est que tous ont compris que tu régnais sur le temps. Tu l'avais dominé, tu le tenais en lisière. Tu ne t'occupais jamais du passé, et très peu de l'avenir. Tu t'étais établi sur le présent comme en pays conquis, et tu le changeais en fête. Tu avais le génie de la vie parce que tu avais maîtrisé le temps. Chacun de ses instants était pour toi une promesse de bonheur.

Tu savais, bien sûr, que le temps te quitterait et que tu quitterais le temps. Tu t'arrangeais du néant comme tu t'arrangeais du temps. C'est là, combien de fois en avons-nous parlé et combien de fois nous sommes-nous tus, que je me séparais de toi.

Ce qu'il y avait de paradoxal dans l'éternité douteuse du temps, c'était qu'il était l'image même de la mobilité. Le temps pouvait-il, à la fois, être l'immobilité et la mobilité ? Pouvait-il couler sans cesse et se confondre avec l'éternel ? Je ne croyais pas que le temps, icône du passager et du discontinu, pût jamais aspirer à la gloire de l'éternel. Dans le meilleur des cas, tout ce que pouvait espérer le temps, c'était d'être l'image harassée et le regret de l'éternité. Il en était le reflet. Il en était le symbole, le messager, l'annonciateur. Il en était aussi le sous-produit, torturé et complexe. Il était le bouffon de l'éternité.

Romain pensait tranquillement que le temps était éternel comme le néant l'était aussi. Je pensais que le temps était bien trop léger, trop divers, trop instable et discontinu pour aspirer à l'éternité. Et que le néant était trop absurde et trop vide pour se confondre avec elle. Romain était pour l'absurde : le temps avait toujours existé et existerait toujours ; le néant était la fin de tout ; et la vie n'avait pas d'autre sens que celui que lui donnait le plaisir. J'étais pour le mystère : le temps naissait du big bang comme l'univers lui-même ; le néant était du non-être et le non-être n'était pas ; et, si grand, si enchanteur, le bonheur de la vie, que cultivait si bien Romain, venait d'abord de son secret.

La vie était un secret. Le monde était un secret. Nous étions jetés dans une énigme dont la solution ne nous était pas donnée et ne nous serait jamais donnée. Il n'y avait qu'une chose de sûre : le système de l'univers était un mécanisme merveilleusement combiné. Quelles que fussent leurs conceptions, souvent très diverses et très éloignées les unes des autres, de son origine et de son développement, tous les savants sans exception, les physiciens, les astronomes, les biologistes, les paléontologues, les chimistes, les gens de l'infiniment grand et de l'infiniment petit, et ceux des sciences de la terre, étaient d'accord sur un point, et peut-être sur un seul : tout, dans l'univers, est calculé de si près — et peut-être par personne — que le moindre dérèglement, un millième de milli- mètre, un centième de seconde, un quart de degré ou de milligramme en plus ou en moins, suffirait à détruire un équilibre global qui repose sur un fil, sur un cheveu, sur beaucoup moins qu'un souffle. Ani- mée ou inanimée, ce que réussit la nature relève sans cesse du prodige. Dans les récits de Dalla Porta, le soir, sous les étoiles, dans les nuits de printemps ou d'été, revenaient fréquemment des formules qui com- paraient tel ou tel phénomène souvent banal de la nature à la maîtrise d'un archer qui, sans trembler, enverrait sa flèche magique dans le noir d'une cible située à des centaines de kilomètres, à la perfor- mance d'un joueur chanceux — ou trop habile — qui tirerait trente fois de suite, et dans l'ordre, à la table du casino de Deauville ou de Monte-Carlo, le valet de trèfle, la dame de cœur, le roi de carreau et l'as de pique.

Le moins qu'on pût dire de l'univers était que le hasard et la nécessité y faisaient bien les choses. Comment? Pourquoi? Ah! c'était un secret. Alors, peut-être que quelque chose, ou quelqu'un, une force mystérieuse, une volonté toute-puissante... Ah! c'était encore un secret. L'origine, protégée par le mur de Planck, si cher à Dalla Porta: un secret. La fin, inévitable, assurée, calculée scientifiquement pour le Soleil et les astres, pour la Terre et pour nous, mais toujours imprévisible: un secret. Notre propre mort, sûre et certaine (pourquoi sûre et certaine? Pour la seule et bonne raison que tous les autres sont toujours morts et que tout finit toujours par finir?): un secret. Le hasard: un secret. Et la nécessité (pourquoi la nécessité est-elle si nécessaire?): un secret. Nous nous imaginions voir clair et nous avancions les yeux bandés.

Le temps était notre prison. Nous la décorions à notre gré, nous mettions des rideaux aux fenêtres et des fleurs sur le balcon, mais nous n'avions pas le droit de sortir. Nous n'avions même pas de gardiens. Il était tout simplement impossible de s'échapper. Tout autour de la prison s'étendait un monde hostile et froid, ou peut-être lumineux, mais personne n'en savait rien parce que personne jamais n'en était revenu. Quelques-uns s'étaient évadés: ils n'avaient jamais donné de leurs nouvelles. Nous occupions notre temps comme nous pouvions. Il y avait des directeurs, des greffiers, des aumôniers, des musiciens. Les uns ramassaient les ordures, les autres donnaient des ordres et agitaient les clés. Nous embellissions la prison et, de temps en temps, nous la saccagions. Nous édictions des règlements, nous organisions des fêtes, nous avions des chiens, des chats, des poissons rouges, nous faisions pousser des arbres, nous écrivions des poèmes et des contes de Noël dans le bulletin de l'établissement. Et nous rêvions beaucoup sur les terres inconnues qui entouraient la prison et qu'explorait Romain.

La fatigue pesait sur nos épaules à tous. Margault Van Gulip semblait reprendre des forces à mesure que nous en perdions. Je m'étais levé très tôt. Il y avait plus de trois heures que j'étais entré dans le cimetière et que toute ma vie passée défilait sous mes yeux. Le pire était peut-être qu'elle allait continuer. L'idée m'accablait tout à coup qu'elle allait se poursuivre sans Romain. La vie était très injuste. La place qu'il occupait était démesurée au regard de ses talents, de son action, de son rôle dans l'histoire. Il avait beaucoup de talent, mais moins qu'une foule d'inconnus qui allaient mourir tout seuls et oubliés de tous. Il avait pesé sur le monde, mais d'une façon insignifiante en comparaison de ces peintres, de ces musiciens, de ces hommes politiques, de ces savants, de ces philosophes qui avaient changé notre vie et notre regard sur le monde. Qu'avait-il donc pour que nous fussions si nombreux à le pleurer ? Qui peut le dire ? Le charme de Romain, à la façon d'un philtre, avait agi sur nous.

« Je m'éveille le matin, écrit quelque part Montesquieu, avec une joie secrète, je vois la lumière avec une espèce de ravissement. Tout le reste du jour, je suis content. » Romain aussi était content. C'était sa force et sa faiblesse. Il n'avait pas joué un grand rôle dans le siècle qui s'achevait et qui, avec ses massacres, ses fausses fêtes, ses maladies successives, ses otages et ses chantages, la part démesurée et ambiguë — trop d'amour et trop de haine — qu'il avait faite à l'argent, ses entraînements monstrueux, l'écroulement de toute foi et de toute espérance, son refus de la gaieté et son goût de la dérision, sa formidable hypocrisie, avait été à coup sûr un des plus sinistres de l'histoire. Il n'avait pas suivi le mouvement. Il avait marché à contresens des courants de son temps. Il n'avait pas marqué son époque. Fuyant la mode comme la peste, il n'avait imité personne : il avait été inimitable.

Appuyée sur Isabelle, Marina paraissait. Depuis le début, je l'attendais. Je voulais la voir se pencher à son tour sur le corps mort de Romain.

Tout ça, Margault Van Gulip et la crise de 29, le big bang et la Mafia, la bataille de Stalingrad et le statut du temps, je m'en fichais éperdument. Pendant plus de vingt ans, j'avais aimé Marina.

Oui, bien sûr, j'avais aussi fait autre chose. Les livres, les films, les pièces de théâtre donnent une idée très fausse de l'amour qui est leur principal fournisseur : ils le dépeignent toujours comme s'il submergeait la totalité de l'horizon et du champ d'activité de ceux qu'il a frappés. Il la submerge, mais sans la faire disparaître. Je n'étais pas resté immobile à cultiver une passion qui m'envahissait pourtant tout entier. Je m'étais promené à travers le monde, j'avais écrit des livres, je m'étais occupé d'un journal, le monde ne s'était pas arrêté. J'avais mené une vie qui était comme toutes les autres : elle était soumise à l'époque et au milieu où elle se déployait. Et elle tournait tout entière autour de l'image de Marina.

Un beau matin, les rêves aussi ont une fin, j'avais des études à poursuivre, Paris nous réclamait, il fallait bien rentrer, nous avions tous quitté Patmos où, sous le soleil qui tapait si fort, sous les étoiles des nuits d'été, j'avais été si heureux avec Romain, avec Béchir, avec Meg Ephtimiou. Nous nous étions séparés dans un hall d'aéroport selon les rites les plus éculés : en promettant de nous revoir. Et puis Meg était montée avec sa fille et Romain dans une grosse voiture qui était venue les chercher, et chacun avait suivi son chemin.

La guerre s'éloignait. C'était le milieu du siècle. Les années cinquante. L'époque d'Eisenhower, du triomphe de Mao Tsé-toung, de la guerre de Corée, de la mort de Staline, de la montée de Khrouchtchev. Les deux Bergman régnaient, Ingrid qui épousait Rossellini après le tournage de *Stromboli* et Ingmar qui nous donnait coup sur coup *Sourires d'une nuit d'été*, *Le Septième Sceau*, *Les Fraises sauvages*. Sartre, en France, occultait toute la scène. Je descendais en voiture — *Italiam ! Italiam !* — vers les villages perchés de Toscane et d'Ombrie où les garçons portaient des chemises blanches pour se promener le soir avec les filles entre les tombes étrusques ou le long des remparts. Je me liais avec Romain. Il voyait beaucoup Meg Ephtimiou dont il me racontait les aventures américaines et il me donnait de temps en temps des nouvelles de la petite fille qui m'avait tant amusé sur la terrasse de Patmos : elle apprenait à lire, elle avait perdu une dent, elle allait à l'école, elle montait à cheval avec son père, elle se mettait à danser. Je souriais.

— Tu te souviens ? lui disais-je : notre arrivée sur la terrasse, les maisons vertes de Kalymnos, les mots de Marina...

Oui, il s'en souvenait.

— C'était une enfant délicieuse...

— Oui, disait Romain, délicieuse. Comme tous les enfants. Je me demande ce qu'elle deviendra.

Meg Ephtimiou était très amoureuse de Romain. Elle était la première de ces femmes sur qui je voyais agir les pouvoirs de Romain. Elle était aussi la plus belle et la plus séduisante. Toutes les autres, et elles n'allaient pas manquer, lui seraient, selon la règle, de très loin inférieures. Ce qui se passait entre eux, il n'en parlait pas beaucoup. J'étais alors moins proche de lui que je ne devais le devenir. Je crois même me rappeler que je m'étais demandé, tout au début de nos relations, s'il n'était pas le père de Marina. C'était absurde, naturellement, puisqu'elle était déjà née quand il avait rencontré sa mère à New York. Meg avait rêvé, j'imagine, d'épouser Romain qui avait plusieurs années de moins qu'elle. Et Romain lui-même avait dû tourner et retourner cette idée-là dans sa tête. Mais il lui était impossible de sacrifier ce qu'il mettait par-dessus tout : sa liberté. Ils s'aimèrent passionnément, ils ne s'attachèrent pas l'un à l'autre par des liens officiels, ils eurent, chacun de son côté, d'innombrables aventures et, passant leur temps à se séparer, ils ne se quittèrent jamais.

Romain détestait trop toutes les institutions pour passer jamais devant un maire, un pasteur, un rabbin ou un prêtre. Au fil de plusieurs mariages plus malheureux les uns que les autres, Meg se changea en Margault. Ted Van Gulip, le dernier en date de ses maris, dirigeait aux Pays-Bas et aux États-Unis une chaîne de journaux et de télévision qui avait puissamment contribué à l'élection très serrée — presque aussi serrée que celle de Bush junior à la fin du siècle — de John F. Kennedy contre Richard Nixon en 1960. Elle le rencontra dans un dîner à la Maison-Blanche, à peu près à l'époque des premiers bombardements américains sur le Viêt-nam du Nord, le soir même de l'éviction de Khrouchtchev par Brejnev et Kossyguine à Moscou. Trois semaines plus tard, sur un coup de tête, déjà divorcée de Spiro Ephtimiou, toujours amoureuse de Romain mais convaincue, après une dispute et une discussion assez rude, qu'elle ne serait jamais sa femme, elle épousait le tycoon, comme on disait alors. Il avait échappé en 1956 au naufrage de l'*Andrea Doria*. Une douzaine d'années plus tard, quatre ans après son mariage avec celle qu'il appelait Margault, son avion privé s'écrasa en Floride. Margault était à Paris, avec Romain.

Je ne m'occupais plus beaucoup, en ces temps-là, de Meg en train de se muer en Margault ni de sa fille Marina. Elles n'étaient pas loin, l'une et l'autre, d'être sorties de ma vie. La petite avait été collée par sa mère dans une école en Suisse — au Rosay peut-être, ou peut-être plutôt à Montessano. On racontait qu'à un journaliste ou à un banquier américain qui lui demandait dans un dîner où sa fille faisait ses études, la mère de Marina avait été incapable de répondre : elle ne se rappelait plus où elle avait bien pu la fourrer. La mère, je le crains, ne s'occupait pas beaucoup de sa fille. Je travaillais, je faisais du ski, je partais de temps en temps pour l'Asie avec Romain. Dans nos brèves conversations passait, fugitivement, l'ombre éclatante et un peu mystérieuse de notre hôtesse de Patmos.

L'image que nous nous faisons de notre vie écoulée est très loin d'être quelque chose comme une banque de données fournies par un ordinateur. C'est un jeu de glaces où nous imaginons et où nous reconstruisons au moins autant que nous nous souvenons. Devant la tombe de Romain, j'entendais encore sa voix résonner à mes oreilles. Sur la muraille de Chine, dans les vignes du Chianti entre Florence et Sienne, dans la cour des lions de l'Alhambra de

Grenade, à Puri en attendant lord Jagannath ou au pied de la formidable citadelle de Chitorgarh qui avait résisté si longtemps aux envahisseurs moghols, elle me parlait de Meg Ephtimiou qui allait devenir Margault Van Gulip ou qui l'était déjà devenue : elle éveillait en moi, à l'époque, le souvenir déjà lointain de Patmos qui me renvoyait, à son tour, à Marina encore tout enfant. Je ne l'avais pas revue depuis tant d'années et j'avais du mal en écoutant Romain à imaginer sa silhouette de jeune fille et ses traits modifiés par un temps toujours plus puissant que nos rêves.

En regardant tomber les roses sur le corps de Romain, je me souvenais de moi en train de me souvenir et d'inventer un avenir maintenant changé en passé et différent, bien sûr, de ce que je supposais. Je me transportais de Chine ou de l'Inde en Grèce et en Suisse, de l'Espagne ou de l'Italie aux États-Unis et en France. Je courais en esprit à travers les années. Par la force de la mémoire, je remontais le temps et je le descendais. Je voyais le visage de Romain, de Marina, de Meg transformée en Margault vieillir ou rajeunir d'un seul coup. J'étais le maître d'un monde qui me dépassait de partout. Je me promenais où je voulais dans l'espace et dans le temps, mais je n'étais ailleurs qu'en restant ici, je n'étais jamais dans le passé ou dans l'avenir qu'à travers le présent.

C'étaient des présents successifs : le présent de Patmos, les présents, avec Romain vivant, en Italie ou en Inde, le présent actuel au bord de la tombe de Romain mort. Le seul présent qui comptait au regard de tous ces présents évanouis ou à venir était le dernier de ces présents innombrables qui n'en finissaient pas de se chasser et de se remplacer : comme dans ces films de terreur où les issues se bloquent et se verrouillent les unes après les autres, tous les passés retrouvés, tous les avenirs possibles m'enfermaient dans ce présent qui était le seul réel et qui fuyait déjà à son tour.

Au jeu des consciences innombrables qui se jettent sur le monde et les unes sur les autres s'ajoute le jeu du souvenir et de l'imagination. Ce qui finit par s'évanouir dans cette accumulation d'allers et retours, c'est le monde lui-même. Il fond sous les regards. Il disparaît derrière les approches. Il se réduit à un jeu de reflets, d'échos, de mises en abîme vouées d'avance à l'échec. Battu de tant de vagues qui se heurtent autour de lui et se combattent les unes les autres, il n'est plus rien que ces vagues.

Un beau jour, Marina reparut à mes yeux. Elle était la même, évidemment, et elle était une autre. C'était un peu avant ou un peu après, je ne sais plus, plutôt un peu après, les événements de 68. Peut-être à l'Odéon. Ou au Vieux-Colombier. Un théâtre, en tout cas. Il me semble que le général de Gaulle était encore au pouvoir. Elle avait dix-neuf ans, un peu moins, un peu plus. L'âge de sa fille Isabelle que je voyais devant moi.

Marina était presque aussi belle que sa mère. Malgré sa ressemblance avec elle, je ne l'aurais pas reconnue. Je l'avais regardée une ou deux fois à cause de sa jeunesse rayonnante et de cette gaieté très retenue qui — j'allais l'apprendre plus tard, mais on pouvait déjà le deviner chez la petite fille de Patmos — serait sa marque propre. Elle vint vers moi et me dit, en souriant, très droite, inclinant à peine la tête, sur le ton le plus simple, comme si nous nous connaissions depuis toujours, ce qui était d'ailleurs le cas :

— Je suis Marina.

Je répondis :

— Marina ?...

Et puis le passé me revint en trombe et je la serrai contre moi.

Le temps passa encore. C'est son métier. Quelques années plus tard, je publiai ce livre, dont j'ai déjà dit quelques mots, où apparaissaient plusieurs des endroits, en Inde, en Chine, en Afghanistan, où je m'étais rendu avec Romain : *La Gloire de l'Empire*. Des étudiants m'invitèrent à en parler avec eux dans une salle de la Sorbonne. Au premier rang : Marina. Cette fois-ci, je la reconnus aussitôt. Je parlai surtout pour elle. Elle me posa une question. Je lui répondis en l'appelant « Mademoiselle ». Quand tout le monde se sépara, je lui proposai d'aller ensemble au Balzar ou chez Lipp. Elle accepta aussitôt. Nous parlâmes de la Grèce et des États-Unis.

Elle se souvenait vaguement, mais à peine, de Patmos. Je lui décrivis la petite fille qui se promenait le long de la mer, sa main d'enfant dans la mienne. Je lui racontai ce qu'elle était et comme elle m'avait enchanté sur la terrasse sous les étoiles. Elle riait. Elle riait ce soir-là comme elle riait dans l'île.

Je l'interrogeai sur la Suisse où elle avait vécu, sur l'Amérique où sa mère passait une partie de son temps. Je découvrais des pans entiers de son histoire, des continents inconnus dont je ne savais presque rien : son père, Spiro Ephtimiou, toujours entre la Grèce, le Koweït, l'Arabie Saoudite et les États-Unis, le ranch du Wyoming, les traversées interminables en bateau avec ses parents et une nanny anglaise dont j'ignorais jusqu'au nom et qui s'appelait Miss Prism.

Je me gardai bien de lui dire ce que je savais de sa

mère par Romain, et qu'elle ne savait pas : le rôle joué par Meg auprès de Lucky Luciano ou les circonstances du mariage avec Me Malone. L'image qu'elle avait de Margault était si loin de celle que je m'en faisais dans mes propres souvenirs et surtout d'après les rares récits de Romain qu'on pouvait finir par se demander s'il s'agissait de la même personne.

Nous parlâmes de Béchir qui était pour elle comme une vieille potiche précieuse et un peu usée, comme une vénérable institution, nous parlâmes de Romain. Le monde n'en finit pas de tourner autour de lui-même. Elle voyait trop peu sa mère que beaucoup évoquaient avec tant d'émotion. Le passé un peu flou de cette étoile si brillante ne la laissait pas indifférente. Quand elle prononçait son nom, une espèce d'inquiétude se mettait à flotter.

— Dites, me demandait-elle, est-ce que c'est vrai qu'elle a bien connu D'Annunzio ?

D'Annunzio ! Il ne manquait plus que l'amant flamboyant de la Duse. Je ne savais presque rien des relations de Meg et de l'auteur, si vieilli qu'il semblait appartenir à un monde disparu, de *L'Enfant de volupté* et du *Feu*. Oui, on racontait qu'elle avait été l'amie d'Aragon avant ou après Nancy Cunard et que D'Annunzio, déjà âgé, l'avait beaucoup admirée quand elle appartenait à la fameuse cabine de Chanel. À la différence de l'aventure avec Malraux qui ne faisait guère de doute, qu'y avait-il de vrai dans ces rumeurs éparses ?

— Ta mère, lui répondais-je, a connu beaucoup de monde. Tu sais combien elle est belle. Quand je l'ai vue à Patmos, elle avait l'air d'une déesse descendue de l'Olympe.

— Ah ! oui, me disait-elle, elle est si belle.

Il y avait dans sa voix une tendre admiration

et quelque chose de lointain qui sonnait comme un reproche.

Elle me demandait :

— Vous êtes très lié avec Romain ?

Je lui répondais :

— Je l'aime beaucoup.

— Moi aussi, murmurait-elle.

— Tu le vois souvent ?

— Pas très souvent, me disait-elle. Il voit beaucoup maman.

Il était déjà tard. Nous nous quittâmes sur le boulevard Saint-Germain. Avec ce mélange de gaieté et de mélancolie qui allait, des années durant, être la couleur de notre amour.

Elle ne pleurait plus. Immobile sous le pâle soleil qui éclairait le cimetière à travers les nuages, je la regardais, immobile elle aussi, toujours appuyée sur sa fille, devant la tombe de Romain. Elle était parmi les derniers de la longue file qui, pendant une heure ou deux, avait piétiné sur place. Marina. Elle s'était confondue avec ma vie. Et avec celle de Romain.

Quelques jours plus tard, je dînais avec Romain, Mazotte, Dalla Porta et Gérard chez les Le Quémenec. Romain s'envolait le lendemain de bonne heure pour les États-Unis où Margault l'attendait. Il voulait se coucher tôt. Nous partîmes tous les deux assez vite.

Je lui racontai en sortant que j'avais revu Marina.

— Ah ! me dit-il.

— Ça m'a fait plaisir de la retrouver. Tu dois la rencontrer plus souvent que moi. J'étais tombé sur elle par hasard au théâtre il y a deux ans et puis à nouveau je l'avais perdue de vue. Elle est venue à la Sorbonne pour une réunion d'étudiants. Elle est très sympathique. Et elle est rudement bien.

— Oui, dit Romain. Pas mal.

— Pas mal?...

— Mieux que pas mal, si tu veux. Mais un peu insistante.

Je le regardai.

— Tu n'as pas l'air enthousiaste, lui dis-je.

Nous descendions la rue Soufflot. Il s'arrêta. Il alluma une cigarette.

— Je la trouve très bien, me dit-il.

— Mais...? lui dis-je.

— Je préfère sa mère.

— Je comprends ça. Et alors?

— Elle me court après, me dit-il.

Il y avait dans l'expression de Romain quelque chose de si brutal — ce qui lui était assez habituel — et presque, pour une fois, de si vulgaire que la stupéfaction dut se lire sur mon visage.

— Remets-toi, me dit-il.

Et il me tapa sur l'épaule.

J'éclatai de rire.

— Plains-toi! lui dis-je. Elle était une si jolie petite fille quand elle était enfant! Tu te souviens d'elle à Patmos quand elle sautait sur nos genoux?

— Si je m'en souviens..., me dit-il. Oui, elle était charmante.

— Franchement, personne n'ira prétendre qu'elle est moins bien aujourd'hui.

Nous nous étions remis à marcher. Nous approchions du Luxembourg.

— Elle te plaît? me dit Romain, mains dans les poches, cigarette aux lèvres.

— Oui, bien sûr, lui dis-je. Beaucoup.

— Eh bien! Sois gentil. Occupe-toi un peu d'elle.

M'avait-elle dit: «Appelez-moi»? Lui avais-je dit: «Je t'appellerai»? Je ne sais plus. Je lui avais en tout cas demandé son numéro de téléphone. Elle me l'avait donné. Étais-je déjà amoureux d'elle sur le trottoir du boulevard Saint-Germain au croisement de la rue du Four, devant la Rhumerie martiniquaise où, au fil des années, se retrouvaient tant de nos amis? Étais-je déjà amoureux d'elle le soir avec Romain devant le Luxembourg? Je ne crois pas. Il me semble plutôt qu'elle me faisait un peu pitié. Les quelques mots échangés avec Romain m'avaient laissé un sentiment d'incertitude et de trouble. Par la faute peut-être de Romain, quelque chose s'était glissé entre lui et moi : c'était elle. Elle avait tout, ou presque tout, et elle avait l'air perdue et comme abandonnée. Plus que toute autre, elle donnait l'image de la détresse éclatante des jeunes gens de vingt ans.

Elle jetait sa rose. Je baissai les yeux. Je n'osais pas la regarder. Elle venait vers moi. Je la prenais dans mes bras. Isabelle allait parler à son père et à sa grand-mère et nous laissait seuls tous les deux.

Je l'avais appelée. Nous nous étions retrouvés. Nous nous donnions rendez-vous à des coins de rue, devant des bouches de métro. De temps en temps, les paroles prononcées par Romain après le dîner chez les Le Quémenec me passaient encore par la tête. Mais je les chassais assez vite. Nous étions allés au cinéma. *Casque d'or. Rashômon.* Nous avions revu ensemble les vieux films que sa mère et Romain avaient déjà vus à New York. Nous avions aimé *Notorious* et son escalier de terreur enchantée, *The Shop Around the Corner* où par un suprême raffinement il ne se passe jamais rien, *Casablanca* — «*Play it again, Sam...*» —, *Philadelphia Story* où le voilier est si «yawr» dans la bouche de Hepburn, la première, l'incomparable, et le mystérieux *Grand Sommeil* auquel nous n'avions rien compris. Peut-être parce que c'était pendant ce film-là que, pour la première fois, nous nous sommes embrassés.

— Voilà, me disait-elle.

— Mon Dieu! lui disais-je. Maintenant, il faut que tu oublies.

— Oublier! me disait-elle. Je n'oublierai jamais.

— Mais si! tu oublieras. Tu as une vie devant toi.

— J'ai ma fille, me disait-elle.

À quelques pas de nous, Isabelle parlait toujours avec Gérard et avec sa grand-mère.

— Tu avais son âge, lui dis-je, quand nous avons vu *Le Grand Sommeil*.

Il y eut un sourire sur son pauvre visage.

— Tu te souviens? me dit-elle.

— Moi non plus, lui dis-je, je n'oublierai jamais.

Nous ne parlions pas de la même chose.

Je n'étais plus un enfant. J'avais trente-trois ou trente-quatre ans. La tête de Marina sur mon épaule ou sur mes genoux, nous avions souvent compté. Elle avait quinze ans, trois mois et vingt-deux jours de moins que moi. J'avais déjà écrit plusieurs livres. Ils étaient assez loin d'être des chefs-d'œuvre, mais ils n'étaient pas passés tout à fait inaperçus. Quelques années plus tard, j'allais occuper des fonctions qui auraient dû m'empêcher de me conduire comme un gamin. Je me laissais aller au torrent comme si j'avais dix-huit ans. Bonheur et malheur, démons et merveilles, ce sont les plus beaux souvenirs de ma vie. Et, ma vie maintenant derrière moi, il me semble que ce sont les seuls.

Si invraisemblable que ce silence puisse paraître, il y avait deux questions que, dans les premiers temps au moins de nos tumultueuses relations, je n'osais pas poser à Marina. La première concernait Romain. Il m'avait parlé d'elle. Je n'eus pas le courage de la faire parler de lui. La seconde nous concernait elle et moi. Très vite, je lui dis combien j'avais besoin d'elle. Je ne lui demandai jamais si elle avait besoin de moi. J'avais peur de ses réponses.

Ce furent, pour moi au moins, des jours inoubliables et des nuits de délire. Il me semblait que Marina ne m'avait jamais quitté depuis l'époque lointaine de Patmos où elle était une enfant. Tout ce qui était son absence n'avait jamais existé. Elle était la douceur, l'abandon, la tendresse. Si simple, si évidente, sa seule présence me suffisait.

Nous ne parlions pas beaucoup.

Je lui disais :

— Je suis si heureux avec toi.

Elle me regardait. Elle me disait :

— Embrasse-moi.

Elle se jetait contre moi. J'avais un bandeau sur les yeux.

Elle se jetait contre moi. Le défilé était terminé. La foule se faisait moins dense. Elle commençait à s'éparpiller. On entendait au loin des voitures démarrer. La tension était tombée d'un seul coup. La vie quotidienne reprenait. La mort ne rassemblait plus en un faisceau serré les pensées des uns et des autres. Les employés du cimetière et ceux des pompes funèbres reprenaient possession du terrain qu'ils avaient abandonné pour quelques heures aux amis de Romain. Le cercueil avait disparu. Il était couvert de roses avant d'être couvert de terre.

J'entraînais Marina. Je l'arrachais à la mort et au passé. Je l'entraînais avec moi vers le groupe composé de sa mère et de sa fille, de Gérard, de Béchir.

Je lui disais.

— Partons.

Nous partions. Nous quittions Paris, nous allions

ailleurs, et presque n'importe où. À Rome, à Florence, à Venise, où, par une espèce de miracle, ni elle ni moi n'avions jamais mis les pieds, à Londres, à Salzbourg. Nous partions beaucoup. Nous fuyions. Que fuyions-nous? Le décor de chaque jour. Qui fuyions-nous? Tout le monde, et peut-être d'abord ceux qui nous étaient le plus proches : Margault Van Gulip et Romain. Il y eut une période, dans les années soixante-dix, où nous partions sans cesse. Souvent un week-end sur deux ou sur trois. Parfois tous les week-ends. Tous les droits d'auteur de mes premiers livres y passaient. Marina était très libre — peut-être trop : c'était son drame. Son père était absent. Sa mère, souvent au loin. Romain ne s'occupait pas d'elle. Ses études d'histoire de l'art, plutôt floues, lui permettaient de s'en aller à peu près quand elle voulait. De ces absences répétées, mon travail souffrait sans doute. À la stupeur de beaucoup, je quittai plusieurs postes à la seule fin de disposer d'un peu plus de temps à consacrer à Marina. Et, dans ces années-là, j'écrivis au moins deux livres auxquels j'aurais mieux fait de travailler un peu plus. Plusieurs critiques ne se privèrent pas, et ils avaient raison, de me le faire savoir.

On s'en fichait pas mal. Nous partions. Quel bonheur! Le plus souvent vers le Sud. Quel soleil! À toutes les saisons possibles, nous avons traîné sur les bords de la Méditerranée. Nous sommes allés à Capri et à Portofino, à Trani et à Otrante, à Palerme, à Cefalù, à Corfou et à Zante. Souvent, l'été surtout mais aussi au printemps ou à l'automne, nous nous installions pour quinze jours, pour trois semaines, parfois pour un mois ou pour deux. Quand je regarde en arrière, je vois Marina dans le soleil.

Béchir venait me parler. Il y avait des problèmes

à régler. Il fallait organiser les retours. La Grande
Banlieue qui était venue dans la voiture de la reine
Margault était déjà casée. Béchir les avait installés
tous les deux, Bourg-la-Reine et Choisy-le-Roi, aux
côtés de Victor Laszlo dans un minicar qu'il avait
pensé à faire venir dès le début de la cérémonie. Le
général Dieulefit avait accepté sans trop se faire
prier de ramener la coiffeuse blonde dans sa voiture
à cocarde. Albin et Lisbeth Zwinguely, qui étaient
arrivés en taxi, n'avaient plus de voiture pour rentrer. Mazotte avait perdu ses lunettes en s'occupant
de Margault. Plusieurs qui étaient venus de loin et
qui voyaient l'heure avancer demandaient s'il y avait
un bistrot dans les environs où il serait possible de
déjeuner. Marina était toujours auprès de moi.

Nous nous étions promenés ensemble sur l'Aven-
tin qui est si calme du côté de Sainte-Sabine et de la
villa des chevaliers de Malte où, comme des milliers
et des milliers de touristes, nous étions bon public,
nous regardions Saint-Pierre à travers le trou de la
serrure. Nous nous étions promenés le long de l'Arno,
dans les jardins Boboli et au pied de San Miniato.
Nous nous étions promenés à Vérone devant les
portes de bronze de Saint-Zénon, sous le balcon de
Juliette, autour de Sainte-Anastasie où nous étions
allés voir la croupe blanche du cheval de la princesse de Trébizonde, de l'autre côté du Ponte Pietra
où s'était installé Dietrich von Bern, plus connu de
nos jours sous le nom de Théodoric de Vérone, et
dans le Giardino Giusti qui tirait son nom des Giusti
del Giardino. En échange d'un regard, d'un sourire,
de sa main dans la mienne, j'offrais le monde à
Marina.

Peut-être parce que je l'aimais et qu'elle était si
jeune, je garde de cette époque un souvenir enchanté.

Je n'étais pas agité de ces passions funestes qui empoisonnent l'existence : l'avarice, le goût de l'argent, l'ambition, la poursuite des honneurs, la jalousie, l'envie. Je suivais d'un œil lointain les carrières des gens de mon âge. Les uns devenaient députés et bientôt ministres ou secrétaires d'État, les autres écrivaient des livres aux tirages impressionnants et recevaient des prix, d'autres encore occupaient des postes flatteurs ou gagnaient beaucoup d'argent dont ils ne faisaient pas grand-chose. Les succès des autres sont la punition des paresseux. J'étais si heureux avec Marina qu'ils m'étaient indifférents. Ils m'amusaient plutôt. Ils me faisaient pitié. Nous buvions des cafés aux terrasses sous le soleil.

Nous lisions Blondin ou Vialatte, les romans d'Evelyn Waugh ou de Nancy Mitford, les récits de voyage d'Éric Newby ou de Patrick Leigh-Fermor, *Un petit tour dans l'Hindou-Kouch* ou *Le Temps des offrandes*, la série des *Jeeves* de Wodehouse. Plutôt des irréguliers que les prix Nobel ou ceux de l'Académie. Nous étions égoïstes et frivoles. Nous nous mettions rarement en colère contre les événements et les hommes parce que nous les ignorions. Le monde se débrouillait sans nous. Nous avions fini par en savoir un bout sur Carpaccio ou sur Piero della Francesca.

Deux ou trois étés de suite, nous avions lâché l'Italie pour l'une ou l'autre des îles grecques. Nous louions pour pas cher des maisons qui étaient loin des villages et tout près de la mer. Les voitures, les journaux, les faits divers, les impôts, les débats de société et les institutions, nous les laissions derrière nous avec Margault et Romain. À Naxos, notre fenêtre donnait sur un champ de lavande. À Symi, nous avions un figuier au milieu du jardin. J'écrivais à son ombre un livre sur mon enfance qui allait s'appeler

Au plaisir de Dieu. Nous avions lu cette devise à Rome, Marina et moi, sur le linteau d'un oratoire tout rond bâti par un cardinal bourguignon à deux pas de San Giovanni a Porta Latina.

Nous marchions sur le sable, nous dormions beaucoup, nous ne voyions personne, nous nous baignions à tout bout de champ, nous nous nourrissions de tomates, de mèzés, de feuilles de vigne farcies, de tzatziki. Les journaux de Paris arrivaient une fois par semaine au port où nous n'allions pas les chercher. C'était une vie magnifique. Rencontré par hasard un matin boulevard Saint-Michel, Gérard m'avait demandé avec une sorte de stupeur :

— Mais vous ne vous ennuyez pas, seuls, là-bas, tous les deux ?

Non, nous ne nous ennuyions pas. Nous ne faisions presque rien. Nous nous aimions.

Nous contournions Romain. Les mots qu'il avait employés devant moi au bas de la rue Soufflot, je ne parvenais pas à les oublier. Je les repoussais le plus loin possible. Ils s'obstinaient, ils s'agitaient, ils aspiraient à la lumière. Je leur tapais sur la tête. Ils se tenaient tranquilles, mais ils ne disparaissaient pas. Il m'arrivait de me demander si Marina et Romain ne se voyaient pas derrière mon dos. Cette idée-là aussi, je la chassais aussitôt. Tout un réseau d'omissions s'était établi entre nous trois. Romain n'avait plus prononcé devant moi le nom de Marina. Ni Marina ni moi, nous n'évoquions jamais l'ombre envahissante et absente de Romain. Je ne savais que par lui les liens obscurs qui s'étaient tissés entre eux. Elle ne pouvait pas deviner que Romain m'avait parlé d'elle avec une lassitude accablée. Tout cela faisait un grand silence.

Je serrais des mains. La coiffeuse blonde m'em-

brassait. Je lui promettais d'aller la voir. Les Zwinguely, que Béchir empilait dans la voiture d'un ambassadeur à la retraite, m'invitaient dans leur chalet des
Grisons pour nous promener ensemble sur les chemins de montagne, pour écouter un peu de Bach et
pour parler encore de Romain. Un père jésuite m'assurait à mi-voix qu'il y avait beaucoup de demeures
dans la maison du Père. Je lui répondais que j'avais
déjà entendu ça quelque part. Le rabbin ami de
Romain me racontait qu'il l'avait reçu dans sa syna-
gogue deux ou trois ans plus tôt, à l'occasion de la
bar-mitsva d'un neveu. Le rabbin, qui était séfarade,
avait demandé à Romain s'il se considérait encore,
en souvenir de sa mère, comme appartenant à la
religion juive.

— Oh! lui avait dit Romain, je suis très éloigné de
toute religion quelle qu'elle soit. Si j'étais quelque
chose, je crois que, comme ma mère, je serais un
juif ashkénaze.

— Eh bien, lui avait répondu le rabbin avec un
pâle sourire, vous voilà deux fois étranger dans cette
maison de Dieu.

Le silence fut rompu un matin glorieux de mai
dans la chambre 17 de l'hôtel Caruso Belvedere à
Ravello.

Longtemps, j'ai beaucoup aimé les hôtels. On arrive,
on repart, rien ne vous encombre jamais, ni livres, ni
habitudes, ni routine meurtrière. Personne ne sait
que vous êtes là. La sœur de votre père, le contrôleur
du fisc, votre rédacteur en chef, votre camarade de
classe qui tient à fêter avec vous son trentième anniversaire de mariage ont perdu votre trace. On ne
s'occupe pas du chauffage ni du ravitaillement. On
se donne l'air d'un grand-duc en descendant dans
des établissements d'une modestie de bon aloi et on

paie tout en bloc. Après avoir fréquenté, surtout en Italie, du côté de Sienne, de Lucques, de Montepulciano, de Todi, d'Orvieto, une bonne douzaine d'hôtels délicieux, nous avions envisagé, Marina et moi, de rédiger une sorte de guide en forme de récit de voyage où auraient été passés en revue les musées, les églises, les marchands de chemises et de chaussures, les événements historiques et les souvenirs littéraires, les points de vue sur les vignes et les cyprès, les trattorie, les hôtels, les pensions de famille et les chambres chez l'habitant. Nous avions écumé la Toscane et l'Ombrie où nous étions un peu comme chez nous et dont nous finissions par connaître toutes les routes. Nous avions même repéré les quelques routes blanches, les quelques chemins de terre qui subsistaient encore. Après la Toscane, nous avions exploré les Marches, les Abruzzes, les Pouilles inoubliables. La vie est plus forte que tous les triomphes de la mort : devant la tombe de Romain, je pensais encore aux Pouilles comme à une promesse de bonheur.

Et puis nous étions partis pour Naples. Il y avait beaucoup de monde sur la côte entre Positano et Amalfi. Nous avions filé vers l'intérieur, à travers la vallée du Dragon, en direction de Ravello.

Ravello est calme, légendaire et sublime. Elle a ses lettres de noblesse dans la littérature. Wagner écrit *Parsifal* dans les jardins de la villa Rufolo qui sont à jamais pour nous le jardin de Klingsor. Le roman de Styron, *La Proie des flammes*, s'ouvre sur une description de Sambuco : Sambuco, c'est Ravello. Dans la villa Cimbrone, rivale enivrante de la villa Rufolo, Greta Garbo et Stokowski vivent — trois jours durant — un amour éternel. À cause de son nom peut-être où nature et culture brillent d'un feu comique et jumeau, nous étions descendus au Caruso Belvedere.

Margault revenait vers moi appuyée sur Mazotte qui avait retrouvé ses lunettes les Zwinguely faisaient des signes à travers les vitres de leur voiture diplomatique Béchir serrait la main du rabbin New York les Grisons les plaines d'Ukraine sous la neige le général de Gaulle à Casablanca avec la femme de l'avocat de Lucky Luciano le valet de chambre de Hitler qui s'appelait Heinz Linge le caleçon violet de Gérard à la télévision la main de Marina dans la mienne sur la plage de Patmos le succès de Le Quémenec qui surgissait de ses chagrins et son chagrin à son tour qui surgissait de ses succès Tamara à Toula et Molly sous les bombes le corps sans vie d'Ahmed avec des cailloux dans le ventre devant Dar al Mizan la messe des Italiens à Saint-Siméon-le-Stylite le cheval blanc de Poliakov dans le salon de Carbone les espérances et les échecs les amours et les roses tout dansait autour de moi.

Le monde entier sortait d'une réplique de Béchir, d'une décision de Romain, d'un regard de Marina, d'un olivier de Ravello. Il n'y avait rien dans l'espace, il n'y avait rien dans le temps et dans ses profondeurs qui ne renvoyât à autre chose. Rien n'était suspendu. Rien n'était arrêté. Tout roulait, tout se mêlait. Le yin et le yang, le plein et le vide, les ordures et les étoiles. Pour trouver quelque chose de plus solide que le reste, nous nous précipitions aux origines : de la pensée, de la vie, de la matière, de l'énergie. Il y avait la naissance pour chacun d'entre nous, le surgissement de la conscience pour ceux que nous appelons les hommes, le big bang pour l'univers. Tout était pris dans le cycle, tout supposait toujours autre chose. La grande roue tournait sans fin. Le train de l'histoire, de la vie et de tout le reste encore plus loin ne s'arrêtait jamais. On pouvait le prendre n'importe où. On pouvait sauter dedans avec Mahomet, avec le Christ, avec le Bouddha, avec les présocratiques, avec Abraham, ou les débuts de l'agriculture, ou l'invention du feu, avec cette vieille bique de Lucy, avec l'apparition dans le firmament du Soleil et de la Terre. Je n'avais pas de telles ambitions. Je grimpais à la gare, quarante secondes d'arrêt, buffet, correspondances en tout genre, du Caruso Belvedere.

J'ouvrais les volets. Le soleil entrait dans la chambre 17 qui était simple et inoubliable. Quelques jours plus tôt, l'hiver à bout de forces traînait encore ses guêtres dans les rues de Paris. Les citronniers éclataient dans la vallée du Dragon. Les oliviers levaient les bras vers le ciel en témoignage d'allégresse. On voyait la mer au loin, derrière les vignes et les cyprès.

Je regardais le monde. Il était beau. Je me retournais pour appeler Marina. Elle dormait encore. Sa tête, sous ses cheveux châtain très clair, presque blonds, reposait sur son bras replié. Le drap la couvrait à demi et la dénudait en même temps. Les lignes de son corps étaient si pures qu'elles donnaient une idée de la perfection ici-bas. Je m'arrêtais, saisi. Je regagnais la fenêtre. On entendait un chant d'oiseau. Le cri d'un enfant. Plus rien. Le bleu du ciel dévorait tout. La vallée scintillait, immobile, silencieuse, écrasée de soleil. Les plans successifs menaient jusqu'à la mer des sirènes et d'Ulysse. C'était un spectacle d'éternité et de paix. J'allais m'étendre sur le lit où dormait Marina.

Elle s'éveilla. Je la pris dans mes bras. Je sentais son souffle sur mes lèvres. Son souffle, ses mains, ses jambes si fines et si longues. Il n'y avait plus rien d'autre. Le monde se confondait avec elle. Sa bouche, son ventre, ses seins qui étaient très ronds. Ce qu'il y a de plus profond chez l'homme, c'est la peau. Nous nous attardions sur le plus profond. Nous échangions nos dons. Elle me rendait ce que je lui offrais. À l'extrême limite de la souffrance, juste avant, le bonheur me submergea.

Nous restâmes longtemps allongés sur le lit. Nous ne disions rien. Nos mains se touchaient. Elle avait sa tête sur ma poitrine. Je l'écoutais respirer. Ce n'était pas le moment de faire le malin, d'inventer des choses inutiles et brillantes. Je lui disais :

— Je suis bien.

Elle me disait :

— Moi aussi.

Je me levais. J'allais à la fenêtre. Je l'appelais :

— Viens ! Le soleil est là.

Elle venait. Je la serrais contre moi. Nous regardions les vignes, les oliviers, les citronniers, les cyprès. Et, au loin, qu'y avait-il ? La mer.

Nous rentrions dans la chambre. Je la jetais sur le lit. Nous nous embrassions en riant. Elle voulait se lever. Je la retenais. Elle cédait. Je posais mes mains sur ses épaules. Je lui disais :

— Tu es belle.

Elle me caressait la joue. Peut-être un peu trop vite. Je lui disais :

— Ne me quitte pas.

Elle riait. Alors, je lui pris les poignets qu'elle avait minces et doux et je lui dis :

— Je t'aime.

Elle me regarda assez longuement, sans sourire, comme si elle voyait autre chose à travers moi.

— J'aime Romain, me dit-elle.

C'était fini. Romain était enterré. Ils étaient tous repartis. Vers les États-Unis, vers l'Angleterre, vers la Russie, vers la Provence et la Normandie, vers le XVIIIᵉ et vers Neuilly. Restait le dernier carré. Toujours les mêmes. Les fossoyeurs étaient à l'œuvre. Ils jetaient des pelletées de terre sur le cercueil de Romain. Les premiers cailloux roulant sur le cercueil avaient fait un bruit sinistre. Après, c'était comme un ruissellement à effacer le passé. Béchir et moi, Mazotte, Dalla Porta, nous essayions d'écarter de la tombe de Romain en train de se remplir de terre Margault Van Gulip et sa fille Marina.

J'avais tenu trois semaines. Pas une fois, je n'avais dit à Marina un seul mot sur Romain. Je voyais Romain de temps en temps. Nous ne parlions jamais de ce qui s'était glissé entre nous. Entre Marina et moi, la vie continuait. Et elle était devenue impossible. Les mots dévastent les sentiments. Ce qui n'est pas dit n'existe pas vraiment. À peine sont-elles exprimées que les passions se déchaînent. Les choses que je ne voulais pas voir, mais que tout le monde savait puisqu'elles avaient été dites, étaient d'une simplicité effrayante : Romain qui était l'amant de Margault et que Margault aimait n'aimait pas Marina.

Mais Marina l'aimait et j'aimais Marina. C'était une tragédie de Racine au temps de la guerre froide.

Nous étions tous mal pris. La mère et la fille avaient envie du même homme et Marina ne couchait avec moi que parce qu'elle ne pouvait pas coucher avec Romain. Les écailles me tombaient des yeux. Comme le monde, si compliqué, si obscur, devient soudain simple et clair quand on en connaît les ressorts ! Ce qu'il y avait d'incompréhensible pour moi dans l'attitude de Marina, c'était sa réserve à mon égard alors qu'elle semblait toujours avoir besoin de moi. Elle se jetait sur moi pour que je la protège de Romain et elle finissait par se convaincre que c'était moi qui la séparais de lui. Elle m'aimait à la place de Romain et elle m'en voulait de la serrer dans mes bras alors qu'elle aurait voulu être serrée dans les siens.

Ce furent des jours assez rudes. Au bout de trois semaines, n'en pouvant plus, poussé à bout par la souffrance, je lui cassai le morceau. Nous étions assis sur deux chaises dans le jardin du Luxembourg. Des enfants nous envoyaient leur ballon dans les jambes. Nous le renvoyions du pied en faisant semblant de rire et je lui expliquais lentement, m'avançant toujours un peu plus dans ce que j'aurais dû et voulu taire, que non seulement Romain était l'amant de sa mère, mais qu'il m'avait chargé en toutes lettres de m'occuper un peu d'elle pour la détourner de lui. À mesure que je parlais, deux choses insaisissables et puissantes s'échappaient de ma bouche, nous entouraient tous les deux, nous enveloppaient de leurs plis, s'étendaient aux dimensions du Luxembourg, de la ville, du pays tout entier, de l'univers autour de nous et, inexistantes dans l'inexistant mais à jamais ineffaçables, s'inscrivant je ne sais où, ravageant tout sur leur passage, nous envahissaient tous les deux : c'était la honte pour moi, le désespoir pour elle.

Elle pleurait dans mes bras. Elle n'avait jamais cessé de pleurer dans mes bras. À Patmos déjà, le jour où une vague l'avait renversée et roulée sur le sable, après s'être écriée, dans sa robe qui lui collait à la peau et sous ses cheveux trempés, et nous avions tous ri : « Mais qu'est-ce que je vais devenir ? », elle s'était jetée dans mes bras et je l'avais consolée. Nous tournions le dos à la tombe qui s'enfonçait dans le passé et elle pleurait dans mes bras.

L'enfer commençait. Je n'en avais eu jusque-là qu'une idée assez vague. Elle avait longtemps gardé pour moi du fond de son chagrin une affection un peu lasse. Je crois, je n'osais pas me l'avouer mais l'évidence m'accablait, je crois que, d'un seul coup, dans le jardin du Luxembourg, au milieu des enfants, en leur renvoyant le ballon qu'ils nous envoyaient dans les pieds, elle se mit à me détester et à se détester à travers moi. Elle aimait Romain et elle le haïssait parce qu'il ne l'aimait pas. Elle aimait sa mère et elle la haïssait parce que sa mère aimait Romain. Et, après avoir cru m'aimer pour la seule raison que je l'aimais et qu'elle avait besoin d'être aimée, elle me haïssait parce que j'avais essayé de l'écarter de Romain en lui racontant le piège qu'il avait monté contre elle et où je l'avais entraînée.

Elle s'était donnée naguère à moi avec une indifférence dissimulée sous la tendresse et l'ardeur. Elle se donna encore à moi avec un désespoir qui se mêlait au mépris. Être méprisé par ce qu'on aime est une souffrance cruelle. Nous voyagions toujours. Il y eut des nuits atroces dans des endroits de rêve.

— Monsieur, me disait Béchir, maintenant, il faut partir.

Margault me prenait sa fille. Elle la retirait de mes bras pour la prendre dans les siens. Marina disait très bas :

— Maman ! oh ! maman !

Elles étaient, toutes les deux, secouées de sanglots. Et Béchir, Mazotte, Dalla Porta et moi, nous ne savions plus quoi faire.

Que pouvais-je inventer d'autre ? J'étais retourné voir Romain. Il allait très bien, merci. Il était très calme. Il m'annonça qu'il venait de perdre de l'argent et qu'il s'en fichait selon son habitude. Il se moquait de tout et il aimait la vie. Je lui dis que Marina, par ma faute, ou la nôtre, ou peut-être la sienne propre car elle était fragile, était en train de devenir folle et de mourir de chagrin. Je lui dis que nous nous étions beaucoup amusés mais qu'il y avait un temps pour tout, un temps pour vivre, comme disait l'autre, et un temps pour mourir, un temps pour rire et un temps pour pleurer, et que, si nous voulions qu'elle vive et qu'elle cesse de pleurer, il fallait faire quelque chose.

— Quelque chose ? me dit Romain en levant un sourcil.

— Oui, lui dis-je. Quelque chose. Mais je ne sais pas quoi.

Nous nous étions mis à marcher. Je me retournais une dernière fois. Je vis les ouvriers du cimetière qui, leur tâche accomplie, posaient déjà leurs pelles et s'épongeaient le front.

J'avais affreusement peur. Peur de je ne savais quoi. Peur pour Marina. Peur pour moi aussi, bien sûr. Peur aussi que Romain, pour une fois, ne fût pas à la hauteur.

— Et toi, me dit-il, tout roule ?

Je haussai les épaules. Oui, il y avait des moments où je le détestais.

— Eh bien, me dit-il avec un grand sourire, on va voir ça. Un whisky sour?

Et il alla chercher des citrons.

C'était passé maintenant. C'était un monde évanoui. Il suffit d'attendre. Tout s'en va. On change, on meurt, on finit par sourire de ce qui vous torturait, ce qui vous faisait sangloter a perdu son venin. On voit défiler sous ses fenêtres les cadavres des passions mortes. Les choses s'organisent autrement. De la mort du Général, il faisait une réussite, vous vous souvenez? et de la fin des Beatles à l'irrésistible ascension de François Mitterrand, en passant par *Starwars* et par *Orange mécanique*, par *Imagine* de John Lennon, par la mode *Peace and Love* et par les manteaux longs sur les minijupes et les shorts, toutes les années soixante-dix avaient pris pour moi les couleurs de mon amour pour Marina.

Nous suivions bien entendu, d'un peu loin, ce qui se passait dans le monde. Je me souviens que nous avions appris à Symi la mort de Pompidou, que nous étions dans les Pouilles quand le colonel Netanyahou se faisait tuer à Entebbe. Il m'arrivait même d'écrire ici ou là un article sur la guerre du Kippour ou sur la visite de Nixon à Pékin. Le moindre mot, le moindre regard de Marina, sa main dans la mienne, le mouvement qu'elle faisait pour rejeter ses cheveux en arrière étaient plus importants à mes yeux que tous les soubresauts qui agitaient la planète. Quand je pensais à ce qu'avait été ma vie dans les années Marina, j'en venais à me dire que l'histoire était une sorte d'écume à la surface des événements et qu'il n'y avait rien d'autre que ce qui s'agitait dans nos cœurs.

Ce qui s'agitait dans nos cœurs... Longtemps, j'avais cru qu'il ne s'y passait pas grand-chose et que ce qui s'y passait était tout blanc ou tout noir. On aimait, on n'aimait pas, on n'aimait plus, on en aimait un autre, ou une autre, c'était d'une simplicité et d'une fraîcheur désarmantes. Je m'éloignais de Romain, je me rapprochais de Marina : c'était l'enfance de l'art. Je pensais que mon amour pour Marina allait prendre la place laissée vide par mon amitié pour Romain. La révélation assez brutale de l'amour de Marina pour Romain ne transformait pas seulement mon ami en étranger, mais en adversaire. Du coup, je changeais mon fusil d'épaule. Les règles du jeu se modifiaient, mais le jeu restait le même. Je me mettais à caresser l'idée qu'il serait, sinon délicieux, du moins très commode de traiter Romain en ennemi. C'était compter sans les ressources inépuisables de ce qui nous sert de cœur.

On pourrait soutenir que Romain traita la situation à la façon d'un stratège qui prend ses décisions après avoir pesé le fort et le faible des armées en présence. On pourrait soutenir — et beaucoup l'ont soutenu — qu'il fit preuve en l'occurrence d'un cynisme à toute épreuve. On pourrait soutenir aussi — et c'est l'interprétation que je ne tardai pas à adopter moi-même — qu'il ne trama aucune intrigue, qu'il ne poursuivit aucun dessein et qu'il se contenta de se laisser aller à son génie familier. Il appela Marina et il l'invita à dîner.

— C'est ce que tu voulais ? me dit-il.

Était-ce ce que je voulais ? C'était en tout cas ce que voulait Marina. Elle était exquise, capricieuse, obstinée et changeante, vaguement inquiétante. Elle était arrivée à ses fins. Elle tenait sa vengeance — nous ignorions sur quoi. Sur sa mère, peut-être, tout simplement. L'ombre de sa mère flottait toujours au loin. Entre Marina et Romain dont le jeu m'échappait, je ne savais plus très bien où j'en étais. J'étais largué. Tout se passait hors de moi, loin de mes idées bornées et de mes propres désirs. J'assistais aux événements. Margault les acceptait. Romain les dominait. Et, par un comble de raffinement et d'involontaire cruauté, il n'était pas exclu qu'il s'en fichât royalement.

Ils se virent tous les deux. Je le voyais encore. Je la voyais toujours. L'envie me prenait de disparaître, mais je ne disparaissais pas. J'avais vécu avec Marina des journées de bonheur qui ressemblaient à l'enfer. La peur m'envahissait de descendre à des abîmes qui peuplaient déjà mes cauchemars. On ne va jamais assez loin dans l'imagination des sentiments ; je me retrouvai soudain, par miracle — et par la grâce de Romain —, dans quelque chose d'obscur qui avait des allures de paradis.

Un beau matin d'automne, aux temps où, après vingt-cinq ans de gaullisme et de libéralisme post-gaulliste, l'union de la gauche s'apprêtait à prendre le pouvoir en France pour un autre quart de siècle entrecoupé d'éclipses, Romain me dit :

— Nous partons.

Plusieurs fois déjà, il m'avait dit :

— Nous partons.

Et nous étions partis tous les deux pour l'Inde, pour la Chine, pour les côtes de Turquie où nous avions cueilli ensemble des souvenirs que je n'oublierais plus. Cette fois-ci encore, il me disait :

— Nous partons.

Nous partions. Mais nous ne partions plus seuls. Marina était avec nous.

Nous marchions lentement. Margault Van Gulip

s'appuyait sur sa fille et sur sa petite-fille. Nous approchions du portail par où nous étions entrés. Notre petit groupe de six ou huit avançait dans le silence. Nous ne savions plus quoi dire. De temps en temps, l'un de nous levait les yeux vers le ciel et émettait quelques considérations sur le climat de l'Île-de-France au début du printemps.

Béchir se portait à ma hauteur.

— Je crois, monsieur, me dit-il avec solennité, que tout s'est passé le mieux possible.

— Merci, mon cher Béchir, lui répondis-je. Tout a été parfait. Et toi, tu as été épatant. Romain aurait été content de toi.

— Merci, monsieur, me dit-il.

Il avait de temps en temps des allures britanniques.

C'était la fin de septembre. Nous retournions là-bas. À Samos, à Symi où j'avais passé, seul avec Marina, tant d'heures filées de soie à l'ombre de notre figuier, à Rhodes, à Kalymnos où nous avions des souvenirs, à Fethiye, à Kas, à Castellorizo. Le bateau était un Swann noir. Il appartenait à Spiro Ephtimiou qui, depuis quelque temps déjà, le louait chaque année à Romain et il avait fière allure. Il y avait un marin à bord qui portait le nom de Pacha avec une ombre d'arrogance. Il s'occupait de tout. Et, grâce à Dieu, il s'entendait assez bien avec Romain qui, lui aussi, s'occupait de tout. Le début de l'automne est le plus souvent très beau en Méditerranée. Nous eûmes vingt jours éblouissants.

Nous avons fait plus tard, tous les trois, beaucoup d'autres voyages. En Espagne, au Maroc, en Égypte, en Autriche, en Grèce encore, en Italie bien sûr. Nous avons écumé les mers et labouré la neige. Nous nous sommes promenés sur les routes. Et, mépri-

sant les rumeurs qui n'étaient pas toujours bien-
veillantes, faisant taire les murmures avec une souveraine autorité, Margault Van Gulip, qui à défaut
d'être toute jeune était encore très belle, s'était plus
d'une fois jointe à nous. Cette fois-ci était la première
où Marina se retrouvait, comme sur la terrasse de
Patmos, entre Romain et moi. Elle riait à nouveau.
Elle était heureuse. Il y avait de quoi. Le décor choisi
par Romain était une cure à lui seul. C'était une
machine à fabriquer du bonheur.

J'étais déjà venu dans la région en tête à tête avec
Romain. Nous avions servi d'éclaireurs. Nous avions
défriché le terrain sans nous y enfoncer. Nous restions
en haute mer le plus souvent possible. Maintenant,
nous explorions chaque crique, nous descendions à
terre, nous nous arrêtions dans les ports, nous flâ-
nions dans les boutiques de tapis ou de bijoux en toc,
nous remontions les fleuves, nous découvrions des
temples en ruine et des théâtres antiques.

Le Swann de Spiro Ephtimiou battait pavillon
panaméen, ce qui facilitait les allées et venues entre
côtes turques et îles grecques. Symi est pris en
pince entre deux bandes de terres turques, et l'île
de Castellorizo — la plus reculée de toutes les îles
grecques —, qui me faisait déjà rêver aux temps
lointains de la terrasse de Patmos, est à quelques
encablures de la ville turque de Kas. Mais, tout au
long de la seconde moitié du xxe siècle, entrer dans
les ports de Symi ou de Castellorizo était pour un
bateau turc un rêve presque impossible. Et gagner
les côtes turques à partir des îles qui leur font face
constituait pour un voilier grec l'équivalent marin
des douze travaux d'Hercule. Sur notre Swann panaméen, qui s'appelait *Yasmina*, nous passions des
unes aux autres sans trop de difficulés.

Margault Van Gulip n'en pouvait plus de marcher. Elle avait tenu à venir à pied avec nous jusqu'aux portes du cimetière. Ses forces l'abandonnaient à nouveau. Béchir arrivait au volant de la voiture qu'il était allé chercher. Aidée de sa petite-fille, elle s'asseyait pour la deuxième ou troisième fois sur la banquette arrière de la voiture de Béchir. Marina, quelques instants, restait seule avec moi. Le soleil perçait à travers les nuages et inondait soudain le cimetière.

— Tiens! me dit-elle en s'efforçant de sourire, c'est le soleil de Symi. Tu te souviens?

Si je me souvenais de Symi et de son soleil! Toutes différentes, toutes semblables, les images de Symi se bousculaient en moi. J'y étais venu avec Marina, j'y étais venu avec Romain, j'y étais revenu avec Romain et Marina. Ma vie se rangeait en cercle, en épisodes, en cascades autour de moi.

De Symi à Rhodes, de Rhodes à Fethiye, de Fethiye à Kas, de Kas à Castellorizo, les souvenirs m'envahissaient en foule. Certains étaient très vifs : le figuier de Symi avec Marina ou les troupeaux de chèvres qui dégringolaient de la colline jusqu'à la porte de notre jardin dans un vacarme assourdissant de clochettes ou la vue que nous avions de notre maison sur l'anse presque fermée de Pedi au bout de laquelle, rêveurs, irréels, comme sur la scène truquée d'un théâtre à grand spectacle, passaient lentement les bateaux; un bain avec Romain entre trois petites îles de la baie de Fethiye qui nous avait rendus si heureux que nous poussions des cris et que nous chantions à tue-tête des cantiques de Noël qui faisaient un drôle d'effet au cœur d'un été brûlant; au lendemain d'un dîner dans la taverne d'Alexis au fond de la vieille ville de Rhodes, la découverte émerveillée de la blancheur antique de Lindos. D'autres étaient plus flous : avec qui avais-je nagé au lever du soleil, à une heure et demie de bateau de Fethiye, le long de l'île de Djemila — que nous appelions Saint-Nicolas —, couverte de ruines byzantines ? avec qui avais-je grimpé, au-dessus du petit port de Finike, jusqu'aux ruines d'Arikanda, la vertigineuse villégiature d'été des Grecs aisés de la Lycie hellénique ou hellénistique ? Avec Marina ? Avec Romain ? Avec Marina et Romain ? Le génie de Romain était dans sa présence : elle effaçait le passé, elle bouleversait les cœurs, elle donnait un sens nouveau aux passions et aux paysages.

— Ah ! murmurait Marina, accrochée de nouveau à mon bras, comme il va nous manquer !

Je regardais Marina. Je regardais Margault dont j'apercevais le visage ravagé à travers les vitres de sa voiture. C'était vrai : il nous tenait tous ensemble. Nous nous voyions assez peu à Paris. Chacun y menait ses affaires à son gré. Je déjeunais avec Romain. Romain dînait avec Margault et il dînait avec Marina. Je rencontrais Marina. Nous nous débrouillions comme nous pouvions dans une espèce de brouillard. Et puis nous repartions tous ensemble pour la Toscane ou pour un chalet de montagne entouré par la neige. Plus encore qu'au changement des mœurs et à la liberté des esprits — après tout, Byron ou Rimbaud au XIXe et d'innombrables figures du XVIIIe, des silhouettes légères de la Régence aux personnages sulfureux de Vivant Denon ou de Choderlos de Laclos, étaient plus libres que nous —, notre vie était liée aux moyens de communication qui avaient éclaté dans la seconde moitié de notre siècle évanoui : le train, l'automobile, l'avion. Elle était inimaginable dans le siècle précédent où la passion triomphait mais où la voiture et l'avion n'existaient pas encore. Notre Grand Tour, notre Voyage en Italie, notre Voyage en Orient n'étaient plus des épisodes passagers, accidentels et uniques : ils se répétaient sans cesse, ils se confondaient avec nous. Nous vivions dans un monde qu'avait décrit Morand dans *Rien que la terre* à mi-chemin des deux guerres : « L'enfant demandera : Puis-je courir aux Indes ? Et la mère répondra : Emporte ton goûter. »

Paris bruissait parfois de l'écho de nos expéditions. Il y avait eu des ragots, des stupeurs, des ricanements. Et puis, comme toujours, le silence s'était fait. Tout le monde savait autour de nous que nous nous promenions ensemble à travers le vaste monde et on nous fichait la paix.

Romain tenait tout en main. Autant que je me souvienne, et il n'est pas exclu que ma mémoire m'ait trahi plus d'une fois, et peut-être volontairement, il n'y eut jamais entre nous de crise tragique ni même ouverte. Ce qui se passait dans nos cœurs était une autre affaire. Entre bonheur et malheur, entre acceptation et révolte, entre le souvenir ébloui et l'oubli nécessaire, une espèce d'équilibre avait fini par s'établir. Il y a dans une nouvelle foudroyante de Borges un personnage du nom de Funes qui n'oublie jamais rien. Il se souvient de tout dans le moindre détail, de l'arbre sous lequel il était assis par un matin d'été, de chaque branche de cet arbre, de chacune de ses feuilles et des nervures de chaque feuille, de la bête à bon Dieu sur une de ces nervures, et il finit par mourir, écrasé par sa mémoire. J'oubliais sûrement beaucoup. Sauf Romain, sans doute, toujours content d'un sort qui lui était indifférent, nous nous efforcions tous, Margault, Marina, moi-même, d'oublier l'idée que nous avions pu nous faire d'un destin différent. Et, parmi tant de souvenirs qui se heurtaient les uns aux autres et qui se combattaient, cet oubli salvateur nous permettait de survivre.

Nous ne parlions pas beaucoup. Nous n'avions pas besoin de parler. Sur le pont de nos bateaux successifs en Méditerranée orientale, le long des plages désertes, aux terrasses des cafés d'une petite ville de Toscane ou d'Ombrie, dans les neiges du Tyrol, de Carinthie, des Dolomites, Marina semblait heureuse. Elle revivait. Son rire me rendait malheureux et heureux. Le monde était un bonheur et il n'était qu'un chagrin. Romain était avec moi comme il avait toujours été : simple, direct, sans détours. Il était implacable, il n'était pas faux jeton. Il traitait Marina en princesse arrachée aux enfers par ses soins éclairés et Margault comme une reine avec une tendre déférence. Elle régnait, d'une certaine façon. Et Romain régnait aussi. Sur elle d'abord. Et puis sur nous. Nous étions tous ses sujets.

Gérard nous attendait à la porte du cimetière. Il avait beaucoup parlé, j'imagine, aux journalistes de *Match* et du *Journal du Dimanche* et aux photographes de presse. Romain intriguait la presse autant par son absence — il ne paraissait jamais nulle part — que par la légende mystérieuse qui avait fini par se forger autour de son passé de combattant, d'aventurier, de séducteur, d'amateur d'art oriental, de personnage en marge de toutes les institutions auxquelles il appartenait pourtant en qualité de compagnon de la Libération, de héros de l'Union soviétique et de mécène des musées de France. Il jouait très bien de cette ambiguïté et Gérard, derrière lui, jouait très bien, à son profit, de la notoriété qui s'attachait à son ami défunt.

— Alors, m'avait dit un jour Gérard, en sortant d'une émission de Bernard Pivot à laquelle nous participions tous les deux, lui pour *Sans tambour ni trompette*, moi pour *Le Juif errant*, je crois, ou pour *La Douane de mer*, alors, vous couchez ensemble tous les quatre, la mère, la fille, Romain et toi ?

Il commençait à me courir.

— C'est très exagéré, lui répondis-je. Malgré tous mes efforts, ni Romain ni Margault n'ont jamais voulu de moi.

Le plus curieux, le plus intéressant était que ce même Gérard qui me donnait des leçons, devait, voyez comme on danse, entrer, lui aussi, dans la ronde — pour une durée, il est vrai, assez courte : pendant deux années et demie, vers le début du long règne de François Mitterrand, il avait été, très officiellement, le mari de Marina. Et, très officiellement aussi, il était le père d'Isabelle.

Il embrassait Marina. Il embrassait sa fille. Je crois qu'il était fier d'elles, et il avait raison. Peut-être aussi, Dieu me pardonne, était-il assez fier d'être entré dans notre groupe. Fût-ce pour un temps limité et pour ainsi dire par raccroc. L'histoire de Gérard et de Marina était étroitement liée à l'histoire de Romain et à la mienne — et elle leur était très étrangère. Marina, à Paris, voyait souvent Gérard et elle continuait à partir pour les Pouilles et pour les Cyclades avec Romain et moi qui nous moquions de lui. Gérard était insupportable, et il était très beau. Romain et moi l'avions pris pour tête de Turc parce qu'il était insupportable. Et peut-être aussi, Dieu me pardonne encore, parce qu'il était très beau. Il nous irritait beaucoup. Pour de bonnes raisons. Et aussi pour de mauvaises. Il n'était pas tout à fait exclu que Marina eût décidé de l'épouser pour se venger de Romain — et accessoirement de moi — comme elle avait décidé de coucher avec moi pour se venger de Romain et d'aimer Romain pour se venger de sa mère.

— Mon chéri, me disait Marina, veux-tu que nous déjeunions ou que nous dînions ensemble, un de ces soirs, toi et moi, avec Isabelle et son père, pour parler encore un peu de Romain ?

Nous allions sortir du cimetière où Romain reposait pour cette éternité à laquelle il ne croyait pas. Les choses se brouillaient dans ma tête. J'hésitai un instant. Je poussai une sorte de soupir.

— Je ne sais pas, lui répondis-je. Pardonne-moi. Je ne suis pas sûr. Il faut que nous nous ressaisissions tous. Peut-être devrions-nous chacun rester un peu seul avec nos souvenirs.

Nous étions de nouveau en Méditerranée orientale, de retour une fois de plus dans ce bout du monde dont j'avais tant rêvé. Nous arrivions de Kekova sur un bateau déglingué où rien ne fonctionnait plus et qui ne rappelait que de très loin notre Swann éblouissant de naguère. Nous avions passé quatre jours parmi les tombes lyciennes qui surgissent de la mer au pied des ruines d'un château byzantin. Paradis des navigateurs, la baie de Fethiye, plus au nord, est une suite ininterrompue de criques plus ravissantes les unes que les autres et où la forêt tombe dans la mer. Nous avions fini par en connaître tous les recoins, tous les arbres où nous amarrer, tous les mouillages où il faisait bon nous arrêter pour voir le soleil se lever avant de nous jeter dans une eau transparente. Kekova est plus mystérieuse. C'est une mer intérieure semée de petites îles et presque entièrement fermée par une longue île parallèle à la côte où s'élève le château. La nuit, sous la lune, le spec-

345

tacle de Kekova est d'une grandeur et d'un charme incomparables. Les fameux Peuples de la mer qui, avec les Hyksos et les Hittites, constituèrent une des menaces les plus sérieuses pour l'Égypte des pharaons venaient peut-être de cette côte si belle, encore presque déserte à l'époque où nous la fréquentions et aujourd'hui surpeuplée, qui s'étend d'Éphèse, de Smyrne, de Bodrum — l'ancienne Halicarnasse — jusqu'à Fethiye et à Kekova. C'est sur cette côte que sont nées la géométrie et la philosophie. C'est sur cette côte qu'ont été élevés, du mausolée d'Halicarnasse au temple de Diane ou à la bibliothèque de Celsus à Éphèse, quelques-uns des monuments les plus impressionnants de l'histoire des hommes. Les Grecs, les Perses, les Romains, les Byzantins, les Arabes, les Turcs Ottomans se sont succédé et se sont massacrés dans ces paysages enchanteurs. La culture, je dois le dire, était le cadet de nos soucis. Nous cherchions surtout, parmi les ruines sans âge, des criques bien closes où nous baigner au pied des hautes falaises, le long des oliviers et des pins maritimes qui descendaient jusqu'au rivage.

Après avoir quitté Kekova, nous étions remontés vers le petit port charmant de Kas où Romain et moi avions pillé les boutiques pour couvrir mère et fille de bijoux bon marché. De Kas, nous avions gagné l'île de Castellorizo dont la silhouette se découpait sur la mer.

Le bateau entre dans la rade de Castellorizo : le rideau se lève sur une scène de théâtre. Serrées en arc de cercle, parmi, d'un côté, les nobles maisons de pierre couleur de miel, très strictes, de l'autre la chapelle et la capitainerie toutes blanches sur la mer très bleue, les maisons du vieux port forment un mince décor régulier où se mêlent, du bleu au rouge en passant par le vert et le jaune, toutes les couleurs de l'arc-en-ciel. Au début du siècle dernier, Castellorizo était une ville de quelque vingt mille habitants. Chassée par la guerre et la misère, la population presque entière est partie pour ailleurs — et surtout pour l'Australie. Reste, sous le soleil de feu, un décor fantôme, d'une gaieté oppressante, où errent quelques pêcheurs qui réparent leurs filets, des femmes qui lavent leur linge et des enfants en train de jouer. C'est là, sous une treille, à côté d'une table occupée par un pope crasseux et une fille en jeans d'une beauté à couper le souffle, que Marina nous annonça que Gérard lui avait demandé de l'épouser.

C'était une surprise pour nous tous. Pour elle aussi, peut-être. Et peut-être pour Gérard dont nous nous demandions, devant notre ouzo et notre vin résiné, quelle mouche d'audace l'avait piqué. À notre surprise se mêlait un vague sentiment d'indignation : comment osait-il ? Le tout débouchait dans une stupeur : Marina ne semblait pas écarter avec toute la vigueur et l'ironie nécessaires une hypothèse aussi insensée.

— Il n'était même pas à Patmos, murmurai-je à mi-voix.

Nous nous mîmes tous à rire. Et Romain ajouta quelques mots qui n'étaient sans doute pas indispensables :

— Tu n'es pas heureuse avec nous ?

Oui, j'aimais beaucoup Romain, et Marina, bien sûr, l'aimait encore beaucoup plus que je ne l'avais jamais aimé. Mais, non, elle n'était pas heureuse. Ou, du moins, elle était moins heureuse que nous ne l'imaginions — et qu'elle ne l'imaginait. Devant les maisons de toutes les couleurs qui faisaient de Cas-

347

tellorizo un des endroits les plus beaux et les plus étranges de cette planète, elle éclata en sanglots.

— Mais que se passe-t-il ? dit Romain.

Margault prit sa fille par les épaules et la serra contre elle.

— J'attends un enfant, murmura Marina.

Je regardai Romain.

— À notre époque !... me souffla-t-il.

Gérard partait. Il était venu à moto. Il repartait à moto. D'une certaine façon, je l'enviais. Il avait été le mari d'une femme qui, les êtres sont si étranges, n'avait jamais voulu m'épouser. Le mariage de Gérard et de Marina a longtemps peuplé mes cauchemars. Il me fallait faire un effort, maintenant, pour me souvenir de ce qui m'avait tant tourmenté. De Symi, de Fethiye, de Kekova, de Castellorizo, de la taverne Alexis à Rhodes, de la taverne Léonidas à Vouliagmeni, aux portes d'Athènes, des vignobles du Chianti, de l'arrivée à Venise, je n'avais rien oublié. Il fallait bien survivre : les sombres images de la cérémonie s'étaient effacées de ma mémoire.

J'étais le témoin de Marina. Romain était le témoin de Gérard. Je crois me rappeler que Marina avait imposé ses choix à son mari. Et même à Romain, d'une sérénité implacable, et à moi. Gérard était fou de sa femme, et je pouvais le comprendre. Elle faisait de lui ce qu'elle voulait. Elle le traînait derrière elle à la façon d'un vaincu et elle le ramassait avec ses affaires au moment de partir. Un beau jour, assez vite, elle partit sans le ramasser.

Il mettait son casque, il faisait tourner son moteur. Isabelle s'installait derrière lui. Elle était sa fille, après tout : c'était encore l'époque où les enfants portaient le nom de leur père et elle portait son nom. Elle se tournait vers moi, elle criait :

— Au revoir, oncle Jean

Elle m'appelait oncle Jean.

Je lui disais :

— Au revoir, Isabelle.

Elle se penchait un peu vers moi et elle me disait :

— Vous m'emmènerez en Italie ?

Je me mettais à rire. Je lui disais :

— Doucement. Un peu de calme. Je suis sûr que tu trouveras mieux.

Ils s'en allaient, tous les deux. Son père lui avait mis un casque sur la tête et elle le tenait par la taille. Nous levions la main. Elle souriait dans le vent. Mazotte et Dalla Porta, qui étaient allés se promener ensemble, sous le soleil reparu, dans les allées du cimetière, nous rejoignaient pour saluer, avant de partir, la reine Margault et sa fille. Nous regardions tous ensemble, comme si c'était la nef de Tristan et Yseult ou le bateau du grand Virgile, s'éloigner la moto qui portait Isabelle.

— Je me demande, murmurai-je, ce qu'elle va devenir.

Ce qu'elle allait devenir ? Mais la même chose, bien sûr. Mais autre chose, évidemment. Le monde bougeait. L'histoire marchait. L'avenir allait verser dans des outres nouvelles, dont nous n'avions aucune idée, le vin ancien des sentiments, des passions, des espérances de toujours. Sa nouveauté ferait d'abord horreur à nos vieilles habitudes et à l'image que nous nous faisions d'un monde immuable et à jamais immobile. Et puis, ce qui était si jeune et si neuf vieillirait à son tour et un autre avenir, à son tour, remplirait de stupeur nos successeurs accablés.

Plus Dupond et Dupont que jamais, Mazotte et Dalla Porta poursuivaient leur discussion sur ce que la science et la technique allaient nous apporter dans les trente années devant nous. Ils proféraient des pauvretés avec intelligence. Des progrès inouïs, bien sûr. Des catastrophes, évidemment. Ce qu'il y avait de bien dans le nouveau qui s'avançait masqué, c'était qu'il ne ressemblait jamais à rien de ce que nous connaissions déjà, à rien de ce que nous étions capables d'imaginer et même de concevoir. Il n'y avait qu'une chose de certaine : nous allions, une fois de plus, comme toujours, nous adapter sans trop de peine à l'inimaginable et à l'inconcevable. Dans la douleur, peut-être, dans l'émerveillement, dans l'effroi, dans l'impatience de l'avenir et dans sa crainte en même temps. Et tout ce qui nous paraissait aujourd'hui, autour de nous, si évident, si assuré, si impossible à ébranler sans mettre fin d'un coup à la fragilité du monde serait frappé de vieillissement, d'aveuglement incurable et d'absurdité. Nous n'avions pas fini d'avoir peur, nous n'avions pas fini d'être heureux.

Nous étions le dernier carré : Margault et sa fille, Béchir, Dalla Porta, Mazotte, André Schweitzer et moi. Nous restions immobiles, ne voulant pas nous quitter, ne sachant plus quoi nous dire.

— Il faut rentrer chez vous, maintenant, dit Schweitzer à Margault.

— Oui, dit Margault, partons.

Comme nous étions partis ! Peut-être ces départs n'étaient-ils rien d'autre que la forme moderne de l'éternelle inquiétude. Nous partions parce qu'il nous était impossible de rester seuls en face de nous. Nous partions parce que nous avions peur. Peur de nous-mêmes, d'abord. Peur de la vie aussi, et du monde autour de nous. Nous nous jetions dans le monde parce que nous avions peur de lui.

André Schweitzer soutenait la reine Margault en

la prenant par le bras. Mazotte et Dalla Porta entouraient Marina. Un instant, je fermai les yeux. Aux portes du cimetière où reposait Romain, le temps était encore aboli. Il flottait, épars, autour des dates inscrites sur les dalles du cimetière et dans les cœurs des vivants penchés sur leur passé. Nous allions passer les grilles : le temps nous reprendrait.

Qu'avais-je fait ? J'avais vécu. Bien ou mal, n'importe. J'avais passé sur cette terre où tout ce qu'il était permis de connaître, les hommes, les femmes, les sentiments, les idées, la couleur des nuages, les souvenirs de l'enfance, l'espérance de l'avenir, avait passé aussi. Et Romain aussi était passé sur cette terre. Il n'était pas mort parce qu'il était malade ou parce qu'il en avait assez : il était mort parce qu'il était vivant. Les vivants sont faits pour mourir. La mort fait partie de la vie. Chacun ne vit que pour mourir. Il était inutile de pleurer sur la mort puisqu'elle était nécessaire. Mais il était permis de regretter les vivants : Romain, avant de mourir, avait vécu mieux que personne. Il avait rendu ses couleurs à une vie souvent pâlotte. Il avait réenchanté un monde désenchanté. C'était pour cette raison que nous étions venus si nombreux et que nous étions si tristes.

Les images de Romain se confondaient en moi. Venues de tant de bords différents, elles n'en faisaient plus qu'une seule. Il n'était plus ni vieux ni jeune. Il prenait tout à coup son visage d'éternité. Ce que j'avais vu de mes yeux et entendu de sa bouche se mêlait à ce que les uns ou les autres m'avaient raconté de lui. Tout n'était pas glorieux, tout n'était pas plaisant. Beaucoup, sans doute, avaient le droit de le juger avec sévérité. Moi-même, je l'avais souvent condamné et je l'avais détesté. Il avait donné à sa vie, et à la nôtre, une saveur inimitable.

Je le revoyais sur la neige, sur un bateau, dans une de ces voitures qu'il conduisait très vite et avec beaucoup de sûreté, à la terrasse d'un café où il buvait sec en fumant un cigare qu'il jetait assez vite, dans un de ces paysages insignifiants qu'il transformait aussitôt à force d'énergie et de gaieté. Il était passé maître dans l'art d'épuiser les possibles et de se servir de la vie. Il savait très bien ne rien faire et rester dans sa chambre. Nous nous étions beaucoup amusés avec lui dans une maison minuscule et sans le moindre intérêt coupée du monde par la neige. Il n'était prisonnier d'aucune règle ni d'aucune chapelle. Il aurait pu être stoïcien, bouddhiste, épicurien, taoïste. Il assumait à merveille ses innombrables contradictions. Il ne croyait presque à rien et il était juif et chrétien. Les explications l'ennuyaient. Il était à chaque instant plein de cynisme et d'enthousiasme. Il aimait un monde dont il se moquait.

— Il s'est tué, n'est-ce pas ? me souffla André Schweitzer en me prenant à part.

— Oh ! lui dis-je, je crois plutôt qu'il a cessé de vouloir vivre.

Loin des euphémismes de notre époque, Romain, avec le temps, était devenu un vieillard. C'était la plus banale et la plus étonnante des aventures : un jeune homme plein de feu s'était changé en vieillard qui avait tiré de sa vie tout ce qu'elle pouvait lui offrir. Deux ou trois fois, il m'avait dit en riant :

— C'était très bien.

Et cet usage de l'imparfait qui ne lui était pas familier avait résonné en moi comme un signal d'alerte : il n'avait pas l'habitude de regarder vers le passé. Il n'était pas impossible que des détails minuscules l'eussent éloigné de ce monde qu'il avait tant aimé. Il m'avait confié avec une espèce de gêne, presque de honte, qu'il avait vu un médecin qui lui avait recommandé de ne pas monter trois fois par jour de quatre cents à trois mille mètres, de ne pas plonger sous la mer pour un oui ou pour un non sous prétexte d'oursins, de corail ou d'épaves. Il y avait plus sérieux. Il avait feuilleté un roman qui venait de faire grand bruit et qui lui avait beaucoup déplu. Comme je lui assurais, pour une fois, que le livre n'était pas sans talent et qu'il montrait peut-être vers quoi nous nous dirigions tous, il m'avait murmuré :

— Alors, c'est que je vieillis.

Je m'étais récrié. Il m'avait dit :

— En politique, en art, dans la vie de chaque jour, les échecs n'ont aucune importance. Ce qui est plus embêtant, c'est quand tu as le sentiment que les choses s'organisent autrement, qu'elles se brouillent autour de toi et que tu ne parviens même plus à comprendre ce qui se passe. Tu as l'impression d'être expulsé du monde par la marche de l'histoire.

Je m'étais mis à rire.

— Il y a des jours comme ça.

— Ou des années.

— C'est un problème de foie.

— Ou de foi. Il y a un moment où l'envie te prend de laisser les choses et les gens se débrouiller tout seuls. C'est ce qu'ont dû ressentir les hommes de Neandertal submergés par ceux de Cro-Magnon, les Aztèques ou les Incas exterminés par les Espagnols, les Romains de la décadence sous la pression des Barbares, les Byzantins à l'époque de la chute de Constantinople, les derniers féodaux, les derniers salons où se retrouvaient des personnages qui s'habillaient pour causer dans une langue immobile, les derniers allumés de la chasse à courre que j'ai encore connus avec leurs bombes, leurs trompes, leurs rites de mort très gais, leurs habits rouges ou bleus, le dernier réduit des partisans de Staline ou de Hitler qui n'étaient pas ma tasse de thé. J'ai toujours pensé que le monde ne cessait de commencer. Peut-être aussi que, de temps en temps, anxieux de se renouveler, il se met à finir.

— Je croyais que tu faisais profession de te moquer des vicissitudes de l'histoire?...

— Je m'en fiche pas mal. Mais il arrive à l'air de se raréfier.

L'air qui commençait à manquer à Romain était une nouveauté. Il y avait eu aussi l'histoire de la chronique de Gérard. C'était une affaire si insignifiante que je l'avais presque oubliée. Dans *L'Express* ou *Le Point*, ou peut-être *Le Nouvel Observateur*, je ne savais plus, Gérard avait entrepris une sorte de typologie contemporaine : une série de croquis anonymes et transparents où apparaissaient successivement une femme politique — tout le monde avait reconnu Martine Aubry —, un chef d'entreprise — Messier —, une syndicaliste — Nicole Notat —, un chanteur, une sportive, un écrivain, un militaire, un grand bourgeois, un retraité... C'était du Gérard tout craché : brillant, fabriqué, spirituel, inutile. Tout ce que détestait Romain. Sous le titre « Le Séducteur », il avait esquissé un portrait plutôt déplaisant de Romain lui-même en héros jouisseur et fatigué.

— Je t'apporte quelque chose qui va te faire rire, avais-je annoncé à Romain, l'article de Gérard sous le bras.

Pas du tout. Romain, dont ce n'était pas l'habitude, et peut-être simplement parce que Gérard l'irritait par nature et par vocation, avait marqué le coup. Il l'avait marqué d'autant plus qu'une très jeune fille, que je n'avais jamais rencontrée et dont j'ignorais jusqu'au prénom et à la couleur des cheveux, était entrée dans sa vie. Il n'était pas impossible qu'elle eût fait partie de la foule qui s'était pressée au cimetière, mais je ne disposais pas du moindre indice pour la reconnaître parmi les jeunes femmes assez nombreuses qui avaient défilé devant la tombe. Romain m'avait seulement confié que, pour la première fois, plus qu'avec Margault, plus qu'avec Molly ou Tamara, plus, évidemment, qu'avec Marina qui était, pour lui, je le crains, comme une espèce de bonne œuvre à laquelle le bienfaiteur finit par s'attacher, il avait enfin le sentiment, délicieux et troublant, de voir sa propre vie glisser au second plan. Ce sont de ces choses que les hommes passent pour dire aux femmes qui les occupent. Je croirais volontiers qu'ils se les disent aussi à eux-mêmes. S'ils mentent — c'est bien possible — à l'objet de leur désir, ils se mentent aussi à eux-mêmes.

Je n'en savais pas plus. Ni si cette passion était vraiment un amour, ni si elle était heureuse ou malheureuse, ni si elle avait duré plus que l'espace de quelques soirs. J'en étais venu à me dire que le plus grave pour Romain, tel que je le connaissais, si prompt à s'écarter de ce qui ne lui convenait pas, de ce qui ne se précipitait pas aussitôt dans son sens, était un amour heureux et durable qui aurait peut-être été, par un paradoxe un peu cruel, le premier effet et le premier signe de son âge.

— Personne ne se tue, disais-je à André Schweitzer, à cause de quelques lignes irritantes ou en raison de la marche d'une histoire collective qui ne vous concerne pas personnellement. Ni même pour une aventure de plus ou de moins après une longue lignée de passions. Surtout quand vous êtes, comme Romain, un modèle d'équilibre et, nous le savons bien, vous et moi, d'indifférence profonde. Personne ne se tue par agacement.

— Et par excès de bonheur ? dit André.

J'hésitai un instant.

— Ah ! lui dis-je. Évidemment...

Les autres rappliquaient autour de Margault et de sa fille.

— Mais que s'est-il passé, demandai-je très vite, pour que se pose même la question ?

— Oh ! me souffla André Schweitzer, presque rien. Deux trucs qu'on ne prend plus et trois autres qu'on absorbe, consciemment ou inconsciemment. Presque rien, vraiment. Un hasard, peut-être. Une imprudence. Une coïncidence fâcheuse. Même pas de quoi s'interroger. Subsiste l'ombre d'un doute. Toute mort est un mystère parce que toute vie est un mystère.

— Il aimait la vie.

— Il l'aimait tant qu'il aurait eu horreur de la voir s'affadir. Il devenait vieux, vous savez. Il régnait sur lui-même, et accessoirement sur les autres et sur le monde autour de lui, avec moins de sûreté et d'éclat. Il rentrait dans le lot commun qu'il avait fui si longtemps avec obstination. La naissance est le lieu de l'inégalité. L'égalité prend sa revanche avec l'approche de la mort. Il devait commencer, comme on dit, à sentir le poids des années. L'avenir se faisait moins vif et le passé, plus insistant. Comme Margault d'ailleurs, il était de ceux qui supportent assez mal que la vie et leur corps ne tournent plus à plein régime. Ce qui les faisait vivre...

— Oui, je sais, lui dis-je, c'était l'amour de la vie.

Je le voyais triomphant sur le pont d'un bateau,

dans la rue bordée de boutiques qui monte tout droit du port de Kas vers un tombeau lycien, assis sur les marches d'un des escaliers de la place de Todi, au pied du Cervin que nous contemplions avec bonheur, debout sur nos skis, appuyés sur nos bâtons, jetant un regard en arrière après l'avoir dévalé, dans un bistrot des Halles ou de Saint-Germain-des-Prés, devant la masse octogonale de Castel del Monte ou dans les vignes du Chianti, à l'ombre des gratte-ciel de la Cinquième Avenue aux côtés de Meg Ephtimiou. Il était vivant. Il était mort.

Margault Van Gulip me faisait signe de m'approcher. Comme elle avait été belle ! Je me la rappelais à Patmos, sur le chemin le long de la mer où je m'étais agenouillé à ses pieds. Il ne restait de sa beauté que l'ombre d'un souvenir. La vie était un songe dont personne ne savait s'il s'achevait sur un réveil.

— Oh ! mon petit Jean ! Il faudra venir me voir.
— Je vous le promets, lui dis-je.
— Nous parlerons, me dit-elle.

Nous parlerions. De sa vie, de ses amours, du passé, de Romain. Il y a deux bonheurs dans la vie. Le premier est la vie. Le second, déjà moins fort, plus subtil peut-être mais moins fort, est le souvenir mélancolique du bonheur de la vie. Il y a des gens pour penser que la vie n'a pas d'autre but que d'aboutir à un livre ou à une œuvre d'art. Pas d'autre but que le récit, la transfiguration, le rêve. Nous aurions pu indéfiniment nous raconter le passé et le transformer à notre gré. Aurions-nous pu faire autre chose que ce que nous avions fait ? Romain aurait-il pu épouser la reine Margault ? Aurais-je pu, de mon côté, épouser Marina ? Aurions-nous pu, lui et moi, être tout à fait différents de ce que nous avions été ?

Notre existence à chacun est un rêve chaotique dont la nécessité naît du hasard.

Romain se serait moqué de ces ruminations inutiles. Il était ce qu'il était. Il ne laissait pas le moindre espace où glisser un regret, un remords, un regard en arrière. Il ne cessait jamais de coïncider avec lui-même. Sa bonne santé s'opposait à ces rêves d'animal malade qui nourrissent toute littérature et toute métaphysique. Je l'entendais d'ici :

— Quand vous aurez fini vos exercices spirituels et d'enculer vos mouches, nous pourrions aller nager.

Il détestait ces interrogations sur le passé et l'avenir où je me complaisais. À tort ou à raison, il était convaincu que le passé était mort, qu'il ne nous apprenait rien, qu'il était absurde de s'en occuper et que l'avenir démentait toujours ce qu'on pouvait en attendre. Rien ne l'irritait autant que les débats sur l'avenir de l'univers et de l'homme, sur la fin du roman, sur le réchauffement de la planète, sur l'apparition d'êtres nouveaux, surgis d'ailleurs ou du génie des savants et des ingénieurs, sur le monde virtuel qui allait succéder au monde réel où il vivait.

— Oui, bien sûr, il va y avoir autre chose. Mais nous ignorons quoi. Nos descendants, dans mille ans, riront de nos prédictions. Nous ne savons pas bien d'où nous venons, nous ne savons pas du tout où nous allons. Il n'y a qu'à laisser faire ce que nous ne pouvons pas empêcher. Les remèdes, le plus souvent, sont plutôt pires que le mal. La seule éternité qui vaille est celle de l'instant présent. Et ce que je préfère chez lui, c'est qu'il ne dure pas trop longtemps.

La tentation m'était venue plus d'une fois d'écrire quelque chose sur Romain. Un soir, sur la terrasse derrière le Capitole d'où la vue s'étend sur le Forum, sur la Curie où Jules César avait été poignardé par

Brutus et sa bande, sur les colonnes des temples détruits et les arcs de triomphe en ruine de la Rome impériale — c'était à cet endroit précis qu'une procession de moines à travers les décombres avait fait naître chez Gibbon la première idée de *Decline and Fall of the Roman Empire* —, je lui avais parlé de ce projet qui me trottait vaguement par la tête. Mon ambition était plus mince que celle de l'historien anglais. Elle parut pourtant exagérée à Romain. Il m'avait regardé d'un drôle d'air et puis, à ma stupeur, il m'avait débité des vers que je ne connaissais pas :

> *Il est temps que je m'ébatte*
> *Et que j'aille aux champs jouer.*
> *Bons dieux ! qui voudrait louer*
> *Ceux qui, collés sur un livre,*
> *N'ont jamais souci de vivre !*
>
> *Que nous sert l'étudier*
> *Sinon de nous ennuyer ?*
> *Corydon, marche devant,*
> *Sache où le bon vin se vend,*
> *Fais refroidir la bouteille,*
> *Cherche une feuilleuse treille*
> *Et des fleurs pour me coucher.*
>
> *Versons ces roses en ce vin,*
> *En ce bon vin versons ces roses*
> *Et buvons l'un à l'autre afin*
> *Qu'au cœur nos tristesses encloses*
> *Prennent en buvant quelque fin.*

— Qu'est-ce que c'est que ça ? lui dis-je, un peu éberlué.

— Ronsard, me dit-il. Arrête tes conneries. Les livres sont devenus si nombreux que leur temps est fini. Rimbaud, Valéry, André Gide, ils ont tous jeté leurs livres — et même parfois, tu te rends compte? ceux qu'ils avaient écrits eux-mêmes.

— Ah! m'écriai-je. Quelle époque!

— Roulez, torrents de l'inutilité... Allons boire quelque chose.

Il m'étonnait toujours. Il ne croyait à rien, il se moquait de tout et il savait plus de choses que je ne pensais.

Un autre soir, souvenir, souvenir, que me veux-tu?..., au coucher du soleil, sur le pont d'un bateau qui nous emmenait tous les quatre — Margault, sa fille, Romain et moi — à travers les Cyclades, je l'avais entendu murmurer quelques mots. Je lui demandai ce qu'il marmonnait.

— Presque rien, me répondit-il.

— Il me semble..., lui dis-je.

— Une chanson, me dit-il.

Si tu veux, faisons un rêve.
Montons sur deux palefrois,
Tu m'emmènes, je t'enlève.
L'oiseau chante dans les bois.

Je suis ton maître et ta proie.
Partons! C'est la fin du jour.
Mon cheval sera la joie,
Ton cheval sera l'amour.

Viens! sois tendre, je suis ivre.
Oh! les verts taillis mouillés!
Ton souffle te fera suivre
Des papillons réveillés.

Allons-nous-en par l'Autriche.
Nous aurons l'aube à nos fronts.
Je serai grand et toi riche
Puisque nous nous aimerons.

Tu seras dame et moi comte,
Viens! mon cœur s'épanouit,
Viens! nous conterons ce conte
Aux étoiles de la nuit.

— Eviradnus! m'écriai-je.

— Bravo! me dit-il. Tu pourras revenir la semaine prochaine.

Nous distinguions, au loin, la masse sombre de Santorin. La vie avec ce cynique d'un égoïsme monstrueux et qui faisait profession de dédaigner les livres était très poétique.

Margault Van Gulip embrassait sa fille sous les yeux attendris de Mazotte et de Dalla Porta.

On ne lui aurait pas donné le bon Dieu sans confession, grogna André Schweitzer comme s'il lisait dans mes pensées.

— Ah! ça, non! Et pourtant…

— Et pourtant, nous l'aimions.

Je levai les bras au ciel.

— Oui, lui dis-je, nous l'aimions.

— Ah! me dit il. Il n'y a de chance que pour les voyous.

— Voyou est peut-être un peu fort? Vous ne croyez pas?

— Il avait tout le charme des mauvais garçons, me dit-il. Et…

Et les larmes lui vinrent aux yeux.

Je lui posai la main sur l'épaule.

— Que Dieu l'accueille dans sa paix, murmura-t-il, et dans sa miséricorde.

J'entendais le rire de Romain.

— Amen, bredouillai-je.

André Schweitzer était un grand chrétien.

— Voulez-vous, lui demandai-je, que nous rentrions ensemble ?

Il était venu avec Béchir. Les choses, pour le retour, s'arrangeaient autrement. Béchir ramenait Marina et la reine Margault. J'avais proposé à Mazotte et à Dalla Porta de les déposer sur leur chemin. Il y avait de la place pour André.

Béchir venait vers moi.

— Je m'occupe de Mme Meg et de sa fille, me dit-il.

— C'est très bien, lui dis-je. Je crois que tout le monde s'est débrouillé pour rentrer. Voyons... Mme Poliakov avait sa voiture. Les Zwinguely sont partis avec l'ambassadeur. La Grande Banlieue et Victor Laszlo sont montés dans le minibus que tu as eu la bonne idée de faire venir. Le grand chancelier a soulevé la coiffeuse dans sa voiture à cocarde. Isabelle, qui était venue avec sa mère, est partie avec son père...

— Grand bien lui fasse, grogna Béchir.

— Un peu de charité, lui dis-je. Ce n'est pas le moment de râler. Gérard est un gentil garçon. Et, physiquement, il est plutôt mieux que nous tous.

— Oui, dit Béchir, j'aimerais mieux être lui que d'être obligé de le voir.

Je ne pus m'empêcher de rire.

— On dirait du Romain. Maintenant qu'il n'est plus là, tu ne vas pas te mettre à l'imiter ?

— Oh ! non, monsieur, me dit-il. Je n'oserais pas.

Je lui serrai la main.

— Il t'aimait beaucoup.

— Oui, monsieur, me dit-il.

Et il se détourna.

Je menais à leur voiture les deux dames appuyées l'une sur l'autre. Béchir, très droit, tenait la portière. Margault Van Gulip m'enveloppa dans ses bras en bredouillant quelque chose où traînait encore le nom de Patmos. J'embrassai Marina.

— À bientôt, me dit-elle.

Je m'inclinai. La voiture démarra. Le monde était imprévisible et il était très comique : conduites par un vétéran de la Wehrmacht et de la division Charlemagne qui avait été, dans les derniers cercles de l'enfer, un des compagnons les plus proches de Hitler, l'ancienne maîtresse de Lucky Luciano sous le nom de Meg Ephtimiou et sa fille Marina qui m'avait tant occupé pendant de si longues années pleuraient dans les bras l'une de l'autre le seul homme qu'elles eussent jamais aimé : un héros de l'Union soviétique, un personnage sans foi ni loi, un séducteur réactionnaire qui les avait croisées toutes les deux, un beau matin de printemps, à New York, au lendemain de la guerre, dans le hall d'entrée du Metropolitan.

Les ombres se levaient dans le jardin des morts. Il y avait les chars de l'armée allemande entre les plaines d'Ukraine écrasées de soleil et les ruines de Stalingrad sous la neige de l'hiver. Il y avait la Mafia, des collines de Sicile aux gratte-ciel de New York et de Chicago. Il y avait un maréchal soviétique en route pour la Bretagne, la poitrine barrée de médailles : c'était Joukov. Il y avait Tamara et Molly dont personne, sauf moi et peut-être quelques vieillards au fond de la campagne anglaise ou dans une isba de bois, ne connaissait plus les noms et qui pleuraient en silence dans leur coin.

Tout le passé du monde nous tombait sur les épaules. Romain avait rejoint une compagnie autrement plus nombreuse que la terre des vivants : celle des morts pour l'éternité. Il avait retrouvé Molly, tuée par une bombe au milieu des enfants, et les victimes de Stalingrad et les disparus de Normandie-Niémen et le consul général de France à New York qui l'avait invité au Pavillon, mais aussi les quatre-vingts milliards d'êtres humains qui étaient passés sur cette planète. Beaucoup soutiennent que nos destins sont liés à la configuration des astres au moment de notre naissance. Il est plus vraisemblable — Victor Laszlo était un pitre, mais il avait raison — qu'ils sont liés surtout aux événements de l'histoire. Les hommes de ma génération ne seraient pas les mêmes sans la double catastrophe des deux grandes guerres mondiales. Ils ne seraient pas les mêmes sans la crise de 29. Ils ne seraient pas les mêmes sans les cauchemars jumeaux de Staline et de Hitler. Les Français seraient-ils ce qu'ils sont sans l'effondrement de 40, sans l'affaire Dreyfus, sans la gloire et la chute de l'empereur Napoléon, sans la grande Révolution ? Les Anglais seraient-ils ce qu'ils sont sans l'empire des Indes et l'habeas corpus ? Les Allemands, sans Goebbels, sans Heine et sans Goethe, sans Hegel, sans Luther, sans les Hohenstaufen ? Les Noirs, sans l'horreur de la traite et de la déportation ? Les Juifs, sans Babylone, sans Titus, sans la destruction du temple de Jérusalem, sans l'Inquisition, sans la Shoah ? Et les Américains sans la guerre de Sécession et sans Christophe Colomb ? Serions-nous tous ce que nous sommes si une météorite tombée du ciel n'avait pas entraîné la destruction des dinosaures il y a soixante-cinq millions d'années ?

Romain avait tort : le passé pesait sur nous au

moins autant que le présent. Nous étions d'abord ce que nous avions été. Et même ce que nous avions été sous les espèces des autres. Peut-être étions-nous aussi ce que nous avions envie de devenir quand nous serions déjà morts. Le passé et les morts nous commandent autant que le milieu où nous vivons aujourd'hui. Et l'image que nous nous faisons de notre avenir est plus décisive pour notre présent que notre présent lui-même. Nous ne sommes, dans le présent, que souvenir et projet.

Romain à peine disparu, voilà que je me mettais déjà à le trahir. Aux portes du cimetière où nous allions le laisser enseveli sous cette terre qu'il avait tant aimée, je me demandais, immobile et rêveur, ce qu'il aurait bien pu me répondre. Oh! il m'aurait répondu. J'entendais son rire résonner entre les tombes et je sentais son bras me prendre par les épaules. Je le sentais de loin, je l'entendais en silence. Car il appartenait désormais, lui aussi, à ces forces du passé auxquelles il ne croyait pas.

— Vous venez? me demandait André.

Mazotte et Dalla Porta attendaient auprès de lui.

Allons-y, leur dis-je.

Et nous nous dirigeâmes tous les quatre vers ma voiture que j'avais laissée à deux pas du cimetière.

C'était une vieille Mercedes qui avait plus de vingt ans et qui avait couru sur toutes les routes d'Europe, jusqu'à la Turquie, à l'Afghanistan et aux Indes. Romain s'était souvent assis sur ses sièges qui commençaient à s'user. Nous marchions à pas lents, tous ensemble, avec un vague sentiment de culpabilité et de gêne parce que nous étions vivants et que Romain était mort, et tous les rêves de ce monde nous suivaient en cortège.

Le monde, qui était si beau, était une aventure où

l'absurde le disputait au sublime. Chaque fois que les hommes mettaient l'accent sur l'absurde, il répondait par sa beauté. Et chaque fois qu'ils insistaient, à la façon de Romain, sur le bonheur d'y vivre et sur sa gaieté, il répliquait par la mort et par la souffrance. Nous avions beaucoup pleuré sur la mort de Romain qui aimait tant la vie.

— Voulez-vous que je conduise ? me demandait André.

Je lui répondais :

— Oui, je veux bien.

Je me sentais un peu éprouvé.

Dalla Porta et Mazotte s'installaient sur les sièges arrière. À peine assis aux côtés d'André Schweitzer, je glissai une cassette dans l'autoradio de la voiture. C'était une cantate de Bach. La BWV 147 : *Herz und Mund und Tat und Leben* — « Le cœur, la bouche, les actions et la vie ».

— Dieu…, commença Schweitzer.

— Ah ! lui dis-je, on connaît ça : portrait du Tout-Puissant en débiteur de l'artiste… Ça faisait rire Romain.

Nous roulions vers Paris sur une route qui traversait la banlieue.

— Je me demande, dit André, s'il nous voit et nous entend ?

— Oh ! voyons ! dit Dalla Porta. C'est une question qu'il n'aurait pas posée.

— Je sais bien, dit André, mais elle se pose tout de même.

Nous écoutions les airs de Bach, si beaux, si consolants, porteurs de grandeur et de paix, toujours un peu semblables à eux-mêmes dans leur savante simplicité, si facilement reconnaissables. J'aurais voulu les entendre sur la tombe de Romain. Maintenant que je n'étais plus sous le coup de son interdiction, je lui dédiais en esprit ce bonheur déchirant.

Le temps était changeant. Il faisait frais et beau. Le soleil perçait à travers les nuages. Nous étions dans un drôle d'état parce que nous étions vivants et guettés par la mort. Nous ne savions plus quoi dire : nous étions écrasés d'inconnu.

De grosses boules d'amour se formaient un peu partout. Dans nos gorges, dans nos cœurs, dans les jardins publics et sur les terrains vagues entre les grands immeubles. Tout était balayé par une vague de mystère.

— Vous devriez, me dit Mazotte derrière moi en me mettant la main sur l'épaule, écrire quelque chose sur notre ami.

Je restai un instant silencieux. Je me souvenais de la conversation avec vue sur le Forum et de ce que Romain pensait des livres.

— Je ne suis pas sûr, répondis-je, que cette idée l'eût enchanté. Il n'aimait pas tellement les livres. Il trouvait qu'il y en avait trop.

— Il n'avait pas tort, dit Dalla Porta.

— Le Quéménec m'a raconté qu'il en recevait cinq ou six tous les jours. Et une bonne vingtaine les jours de pointe, en haute saison — au printemps ou à la rentrée d'automne où ils tombent en masse, comme des feuilles mortes. Il a fait une étude sur leur emballage. Il prétend que les plus mauvais sont les mieux protégés et les plus difficiles à extraire de leur enveloppe couverte de papier collant. Il a fini par les prendre en grippe et par les jeter à pleins tombereaux. Faut-il mêler Romain, malgré lui, à ce cirque ?

— Ce qu'il préférait, dit André, c'était le silence.

Nous nous tûmes tous les quatre. C'était vrai : il

n'aimait pas le bruit, les cris, les paroles. Il détestait les gloses et les commentaires, si caractéristiques de notre temps. Il se taisait beaucoup.

— Il se tait pour toujours, dit Mazotte. J'imagine que les anges ne bavardent pas beaucoup.

— Moins que nous, en tout cas.

— Mon Dieu! là-bas, au moins, c'est le silence.

— De la musique, peut-être? dit André. La musique des anges. La musique des sphères. Le grand concert des mondes. Il aimait la musique.

— N'y a-t-il pas quelque chose, demandai-je, comme une rumeur de l'univers?

— Bien sûr, dit Dalla Porta. Il y a une rumeur fossile qui nous vient du big bang. L'univers est un spectacle et il est un murmure.

— La question, dit André Schweitzer, n'est pas tant de savoir si l'âme est immortelle ni si nous survivons à titre personnel. Que nous vivions après la mort comme nous vivions dans la vie est hautement improbable. La question est de savoir s'il y a un secret de l'univers et si, d'une façon ou d'une autre, nous sommes appelés à le connaître.

— Y a-t-il un secret? demandai-je.

— Un secret? dit Dalla Porta. Oui, bien sûr, il y a un secret. Il y a même une foule de secrets. La science n'est faite que d'énigmes que nous ne cessons de déchiffrer les uns après les autres et les unes après les autres.

— Un seul secret? demandai-je. Un secret unique qui résumerait tous les autres?

Dalla Porta hésita un instant.

— Newton y croyait. Et Laplace. Et Einstein. Tous les génies de la science ont cru que le monde était simple. Très difficile et très simple. Très complexe et très simple. Ils ont cru que le monde était élégant, qu'il était le modèle de toute harmonie, qu'il ne s'en allait pas n'importe où, n'importe comment, à vau-l'eau et que Dieu, comme on dit pour faire vite et commode, ne jouait pas aux dés. À la fin de sa vie, Einstein cherchait avec désespoir la formule unique qui unifierait la théorie quantique de Planck, de Heisenberg, de Bohr et sa propre théorie de la relativité. L'unification des champs du savoir était devenue sa hantise.

— Une formule unique?

— Oui, une formule unique.

— Mais, dans votre esprit, dit Mazotte, j'imagine que, contrairement à ce que semble penser André Schweitzer, la découverte du secret de l'univers est l'affaire des vivants plutôt que l'affaire des morts?

Pendant quelques instants, on n'entendit plus rien que la cantate 147 qui tenait lieu de réponse à l'ensemble des questions qui n'étaient pas posées.

— Voilà le point, murmurai-je. Qui détient le secret? Les vivants ou les morts?

— C'est une question presque absurde, dit Dalla Porta. La réponse est trop claire. Les vivants existent. Les morts n'existent plus.

— Pas si sûr, dit André.

La musique de Bach. Les voitures autour de nous. Le soleil qui brillait dans un ciel dégagé. Nous arrivions à un carrefour.

Je tourne à droite? demanda Schweitzer.

— Non, dit Mazotte. Prenez à gauche, c'est plus court. Et puis, après, à droite.

— Ne croyez-vous pas, reprit Schweitzer, que Romain aujourd'hui, d'une façon ou d'une autre, en sait plus que les vivants?

— Il n'y a plus de Romain, dit Dalla Porta.

— Peut-être s'est-il transformé?

— Transformé ? Oui, bien sûr : il s'est changé en poussière. C'est d'ailleurs ce qu'il pensait. Vous le savez bien : il ne s'imaginait pas un instant qu'il resterait de lui quoi que ce soit. Il était persuadé qu'il disparaîtrait tout entier.

— Mais les vivants, demanda Mazotte, les vivants, vous croyez que les vivants, un jour, découvriront le secret ?

— Oui, je le crois, dit Dalla Porta.

Encore un silence. Nous étions dans notre voiture comme dans un monde protégé.

— C'est bien possible, lui dis-je. Et il faut le souhaiter. Mais ces hommes si malins, si savants, si dominateurs et si sûrs d'eux, ils finiront bien, un beau jour, comme les dinosaures et comme tout, par disparaître jusqu'au dernier ?

— Sans aucun doute, dit Dalla Porta. Les hommes ne sont pas là pour l'éternité. Ils passeront comme tout le reste. C'est écrit sur le mur.

— Alors, lui demandai-je, que deviendra le secret qui n'appartient qu'aux vivants ? Quand le Soleil ne sera plus là, quand la Terre sera morte, quand les hommes auront disparu, qui connaîtra le secret ?

Nous entrions dans une agglomération. La circulation devenait plus dense. Il y avait du monde partout, des transports en commun, des panneaux aux carrefours, des affiches sur les murs, toutes les rumeurs de la vie moderne.

— Un ordinateur, peut-être ? murmura Mazotte.

— Je ne crois pas, dit André Schweitzer, que la clé de l'univers puisse jamais appartenir à un ordinateur.

— Bah ! dit Dalla Porta. Il y a des clés qui se perdent. Il peut y avoir des secrets qui disparaissent. Nous saurons tout de l'univers et nous sombrerons avec lui.

— *Ami, nous raisonnons de l'humaine tourmente*
Comme deux matelots qui reviennent au port...
— De qui est-ce ? demanda Mazotte.
— Je ne sais plus, répondis-je. C'est Romain qui me l'a appris :

... *L'olive est au pressoir, le vin est dans la tonne,*
Une rieuse enfant nous verse le muscat.
Un vent frais a cueilli la verveine et la menthe
Pour nous envelopper des charités du sort.
Ami, nous raisonnons de l'humaine tourmente
Comme deux matelots qui reviennent au port...

— Il nous manque, murmura Mazotte.
— Il se moquerait de nous, lui dis-je. Il nous enverrait nous faire foutre.
— Il n'est plus qu'un souvenir, dit Schweitzer. Mais je crois au souvenir plus qu'aux ordinateurs.
— Quand l'univers tout entier aura disparu à son tour et ne sera plus qu'un souvenir, qui se souviendra de l'univers ?
— La fin de l'univers est une hypothèse assez lointaine, dit Dalla Porta.
— Une hypothèse ? demandai-je.
— Une certitude, si vous y tenez. Mais lointaine. Très lointaine.
— Pourtant, expansion indéfinie et glaciale du big bang ou retournement torride en big crunch, ça se passera bien un jour ?
— Il semble que oui, dit Dalla Porta.
— Pensez-vous que tout, absolument tout — les hommes, la Terre, le monde et son histoire, la pensée, l'univers —, puisse sombrer et disparaître sans laisser aucune trace, à la façon d'un rêve qui n'aurait pas de rêveur ?

— Je n'en sais fichtre rien, répondit Dalla Porta.

— Ah! vous qui savez presque tout, vous ne savez pas grand-chose.

— Un jour, nous saurons tout.

— Nous ne saurons jamais tout, dit Mazotte.

— Quand vous dites «nous», demanda André Schweitzer, de qui parlez-vous?

— Des hommes, dit Dalla Porta. Y a-t-il quelqu'un d'autre pour penser l'univers? Vous ne croyez tout de même pas à un Dieu créateur portant la barbe, lançant la foudre, pesant le pour et le contre et décidant de notre sort? Un jour, les hommes sauront tout d'eux-mêmes et de l'univers autour d'eux.

— Oui, dit Mazotte. Nous parlons des hommes. Ils ne sauront jamais rien du secret de l'univers. Ils en sauront de plus en plus sur ses mécanismes. Ils ne sauront jamais rien de sa signification. Ils sauront tout du «Comment?». Ils ne sauront jamais rien du «Pourquoi?». Les civilisations se sont succédé. Chacune a cru en savoir un peu plus que celles qui l'avaient précédée et s'approcher enfin de la dernière vérité. Et toutes...

— Et toutes avaient raison, coupa Dalla Porta. Elles constituent les étapes d'une marche vers la vérité à travers le progrès et ses vicissitudes. Les hommes ne cessent jamais d'en savoir un peu plus et un jour viendra où nous saurons tout sur tout.

— Je crois à la science autant que vous, dit André, mais elle finit toujours par poser plus de problèmes qu'elle n'en résout et elle n'épuisera jamais un univers qui est plus grand qu'elle et dont le secret est ailleurs.

— Ailleurs? dit Dalla Porta.

— Oui, dit Schweitzer. Ailleurs.

— Il n'y a pas d'ailleurs. Il y a le savoir des

hommes. La science ne sait pas encore tout, mais elle pourra tout savoir.

— Il y a autre chose que la vie, il y a autre chose que le monde. Il y a de l'esprit ailleurs que dans la pensée des hommes. Nous ne pouvons rien en savoir, nous ne pouvons pas en parler, mais nous sentons qu'il y a quelque chose au-delà de nous.

— Ce dont on ne peut pas parler, dit Dalla Porta, il faut le taire.

— Il y a un ailleurs. Je crois que Romain y est entré et que nous y entrerons tous.

— Il n'y a pas d'ailleurs, et nous n'irons nulle part.

— Eh bien, leur dis-je, il n'y a plus qu'à attendre.

Nous nous mîmes à rire tous les quatre dans la voiture qui nous ramenait du cimetière où nous avions jeté des roses sur le corps de Romain.

Nous roulions. Tout le long du trajet, Romain était assis à côté de moi, ou alors derrière, entre Mazotte et Dalla Porta. Je me retournais pour lui parler. Je le voyais, je l'entendais. Sa voix. Son rire. Sa présence envahissante. Sa force de conviction. Tout ce qui avait tenu une si grande place dans notre vie. Peut-être était-ce son âme qui s'attachait à nous ? Mais non : c'était son souvenir. Ce souvenir aussi finirait par s'effacer. Il s'attardait encore.

Comme une prière qui s'élevait vers son absence à jamais, je récitais en moi-même les moments fugitifs et les lieux périssables que nous avions aimés. Une fois encore, une dernière fois, je nous voyais sur la mer, tous les deux, au large d'Amorgos ou de Folegandros, dans la baie de Fethiye, sous le château de Kekova, ne faisant rien du tout ou nous jetant à l'eau, heureux d'être vivants et heureux d'être libres. Je nous voyais à Rome, sur les marches de l'escalier de la Trinité-des-Monts envahi par les fleurs ou dans l'île Tibérine, à Bamiyan devant les deux Bouddhas que personne après nous ne contemplera plus jamais, dans les boutiques du Caire ou d'Ispahan où il achetait d'un œil sûr ce qu'il y avait de plus beau, dans les déserts de Gobi ou du Taklamakan, à la terrasse des cafés d'Urbino, de Bari ou de Palerme où nous lisions, fous de bonheur, les journaux de la région et où nous nous exercions à bredouiller l'italien avec des jeunes gens de rencontre et avec les marchandes de poisson, de melanzane ou de zucchini, dans les fauteuils défoncés de l'hôtel du South Eastern Railway à Puri, non loin de Bhubaneswar, sous les grands ventilateurs qui tournaient si lentement.

Ah! bien sûr, nous n'avions pas épuisé le monde. Peut-être — peut-être... — y avait-il mieux à garder de ce monde évanoui? D'autres faisaient l'histoire, se jetaient dans l'action, se battaient au Bangladesh ou en Afghanistan, recevaient le Nobel ou le Pulitzer, écrivaient des livres de génie, tournaient des films, soulevaient les foules, devenaient ministres de quelque chose après s'être fait élire quelque part. Nous nous contentions d'être heureux.

Romain m'avait passé le goût ardent du bonheur, si étranger à notre temps ravagé de désastres. La mélancolie et le chagrin, la médiocrité aussi, s'attrapent comme une mauvaise fièvre. Il y avait quelque chose de contagieux dans le bonheur qu'il cultivait à contre-courant de la mode. Contre la bêtise au front de taureau, il défendait le bonheur, comme une citadelle assiégée. Je gardais le souvenir non seulement de tant d'aventures avec lui, mais d'images lumineuses où il ne figurait pas et qui portaient pourtant son empreinte. Et parfois dans le paradoxe. Car, si je lui devais de tant aimer l'instant présent et le monde autour de nous, il était parvenu aussi à empoisonner, par sa présence d'abord, par son absence ensuite, des pans entiers de mon existence. Sur la chambre 17 de l'hôtel Caruso Belvedere à Ravello, sur tant de salles de cinéma et de coins de Paris au printemps ou en automne pesait l'ombre de Romain. Sans le vouloir peut-être, par cette force des choses dont il s'arrangeait si bien, rattrapant toujours tout, naturel jusqu'à la cruauté, bourreau chéri de ses victimes, allant parfois pour moi jusqu'à se confondre avec le malheur, il m'avait appris le bonheur.

C'était une chance d'avoir vécu. Avec lui. Et sans lui. De m'être promené sur le Ponte Vecchio et au pied de San Miniato, derrière l'arc des Changeurs et Saint-Georges-au-Velabre et la Bocca della Verità. D'être passé en motoscafo entre Cà Pesaro et Cà d'Oro, sous le pont de l'Académie, le long des Zattere, en face du Redentore. D'avoir marché sur du sable. D'avoir glissé sur la neige. D'avoir écouté des cantates et des chants populaires. D'avoir regardé le Lake Palace du balcon d'une chambre démesurée du Shiv Niwas d'Udaïpur. D'avoir vu Arthur Rubinstein imiter Charlie Chaplin. D'être resté assis en silence auprès de Romain silencieux. On pouvait bien mourir puisqu'on avait vécu. C'était un trésor pour toujours.

— À quoi penses-tu ? me demandait André.

À quoi je pensais ? À Romain, bien sûr. À quoi d'autre, ce jour-là, aurais-je bien pu penser ? Au monde qu'il avait enchanté. À ce rêve toujours brisé et toujours renoué qu'était notre longue histoire dont il était le centre. À Ahmed, si proche d'André qui me jetait en conduisant un regard de côté, et à son ventre bourré de cailloux. À Aïcha que je n'avais jamais connue. À la traversée de l'Atlantique sur de grands navires qui mettaient près d'une semaine entre Le Havre et New York. À Stalingrad, à Alger, à Berlin au printemps de 1945. Au meurtre de Maranzano par une bande de gangsters juifs un jour qui n'était pas le samedi. À saint Siméon Stylite qui correspondait avec l'empereur et le pape du haut de sa colonne. À Victor Laszlo au carrefour de l'histoire, du langage et du sexe. À deux Hélène oubliées de tous — et de vous : la femme du préfet de police qui voulait retenir Romain auprès d'elle à Marseille et la fille de la baronne Thénier qui épouse un Schweitzer à Alger au temps de Mgr Lavigerie. Au général de Gaulle et au maréchal Joukov à qui un jeune aviateur de fortune s'attache successivement.

Nous roulions. J'avais aimé Marina et l'affaire avait mal tourné. Marina avait aimé Romain qui était l'amant de sa mère. Ce sont de ces choses qui arrivent. Il faut se débrouiller avec elles. Nous appartenions au monde. Il nous enserrait de partout. Peut-être n'était-il rien sans nous puisqu'il disparaissait quand nous fermions les yeux, quand nous nous bouchions les oreilles, quand nous cessions d'y penser et qu'il n'existait qu'à travers nous. Nous n'existions qu'à travers lui. Nous étions de la même étoffe que les étoiles et les pierres. Mais, à la différence des cailloux, à la différence des trous noirs, nous espérions toujours autre chose, nous nous interrogions sur le monde dont nous étions une parcelle et dont la beauté nous chavirait.

Des fils innombrables nous rattachaient à tout. Dans l'espace. Dans le temps. J'étais à New York avec Margault, à Toula avec Romain, à Ravello et à Symi avec Marina. Je faisais la guerre avec Normandie-Niémen, j'infiltrais les dockers avec la Mafia sicilienne, je traversais l'Atlantique dans des robes de

Chanel sur le paquebot *Île-de-France*. Le monde était en moi comme j'étais dans le monde.

Dans la voiture conduite par Schweitzer, avec Mazotte et Dalla Porta assis côte à côte derrière moi, l'ombre de Romain, que j'avais tant détesté et que j'avais tant aimé, flottant autour de nous, il me semblait soudain m'épanouir aux dimensions de ce monde qui m'appartenait autant que je lui appartenais. J'étais ces choses obscures qu'on appelait le bien et le mal. J'étais Staline. J'étais Hitler. J'étais Lucky Luciano et tous ceux de la Mafia. J'étais le dernier des clochards couché dans le métro. J'étais le monde entier puisque j'étais capable de le penser.

J'étais lié à tous les vivants, aux arbres dans les forêts, au sable sur les plages, à toutes les étoiles au fond des galaxies. J'étais lié au passé à travers mes parents et les parents de mes parents jusqu'aux générations où la trace de l'homme se perdait dans les marécages du vivant. J'étais lié à l'avenir dont j'annonçais la venue et qui, pour une part au moins, allait sortir de moi comme je sortais, accident minuscule, de la totalité du passé qui menait jusqu'à moi. Ce qui était arrivé à Romain, à Margault, à Marina, à tous les autres, m'était arrivé à moi-même. J'étais Romain dans sa tombe. J'étais la vie à venir.

— Et là ? demandait Schweitzer.

— Tout droit, disait Mazotte.

Tout passe — c'est le modèle des lieux communs. Romain avait raison. Tout s'en va, tout fout le camp, rien ne subsiste de nous-mêmes ni du monde. Romain, qui aimait tant la vie, était mort. Et nous qui revenions de l'avoir enterré avec un sentiment de chagrin, de bonheur et de honte parce que nous étions vivants, nous allions tous mourir, les uns après les autres. Et le Soleil et la Terre finiraient bien par mourir à leur tour. Depuis le big bang, tout commence à mourir à l'instant même de naître. L'univers n'est qu'élan vers l'usure et la mort.

Tout passe. Coup de tonnerre, roulements de tambour. Tout passe — et pourtant tout subsiste. Car ce qui a été, et l'univers entier est dans ces quelques mots, ne peut pas cesser d'être.

Dieu lui-même, s'il existe, ne pourrait pas faire que ce qui a été ne soit pas. Emportées par le temps, les choses du monde où nous vivions étaient assez simples, et elles étaient compliquées : ce qui a été n'est plus ; et ce qui a été, ne fût-ce qu'une fois et pour un seul instant, a pourtant été pour toujours. Rien de ce qui est apparu dans le temps ne peut disparaître dans le néant. Tout ce qui fait semblant d'être ne cesse de s'en aller. Et rien de ce qui a été ne peut être effacé. Tout ce que nous avons accompli d'honorable et tout ce que nous avons accompli de honteux est inscrit dans le passé. Le paradis et l'enfer ne sont peut-être rien d'autre que le souvenir de nos actes : leur sens peut être changé tant que l'histoire se poursuit, mais ils sont là pour toujours. Romain était mort. Mais il avait vécu. Comme tout ce qui a été, les milliards d'êtres humains, les civilisations disparues, toute une vie grouillante à jamais évanouie, comme les enfants morts et les printemps enfuis, il était à jamais puisqu'il avait été.

— On arrive, disait André Schweitzer.

On arrivait. On arrive toujours. La question était : où ? Les gens n'en pouvaient plus de souffrir et de mourir. Et le monde était beau et il y avait des jeunes gens qui attendaient tout de l'avenir. L'histoire était mal fichue, jusqu'à l'abjection, jusqu'au scandale. Et elle était montée à miracle puisque nous aimions encore cette vie qui était décevante et cruelle. Si nous

378

la racontions, cette vie, à des esprits venus d'ailleurs et qui ne sauraient rien de ce monde que nous appelons réel, une stupeur épouvantée se peindrait sur leur absence de visage.

Il y avait autre chose que cette réalité qui n'était peut-être qu'un rêve. Il y avait autre chose que ce bonheur et cette vie qui ne faisaient que passer et que Romain avait tant aimés. Ce n'était pas le néant. C'était le contraire du néant : ce qui se dissimulait derrière les trompeuses apparences, ce qui permettait de couler aux torrents du périssable, ce qui soutenait le monde et le temps et le rire de Romain, et qui durait à jamais.

— Tiens ! grommela Mazotte. Encore une folle.

C'était une grande fille en survêtement, cheveux rouges et très courts, écouteurs aux oreilles, enfermée dans son rêve, qui se frayait un chemin dans la ville à contresens des voitures. Elle courait sur la route et riait au soleil.

DU MÊME AUTEUR

Aux Éditions Gallimard

DU CÔTÉ DE CHEZ JEAN.

UN AMOUR POUR RIEN.

AU REVOIR ET MERCI.

LA GLOIRE DE L'EMPIRE (Folio n° 1065).

AU PLAISIR DE DIEU (Folio n° 1243).

LE VAGABOND QUI PASSE SOUS UNE OMBRELLE TROUÉE (Folio n° 1319).

DIEU, SA VIE, SON ŒUVRE (Folio n° 1735).

ALBUM CHATEAUBRIAND (iconographie commentée).

GARÇON DE QUOI ÉCRIRE (entretiens avec François Sureau, Folio n° 2304).

HISTOIRE DU JUIF ERRANT (Folio n° 2436).

LA DOUANE DE MER (Folio n° 2801).

PRESQUE RIEN SUR PRESQUE TOUT (Folio n° 3030).

CASIMIR MÈNE LA GRANDE VIE (Folio n° 3156).

LE RAPPORT GABRIEL (Folio n° 3475).

DISCOURS DE RÉCEPTION À L'ACADÉMIE FRANÇAISE DE MARGUERITE YOURCENAR ET RÉPONSE DE JEAN D'ORMESSON.

DISCOURS DE RÉCEPTION À L'ACADÉMIE FRANÇAISE DE MICHEL MOHRT ET RÉPONSE DE JEAN D'ORMESSON.

C'ÉTAIT BIEN (à paraître dans la collection Blanche).

Aux Éditions Julliard

L'AMOUR EST UN PLAISIR.

LES ILLUSIONS DE LA MER.

Aux Éditions G. P.

L'ENFANT QUI ATTENDAIT UN TRAIN (conte pour enfants).

Aux Éditions Grasset

TANT QUE VOUS PENSEREZ À MOI (entretiens avec Emmanuel Berl).

Aux Éditions J.-C. Lattès

MON DERNIER RÊVE SERA POUR VOUS, *une biographie sentimentale de Chateaubriand.*

JEAN QUI GROGNE ET JEAN QUI RIT.

LE VENT DU SOIR.

TOUS LES HOMMES EN SONT FOUS.

LE BONHEUR À SAN MINIATO.

Aux Éditions Nil

UNE AUTRE HISTOIRE DE LA LITTÉRATURE FRANÇAISE, tomes I et II.

Aux Éditions Robert Laffont

VOYEZ COMME ON DANSE (Folio nº 3817).

Composition Interligne.
Impression Novoprint
à Barcelone, le 10 janvier 2003.
Dépôt légal : janvier 2003.

ISBN 2-07-042469-3./Imprimé en Espagne.